NORA ROBERTS

LE CYCLE DES SEPT-1

LE SERMENT

Traduit de l'américain par Maud Godoc

W0199640

J'AI LU

Titre original :
BLOOD BROTHERS
Edteur original
Jove Books published by The Berkley Publishing Group,
a division of Penguin Group (USA) Inc.

Pour la traduction française :
© Éditions J'ai lu, 2009

À mes fils,
qui ont écumé les bois sans permission.

Où Dieu a un temple
Le diable aura une chapelle.
Robert BURTON

L'enfance montre l'homme
Comme le matin, le jour qui s'annonce.
John MILTON

Prologue

Hawkins Hollow, province du Maryland,
1652

La créature glissait à travers la clairière, dans l'air aussi lourd que de la laine mouillée. Déchirant les serpents de brume qui ondulaient au-dessus du sol, elle rampait vers lui, haineuse, le cherchant dans la nuit torride.

Elle voulait sa mort.

Il l'attendait de pied ferme tandis qu'elle se frayait un chemin à travers bois, sa torche dressée vers le ciel vide, franchissant les cours d'eau à gué, contournant les fourrés où se terraient de petits animaux terrifiés par la pestilence qu'elle laissait dans son sillage.

Le soufre des enfers.

Il avait mis Ann et les vies qu'elle portait en son sein à l'abri, loin d'ici. Elle n'avait pas pleuré, songea-t-il tout en répandant sur l'eau les herbes qu'il avait triées. Pas son Ann. Mais il avait vu le chagrin sur son visage et dans les sombres profondeurs de ses yeux – des yeux qu'il avait adorés dans cette existence, et dans toutes celles qui l'avaient précédée.

Après leur naissance, les triplés seraient élevés par elle. Éduqués par elle. Puis, le moment venu, ils engendreraient à leur tour trois enfants.

Le pouvoir qui était sien appartiendrait à ces fils qui pousseraient leur premier vagissement bien après l'accomplissement de l'œuvre de cette nuit. Durant cette heure ultime, il courrait tous les risques pour leur transmettre l'héritage qui leur permettrait de reprendre le flambeau et d'accomplir leur destinée.

D'une voix forte et claire, il invoqua le vent, l'eau, la terre et le feu. Dans le foyer, les flammes crépitèrent. Dans la coupe, l'eau frémit.

Sur la toile, il posa une pierre d'un vert profond veiné de rouge. À l'image de ceux qui l'avaient précédé, il avait chéri cette calcédoine comme la prunelle de ses yeux. Il l'avait honorée. Et maintenant il allait y transvaser son pouvoir comme de l'eau dans une coupe.

Son corps commença à trembler, transpirer et s'affaiblir, tandis qu'un halo de lumière enveloppait la pierre.

— À vous maintenant, murmura-t-il, fils des fils. Trois parts d'une même entité. Unis dans la foi, l'espoir, la vérité. Une seule et même lumière contre les ténèbres. Je jure de ne jamais trouver le repos tant que le destin ne sera pas accompli.

Avec l'athame, il s'entailla la paume, et son sang coula sur la pierre, dans l'eau et les flammes.

— Sang de mon sang, ici je vous attendrai jusqu'à ce que vous veniez à moi, jusqu'à ce que vous libériez ce qui doit l'être en ce monde. Que les dieux vous gardent.

L'espace d'un instant, le chagrin l'envahit. En dépit de sa détermination. Pas pour sa vie, dont les dernières gouttes s'écoulaient dans la clepsydre. Il ne redoutait pas la mort. Il n'avait aucune crainte de ce qu'il affronterait bientôt et qui n'était pas la mort. Mais il était peiné à l'idée de ne plus jamais poser ses lèvres sur celles d'Ann dans cette vie. Il ne verrait pas ses enfants naître, ni les enfants de ses enfants. Il était triste de n'avoir pu empêcher les souffrances à venir, de même qu'il avait été incapable d'empêcher celles qui avaient déjà assombri tant d'autres vies.

Il avait conscience de ne pas être l'instrument. Seulement le récipient qui se vidait et se remplissait au gré de la volonté des dieux.

Las de ses efforts, attristé par la perte de sa bien-aimée, il se tenait devant la petite hutte, à côté de la pierre dressée, prêt à affronter son destin.

Il se présenta sous la forme d'un homme, mais ce n'était qu'une enveloppe. Comme lui. La créature se faisait appeler Lazarus Twisse, haut dignitaire du culte des Dévots. Lui et ceux qui l'accompagnaient s'étaient installés dans les étendues sauvages de cette province au moment de leur scission avec les puritains de la Nouvelle-Angleterre.

Il les observa à la lueur de leurs torches, ces hommes et celui qui n'en était pas un. Venus dans le Nouveau Monde parce qu'ils croyaient en la liberté religieuse, ils persécutaient à présent les « âmes égarées » qui commettaient le sacrilège de ne pas respecter à la lettre leur doctrine étriquée.

— Tu es Giles Dent.

— Je le suis, dit-il, en cette heure et en ce lieu.

Lazarus Twisse s'avança, tout de noir vêtu. Son chapeau haut à large bord plongeait son visage dans l'ombre, mais Giles entrevoyait ses yeux, et dans ceux-ci la flamme du démon.

— Giles Dent, toi et la femme connue sous le nom d'Ann Hawkins avez été accusés et reconnus coupables de sorcellerie et de pratiques diaboliques.

— Qui a porté cette accusation ?

— Amenez la fille ! ordonna Lazarus.

Deux hommes la firent avancer de force, la tirant chacun par un bras. Elle était menue, pas très grande, pas plus d'un mètre soixante, estima Giles. Son visage cireux et ses yeux trahissaient sa terreur. On lui avait tondu les cheveux.

— Hester Deale, est-ce là le sorcier qui t'a séduite ?

— Lui et celle qu'il appelle sa femme ont posé les mains sur moi, récita-t-elle comme en transe. Ils ont accompli des actes impies sur mon corps. Ils sont entrés dans ma chambre la nuit, par la fenêtre, sous la forme de corbeaux. Ils m'ont bâillonnée afin que je ne puisse parler ou appeler à l'aide.

— Mon enfant, intervint Giles d'une voix douce, que t'a-t-on donc fait ?

Ses yeux dilatés de frayeur le fixaient sans le voir.

— Ils ont invoqué Satan, leur dieu, et tranché le cou d'un coq en sacrifice. Et bu son sang. Ils en ont versé sur moi. Je n'ai pas pu les en empêcher.

— Hester Deale, renonces-tu à Satan ?

— Je renonce à lui.

— Hester Deale, renonces-tu à Giles Dent et à Ann Hawkins, sorciers et hérétiques ?

— Oui, répondit la jeune fille, les joues baignées de larmes, je renonce à eux et implore Dieu de me sauver. Seigneur, pardonnez-moi, je vous en supplie !

— Il le fera, murmura Giles. Tu n'es coupable de rien.

— Où est cette femme, Ann Hawkins ? demanda Lazarus d'une voix tranchante, et Giles tourna vers lui ses yeux d'un gris transparent.

— Tu ne la trouveras pas.

— Écarte-toi. Je vais entrer dans la maison du diable.

— Tu ne la trouveras pas, répéta Giles.

Il contempla un instant les hommes et la poignée de femmes qui se tenaient dans sa clairière derrière Lazarus. Il voyait la mort dans leurs yeux et, pire encore, la soif de tuer.

Seul le visage d'Hester reflétait la peur et la peine. Il tendit son esprit vers elle. *Cours !*

La jeune fille sursauta et recula en trébuchant. Giles Dent se tourna vers Lazarus.

— Nous nous connaissons, toi et moi. Renvoie ces gens et affrontons-nous seul à seul.

Une flamme rougeâtre s'alluma dans les prunelles de Lazarus.

— C'en est fait de toi. Brûlez le sorcier ! cria-t-il. Brûlez la maison du diable et tout ce qu'elle contient !

Les autres s'approchèrent, brandissant torches et gourdins. Une pluie de coups s'abattit sur Giles, et il perçut le déchaînement de haine qui constitue l'arme la plus affûtée du démon.

Il tomba à genoux. La hutte s'enflamma dans un nuage de fumée âcre. Des hurlements résonnaient dans sa tête, la folie de ces hommes.

Rassemblant ses ultimes forces, il tendit le bras vers le démon dissimulé à l'intérieur de l'homme, la bête qui se repaît de la haine, de la peur et de la violence. Dans ses yeux noirs cernés de rouge sang, il percevait sa jubilation, la sentait croître tant la créature était certaine de sa victoire et se réjouissait des festivités qui s'ensuivraient.

Giles l'attira brusquement à lui à travers la fumée. Il entendit ses hurlements de fureur et de douleur lorsque les flammes commencèrent à lécher sa chair. Et il le serra contre lui encore davantage tandis que le feu les dévorait tous deux, unis dans cet holocauste. Puis les flammes se propagèrent dans toute la clairière, détruisant jusqu'au dernier les êtres vivants qui s'y trouvaient.

L'incendie fit rage un jour et une nuit, comme dans les entrailles grondantes de l'enfer.

1

Hawkins Hollow, Maryland
6 juillet 1987

Dans la jolie cuisine de la maison pimpante de Pleasant Avenue, Caleb Hawkins s'efforçait de se tenir tranquille tandis que sa mère emballait sa version du pique-nique modèle.

Dans l'univers idéalisé de cette dernière, des garçons de dix ans avaient besoin de fruits frais, de biscuits aux flocons d'avoine faits maison (ils n'étaient du reste pas si mauvais), d'une demi-douzaine d'œufs durs, d'un paquet de crackers fourrés au beurre de cacahuète, de bâtonnets de céleri et de carotte (beurk !) et de copieux sandwichs jambon-fromage.

Il leur fallait aussi une Thermos de limonade fraîche, un paquet de serviettes en papier et deux paquets de Pop-Tarts.

— Maman, on ne va pas mourir de faim, se plaignit-il, comme elle réfléchissait devant un placard ouvert. On sera juste dans le jardin de Fox.

Un mensonge qui lui écorcha un peu la langue, mais jamais elle ne le laisserait partir si elle savait la vérité. Et puis, zut à la fin, il avait dix ans ! Enfin, il les aurait le lendemain.

Avec ses yeux bleus comme un ciel d'été et ses boucles blondes impeccables, Frannie Hawkins était une femme élégante et pleine de charme. Caleb était le dernier de ses trois enfants, son unique garçon.

— Et maintenant montre-moi ce sac à dos, fit-elle en se calant les mains sur ses hanches.

— Maman !

— Voyons, chéri, je tiens juste à m'assurer que tu n'as rien oublié ! répliqua-t-elle d'un ton enjoué.

Impitoyable, elle tira sur la fermeture à glissière du sac de son fils.

— Sous-vêtements de rechange, tee-shirt, bien, bien, short, brosse à dents. Caleb, où sont les pansements que je t'avais recommandé de prendre, et le flacon d'antiseptique, et le répulsif contre les moustiques ?

— Maman, on ne va pas en Afrique.

— Peu importe, décréta Frannie en lui indiquant la salle de bains de l'index.

Tandis qu'il allait chercher les affaires manquantes, elle sortit une carte de sa poche et la glissa dans le sac.

Il était né à minuit une – après huit heures et douze minutes d'un accouchement pénible. Tous les ans, elle montait dans sa chambre à minuit, le regardait dormir pendant cette précieuse minute, puis l'embrassait sur la joue.

Pour ses dix ans, elle ne pourrait accomplir ce rituel. Les larmes aux yeux, elle se détourna vers le plan de travail immaculé et fit mine d'essuyer celui-ci en entendant Caleb dévaler l'escalier.

— J'ai tout pris, annonça-t-il. C'est bon ?

Elle lui fit face avec un sourire.

— C'est bon.

Elle s'approcha de lui, ébouriffa ses cheveux courts. Petit, il avait été une adorable tête blonde, mais ses cheveux fonçaient et finiraient sans doute par virer au châtain clair.

Comme les siens sans ses shampooings colorants.

Par habitude, elle remonta les lunettes sur le nez de son fils.

— N'oublie pas de remercier Mlle Barry et M. O'Dell à ton arrivée.

— Promis.

— Et aussi au moment du départ, demain.

— À vos ordres, chef.

Elle prit son visage entre ses mains et plongea son regard dans ses yeux du même gris que ceux de son père.

— Sois sage, dit-elle avant de l'embrasser sur la joue. Amuse-toi bien, ajouta-t-elle en plaquant un deuxième baiser sur son autre joue. Bon anniversaire, mon bébé.

D'ordinaire, il avait honte qu'elle l'appelle ainsi, mais bizarrement, pour une fois, il en fut tout ému – pas désagréable, comme impression.

— Merci, maman.

Il chargea son sac à dos sur ses épaules et souleva le panier à pique-nique. Comment allait-il réussir à pédaler jusqu'à Hawkins Wood avec la moitié de l'épicerie sur son vélo ?

Les copains allaient le mettre méchamment en boîte.

N'ayant d'autre choix, il le trimballa jusqu'au garage où sa bicyclette était suspendue proprement – par décret maternel – à des crochets fixés au mur. Après réflexion, il emprunta à son père deux tendeurs avec lesquels il attacha le panier sur le porte-bagages.

Puis il grimpa sur son vélo et dévala l'allée à toute allure.

Après avoir fini de désherber son coin du potager, Fox prit le pulvérisateur que sa mère remplissait chaque semaine d'un mélange destiné à décourager les cerfs et les lapins d'envahir la parcelle qu'ils confondaient avec un buffet à volonté. La mixture à base d'ail, d'œuf cru et de poivre de Cayenne empestait tellement qu'il retint son souffle tout le temps qu'il en vaporisa les rangées de haricots mange-tout et de cocos plats, les plants de pommes de terre, les feuilles de carottes et de radis.

Sa tâche achevée, il recula, inspira un grand coup et examina son œuvre. Sa mère était très stricte question jardinage. Une histoire de respect de la Terre, d'harmonie avec la Nature qui lui tenait drôlement à cœur.

Il s'agissait aussi, Fox en avait conscience, de nourrir et de faire vivre une famille de six personnes – sans parler des hôtes de passage. Voilà pourquoi son père et sa sœur aînée, Sage, étaient au marché pour vendre les œufs, le lait de chèvre, le miel et les confitures maison de sa mère.

Fox jeta un coup d'œil à son petit frère, Ridge. Allongé à plat ventre entre les pieds de tomates, il jouait avec les mauvaises herbes au lieu de les arracher. Leur mère étant à l'intérieur, occupée à coucher leur petite sœur, Sparrow, pour sa sieste, il était chargé de surveiller Ridge.

— Allez, Ridge, arrache ces maudits machins. J'aimerais bien partir, moi.

Ridge leva la tête et lui jeta un regard rêveur.

— Pourquoi je peux pas venir avec toi ?

— Parce que tu as huit ans et que tu n'es même pas fichu de désherber ces stupides tomates.

Agacé, Fox rejoignit son frère, s'accroupit et entreprit d'arracher les mauvaises herbes à grands coups secs.

— Hé, je sais le faire ! protesta son frère.

Comme Fox l'avait espéré, cette provocation l'incita à redoubler d'énergie. Il redressa sa silhouette dégingandée et s'essuya les mains sur son jean. Une tignasse de boucles brunes encadrait son visage anguleux, et ses yeux mordorés reflétaient sa satisfaction tandis qu'il courait chercher le pulvérisateur.

Il le lâcha près de Ridge.

— N'oublie pas de vaporiser cette merde.

Cela fait, il traversa le jardin, contournant les ruines – trois pans de murs bas et un vestige de cheminée – de la vieille cabane en pierre recouverte de chèvrefeuille et de belles-de-jour sauvages.

Après avoir longé le poulailler, l'enclos où les deux chèvres lui adressèrent un regard indifférent, et le carré d'herbes aromatiques de sa mère, il se dirigea vers la maison que ses parents avaient construite en grande partie de leurs mains et entra dans la cuisine spacieuse. Les vastes plans de travail étaient couverts de matériel : pots et bocaux vides, pains de cire à bougie, mèches.

Il savait que la plupart des habitants de Hollow Hawkins et des alentours considéraient sa famille comme des originaux vaguement hippies. Il s'en moquait. La plupart s'entendaient bien avec eux, et ils étaient toujours contents d'acheter leurs œufs et autres produits, les bougies et les objets artisanaux fabriqués par sa mère, ou d'engager son père pour des travaux de construction.

Fox se lava les mains dans l'évier avant de fouiller dans les placards du garde-manger à la recherche de n'importe quoi qui ne soit pas bio.

Peine perdue.

Il irait au marché à vélo – celui à la sortie de la ville, histoire de ne pas prendre de risques – et achèterait des biscuits avec ses économies.

Sa mère pénétra dans la pièce en rejetant en arrière sa longue natte brune.

— Ça y est ?

— Oui. Ridge a presque fini.

Joanne s'approcha de la fenêtre et caressa machinalement les cheveux de Fox. La main posée sur la nuque de son fils, elle l'étudia un instant.

— Il y a des biscuits à la caroube et des hot dogs végétariens, si tu veux en emporter.

Beurk.

— Euh… non, merci. Ça va aller.

Elle savait qu'il mangerait des produits carnés et du sucre raffiné. Mais elle n'en ferait pas tout un plat. Elle était du genre conciliant.

— Amuse-toi bien, lança-t-elle comme il se dirigeait vers la porte.

— Oui.

— Fox ?

Elle se tenait près de l'évier, et la lumière qui entrait par la fenêtre auréolait sa tête d'un halo doré.

— Bon anniversaire.

— Merci, maman.

Songeant aux délicieux gâteaux qu'il comptait acheter, Fox sortit en courant et enfourcha son vélo.

Le vieux dormait encore quand Gage fourra quelques provisions dans son sac. Il l'entendait ronfler à travers la cloison en papier à cigarettes de l'appartement exigu qu'ils occupaient au-dessus du bowling. Le vieux travaillait là ; il nettoyait les sols, les toilettes, et se chargeait d'un tas d'autres tâches que le père de Caleb lui trouvait à faire.

Gage n'était peut-être qu'à la veille de son dixième anniversaire, mais il savait pourquoi M. Hawkins gardait le vieux à son service, censément comme agent d'entretien, et pourquoi il les logeait gratuitement. M. Hawkins avait pitié d'eux – surtout de lui, Gage, orphelin de mère coincé avec un père alcoolique et violent.

D'autres aussi avaient pitié de lui, ce qui le hérissait. Mais pas le père de Caleb. Jamais il ne laissait transparaître sa pitié. Et chaque fois qu'il lui confiait un petit travail au bowling, il lui glissait discrètement un billet avec un clin d'œil complice.

Comme tout le monde, il savait que Bill Turner n'y allait pas de main morte avec son fils. Mais M. Hawkins était le *seul* à prendre Gage à part et à lui demander son avis. Voulait-il qu'il prévienne la police, les services sociaux ? À moins qu'il ne préfère passer quelque temps sous son toit, avec sa famille ?

Gage n'avait pas voulu entendre parler des flics ou des bonnes âmes des services sociaux. Ils n'auraient fait qu'aggraver la situation. Et même s'il mourait d'envie de vivre dans la jolie maison de son copain Caleb, il s'était contenté de demander à M. Hawkins de ne surtout pas renvoyer son père.

Le paternel se défoulait moins sur lui quand il était occupé. Sauf s'il avait décidé de faire la tournée des bars, auquel cas il l'abreuvait de coups à son retour.

Si M. Hawkins avait su à quel point il pouvait se montrer violent, il aurait prévenu la police sans hésiter.

Alors Gage se taisait et s'appliquait à dissimuler les traces des raclées qu'il recevait. Comme celle de la veille.

Discrètement, il subtilisa trois bières fraîches dans le réfrigérateur. Les zébrures à vif sur son dos et ses fesses lui faisaient un mal de chien. Il s'attendait aux coups de la veille. Il s'en prenait toujours au moment de son anniversaire. Et aussi vers la date du décès de sa mère.

C'était quasiment un rituel. D'autres fois, les raclées tombaient par surprise. Mais la plupart du temps, quand le paternel travaillait régulièrement, il se contentait d'une claque ou d'une bourrade.

Gage ne prit pas la peine de marcher sur la pointe des pieds en entrant dans la chambre de son père. À part une opération commando, rien ne pouvait réveiller Bill Turner quand il cuvait.

La pièce empestait la bière, la sueur et le tabac froid. Le beau visage de Gage se plissa en une grimace. Il récupéra le demi-paquet de cigarettes sur la commode. Le vieux ne se rappellerait pas s'il en avait ou non, rien à craindre de ce côté-là.

Sans le moindre scrupule, il ouvrit le portefeuille et s'appropria trois billets d'un dollar et un de cinq.

Tout en fourrant l'argent dans sa poche, il observa son père. Ce dernier était vautré sur le lit, en caleçon. La bouche ouverte, il ronflait bruyamment.

Sa ceinture traînait sur le plancher au milieu des chemises, jeans et chaussettes sales.

Un instant, juste un bref instant, une image folle s'imposa dans l'esprit de Gage : avec jubilation, il se vit ramasser la ceinture et cingler de toutes ses forces la bedaine nue de son père.

On verrait si ça lui plaisait, hein ?

Posée sur la table, près du cendrier qui débordait, flanqué d'un cadavre de bouteille, la photographie de sa mère souriante mit un terme brutal à ce délire.

On disait qu'il lui ressemblait – mêmes cheveux bruns, mêmes yeux verts, même bouche bien dessinée. Avant, il avait honte qu'on puisse le comparer à une femme. Mais maintenant que ses souvenirs d'elle s'étaient estompés et qu'il ne se rappelait plus ni sa voix ni son parfum, cette ressemblance le rassurait, lui offrait une certaine stabilité.

Il ressemblait à sa mère.

Parfois, il imaginait que l'homme qui buvait jusqu'à l'hébétude presque tous les soirs n'était pas son père.

Son père à lui était intelligent, courageux, téméraire.

Puis il regardait le vieux et redescendait sur terre.

Après avoir adressé un doigt d'honneur à cette ordure, il sortit de la chambre. Il allait devoir porter son sac à la main. Impossible de le charger sur son dos meurtri. Il descendit du perron et gagna la cour de derrière où l'attendait son vélo, un vieux clou d'occasion.

Malgré la douleur, il sourit en l'enfourchant. Pour les vingt-quatre heures à venir, il était libre.

Ils s'étaient donné rendez-vous à l'ouest de la ville, là où les bois s'avancent jusqu'à la route, et où celle-ci forme un virage. Le garçon issu de la classe moyenne, le gamin de la famille hippie et le fils du poivrot.

Tous trois étaient nés le même jour : le 7 juillet. Caleb avait poussé son premier vagissement dans la salle d'accouchement du Washington County Hospital auprès d'une mère exténuée et d'un père ému aux larmes. Après bien des poussées, Fox était venu au monde entre les mains de son père, radieux, dans la chambre de la petite ferme biscornue qui sentait la bougie à la lavande, et au son de *Lady*

Lady Lay, de Bob Dylan. Gage, lui, avait lutté pour s'extirper des entrailles de sa mère terrifiée dans une ambulance roulant à tombeau ouvert sur la Route 65 du Maryland.

Gage arriva le premier. Il descendit de son vélo qu'il poussa entre les arbres afin que personne ne puisse le voir de la route. Puis il s'assit sur le sol et alluma sa première cigarette de l'après-midi. Le tabac lui soulevait toujours un peu l'estomac, mais cet acte de défiance compensait la nausée.

Assis à l'ombre des arbres, il fumait en s'imaginant sur un sentier de montagne dans le Colorado ou dans une jungle tropicale en Amérique du Sud.

Partout sauf ici.

Il avait tiré sa troisième bouffée, et inhalé la fumée avec précaution pour la première fois, quand il entendit un crissement de pneus sur la terre caillouteuse.

Fox apparut entre les arbres sur Éclair, ainsi nommé parce que son père avait peint des éclairs sur le cadre.

Il était cool, le père de Fox.

— Salut, Turner.

— O'Dell.

Gage lui tendit sa cigarette.

Fox l'accepta uniquement pour ne pas passer pour un ringard. Il tira une rapide bouffée malhabile et la rendit prestement à son ami. Ce dernier indiqua d'un signe de tête le sac accroché au guidon d'Éclair.

— Tu as quoi là-dedans ?

— Des brownies Little Debbies, des Nutter Butter[1] et des tartelettes à la confiture, parfum pomme et cerise.

— Cool. Moi, j'ai trois canettes de Budweiser.

Les yeux de Fox ne furent pas loin de jaillir de leurs orbites.

— Sans blague ?

— Je te jure. Le vieux était bourré. Il n'en saura rien. Et j'ai encore mieux : le *Penthouse* du mois dernier.

— Tu rigoles !

— Il les cache sous une pile de bazar dans les toilettes.

— Fais-moi voir.

---

1. Biscuits fourrés au beurre de cacahuète. *(N.d.T.)*

— Plus tard, avec la bière.

Tous deux tournèrent la tête vers le sentier et aperçurent Caleb qui poussait sa bicyclette sur les cailloux.

— Salut, tête de nœud, lui lança Fox en guise de bienvenue.

— Salut, les enfoirés, rétorqua Caleb.

Après cet accueil d'une affection toute confraternelle, ils quittèrent l'étroit sentier pour s'enfoncer dans la forêt avec leurs bicyclettes.

Une fois les vélos à l'abri, ils se répartirent les provisions de Caleb.

— La vache, Hawkins, ta mère t'a donné à bouffer pour un régiment ! s'exclama Gage.

— Tu te moqueras moins quand tu y goûteras, bougonna Caleb dont les bras protestaient sous le poids du panier. Mets donc ton sac sur ton dos et donne-moi un coup de main.

— Je le porte à la main, objecta Gage qui souleva d'une chiquenaude le couvercle du panier et après s'être bruyamment moqué des Tupperwares, en fourra deux dans son sac. Prends aussi quelque chose, O'Dell, ou il nous faudra toute la journée juste pour arriver à Hester's Pool.

Avec un juron, Fox sortit une Thermos et la glissa dans son sac.

— C'est assez léger maintenant, chochotte ?

— Va te faire foutre, marmonna Caleb. J'ai le panier plus mon sac.

— J'ai les courses du marché plus mon sac, répliqua Fox qui exhiba fièrement ses précieux achats. Tu portes le blaster, Turner ?

Gage haussa les épaules et prit la radio en déclarant :

— Dans ce cas, c'est moi qui choisis la musique.

— Pas de rap ! s'exclamèrent en chœur Caleb et Fox, mais Gage se contenta de sourire et fit défiler les stations jusqu'à ce qu'il tombe sur un remix en rap d'*Aerosmith*.

Au milieu de virulentes récriminations, la petite troupe se mit en marche.

Le feuillage dru atténuait les ardeurs du soleil et la chaleur estivale. Çà et là, entre les branches des épais peupliers et des chênes imposants, apparaissaient des taches de ciel d'un bleu laiteux. Ils se dirigèrent vers l'étang au pas de charge, encouragés par les éructations du rappeur.

— Gage a un *Penthouse*, annonça Fox. Le magazine de femmes à poil, abruti, précisa-t-il devant le regard vide de Caleb.

— Ah bon ?

— Ouais, je te dis. Allez, Gage, montre-le.

— Quand on aura dressé le camp et sorti la bière.

— La bière ?

Instinctivement, Caleb jeta un regard inquiet par-dessus son épaule, au cas où sa mère se matérialiserait comme par enchantement.

— Tu as de la bière ?

— Trois canettes de mousse, confirma Gage, fanfaron. Et j'ai aussi des clopes.

— Super, hein ? s'exclama Fox qui décocha un coup de poing dans le bras de Caleb. C'est l'anniversaire le plus génial de toute notre vie.

— Je veux, approuva Caleb, secrètement terrifié.

De la bière, des cigarettes et des photos de femmes nues. Si jamais sa mère l'apprenait, il serait privé de sortie jusqu'à ses trente ans. Sans même compter son mensonge. Ni cette expédition dans les bois pour aller camper à la Pierre Païenne, ce qui lui était formellement interdit.

Il serait puni jusqu'à la fin de ses jours.

— Arrête de t'en faire, railla Gage, une lueur de malice teintée de défi dans le regard. C'est trop cool.

— Je ne m'en fais pas, mentit Caleb qui sursauta quand un gros geai jaillit d'entre les arbres avec un piaillement irrité.

2

Hester's Pool étant aussi interdit dans le monde de Caleb, il exerçait sur lui un attrait irrésistible.

Le petit étang brunâtre alimenté par les eaux d'Antietam Creek et caché au cœur de l'épaisse forêt d'Hawkins Wood était, selon la légende, hanté par une jeune fille étrange qui s'y serait noyée à l'époque des Pères Pèlerins.

Il avait entendu sa mère parler d'un garçon qui avait connu le même sort quand il était enfant, d'où l'interdiction formelle de s'en approcher. D'aucuns prétendaient que l'étang était hanté par le fantôme du garçon, tapi dans l'eau à l'affût d'un autre enfant pour lui tenir compagnie.

Caleb s'y était baigné deux fois l'été passé, grisé par la peur et l'excitation. Et les deux fois, il aurait *juré* avoir senti des doigts osseux lui frôler la cheville.

Une armée dense de roseaux s'agglutinait aux abords de l'étang, et sur la rive glissante poussaient par touffes entières les lis orangés que sa mère aimait tant. Des fougères en éventail grimpaient le long de la pente rocheuse, mêlées à de vigoureux ronciers couverts de baies sauvages qui, lorsqu'elles étaient mûres, tachaient les doigts d'un jus pourpre qui rappelait un peu le sang.

La dernière fois qu'ils étaient venus, il avait vu un serpent noir remonter la pente en ondulant, agitant à peine les fougères.

Poussant un cri guerrier, Fox lâcha son sac, ôta ses chaussures, son tee-shirt et son jean et fonça dans l'eau sans une pensée pour les serpents ou les fantômes tapis dans l'étang sombre.

— Venez, espèce de femmelettes !

Après un plongeon habile juste sous la surface, il fit le tour de l'étang en nageant comme un phoque.

Caleb s'assit, défit ses Converse et rangea ses chaussettes avec soin à l'intérieur. Tandis que Fox continuait de s'ébrouer bruyamment, il jeta un coup d'œil à Gage qui se contentait de contempler l'eau, debout sur la berge.

— Tu y vas ?

— J'en sais rien.

Caleb enleva son tee-shirt et le plia par habitude.

— Ça fait partie du rituel. On ne peut pas continuer notre chemin sans avoir d'abord nagé.

Avec un haussement d'épaules, Gage se débarrassa de ses baskets.

— Qu'est-ce que t'as ? T'es pédé ou quoi ? Tu veux me regarder me déloquer ?

— N'importe quoi.

Caleb glissa ses lunettes dans sa basket gauche, inspira un grand coup et, pas mécontent d'être myope comme une taupe, se jeta à l'eau.

L'eau était glaciale et le choc fut brutal.

Aussitôt, Fox lui aspergea la figure, l'aveuglant complètement, puis s'enfuit vers les roseaux avant qu'il ait pu riposter. À peine sa vision s'était-elle éclaircie que Gage sauta dans l'eau à son tour, l'aveuglant de nouveau.

— Vous êtes vaches, les gars !

La nage petit chien de Gage agitait la surface et Caleb s'éloigna en quelques brasses du clapot. Des trois, il était le meilleur nageur. Fox était rapide, mais dépourvu d'endurance, quant à Gage, eh bien, il attaquait l'eau de front comme si sa vie en dépendait.

Caleb redoutait – tout en étant peu ou prou électrisé à cette idée – de devoir un jour recourir aux techniques de sauvetage que lui avait enseignées son père dans leur piscine pour sauver son ami de la noyade.

Il imaginait la scène, et les regards admiratifs de ses copains éperdus de gratitude, quand une main lui agrippa la cheville et le tira d'un coup sec sous l'eau.

Même s'il *savait* que c'était une blague de Fox, son cœur lui remonta brutalement à la gorge lorsque l'eau se referma au-dessus de sa tête. Il se débattit comme un beau diable, oubliant tout son entraînement dans ce premier instant de panique. Alors même qu'il avait réussi à se libérer de l'étau qui lui enserrait la cheville et s'apprêtait à donner un coup de pied pour remonter à la surface, il perçut un mouvement sur sa gauche.

La créature – une femme – semblait glisser dans sa direction entre deux eaux. Ses cheveux flottaient derrière elle, dégageant son visage livide avec deux trous noirs à la place des yeux. Lorsqu'elle tendit la main vers lui, Caleb voulut hurler et l'eau s'engouffra dans ses poumons. Suffoquant, il se propulsa vers le haut avec frénésie.

Il entendait son rire tout autour de lui, tel un écho métallique qui lui rappelait la musique du vieux transistor que son père utilisait parfois. Éperdu de terreur, il pagaya comme un forcené jusqu'à la rive.

— Je l'ai vue ! Je l'ai vue dans l'eau ! s'étrangla-t-il tout en se hissant tant bien que mal sur la berge.

Elle fondait sur lui, rapide comme un requin, et dans son esprit il voyait sa bouche ouverte où luisaient des dents aussi acérées que des poignards.

— Sortez de l'eau ! Sortez tout de suite !

Haletant, il rampa entre les joncs et roseaux glissants. Quand il se retourna, il constata que ses amis poursuivaient tranquillement leur baignade.

— Elle est dans l'eau ! sanglota-t-il presque, s'efforçant d'extirper ses lunettes de sa basket. Je l'ai vue ! Sortez de là en vitesse !

— Ouh, le fantôme ! À l'aide, à l'aide ! ricana Fox qui fit semblant de se noyer à grands renforts de gargouillis.

Caleb se releva d'un bond, les poings serrés contre les cuisses.

— Sortez de là, bordel ! s'exclama-t-il d'une voix où se mêlaient colère et terreur.

Le sourire moqueur de Gage s'évanouit. Sans quitter Caleb des yeux, le front plissé, il agrippa Fox par le bras quand celui-ci refit surface, hilare.

— Viens, on sort.

— Arrête. Il est juste vexé parce que je l'ai mouché.

— Il ne raconte pas de conneries.

Quelque chose dans le ton de Gage poussa Fox à regarder Caleb plus attentivement. Son expression finit de le convaincre et il fila vers la berge, assez effrayé pour jeter un ou deux regards méfiants par-dessus son épaule.

Gage regagna le bord à sa suite, toujours dans sa nage petit chien nonchalante comme par défi.

Quand ses amis l'eurent rejoint, Caleb s'effondra sur le sol. Le front calé contre ses genoux repliés, il tremblait de tous ses membres.

Dans ses sous-vêtements trempés, Fox se balançait d'un pied sur l'autre.

— Eh, mec, je t'ai juste tiré par la cheville pour te faire flipper. C'était pour s'amuser.

— Je l'ai vue.

Fox s'accroupit près de lui en repoussant ses cheveux dégoulinants de son visage.

— Arrête, tu vois que dalle avec tes culots de bouteille.

— La ferme, O'Dell, intervint Gage qui s'assit sur ses talons. Qu'est-ce que tu as vu, Caleb ?

— *Elle.* Ses cheveux flottaient derrière elle et ses yeux, la vache, ils étaient noirs comme ceux du requin dans *Les Dents de la mer*. Elle portait une longue robe, et elle a tendu la main vers moi comme pour m'attraper...

— Avec ses doigts osseux, plaisanta Fox.

Il avait voulu détendre l'atmosphère, mais échoua lamentablement.

Caleb releva la tête, et derrière ses lunettes, son regard était à la fois furieux et effrayé.

— Ils n'étaient pas osseux. J'imaginais qu'ils le seraient, mais elle avait juste l'air... réelle. Pas comme un spectre ou un squelette. Je l'ai vue, je vous jure. C'est pas des craques.

— Si tu le dis.

Par précaution, Fox s'éloigna de l'étang d'un mètre supplémentaire, puis jura quand il se griffa l'avant-bras aux branches épineuses.

— Mince, maintenant je saigne.

Il arracha une poignée d'herbe et essuya le sang qui perlait des égratignures.

— N'y pense même pas, lança Caleb à Gage qui contemplait l'eau d'un œil songeur, l'air de se demander : « Et si j'y vais, que va-t-il se passer ? » Personne ne retourne à l'eau. De toute façon, tu ne sais pas assez bien nager.

— Comment se fait-il que tu sois le seul à l'avoir vue ?

— Je n'en sais rien et je m'en moque. Tout ce que je veux, c'est fiche le camp d'ici.

Caleb se leva d'un bond et attrapa son pantalon. Il commençait à l'enfiler en se tortillant quand il aperçut le dos de Gage.

— La vache, tu as le dos dans un sale état.
— Le vieux a pris sa cuite hier soir. C'est rien.
Fox vint jeter un coup d'œil.
— Dis donc, ça doit faire drôlement mal.
— L'eau fraîche m'a fait du bien.
— J'ai ma trousse de premiers secours, hasarda Caleb.
— C'est rien, je te dis, coupa Gage qui ramassa son tee-shirt et l'enfila. Si vous n'avez ni l'un ni l'autre les couilles d'y retourner pour voir ce qui se passe, il n'y a qu'à continuer.
— Moi, je n'ai pas les couilles, admit Caleb, tellement pince-sans-rire que Gage ne put s'empêcher de se marrer.
— Alors remets ton pantalon, que je n'aie pas à me demander ce qui te pend entre les jambes.

Fox ouvrit le paquet de Little Debbies et l'une des six canettes de Coca qu'il avait achetées au marché. L'incident dans l'étang et les zébrures sur le dos de Gage étant des sujets trop graves, ils n'en parlèrent pas. Les cheveux encore trempés, ils se remirent en marche, engloutissant les biscuits et partageant la canette de soda tiède.

Tandis qu'à la radio Bon Jovi s'époumonait, Caleb réfléchit à l'apparition. Pourquoi l'avait-il vue, lui, et pas les autres ? Comment le visage de cette femme avait-il pu lui apparaître aussi clairement dans l'eau fangeuse alors que ses lunettes étaient restées sur la rive ? Comment avait-il seulement pu la voir ? À mesure qu'il s'éloignait de l'étang, il lui semblait plus facile de se convaincre qu'il avait tout imaginé.

En tout cas, pas question d'admettre qu'il avait peut-être tout simplement paniqué.

La chaleur eut tôt fait de sécher sa peau mouillée et il se mit à transpirer. Comment Gage pouvait-il supporter son tee-shirt humide sur les plaies de son dos ? Rouges et enflées, elles devaient lui faire un mal de chien. Si seulement il le laissait appliquer un peu de pommade.

Et si les blessures s'infectaient ? songea-t-il tout à coup. Et s'il attrapait un empoisonnement du sang et se mettait à délirer alors qu'ils étaient loin de tout ?

Il serait obligé d'envoyer Fox chercher de l'aide, pendant que lui resterait auprès de Gage et lui donnerait à boire pour éviter – c'était quoi le mot déjà ? – la déshydratation.

Bien sûr, ils en prendraient tous les trois pour leur grade quand leurs parents viendraient les chercher, mais Gage serait sauvé.

Peut-être que le vieux Turner irait en prison ? Qu'adviendrait-il alors de Gage ? Devrait-il aller dans un orphelinat ?

C'était presque aussi effrayant que la fille dans l'étang.

Ils firent halte et s'assirent à l'ombre pour partager une des Marlboro de Gage. Caleb avait toujours la tête qui tournait lorsqu'il fumait, mais c'était sympa de rester ainsi sous les arbres, à écouter l'eau qui dévalait sur les rochers derrière eux et un groupe d'oiseaux fous qui s'interpellaient à qui mieux mieux.

— On pourrait camper ici, dit-il presque pour lui-même.

— Pas question, objecta Fox qui lui décocha un coup de poing à l'épaule. On fêtera nos dix ans à la Pierre Païenne. Pas de changement de plan. On y sera dans moins d'une heure, pas vrai, Gage ?

Celui-ci leva les yeux pour observer le ciel entre les feuilles.

— Ouais. Mais on avancerait plus vite si vous n'aviez pas apporté autant de bouffe, vous deux.

— Je ne t'ai pas vu refuser un Little Debbie, fit remarquer Fox.

— Un Little Debbie, ça ne se refuse pas, répliqua Gage qui écrasa la cigarette et posa une pierre dessus. Bon, en selle, soldats !

Personne ne s'aventurait jamais jusqu'ici. Enfin, Caleb savait que ce n'était pas tout à fait vrai : à la saison de la chasse, on venait tirer sur des cerfs dans le coin. Mais l'endroit donnait l'impression d'être abandonné des hommes. Les deux autres fois où ses copains l'avaient convaincu de parcourir tout ce chemin jusqu'à la Pierre Païenne, il avait ressenti exactement la même chose. Et ces deux fois-là, ils étaient partis tôt le matin au lieu de l'après-midi. Ils avaient été de retour avant 14 heures.

Maintenant, selon sa Timex, il était presque 16 heures. Malgré le gâteau, son estomac commençait à gargouiller. Il avait envie de s'arrêter de nouveau pour piocher dans les provisions que sa mère avait emballées dans ce stupide panier.

Mais Gage les poussait à avancer, pressé d'arriver.

La terre dans la clairière avait un aspect roussi, comme si un incendie y avait fait rage. L'endroit formait un cercle presque parfait, ceint de chênes, de locus et de ronces couvertes de baies sauvages. Au centre se dressait une pierre solitaire saillant de la terre brûlée sur une hauteur d'environ soixante centimètres, aplatie à son sommet comme une petite table.

Certains parlaient d'autel.

D'autres, les rares fois où le sujet était abordé, affirmaient que la Pierre Païenne n'était qu'un vulgaire rocher et que le sol avait cette couleur à cause des minéraux qui le composait, ou d'un cours d'eau souterrain, ou peut-être d'une grotte.

D'autres encore, en général plus loquaces, faisaient remonter les faits aux débuts du peuplement de Hawkins Hollow et, plus précisément, à la nuit où treize colons avaient trouvé la mort, brûlés vifs à cet endroit même.

De la sorcellerie, disaient-ils. L'œuvre du démon, à en croire d'autres.

Selon une autre théorie, une tribu d'Indiens inhospitaliers auraient tué les colons, puis brûlé leurs corps.

Quelle que fût la vérité, la pierre gris pâle se dressait sur la terre grillée tel un monument.

— On est arrivés ! s'écria Fox qui lâcha ses affaires et se précipita pour exécuter une danse effrénée autour de la pierre.

— C'est cool, non ? Personne ne sait où on est. Et on a *toute* la nuit pour faire ce qu'on veut !

— Tout ce qu'on veut au milieu des bois, ajouta Caleb. Sans télé, ni réfrigérateur.

Fox rejeta la tête en arrière et poussa un cri dont l'écho résonna dans le lointain.

— Vous voyez ? Personne ne peut nous entendre. On pourrait se faire attaquer par des mutants, des ninjas ou des extraterrestres que personne n'entendrait nos appels au secours.

Caleb déglutit. C'était là le genre de remarque qui ne risquait pas de calmer son estomac.

— Il faut ramasser du bois pour le feu de camp.

— Le boy-scout a raison, approuva Gage. Vous deux, vous allez chercher du bois. Moi, je vais mettre la bière et le Coca dans la rivière, histoire de rafraîchir les canettes.

Avec sa méticulosité coutumière, Caleb commença par organiser le campement. La nourriture dans un endroit, les vêtements dans un autre. Son couteau de scout et sa boussole en poche, il partit ramasser des brindilles et du petit bois. Les ronces le piquèrent et l'égratignèrent tandis qu'il se frayait un passage entre les broussailles. Les bras chargés, il ne remarqua pas les quelques gouttes de son sang qui coulèrent sur le sol à la lisière du cercle.

Il ne vit pas davantage que le sang grésilla, puis fut comme aspiré par la terre brûlée.

Fox posa la radio sur la pierre plate et ils dressèrent le camp en compagnie de Madonna et de U2. Suivant les conseils de Caleb, ils préparèrent un feu qu'ils n'allumeraient qu'à la tombée de la nuit.

Crasseux, en nage, et affamés, les trois garçons s'assirent par terre et plongèrent leurs mains sales dans le panier à pique-nique. Tout autant que la nourriture elle-même, les saveurs familières apaisèrent Caleb qui, du coup, ne regrettait pas d'avoir porté le panier pendant deux heures.

Rassasiés, ils s'étendirent sur le dos et contemplèrent le ciel.

— Vous croyez vraiment que tous ces gens sont morts ici ? risqua Gage.

— Il y a des livres là-dessus à la bibliothèque, répondit Caleb. Ils parlent d'un incendie « d'origine inconnue » dans lequel ils seraient tous morts brûlés vifs.

— Drôle d'endroit pour se réunir.

— On y est bien, nous.

Gage se contenta d'un grognement en guise de réponse.

— D'après ma mère, les premiers Blancs à s'installer ici étaient des puritains, expliqua Fox avant de former une énorme bulle rose avec le chewing-gum Bazooka qu'il avait acheté au marché. Des espèces d'intégristes qui étaient venus ici parce qu'ils recherchaient la liberté religieuse, mais qui, en fait, imposaient leur façon de voir. Il paraît que c'est souvent comme ça avec la religion. Je ne comprends pas.

Gage, lui, croyait comprendre, du moins en partie.

— Beaucoup de gens sont méchants, et il y en a encore plus qui se croient meilleurs que vous.

Il le constatait tout le temps, dans le regard des autres.

— Mais vous pensez vraiment qu'il y avait des sorciers, et que les habitants de Hollow les auraient brûlés sur un bûcher ? demanda Fox en roulant sur le ventre. Ma mère dit qu'être sorcier, c'est un peu comme une religion.

— Ta mère est barje.

Comme ça venait de Gage et que c'était dit sur le ton de la plaisanterie, Fox sourit.

— On est tous barjes.

— Je dirais que c'est le moment d'une petite bière, déclara Gage qui se leva. On va en partager une et laisser les autres au frais.

Tandis qu'il s'éloignait, Caleb et Fox échangèrent un regard inquiet.

— Tu as déjà bu de la bière ? demanda Caleb.

— Non. Et toi ?

— Tu rigoles ? Déjà que j'ai droit au Coca que pour les grandes occasions. Et si ça nous saoule et qu'on tombe ivres morts ?

— Mon père en boit parfois, et ça ne lui arrive pas, enfin, je ne crois pas.

Ils se turent comme Gage revenait avec la canette dégoulinante.

— Voilà. C'est pour célébrer le fait qu'à minuit on ne sera plus des gamins, annonça-t-il.

— On devrait peut-être attendre minuit pour la boire, suggéra Caleb.

— On boira la deuxième après. Un peu comme une sorte de rituel.

Le *pop* de l'opercule résonna dans les bois silencieux, presque aussi choquant qu'un coup de feu aux oreilles de Caleb. L'odeur aigre de la bière lui monta aussitôt aux narines. Il se demanda si le goût était à l'avenant.

Gage leva la canette au-dessus de sa tête comme s'il s'agissait d'un glaive, puis l'abaissa et but une longue gorgée. Il ne parvint pas tout à fait à masquer sa réaction, un plissement du visage comme s'il venait d'avaler quelque chose de désagréable. Ses joues s'empourprèrent et il eut une espèce de hoquet.

— C'est encore un peu chaud, fit-il en toussant, mais ça fait du bien par où ça passe. À vous maintenant.

Il tendit la canette à Fox qui la prit avec un haussement d'épaules et imita le geste de son ami. Il n'était pas du genre à reculer devant un défi.

— Beurk, ça a un goût de pisse.

— T'en as bu récemment ? ironisa Gage.

— Très marrant, ricana Fox qui passa la canette à Caleb. À ton tour.

Caleb la contempla un instant. Ce n'était pas un peu de bière qui allait le tuer. Il inspira un coup et avala une petite gorgée.

Son estomac se tordit et ses yeux s'embuèrent. Il fourra la canette entre les mains de Gage.

— Ça a *vraiment* un goût de pisse.

— J'imagine que les gens ne boivent pas la bière pour le goût, mais pour les sensations, expliqua ce dernier qui prit aussitôt une autre gorgée, curieux de les découvrir par lui-même.

Assis en tailleur, genoux contre genoux, ils se passèrent la canette jusqu'à ce qu'elle soit vide.

L'estomac de Caleb était secoué, mais il n'avait pas pour autant la nausée, enfin pas vraiment. La tête lui tournait un peu et il avait envie de rigoler comme un idiot. La bière lui avait aussi rempli la vessie. Lorsqu'il se leva, tout tangua autour de lui, et il fut pris d'un rire irrépressible tandis qu'il titubait en direction d'un arbre. Il ouvrit sa braguette et visa le tronc, mais celui-ci n'arrêtait pas de bouger.

Fox se démenait pour allumer une cigarette quand Caleb rejoignit ses amis d'un pas mal assuré. Ils reformèrent le cercle et se la passèrent jusqu'à ce que l'estomac inexpérimenté de Caleb se soulève plus sérieusement. Il rampa un peu plus loin et vomit. Quand il revint, il s'étala de tout son long sur le sol. Les yeux fermés, il ne souhaitait qu'une chose : que le monde autour de lui cesse de tournoyer.

Il avait l'impression d'être de nouveau en train de nager dans l'étang et d'être peu à peu tiré vers le fond.

Lorsqu'il refit surface, la nuit était presque tombée.

Il se redressa, espérant ne pas être de nouveau malade. Il se sentait un peu vide à l'intérieur – dans la tête et le ventre –, mais pas nauséeux. Il aperçut Fox recroquevillé contre la pierre, endormi. Il rampa à quatre pattes jusqu'à la Thermos, et dut admettre que jamais il n'avait autant apprécié la limonade maison de sa mère.

Un peu rasséréné, il glissa les doigts sous ses lunettes et se frotta les yeux, puis il aperçut Gage assis devant le petit monticule de bois préparé pour le feu de camp.

— Alors, chochotte, bien dormi ?

Un pâle sourire aux lèvres, Caleb le rejoignit.

— Je ne sais pas comment allumer ce truc. Je me disais qu'il était temps, mais j'avais besoin d'un boy-scout.

Caleb prit la pochette d'allumettes que Gage lui tendait et mit le feu en plusieurs endroits aux feuilles mortes qu'il avait étalées sous le bois.

— Ça devrait aller, fit-il. Il n'y a pas beaucoup de vent et rien ne peut s'enflammer dans la clairière. Il suffira de l'alimenter au fur et à mesure, et de nous assurer de bien enfouir les cendres avant de partir, demain.

— Un vrai petit louveteau. Ça va ?

— Ouais. J'ai presque tout vomi, j'imagine.

— Je n'aurais pas dû apporter la bière.

Caleb haussa une épaule et jeta un coup d'œil à Fox.

— Ça va, et comme ça on n'aura plus à se demander quel goût ça a. On sait que la bière, ça a goût de pisse.

Gage pouffa.

— Ça ne m'a pas rendu méchant, observa-t-il, attisant les flammèches avec une brindille. Je voulais savoir l'effet que ça me ferait de boire, et je me suis dit que le mieux, c'était d'essayer avec Fox et toi, puisque vous êtes mes meilleurs amis.

— Et alors ? Tu t'es senti comment ?

— Ça m'a flanqué un peu mal au crâne. Je n'ai pas vomi comme toi, mais c'était limite. J'ai bu un Coca et après, je me suis senti mieux. Pourquoi est-ce qu'il boit autant si c'est tout l'effet que ça lui fait ?

— Je n'en sais rien.

Gage appuya le front sur ses genoux.

— Il pleurait hier soir en me frappant. Il a chialé comme une madeleine tout le temps qu'il me balançait ses coups de ceinturon. Comment on peut avoir envie de se mettre dans un état pareil ?

Veillant à éviter les plaies sur le dos de son ami, Caleb drapa le bras autour de ses épaules. Il aurait voulu trouver les mots pour le réconforter.

— Dès que j'aurai l'âge, je me tire, continua Gage. Je m'engagerai dans l'armée, ou je trouverai du boulot sur un cargo ou une plate-forme pétrolière.

Lorsqu'il releva la tête, il avait les yeux brillants et, par pudeur, Caleb regarda ailleurs.

— Tu peux venir habiter chez nous si tu ne tiens plus.

— Il faudra bien que je retourne chez mon vieux, et ce sera pire. Mais dans quelques heures, j'aurai dix ans. Et d'ici quelques années, je serai aussi costaud que lui, peut-être plus, et il pourra toujours essayer de me tabasser.

Gage se frotta le visage des deux mains.

— On va réveiller Fox, reprit-il. Personne ne dort ce soir.

Après force ronchonnements et grommellements, Fox se leva pour soulager sa vessie et aller chercher un Coca dans l'eau. Ils le partagèrent avec une nouvelle tournée de Little Debbies. Et, enfin, le numéro de *Penthouse*.

Caleb avait déjà vu des seins nus. Il y en avait dans le *National Geographic* à la bibliothèque, quand on savait où chercher.

Mais là, c'était différent.

— Eh, les gars, vous avez déjà pensé à le faire ? demanda-t-il.

— Qui n'y pense pas ? répondirent Fox et Gage.

— Celui qui le fera en premier devra raconter tout aux autres, poursuivit Caleb. Ce qu'on ressent, comment on s'y prend et ce que la fille fait. Tout dans les moindres détails. Je réclame un serment.

Une demande de serment était sacrée. Gage cracha sur le dos de sa main et la tendit. Fox claqua la paume dessus, cracha sur le dos de sa main, puis Caleb l'imita.

— Nous en faisons le serment ! déclarèrent-ils en chœur.

Assis autour du feu, ils bavardèrent tandis que les étoiles s'allumaient une à une et qu'au fond des bois, une chouette lançait ses premiers hululements.

La longue randonnée éreintante, les apparitions fantomatiques et les séquelles de la bière étaient oubliées.

— On devrait recommencer tous les ans pour notre anniversaire, proposa Caleb. Même quand on sera vieux, qu'on aura dans les trente ans.

— On boirait de la bière et on regarderait des photos de filles à poil, ajouta Fox. Je réclame un...

— Non, l'interrompit sèchement Gage. Je ne peux pas jurer. Je ne sais pas où je serai, mais ce sera forcément ailleurs. Je ne sais pas si je reviendrai un jour.

— Dans ce cas, on te rejoindra, quand on pourra. On restera toujours les meilleurs amis du monde, décréta Caleb.

Rien ne pourrait les en empêcher, il en fit intérieurement le serment. Il consulta sa montre.

— Minuit approche. J'ai une idée.

Il sortit son canif de scout, ouvrit la lame et la tint dans le feu.

— Qu'est-ce que tu fabriques ? s'étonna Fox.

— Je stérilise mon couteau. Tu sais, pour qu'il n'y ait plus de microbes.

La chaleur était si intense que Caleb dut retirer la main et souffler sur ses doigts.

— C'est comme le rituel dont parlait Gage tout à l'heure. Dix ans, c'est une décennie. On se connaît presque depuis toujours. On est nés le même jour. Ça nous rend... différents. Mieux que des meilleurs amis, plutôt comme des frères.

Gage regarda le couteau, puis leva les yeux vers Caleb.

— Des frères de sang.

— Oui.

— Cool, dit Fox qui, déjà prêt à s'engager, tendit la main.

— On devrait attendre minuit, suggéra Caleb. Et il faudrait aussi dire quelque chose.

— Un truc du genre « Un pour tous, tous pour un », proposa Gage. Et on pourrait mêler notre sang comme pour un pacte de loyauté.

— Excellent. Écris, Caleb.

Celui-ci exhuma de son sac à dos un crayon à papier et une feuille.

— On va écrire les mots et on les dira ensemble. Ensuite, on s'entaillera le poignet et on mêlera nos sangs. J'ai des sparadraps pour après, en cas de besoin.

Il coucha les suggestions de chacun sur le papier, raturant quand ils changeaient d'idée.

Fox ajouta un peu de bois dans le feu qui repartit de plus belle.

Un peu avant minuit, les trois garçons se levèrent et prirent place autour de la Pierre Païenne, leurs visages juvéniles éclairés par le feu et un rayon de lune. Sur un signe de tête de Gage, ils déclarèrent en chœur, d'un ton solennel :

— Nous sommes nés il y a dix ans, la même nuit, à la même heure. Nous sommes frères. Sur la Pierre Païenne, nous nous jurons loyauté, vérité et fraternité. Pour sceller notre pacte, mêlons nos sangs.

Caleb inspira un grand coup et rassembla son courage pour passer la lame sur son poignet.

— Aïe.

— Mêlons nos sangs.

Fox serra les dents quand Caleb lui entailla le poignet à son tour.

— Mêlons nos sangs.

Gage demeura imperturbable tandis que le canif lui coupait la chair.

— Un pour trois, et trois pour un !

Caleb tendit le bras. Fox, puis Gage pressèrent leurs coupures sur la sienne.

— Frères d'esprit et d'âme. Frères de sang jusqu'à la fin des temps !

Soudain, les nuages s'amoncelèrent devant la lune pleine, voilant les étoiles. Leurs sangs mêlés gouttèrent sur la terre brûlée.

Le vent explosa dans un mugissement furieux. Le petit feu de camp cracha une colonne de flammes. Comme agrippés par une main géante, les garçons furent arrachés du sol et projetés à plusieurs mètres. Un jaillissement de lumière les aveugla comme si les étoiles avaient volé en éclats.

Alors qu'il ouvrait la bouche pour crier, Caleb sentit quelque chose prendre violemment possession de lui, brûlant et puissant, envahir ses poumons au point de l'étouffer et lui broyer atrocement le cœur.

Puis ce fut le noir total. Un froid glacial balaya la clairière, lui engourdissant la peau. Le vent hurlait à la mort tel un monstre terrifiant tout droit sorti d'un livre d'horreur. Sous lui, le sol trembla, le tirant en arrière alors qu'il essayait de s'enfuir à quatre pattes.

Quelque chose émergea alors de ces ténèbres glaciales et mouvantes. Une créature gigantesque et répugnante.

Ses yeux injectés de sang se posèrent sur Caleb, avides, et son rictus hideux dévoila des dents aussi effilées que des poignards d'argent.

Caleb sut qu'il allait mourir, que la chose allait l'engloutir d'une seule bouchée.

Mais quand il revint à lui, il entendit les battements de son cœur, ainsi que les cris et les appels de ses amis.

Ses frères de sang.

— La vache, qu'est-ce que c'était ? Vous avez vu ?

Fox n'avait plus qu'un filet de voix.

— Gage, s'affola-t-il, tu as le nez qui saigne.

— Toi aussi. Quelque chose... Et Caleb ? Merde, Caleb...

Allongé sur le dos, Caleb ne bougeait plus. Il sentait le sang tiède et poisseux sur son visage, mais il était trop abasourdi pour s'en effrayer.

— Je ne vois plus rien, coassa-t-il. Je ne vois plus rien.

— Tes lunettes sont cassées, lui expliqua Fox qui rampa vers lui, le visage barbouillé de suie et de sang. Un des verres est fendu. Ta mère va te tuer, mon pote.

Caleb ôta ses lunettes d'une main tremblante.

— Il y avait quelque chose, fit Gage en agrippant l'épaule de Caleb. J'ai senti un truc se produire quand tout s'est mis à délirer. Un truc bizarre à l'intérieur de moi. Et après... vous l'avez vue ? La créature ?

— J'ai vu ses yeux, répondit Fox qui se mit à claquer des dents. Il faut qu'on se tire d'ici. Tout de suite.

— Pour aller où ? objecta Gage d'une voix encore haletante avant de ramasser le canif de Caleb. On ne sait pas où cette chose est passée. Est-ce que c'était une sorte d'ours ou alors... ?

— Ce n'était pas un ours, l'interrompit Caleb, qui avait retrouvé son calme. Il était là, à cet endroit, depuis très longtemps. Je le vois... Je le vois parfaitement. Il ressemblait à un homme autrefois, mais ce n'en était pas un.

— Dis donc, tu as pris un méchant coup sur le crâne, on dirait.

Caleb tourna la tête vers Fox, les iris presque complètement dilatés.

— Je le vois, et l'autre aussi.

Il ouvrit la main, celle du poignet entaillé. Au creux de sa paume se trouvait un morceau de pierre verte veinée de rouge.

— Ceci lui appartient.

Fox et Gage l'imitèrent. Chacun tenait un tiers de la même pierre.

— C'est quoi, ce truc ? murmura Gage, sidéré. D'où ça sort ?

— Je n'en sais rien, mais c'est à nous maintenant. Un pour trois, trois pour un. Je crois que nous avons libéré une sorte de génie, comme dans l'histoire d'Aladin et de la lampe. Mais il y avait le mal aussi. Je le vois.

Caleb ferma les yeux un instant, puis les rouvrit et regarda ses amis avec stupéfaction.

— Je vois, mais sans mes lunettes. Ce n'est pas flou. Je n'ai pas besoin de mes lunettes !

— Attendez...

Tremblant, Gage remonta son tee-shirt et montra son dos à ses amis.

— Tu n'as plus rien ! s'exclama Fox qui effleura du bout des doigts la peau intacte de son ami. Les blessures sont parties. Et...

Il tendit son poignet où l'entaille superficielle commençait déjà à cicatriser.

— Nom d'un bazar, on est devenus des super-héros ou quoi ?

— Il s'agit d'un démon, dit Caleb. Et nous l'avons libéré.

— Merde. Tu parles d'un cadeau d'anniversaire, bougonna Gage en scrutant avec inquiétude les bois plongés dans l'obscurité.

3

Hawkins Hollow, février 2008

Il faisait plus froid à Hawkins Hollow, Maryland, qu'à Juno, Alaska. Caleb s'amusait de ce genre d'anecdotes, même si, en ce moment, il se trouvait à Hollow où soufflait en violentes rafales un vent glacial et humide qui lui gelait les globes oculaires.

Ses yeux étaient pour ainsi dire la seule partie de son corps à découvert tandis qu'il traversait Main Street au pas de course. Il sortait du *Coffee Talk*, un gobelet de moka dans sa main gantée, et regagnait le *Bowling & Fun Center*.

Trois fois par semaine, il prenait le petit déjeuner au comptoir, chez *Mae*, quelques maisons plus loin, et au moins une fois par semaine, il dînait chez *Gino*.

Son père croyait dur comme fer en la solidarité entre commerçants. Maintenant qu'il était en semi-retraite, Caleb gérait quasiment seul l'entreprise familiale et s'efforçait de perpétuer cette tradition des Hawkins.

Il faisait ses courses au marché local alors que le supermarché à la sortie de la ville était moins cher. S'il voulait offrir des fleurs, il résistait à l'envie de commander un bouquet sur Internet en quelques clics et se déplaçait jusqu'à la boutique de la fleuriste. Il était ami avec le plombier, l'électricien, le peintre en bâtiments et les autres artisans du cru. Dans la mesure du possible, il faisait appel à leurs services.

À l'exception de ses années d'étude à l'université, il avait toujours vécu à Hollow. C'était sa ville.

Tous les sept ans depuis son dixième anniversaire, il revivait le cauchemar qui s'abattait sur la ville. Et tous les sept ans, il contribuait à réparer ensuite les dégâts.

Il déverrouilla la porte principale du *Bowling & Fun Center* et referma à clé derrière lui. Sans cette précaution, les gens avaient tendance à entrer, quels que soient les horaires d'ouverture affichés.

Autrefois, il se montrait un peu plus arrangeant, jusqu'au soir mémorable où, en plein strip bowling avec Allysa Kramer, après la fermeture, il avait vu débarquer trois adolescents qui espéraient trouver la galerie des jeux vidéo encore ouverte.

Il avait retenu la leçon.

Il passa devant la réception, les six pistes, le comptoir de location de chaussures et le grill, tourna dans l'escalier qu'il gravit quatre à quatre jusqu'à l'étage où se trouvaient son bureau, des toilettes minuscules et une vaste réserve.

Après avoir posé le café sur le bureau, il enleva gants, écharpe, casquette fourrée, parka et veste polaire. Après quoi, il ouvrit son ordinateur, alluma la radio satellite, puis s'assit pour faire le plein de caféine avant de se mettre au travail.

Le bowling que son grand-père avait ouvert après la guerre à la fin des années 1940 était modeste avec trois pistes, deux flippers et un distributeur de Coca. Il s'était développé dans les années 1960, puis avait connu un nouvel essor quand le père de Caleb avait pris les rênes, au début des années 1980.

Aujourd'hui, avec ses six pistes, sa galerie de jeux vidéo, son grill et sa salle de réception privée, c'était le lieu de divertissement par excellence à Hawkins Hollow.

« La ville porte notre nom, se plaisait à répéter Jim Hawkins. Respecte le nom et respecte la ville. »

Un principe que Caleb avait à cœur de mettre en pratique. Sinon, il serait parti depuis belle lurette.

Il faisait le bilan des réservations du mois suivant quand on frappa contre le chambranle. Il leva le nez.

— Désolé de déranger. Est-ce que je peux terminer les peintures en bas vu que c'est fermé ce matin ?

— D'accord, Bill. Vous avez tout ce qu'il vous faut ?

— Bien sûr.

Sobre depuis cinq ans, deux mois et six jours, Bill Turner se racla la gorge.

— Euh… je me demandais si vous aviez des nouvelles de Gage.

— Pas depuis deux mois.

Terrain glissant, songea Caleb. Bill hocha la tête avec lenteur.

— Ah. Bon, eh bien, je vais m'y mettre.

Caleb le regarda s'éloigner. Qu'aurait-il pu faire ?

Cinq années de sobriété compensaient-elles les coups de ceinturon, les brimades, les insultes ? Ce n'était pas à lui de juger.

Il jeta un coup d'œil à la fine cicatrice qui lui barrait le poignet en diagonale. Bizarre comme la petite blessure avait guéri vite, et pourtant la marque – la seule qu'il portait sur tout le corps – demeurait encore visible après tant d'années. Bizarre comme cette trace infime précipitait la ville et ses habitants dans sept jours d'enfer tous les sept ans.

Gage reviendrait-il cet été, comme à chaque mois de juillet fatidique ? Caleb ne pouvait prédire l'avenir – ce n'était pas à lui que revenait ce don, ou ce fardeau. Mais il savait que pour leurs trente et un ans, Gage, Fox et lui seraient tous trois à Hollow.

Ils en avaient fait le serment.

Caleb boucla son travail de la matinée, puis, comme il ne pouvait le chasser de son esprit, il écrivit un e-mail succinct à Gage.

Salut. Où es-tu donc passé ? Vegas ? Mozambique ? Duluth ? Vais de ce pas voir Fox. Une journaliste débarque à Hollow pour enquêter sur « l'histoire ». On va gérer, mais je préfère t'en informer.

Il fait moins cinq avec une température ressentie de moins dix. J'aimerais que tu sois là et moi dans un coin plus chaud.

Caleb

Il finira bien par répondre, songea Caleb qui envoya le mail et éteignit son ordinateur. D'ici cinq minutes ou cinq semaines, mais Gage se manifesterait.

Il enfila à nouveau ses vêtements chauds sur son corps dégingandé hérité de son père. C'était aussi à ce cher vieux papa qu'il devait ses pieds démesurés.

Ses cheveux châtain clair, souvent rebelles, il les tenait de sa mère. Il le savait grâce à d'anciennes photos, car il l'avait toujours connue blonde comme les blés avec un brushing impeccable.

D'un gris intense, parfois orageux, ses yeux possédaient une vision parfaite depuis son dixième anniversaire.

En remontant la fermeture Éclair de sa parka, Caleb songea que depuis plus de vingt ans, il n'avait pas eu le moindre coup de froid. Ni grippe, ni virus, ni rhume des foins.

À douze ans, il était tombé d'un pommier. Il avait entendu l'os de son bras se briser, avant qu'une douleur fulgurante le transperce.

Et il avait senti la fracture se résorber – encore plus douloureusement – avant qu'il ait le temps de traverser la pelouse pour avertir sa mère. Il ne lui en avait donc jamais parlé. À quoi bon la tracasser ?

Une fois dehors, il parcourut d'un pas vif les trois pâtés de maisons qui le séparaient du bureau de Fox, saluant au passage des voisins et amis sans s'arrêter pour faire la conversation. S'il ne risquait pas une pneumonie ou un rhume de cerveau, il n'en avait pas moins sa claque de l'hiver.

Un large ruban sale de neige verglacée s'étendait sur le trottoir, et le ciel arborait la même couleur sinistre. Certaines maisons ou commerces affichaient des cœurs de la Saint-Valentin à leurs portes et à leurs fenêtres, mais cela n'ajoutait guère de gaieté aux arbres dénudés et aux jardins en habit hivernal.

Hollow n'était décidément pas à son avantage en février, songea Caleb.

Il gravit les quelques marches qui menaient au porche couvert de la vieille maison de ville en pierre. La plaque près de la porte indiquait : *Fox O'Dell, avocat.*

Ce détail arrachait toujours un léger sursaut à Caleb, suivi d'une envie de sourire. Après presque six ans, il n'était pas encore tout à fait habitué.

Le hippie aux cheveux longs était devenu un homme de loi respectable.

Il pénétra dans le hall de réception, où trônait Alice Hawbaker. Tirée à quatre épingles dans son tailleur bleu marine, avec son casque de cheveux blancs et ses lunettes de maîtresse d'école, Mme Hawbaker dirigeait le secrétariat comme un chien de berger son troupeau : douce et aimable, elle n'hésitait pas à remettre à sa place la brebis qui sortait du rang.

— Bonjour, madame Hawbaker. Dites donc, quel froid. On dirait que nous allons avoir encore de la neige, dit Caleb en dénouant son écharpe. J'espère que M. Hawbaker et vous prenez soin de votre santé.

— On s'y emploie.

Quelque chose dans sa voix incita Caleb à l'étudier plus attentivement tandis qu'il ôtait ses gants. Lorsqu'il réalisa qu'elle avait pleuré, il s'approcha du bureau.

— Tout va bien ? Est-ce...

— Tout va bien. Très bien. Fox est entre deux rendez-vous. Il boude dans son bureau, alors vous pouvez entrer.

— D'accord. Mme Hawbaker, si je peux faire quoi que...

— Vous pouvez entrer, répéta-t-elle avant de se pencher sur son clavier.

La réception se prolongeait par un couloir s'ouvrant sur des toilettes à gauche et une bibliothèque à droite. Au fond se trouvait le bureau de Fox fermé par une double porte coulissante. Caleb ne prit pas la peine de frapper.

Fox leva les yeux, la mine renfrognée. Assis à son bureau, il avait les pieds posés sur le plateau. Il portait un jean et une chemise en flanelle ouverte sur un tee-shirt blanc en fibre isolante. Ses cheveux ondulés d'un brun profond encadraient son visage aux traits anguleux.

— Que se passe-t-il ? s'enquit Caleb.

— Je vais te dire ce qui se passe. Mon assistante vient de me donner sa démission.

— Qu'as-tu donc fait ?

— Moi ?

Fox repoussa son fauteuil et alla chercher une canette de Coca dans le miniréfrigérateur. Il n'avait jamais pris goût au café.

— Dis plutôt *nous*, mon pote. Depuis une certaine nuit à la Pierre Païenne où on a foutu un beau bordel.

Caleb se laissa tomber dans un fauteuil.

— Elle démissionne à cause de...

— Non seulement elle démissionne, mais son mari et elle quittent carrément Hollow.

Fox avala une longue gorgée de Coca à la façon qu'ont certains hommes de boire leur whisky au goulot.

— Ce n'est pas la raison qu'elle m'a donnée, mais je ne suis pas dupe. Elle prétend qu'ils ont décidé de s'installer à Minneapolis pour être près de leur fille et de leurs petits-enfants, mais c'est du pipeau. À presque soixante-dix ans, tout lâcher pour déménager dans le Nord ? Ils ont un autre enfant qui vit près de Washington D.C. et sont très bien intégrés ici. C'était bidon, ça se voyait comme le nez au milieu de la figure.

— À cause de ce qu'elle a dit ou du petit voyage que tu as fait dans sa tête ?

— Les deux. Ne commence pas à me chercher, Hawkins, maugréa Fox en posant bruyamment sa canette sur le bureau. Je ne furète pas pour le plaisir, bordel.

— Ils changeront peut-être d'avis.

— Ils ne veulent pas partir, mais ont peur de rester. Ils craignent – à juste titre – que ça recommence et n'ont aucune envie de revivre un tel cauchemar. Je lui ai offert une augmentation – comme si je pouvais me le permettre – et tout le mois de juillet de congé, histoire qu'elle comprenne que je savais de quoi il retournait. Mais non, ils persistent et signent. Elle m'a donné jusqu'au 1er avril. Tu parles d'un poisson gratiné ! Je vais devoir trouver une nouvelle assistante et lui apprendre les ficelles du métier. Les ficelles, je ne les connais même pas, Caleb ! J'ignore la moitié des tâches qu'elle accomplit. Elle fait son boulot, voilà tout. Enfin, bref.

— Tu as jusqu'au 1er avril. D'ici là, on trouvera peut-être une solution.

— En plus de vingt ans, on ne l'a toujours pas trouvée.

— Je parlais de ton problème d'assistante. Mais bon, je pense aussi beaucoup à l'autre, avoua Caleb qui se leva et s'approcha de la fenêtre donnant sur une rue transversale. Cette fois, nous devons y mettre un terme. Parler à cette journaliste sera peut-être utile. Un avis objectif peut nous aider à prendre du recul.

— Si tu veux mon opinion, c'est chercher les ennuis.

— Peut-être, mais les ennuis arriveront de toute façon. Dans cinq mois. Nous avons rendez-vous avec elle chez moi. Dans quarante minutes, précisa Caleb en consultant sa montre.

— Nous ? répéta Fox, interdit. C'est aujourd'hui ? Je n'en ai pas parlé à Mme H, vois-tu, si bien que ce n'est pas noté dans mon agenda. J'ai une déposition dans une heure.

— Pourquoi n'utilises-tu pas ton maudit BlackBerry ?

— Parce que je ne fonctionne pas ainsi. Change l'heure avec ta journaliste. Après 16 heures, je suis dispo.

— C'est bon, je devrais m'en sortir. Si elle veut en savoir davantage, je pourrai toujours organiser un dîner, alors garde ta soirée libre.

— Fais attention à ce que tu lui racontes.

— Oui, oui, ne t'inquiète pas. Mais j'ai réfléchi. Nous nous sommes montrés prudents pendant très longtemps. Il serait peut-être temps de faire un peu preuve d'audace.

— Je crois entendre Gage.

— Fox... les rêves ont déjà recommencé.

Fox laissa échapper un soupir.

— J'espérais que c'était juste moi.

— À dix-sept ans, ils ont débuté environ une semaine avant notre anniversaire, puis à vingt-quatre, plus d'un mois avant. Aujourd'hui, on en est à cinq mois. Chaque fois, le phénomène gagne en puissance. J'ai peur que si nous ne trouvons pas une solution, cette fois soit la dernière, pour la ville comme pour nous.

— As-tu parlé à Gage ?

— Je lui ai envoyé un mail. Je ne lui ai rien dit au sujet des rêves. Tu t'en chargeras. Essaie de savoir s'il en a aussi, où qu'il soit. Fais-le revenir, Fox. Je crois que nous avons besoin de lui ici. Cette fois, à mon avis, nous ne pourrons pas attendre l'été. Bon, il faut que j'y aille.

— Méfie-toi de la journaliste, l'avertit Fox alors qu'il se dirigeait vers la porte. Obtiens-en plus que tu ne lui donnes.

— Ne t'inquiète pas, le rassura de nouveau Caleb.

Quinn Black engagea sa Mini Cooper sur la rampe de sortie et se heurta à la sempiternelle muraille de fast-foods à l'échangeur.

Avec un pincement au cœur, elle songea à un Big Mac flanqué d'une portion de frites bien salées et d'un Coca, light, naturellement, histoire de se sentir moins coupable. Mais pas question de se laisser aller. Un seul fast-food par mois, s'était-elle promis.

— Alors, tu ne te sens pas très vertueuse ? s'interrogea-t-elle à voix haute avec un regard de regret dans le rétroviseur vers les appétissantes arches jaunes.

Son amour pour les repas rapides et gras l'avait propulsée dans une odyssée de régimes farfelus, compléments alimentaires insipides et vidéos d'exercices miracle de la fin de son adolescence à presque vingt-cinq ans. Jusqu'au jour où elle avait jeté à la poubelle livres de régime, coupures de journaux et annonces dithyrambiques du style *COMME MOI PERDEZ DIX KILOS EN QUINZE JOURS !* et s'était engagée sur la voie d'une alimentation raisonnable doublée d'exercices physiques réguliers.

Si elle avait changé son mode de vie, elle n'en regrettait pas moins les Big Mac, plus encore que son ex-fiancé.

Quinn jeta un coup d'œil au G.P.S. fixé sur le tableau de bord, puis aux instructions que Caleb Hawkins lui avait fournies dans son e-mail. Pour l'instant, les itinéraires concordaient.

Elle tendit la main vers son en-cas du milieu de matinée, une pomme. « Les pommes, c'est excellent pour caler l'estomac, se dit-elle en croquant la sienne. C'est délicieux et, en prime, bourré de vitamines. »

Rien à voir avec un Big Mac.

Histoire de ne pas tenter le diable, elle se concentra sur ce qu'elle espérait obtenir lors de son premier entretien avec l'un des principaux protagonistes des événements étranges qui secouaient tous les sept ans la non moins étrange petite ville de Hawkins Hollow.

« N'emploie pas ce genre de terme a priori », se rappela-t-elle à l'ordre. L'objectivité avant tout. Pas question de se faire un avis avant d'avoir achevé ses interviews, pris des notes, écumé la bibliothèque locale. Et, plus important sans doute, d'avoir vu la Pierre Païenne de ses yeux.

Elle adorait fureter dans les recoins poussiéreux des petites villes, traquer secrets et mystères sous les vieux planchers, écouter légendes et ragots, s'imprégner des us et coutumes locaux.

Elle s'était fait un petit nom grâce à une série d'articles sur des villes insolites pour un modeste magazine intitulé *Détours*. Et comme son appétit professionnel était aussi développé que celui que lui inspiraient les nourritures terrestres, elle avait osé un pari risqué et écrit un livre sur le même thème, mais en se limitant à une ville du Maine réputée être hantée par les spectres de jumelles assassinées dans un pensionnat en 1843.

Les critiques avaient jugé le résultat « engageant » et « joliment divertissant dans le genre chair de poule » à l'exception de ceux qui avaient préféré les qualificatifs de « grotesque » et « tordu ».

Elle avait enchaîné avec un deuxième opus sur une petite ville de Louisiane où le descendant d'une prêtresse vaudou était devenu maire et guérisseur. Et dirigeait, avait-elle découvert, un réseau de prostitution très lucratif.

Mais Hawkins Hollow, elle le pressentait, s'annonçait comme un morceau de choix.

Il lui tardait d'y planter les dents.

Les fast-foods, zones d'activité industrielle et petites maisons étriquées cédèrent bientôt la place à des pelouses plus vastes, des propriétés plus imposantes, puis aux champs endormis sous le ciel maussade.

La route serpenta un moment en lacet, puis se déroula de nouveau en un ruban rectiligne. Quinn aperçut un panneau indiquant le champ de bataille d'Antietam, un autre sujet de recherche qu'elle entendait bien explorer. Elle avait découvert des bribes d'information prometteuses sur des incidents durant la guerre de Sécession à Hawkins Hollow et alentour.

Elle voulait en savoir plus.

Quand son G.P.S. et les instructions de Caleb Hawkins lui indiquèrent de tourner, elle s'exécuta et s'engagea sur une route qui longeait un bosquet d'arbres dénudés, quelques maisons éparpillées et des fermes qui la faisaient toujours sourire avec leurs granges, leurs silos et leurs enclos.

La prochaine fois, il lui faudrait trouver une petite ville du Midwest avec une ferme hantée par l'esprit d'une jeune trayeuse éplorée.

Elle faillit ignorer la bifurcation indiquée en apercevant le panneau de Hawkins Hollow (fondée en 1648). Comme avec le Big Mac, elle fut à deux doigts de se laisser fléchir et se rendre directement en ville. Mais elle détestait être en retard, et si elle se baladait dans les rues, histoire de se plonger dans l'atmosphère du lieu, elle le serait sans nul doute à ce premier rendez-vous.

— Bientôt, se promit-elle, et elle s'engagea sur la route sinueuse bordant les bois dont elle savait qu'ils renfermaient la Pierre Païenne en leur cœur.

Un frisson fugitif la secoua. Bizarre, se dit-elle, réalisant qu'il s'agissait d'un frisson de peur, et non de l'impatience habituelle qu'elle ressentait lorsqu'elle se lançait dans un nouveau projet.

Tout en suivant les méandres de la route, elle jetait de brefs coups d'œil vers les arbres dénudés, en proie à un certain malaise… et écrasa la pédale de frein quand, reportant son attention sur la route, elle vit quelque chose jaillir devant ses roues.

Elle crut d'abord qu'il s'agissait d'un enfant ! Puis d'un chien. Et ensuite… plus rien. Il n'y avait rien du tout sur la route, rien qui courait dans le champ en contrebas. Rien d'autre qu'elle et son cœur qui cognait à tout rompre dans la petite voiture rouge.

Une illusion d'optique, se dit-elle sans y croire. Ça arrive.

Elle remit le contact, car la voiture avait calé, puis se gara sur la bande de terre qui faisait office d'accotement. Elle sortit son calepin, nota l'heure et décrivit avec exactitude ce qu'elle avait vu.

Jeune garçon, environ dix ans. Longs cheveux noirs, yeux rouges. M'a REGARDÉE en face. Ai-je cligné des yeux ? Les ai-je fermés ? En les rouvrant, ai vu un gros chien noir, pas un garçon. Puis pouf, plus rien !

Plusieurs voitures la dépassèrent tandis qu'elle attendait que ses tremblements cessent.

Une journaliste intrépide se dérobe devant le premier phénomène bizarre, fait demi-tour et conduit son adorable Mini Cooper rouge jusqu'au McDo le plus proche pour se calmer les nerfs avec un antidote bien gras, ironisa-t-elle.

Et pourquoi pas ? Personne n'allait l'accuser de crime et la jeter en prison pour autant. D'un autre côté, elle pouvait tirer un trait sur son prochain bouquin… et sur son amour-propre.

— Du courage, Quinn, s'ordonna-t-elle. Ce n'est pas la première fois que tu vois une apparition.

Un peu rassérénée, elle s'engagea de nouveau sur la chaussée et bifurqua à l'embranchement suivant. La route était étroite et sinueuse, bordée des deux côtés par des arbres menaçants. Sans doute le paysage était-il charmant à la belle saison avec la végétation exubérante, ou après une chute de neige enveloppant les bois d'un manteau immaculé. Mais sous ce ciel morne, ces arbres évoquaient une armée sur le point d'envahir la route, leurs milliers de bras décharnés prêts à frapper, comme si eux seuls avaient droit de cité en ces lieux.

Pour renforcer cette sensation oppressante, aucune autre voiture ne passait, et quand elle éteignit la radio, car la musique lui semblait soudain trop forte, seule la mélopée funèbre du vent déchira le silence. Elle faillit louper le chemin gravillonné.

Comment pouvait-on *choisir* de vivre dans un endroit pareil ? Au milieu de tous ces arbres où le seul bruit était le grondement menaçant de la Nature, où tout était brun, gris et sinistre ?

La voiture cahota sur un petit pont enjambant un ruisseau, puis monta une allée en pente douce.

La maison était là, comme indiqué. Perchée sur un tertre plutôt qu'une colline, elle était entourée d'un jardin en terrasses planté d'arbustes qui devait constituer un décor de rêve à la belle saison.

Il n'y avait pas de pelouse à proprement parler et Quinn songea que Hawkins avait été futé de se contenter de cet épais paillis, de buissons et d'arbres plutôt que de semer du gazon pénible à tondre et à entretenir.

Elle approuva la terrasse qui longeait la façade, les pignons et, elle l'aurait parié, l'arrière aussi. Elle aimait la teinte ocre de la pierre et les fenêtres de belle taille.

La maison se dressait là avec sérénité, comme si elle avait appartenu à ce lieu de toute éternité.

Quinn se gara à côté d'un vieux pick-up Chevrolet, descendit de voiture et prit le temps d'admirer le paysage.

Elle comprenait maintenant qu'on puisse choisir de vivre dans un tel endroit. Il possédait sans aucun doute une aura d'étrangeté, surtout pour quelqu'un qui, comme elle, avait tendance à voir et à ressentir ces choses-là. Mais il dégageait aussi un charme considérable et une impression de solitude qui n'avait rien de négatif. Elle s'imaginait très bien assise sur cette terrasse un soir d'été, à boire une bière bien fraîche et à goûter le silence.

Avant qu'elle ait fait un pas vers la maison, la porte d'entrée s'ouvrit.

La sensation de déjà-vu fut saisissante, au point qu'elle en eut presque un étourdissement. Il se tenait là, à la porte de la cabane, le sang sur sa chemise semblable à des fleurs écarlates.

Nous ne pouvons rester plus longtemps.

Les mots résonnèrent avec netteté dans la tête de Quinn. La voix ne lui était pas inconnue.

— Mademoiselle Black ?

Elle reprit brusquement ses esprits. Il n'y avait plus de cabane, et l'homme qui se tenait sur la terrasse n'avait pas de sang sur sa chemise. Et dans ses yeux pas la moindre trace d'un amour fervent et d'un immense chagrin.

Il lui fallut s'adosser un instant contre sa voiture pour reprendre son souffle.

— Oui, bonjour. Je... j'admirais juste la maison. Bel endroit.

— Merci. Vous avez eu du mal à trouver ?

— Non, non. Vos indications étaient parfaites.

Bien sûr, il était ridicule d'avoir cette conversation à l'extérieur, dans le vent glacial. À en juger par la mine perplexe de Caleb Hawkins, il était à l'évidence du même avis.

Quinn se décolla de la carrosserie et, affichant ce qu'elle espérait être une expression à la fois sympathique et sérieuse, elle gravit les marches en bois.

N'est-il pas craquant avec sa tignasse brune ébouriffée et ses beaux yeux d'un gris profond ? réalisa-t-elle, de nouveau concentrée sur la réalité. Ajoutez le petit sourire ravageur au coin des lèvres et la silhouette élancée en jean et chemise de flanelle, et toute fille normalement constituée serait tentée de lui accrocher autour du cou un panonceau *Vendu !*

Elle lui tendit la main.

— Quinn Black. Merci de me recevoir, monsieur Hawkins.

— Appelez-moi Caleb, dit-il en lui serrant la main avant de l'inviter d'un geste à entrer.

Ils pénétrèrent directement dans un salon qui réussissait l'exploit d'être à la fois douillet et masculin. Le canapé généreux faisait face aux larges baies vitrées, et les fauteuils confortables donnaient envie de s'y lover. Les tables et lampes n'étaient sans doute pas des antiquités de valeur, plutôt des objets hérités d'une grand-mère désireuse de redécorer son propre intérieur, mais ils apportaient une touche chaleureuse à l'ensemble.

Il y avait même une petite cheminée avec l'indispensable grand chien vautré de tout son long devant l'âtre.

— Laissez-moi prendre votre manteau.

— Votre chien est dans le coma ? demanda Quinn comme l'animal ne bougeait pas un muscle.

— Non. Balourd a une vie intérieure active et exigeante qui requiert de longues périodes de repos.

— Je vois.

— Voulez-vous un café ?

— Avec plaisir. Pourriez-vous m'indiquer les toilettes ? Long trajet.

— Première à droite.

— Merci.

Quinn s'enferma dans la petite pièce d'une propreté irréprochable, autant pour soulager ses besoins naturels que se remettre des deux chocs qu'elle venait de subir coup sur coup.

— Courage, Quinn ! Cette fois, c'est parti.

4

Caleb avait lu ses livres et fait des recherches sur Google où il avait aussi parcouru ses interviews. Il n'était pas du genre à accepter de parler de Hollow à un journaliste, écrivain ou blogger sans vérification préalable approfondie.

Il avait trouvé ses ouvrages et articles divertissants, apprécié son affection évidente pour les petites villes, et été intrigué par son intérêt pour les particularités locales et les phénomènes mystérieux en tout genre. Il appréciait aussi qu'elle écrive encore à l'occasion un article pour le magazine qui lui avait permis de percer quand elle étudiait encore à l'université. Un signe de loyauté.

Il n'avait pas non plus été déçu en découvrant la photo en quatrième de couverture de ses livres qui montrait un joli minois, des yeux bleus rieurs et une bouche un rien boudeuse des plus adorables, le tout encadré d'une cascade de boucles couleur miel.

La photographie était très loin de la réalité.

Sans doute n'était-elle pas belle au sens classique du terme, songea Caleb en servant le café. Il l'étudierait de plus près quand son cerveau en surchauffe cesserait de grésiller – avec un peu de chance –, puis en déciderait.

En revanche, ce qu'il savait sans l'ombre d'un doute, c'était qu'il émanait d'elle une énergie formidable et – la faute à son cerveau embrouillé – un sex-appeal qui l'était tout autant.

Peut-être était-ce à cause de sa silhouette, autre atout qui n'apparaissait pas sur la photographie. Cette fille possédait en effet certaines courbes pour le moins remarquables.

Et il ne manquait pas d'expérience en la matière. Des courbes féminines dénudées, il en avait vu son lot. Alors pourquoi s'était-il retranché dans sa propre cuisine, tout chamboulé parce qu'une femme séduisante se trouvait dans sa maison ? Habillée de pied en cap, et pour raison professionnelle.

— Bon Dieu, grandis, Hawkins, marmonna-t-il.

— Pardon ?

Caleb sursauta. Quinn Black se tenait dans la cuisine, à quelques pas derrière lui, un sourire éclatant aux lèvres.

— Vous parliez tout seul ? Ça m'arrive, à moi aussi. Pourquoi les gens nous croient-ils fous ?

— Parce qu'ils sont jaloux qu'on ne leur parle pas.

— Vous avez probablement raison, approuva Quinn en repoussant en arrière sa masse de boucles blondes.

Caleb réalisa qu'il avait raison. Quinn Black n'était pas une beauté classique. Sa lèvre supérieure trop charnue, son nez légèrement busqué et ses yeux un peu trop grands ne relevaient pas des canons traditionnels. Jolie était trop simple et gentillet. Mignonne ne lui rendait pas grâce.

Le seul qualificatif qui lui venait à l'esprit était *torride,* mais mieux valait ne pas y penser s'il ne voulait pas de nouveau avoir le cerveau embrouillé.

— Je ne vous ai pas demandé comment vous prenez votre café.

— Oh. Je suppose que vous n'avez pas de lait écrémé.

— Ça se vend, un truc pareil ?

Avec un rire détendu qui fit de nouveau s'emballer le rythme cardiaque de Caleb, Quinn Black s'approcha des portes-fenêtres qui donnaient sur la terrasse de derrière.

— J'en déduis que vous n'avez sans doute pas non plus de sucre de synthèse. Vous savez, ces petits sachets roses, bleus ou jaunes ?

— Je suis justement en panne. Je pourrais vous proposer du vrai lait et du vrai sucre.

— Vous pourriez en effet...

N'avait-elle pas sagement mangé une pomme ce matin en fille raisonnable qu'elle était devenue ?

— Et il se pourrait que j'accepte. Dites-moi, par simple curiosité... votre maison est-elle toujours aussi propre et bien rangée, ou avez-vous fait le grand ménage pour moi ?

Il sortit le lait du réfrigérateur.

— *Rangé* est un mot de fille. Je préfère le terme *organisé*. J'aime l'organisation. Et puis, ajouta-t-il en lui tendant une petite cuillère pour le sucre, ma mère pourrait passer à l'improviste – ce dont elle ne se prive pas d'ailleurs. Si mon intérieur était mal tenu, elle me chaufferait les oreilles.

— Si je n'appelle pas ma mère une fois par semaine, elle s'imagine que je me suis fait découper en morceaux par un psychopathe, avoua Quinn tout en se servant une minuscule cuillerée de sucre. Sympa, la famille, n'est-ce pas ?

— J'adore. Et si nous allions nous asseoir près du feu ?

— Excellente idée. Depuis combien de temps vivez-vous ici ? Dans cette maison ? précisa-t-elle, tandis qu'ils quittaient la cuisine avec leurs tasses.

— Environ deux ans.

— Vous n'aimez pas avoir des voisins ?

— Je n'ai rien contre les voisins et je passe beaucoup de temps en ville. J'aime ma tranquillité de temps à autre, voilà tout.

— Moi aussi... de temps à autre, dit Quinn qui choisit un fauteuil et s'y installa confortablement. Je suis juste surprise que d'autres n'aient pas eu la même idée que vous et fait pousser quelques maisons dans le coin.

— Il en a été question une ou deux fois. Ces projets n'ont jamais débouché sur du concret.

Il se méfie, jugea Quinn.

— Pourquoi ?

— Ils n'ont pas dû s'avérer financièrement rentables, je suppose.

— Pourtant vous êtes ici.

— Mon grand-père possédait quelques hectares dans Hawkins Wood. Il me les a légués.

— Et vous avez fait bâtir cette maison.

— L'endroit me plaisait.

À l'écart quand il avait besoin de sa tranquillité. Près des bois où tout avait commencé.

— Je connais des gens dans le bâtiment. Ils m'ont aidé à mener à bien ce chantier. Comment est le café ?

— Excellent. Vous cuisinez aussi ?

— Le café est ma spécialité. J'ai lu vos livres.

— Et ?

— J'ai bien aimé. Sinon vous ne seriez pas ici, vous vous en doutez.

— Ce qui me compliquerait terriblement la tâche pour écrire l'ouvrage qui m'amène. Vous êtes un Hawkins, un descendant du fondateur de la colonie d'origine. Et l'un des principaux témoins des incidents inexpliqués liés plus récemment à la ville. J'ai fait beaucoup de recherches sur l'histoire, les légendes et les diverses explications avancées, dit-elle, plongeant la main dans le fourre-tout qui lui servait de sac à main et de porte-documents.

Elle en sortit un magnétophone miniature qu'elle alluma et posa sur la table basse qui les séparait. Avec un sourire plein d'enthousiasme et d'intérêt, elle cala son bloc sur ses genoux et l'ouvrit sur une page vierge.

— Alors, Caleb, racontez-moi ce qui est arrivé durant la semaine du 7 juillet en 1987, 1994 et 2001.

Le magnétophone le mettait mal à l'aise.

— Vous n'y allez pas par quatre chemins, dites-moi.

— Je suis d'un naturel curieux. Le 7 juillet est la date de votre anniversaire, ainsi que celui de Fox O'Dell et de Gage Turner, nés la même année que vous et qui ont aussi grandi à Hawkins Hollow. J'ai lu des articles rapportant que le 11 juillet 1987 vous avez tous trois prévenu les pompiers quand un incendie s'est déclaré dans l'école primaire et sauvé la vie d'une certaine Marian Lister qui se trouvait à l'intérieur à ce moment-là.

Elle avait parlé sans le quitter des yeux. Il trouvait intéressant qu'elle ne semble n'avoir besoin ni de notes ni de petites interruptions dans le contact visuel direct.

— Les rapports préliminaires indiquent que vous avez d'abord été tous trois soupçonnés d'être à l'origine de l'incendie, mais la responsabilité de Mlle Lister a ensuite été prouvée. Elle souffrait de brûlures au deuxième degré sur presque trente pour cent du corps, ainsi que d'une commotion cérébrale. Vos amis et vous, trois garçons de dix ans, l'avez tirée à l'extérieur et appelé les pompiers. À l'époque, Mlle Lister était une institutrice de vingt-cinq ans sans antécédents criminels ou psychiatriques. Ces informations sont-elles correctes ?

« Elle a potassé son sujet », admit Caleb. Du moins la version officielle. Et celle-ci était très éloignée de la terreur noire qui les avait saisis à leur entrée dans l'école en feu lorsqu'ils avaient trouvé la jolie Mlle Lister caquetant au milieu des flammes comme une démente. Ou de leur panique quand ils avaient dû la pourchasser dans les couloirs, ses vêtements en feu.

— Elle était en dépression.

— À l'évidence, observa Quinn en lui adressant un sourire. Il y a eu aussi plus d'une douzaine d'appels au numéro d'urgence pour violences domestiques durant cette seule semaine, enchaîna-t-elle avec un haussement de sourcils. Plus que le total enregistré à Hawkins Hollow sur l'ensemble des six mois précédents. On a compté deux suicides et quatre tentatives, de nombreuses agressions, trois viols et un accident de voiture avec délit de fuite. Plusieurs maisons et entreprises ont été vandalisées. Et pour ainsi dire aucun protagoniste n'a un souvenir clair des événements. Selon certaines hypothèses, la ville aurait été victime d'hystérie ou d'hallucinations collectives, ou bien encore d'une infection d'origine inconnue ayant pour vecteur l'eau ou l'alimentation. Qu'en pensez-vous ?

— Je pense que j'avais dix ans et une peur bleue.

— Je m'en doute, admit-elle avec un bref sourire. Vous aviez dix-sept ans en 1994 quand une nouvelle... disons... crise s'est produite durant la semaine du 7 juillet. Trois personnes ont été assassinées, dont une retrouvée pendue dans le parc de la ville, mais personne ne s'est présenté pour témoigner ou reconnaître sa participation. Il y a eu d'autres viols, d'autres agressions, d'autres suicides, plus deux maisons réduites en cendres. Selon certains rapports, O'Dell, Turner et vous-même auriez réussi à faire monter des blessés et traumatisés dans un bus scolaire et à les transporter à l'hôpital. Est-ce exact ?

— Autant que je sache.

— Continuons. En 2001...

— Je connais le schéma, l'interrompit Caleb.

— Tous les sept ans, fit Quinn avec un hochement de tête. Sept nuits durant. Le jour, il ne se passe pas grand-chose – toujours selon ce que j'ai pu établir –, mais entre le coucher et le lever du soleil, c'est l'enfer. Difficile de croire qu'il s'agit d'une coïncidence si cette... anomalie se produit tous les sept ans à compter du jour de votre anniversaire. Le sept est considéré comme un nombre magique, qu'il s'agisse de magie noire ou blanche. Or, vous êtes né le septième jour du septième mois de l'année 1977.

— Si je connaissais les réponses, j'empêcherais ce chaos. Et je ne serais pas ici à vous parler. Si j'ai accepté de vous recevoir, c'est uniquement dans l'espoir que, peut-être, je dis bien peut-être, vous puissiez m'aider à les trouver.

— Alors racontez-moi ce qui est arrivé, ce que vous savez vraiment. Confiez-moi vos pensées, vos sentiments.

Caleb posa sa tasse et se pencha en avant, les yeux plongés au fond des siens.

— Jamais au premier rendez-vous.

Petit malin, songea Quinn, qui ne pouvait que l'approuver.

— Très bien. La prochaine fois, je vous inviterai d'abord à dîner. Mais pour l'instant, que diriez-vous de me servir de guide jusqu'à la Pierre Païenne ?

— La journée est trop avancée. C'est à deux heures de marche d'ici. Nous n'aurions pas le temps de faire l'aller-retour avant le coucher du soleil.

— Je n'ai pas peur du noir.

Le regard de Caleb se durcit.

— Vous changeriez d'avis. Croyez-moi, il y a des endroits dans ces bois où personne ne s'aventure à la nuit tombée, à aucun moment de l'année.

Un frisson glacial chatouilla l'échine de Quinn.

— Avez-vous déjà vu un garçon d'environ l'âge que vous aviez en 1987 ? Avec des cheveux noirs. Et des yeux rouges.

À la façon dont Caleb blêmit, elle comprit qu'elle venait de marquer un point.

— Vous l'avez vu, n'est-ce pas ?

— Pourquoi cette question ?

— Parce que moi aussi, je l'ai vu.

Caleb se leva, alla se planter devant la baie vitrée et contempla les bois. La lumière commençait déjà à baisser.

Ils n'avaient jamais parlé à quiconque du garçon – ou de l'homme, selon la forme que la créature choisissait de revêtir. Oui, il l'avait vu, et pas seulement durant cette semaine infernale qui se produisait tous les sept ans.

Il le voyait dans ses rêves. Il le voyait du coin de l'œil ou bondissant dans les bois. Ou encore le visage pressé contre la vitre sombre de la fenêtre de sa chambre. La bouche grimaçante.

Mais personne sauf Fox, Gage et lui, ne l'avait jamais vu dans l'intervalle.

Pourquoi elle ?

— Quand et où vous est-il apparu ?

— Tout à l'heure, juste avant de bifurquer sur la route qui traverse les bois. Il s'est précipité devant mon pare-chocs. Il a jailli de nulle part. C'est toujours ce que les gens disent, mais cette fois, c'est la stricte vérité. D'abord un garçon, puis un chien. Et ensuite plus rien. Volatilisé.

Caleb l'entendit se lever et lorsqu'il se retourna, il fut pris de court par le sourire qui illuminait son visage.

— Et ce genre de chose vous met en joie ?

— Ça m'électrise. Vous imaginez ? J'ai moi-même assisté en direct à un phénomène inexpliqué. Juste sous mon nez ! Effrayant, je vous l'accorde, mais c'est dingue ! J'en suis tout excitée.

— Je vois ça.

— Je savais qu'il y avait quelque chose ici. Quelque chose de costaud. Mais en avoir la confirmation dès mon arrivée, c'est comme tomber sur le filon du siècle au premier coup de pioche.

— Je n'ai rien confirmé.

— Votre expression était éloquente.

Elle récupéra son magnétophone et l'éteignit. Il ne lui ferait aucune révélation aujourd'hui. Un homme prudent, ce Caleb Hawkins.

— Il faut que j'aille en ville, déposer mes bagages à l'hôtel, et tâter le terrain. Et si je vous invitais à dîner ce soir ?

Décidément, cette fille n'était pas du genre à tergiverser, alors que lui avait l'habitude de prendre son temps.

— Et si vous vous installiez d'abord tranquillement ? Nous reparlerons de ce dîner d'ici un jour ou deux.

— J'adore les hommes qui se font désirer, plaisanta-t-elle en glissant son dictaphone et son calepin dans son sac. J'imagine que je vais avoir besoin de mon manteau.

Caleb alla le lui chercher. Elle l'étudia tandis qu'elle l'enfilait.

— Vous savez, quand vous êtes sorti sur le pas de votre porte, tout à l'heure, j'ai eu une sensation des plus étranges.

J'étais persuadée que nous nous connaissions déjà, qu'il vous était déjà arrivé de m'attendre ainsi. L'impression a été très forte. Avez-vous ressenti quelque chose de semblable ?

— Non. Mais peut-être étais-je trop occupé à me dire que vous êtes mieux que sur la photo qui orne vos livres.

— Vraiment ? C'est gentil parce qu'elle est géniale, cette photo. Merci pour le café. À bientôt, Balourd, ajouta-t-elle à l'adresse du chien qui avait laissé échapper des ronflements assourdis durant tout leur entretien. Ne te surmène pas trop !

Caleb la raccompagna.

— Quinn ! la rappela-t-il alors qu'elle commençait à descendre les marches. N'essayez pas de trouver la Pierre Païenne par vous-même. Vous ne connaissez pas ces bois. Je vous y emmènerai dans la semaine.

— Demain ?

— Je ne peux pas, j'ai trop de boulot. Après-demain si vous êtes pressée.

— Je le suis presque toujours, avoua Quinn qui gagna sa voiture à reculons afin de ne pas rompre le contact visuel. Quelle heure ?

— Disons, rendez-vous ici à 9 heures, si le temps le permet.

— Marché conclu.

Elle ouvrit sa portière.

— Au fait, cette maison vous convient bien. Un garçon de la campagne avec davantage de classe que de prétention, voilà qui me plaît.

Caleb suivit des yeux la Mini Cooper tandis qu'elle s'éloignait. Étrange Quinn Black… et si envoûtante.

Il demeura planté là un long moment, à regarder la nuit tomber sur les bois où il avait élu domicile.

Caleb téléphona à Fox, et ils décidèrent de se retrouver au bowling. Comme il y avait un match de championnat sur les pistes une et deux, Fox et lui dîneraient au grill. Le bruit et l'animation dus à la compétition couvriraient leur conversation.

— Pour commencer, revenons un instant sur le terrain de la logique, attaqua Fox avant d'avaler une gorgée de bière. Elle aurait pu l'inventer pour déclencher une réaction.

— Comment aurait-elle su quoi inventer ?

— Pendant les Sept, il y a des gens qui le voient – et qui en ont parlé avant que ce souvenir s'efface. Elle a pu en avoir vent.

— Je ne crois pas, Fox. Certains ont dit avoir vu quelque chose – garçon, homme, femme, chien, loup…

— Sans oublier le rat de la taille d'un doberman.

— Merci de me rappeler celui-là. Mais personne n'a jamais prétendu avoir vu cette apparition avant ou après les Sept. Personne d'autre que nous trois, et nous n'en avons jamais parlé à quiconque.

Caleb haussa les sourcils d'un air interrogateur.

— Évidemment que non, s'offusqua Fox. Crois-tu que j'irais crier sur les toits que je vois des démons aux yeux rouges ? Bonjour, la pub pour mon cabinet.

— Cette fille est intelligente. Je ne vois pas pourquoi elle affirmerait une chose pareille si c'était faux. Et puis, elle en est tout excitée. Partons donc du principe qu'elle dit la vérité et restons sur le terrain de la logique. Une hypothèse logique serait que ce monstre gagne en puissance. Nous savons que ce sera le cas, mais imaginons qu'il ait déjà le pouvoir de déborder des Sept dans le temps intermédiaire.

Fox rumina sur sa bière.

— Je n'aime pas cette logique-là.

— La seconde option serait qu'elle est liée d'une façon ou d'une autre. À l'un de nous, à la ville, à l'incident à la Pierre Païenne.

— Je préfère ça. Tout le monde est lié. En cherchant bien, on peut presque toujours établir un ou même plusieurs degrés de parenté entre deux personnes.

Songeur, Fox prit sa deuxième part de pizza.

— C'est peut-être une cousine éloignée. J'ai des cousins éparpillés aux quatre vents. Toi aussi. Gage, pas autant, mais quand même quelques-uns.

— Possible. Mais pourquoi une cousine éloignée verrait quelque chose qu'aucun de nos proches n'a vu ? Ils nous en parleraient, Fox. Tous savent mieux que quiconque ce qui nous attend.

— Un phénomène de réincarnation. Ce n'est pas si éloigné que cela de la planète Logique si on y réfléchit. Et puis, la réincarnation a la cote dans la famille O'Dell. Si ça se trouve, elle était présente quand c'est arrivé. Dans une autre vie.

— Je ne rejette aucune hypothèse a priori. Mais revenons à la question centrale : pourquoi est-elle ici maintenant ? Et sa présence va-t-elle nous aider à en finir une bonne fois pour toutes ?

— Il faudra plus d'une heure de conversation au coin du feu pour le découvrir. J'imagine que tu n'as pas de nouvelles de Gage.

— Pas encore. Mais il va se manifester. J'emmène Quinn Black à la pierre après-demain.

— Tu ne traînes pas, dis donc.

— Si je ne le fais pas, elle essaiera par ses propres moyens. Si quelque chose arrivait... Nous ne pouvons pas endosser cette responsabilité.

— Responsables, nous le sommes, c'est bien ça le problème.

L'air renfrogné, il regarda Don Myers, le plombier, réussir un strike sous les acclamations de rigueur. La danse de victoire que Myers exécuta ensuite avec ses cent soixante kilos de graisse flageolante n'était pas un spectacle beau à voir.

— Jour après jour, tu fais ce que tu as à faire, tu vis ta vie. Tu manges de la pizza, tu te grattes les fesses, tu baises si tu as de la chance, soupira Fox. Mais en dépit de tes efforts pour refouler tout ça, histoire de continuer d'avancer, tu sais que ça va recommencer. Que certaines personnes que tu croises dans la rue tous les jours n'y survivront peut-être pas. Et nous non plus. Quel merdier.

Il choqua sa chope de bière contre celle de Caleb.

— Il nous reste cinq mois.

— Je pourrais essayer d'y retourner, suggéra Caleb.

— Pas sans Gage. C'est un risque qu'on ne peut courir qu'ensemble. Pense au sale quart d'heure que tu as passé les autres fois, et tu n'as obtenu que des bribes.

— Avec l'âge, j'ai gagné en sagesse. Et je me dis que ses apparitions actuelles – dans nos rêves, à Quinn Black – lui réclament de l'énergie. Il se pourrait que j'obtienne davantage cette fois.

— Pas sans Gage. C'est... Dis donc, quel canon ! lâcha Fox comme son regard s'aventurait par-dessus l'épaule de son ami.

Caleb se retourna et reconnut Quinn Black. Son manteau ouvert, elle s'était arrêtée devant la première piste et regardait d'un air amusé Myers prendre son élan avec la grâce d'un hippopotame en pointes et lancer la boule rouge qui lui portait chance.

— C'est elle.

— Oui, je l'ai reconnue. J'ai lu ses livres, moi aussi. Elle est encore plus torride que sur la photo, ce qui n'est pas peu dire.

— Je l'ai vue le premier.

Fox ricana et tourna vers Caleb un regard narquois.

— Mon pote, la question n'est pas de savoir qui l'a vue le premier, mais qui elle voit, *elle*. Je vais faire usage de mon charme sensuel à pleine puissance, et tu seras l'Homme Invisible.

— Tu parles ! Même à pleine puissance, ton charme n'éclairerait pas une ampoule de quarante watts.

Voyant Quinn Black approcher, Caleb descendit de son tabouret.

— Voilà donc pourquoi j'ai eu droit à une fin de non-recevoir, lança-t-elle. Pizza, bière et bowling.

— Le tiercé gagnant de Hawkins Hollow, répondit Caleb. Je suis de service ce soir. Quinn, je vous présente Fox O'Dell.

— Le deuxième du trio, observa-t-elle en lui serrant la main. Maintenant, je me réjouis doublement d'avoir décidé d'explorer ce qui semble être le point chaud de la ville. Cela vous dérange si je me joins à vous ?

— Nous n'aurions pas envisagé autre chose. Voulez-vous une bière ? s'enquit Fox.

— Mon Dieu… pourquoi pas ? Mais une légère alors.

Caleb contourna le comptoir.

— Je m'en occupe. Quelque chose pour aller avec ? Une pizza ?

Quinn contempla la pizza sur le comptoir avec de grands yeux faussement ingénus.

— Euh… j'imagine que vous n'en avez pas à la farine complète et mozzarella à teneur réduite en matière grasse ?

— Obsédée de la diététique ? risqua Fox.

— Tout le contraire, assura Quinn qui se mordit la lèvre inférieure. Je suis en plein changement. Mince, elle a l'air drôlement bonne. Et si on coupait une de ces parts en deux ? suggéra-t-elle, mimant le geste du tranchant de la main.

— Pas de problème.

Caleb prit un couteau à pizza et fit ce qu'elle demandait.

— J'adore les matières grasses et le sucre comme une mère son enfant, expliqua Quinn à Fox. Mais je m'efforce d'avoir une alimentation plus raisonnable.

— Mes parents sont végétariens, avoua celui-ci, tandis que chacun prenait la moitié d'une part. J'ai été nourri au tofu et à la luzerne.

— Dieu que c'est triste !

— Voilà pourquoi il mange chez moi chaque fois qu'il en a l'occasion, et dépense tout son argent en Little Debbies et autres biscuits industriels, intervint Caleb.

— Des Little Debbies ? La nourriture des dieux, déclara-t-elle en adressant un sourire à Caleb comme il posait sa bière sur le comptoir. J'aime votre ville. Je me suis baladée un peu dans Main Street. Et comme il faisait un froid de canard, je suis retournée au charmant *Hôtel Hollow*, je me suis assise devant ma fenêtre, et j'ai regardé le monde tourner.

— Un joli monde qui tourne un peu au ralenti en cette saison, commenta Caleb.

— Hmm, approuva-t-elle, croquant la minuscule pointe de son étroit triangle de pizza.

Elle ferma les yeux et laissa échapper un soupir.

— Elle est *vraiment* délicieuse. J'espérais que dans un bowling ce ne serait pas le cas.

— Nous ne nous en sortons pas mal. Chez *Gino*, de l'autre côté de la rue, c'est meilleur et il y a plus de choix.

Elle ouvrit les yeux pour découvrir que Caleb lui souriait.

— C'est un truc nul à dire à une femme qui s'échine à réviser ses habitudes alimentaires.

Caleb s'appuya sur le comptoir et approcha son visage de celui de Quinn si bien qu'elle en perdit le fil de ses pensées. Il avait un sourire en coin tellement craquant qu'elle avait envie de le picorer, juste pour goûter.

Avant qu'il ait pu répondre, quelqu'un l'appela et les yeux gris tranquilles se détournèrent des siens.

— Je reviens tout de suite.

Bon sang, elle ne rêvait pas : son cœur venait de manquer un battement.

Elle se tourna vers Fox.

— Enfin seuls, lui dit-elle. Alors comme ça, vous êtes ami depuis l'enfance avec Caleb et Gage Turner que je n'ai pas encore l'heur de connaître ?

— Depuis la naissance, en fait. *In utero* pour ainsi dire. Les mères de Caleb et de Gage ont connu la mienne alors qu'elle animait un stage Lamaze. Il y a eu une réunion deux mois plus tard, après les accouchements, et la nouvelle de notre naissance simultanée à tous les trois, le même jour à la même heure, n'est pas passée inaperçue.

— Et du coup, les mères ont instantanément sympathisé.

— Je n'en sais rien. Elles se sont toujours bien entendues, même si on peut dire qu'elles viennent de planètes différentes. Elles avaient des relations amicales sans pour autant être amies. Mes parents et ceux de Caleb s'entendent toujours bien, et le père de Caleb a gardé celui de Gage à son service alors que personne d'autre en ville ne l'aurait jamais embauché.

— Pourquoi cela ?

Fox réfléchit un instant, sirotant une gorgée de bière.

— Ce n'est un secret pour personne qu'il buvait. Mais il est sobre depuis environ cinq ans. J'ai toujours pensé que M. Hawkins lui donnait du travail parce que c'est dans sa nature, mais aussi en grande partie pour Gage. Enfin, bref, je n'ai pas souvenir d'une période où Caleb, Gage et moi n'ayons pas été amis.

— Pas de disputes du genre « tu le préfères à moi » ou le scénario habituel des amis qui se perdent de vue ?

— Il nous est arrivé de nous accrocher – encore aujourd'hui d'ailleurs.

Comme tous les frères, songea-t-il.

— Mais jamais au point de rompre les liens, non. Rien ne peut les rompre. Quant aux jalousies, c'est davantage un truc de fille.

— N'empêche, Gage ne vit plus ici.

— Gage ne vit nulle part, en réalité. C'est le baroudeur sans attaches par excellence.

— Et vous ? Vous êtes le petit gars qui n'a jamais voulu quitter sa ville natale ?

— J'ai moi aussi été attiré par les lumières et la vie trépidante de la grande ville, vous savez. J'ai même essayé New York sur une courte période.

Fox jeta un coup d'œil en direction d'un joueur qui râlait d'avoir raté un spare.

— En fait, j'aime Hollow. J'aime même ma famille, la plupart du temps. Et aussi, ai-je découvert, la pratique du droit dans une petite ville.

La vérité, conclut Quinn, mais en partie seulement.

— Avez-vous vu le garçon aux yeux rouges ?

Désarçonné, Fox posa la bière qu'il venait de porter à sa bouche.

— Pour une transition, elle est plutôt abrupte.

— Possible. Mais ce n'est pas une réponse.

— Je vais la reporter jusqu'à plus ample délibération. Caleb y tient.

— Et vous n'êtes pas sûr d'apprécier l'idée que lui ou quiconque me parle de ce qui peut ou non se passer ici.

— Je ne suis pas sûr du but de la chose, alors je préfère prendre le temps de la réflexion.

— Rien de plus normal, reconnut Quinn, tandis que Caleb les rejoignait. Eh bien, messieurs, merci pour la bière et la pizza. Je crois qu'il est temps pour moi de regagner mon adorable chambre d'hôtel.

— Vous jouez au bowling ? voulut savoir Caleb.

Elle s'esclaffa.

— Absolument pas.

— Aïe, murmura Fox.

Caleb contourna le comptoir, bloquant le passage à Quinn avant qu'elle ne soit descendue de son tabouret. Il considéra un moment ses boots.

— Trente-huit, c'est ça ?

À son tour, elle baissa les yeux sur ses pieds.

— Euh... en plein dans le mille. Vous avez l'œil.

— Restez là, lui dit-il en lui tapotant l'épaule. Je reviens.

Quinn le regarda s'éloigner avec un froncement de sourcils, puis demanda à Fox :

— Il ne va quand même pas me chercher des chaussures de bowling.

— Oh que si. Vous vous êtes moquée d'une tradition qui remonte à cinq mille ans. Si vous lui laissez la moindre ouverture, il se fera un plaisir de vous en expliquer l'évolution en long et en large.

Quinn ne trouva rien d'autre à dire que :

— Ben, ça alors.

Caleb rapporta une paire de chaussures de bowling marron et crème ainsi qu'une autre, plus grande, brun foncé, la sienne de toute évidence.

— La piste cinq est libre. Ça te dit, Fox ?

— Malheureusement, j'ai une plaidoirie à finir de rédiger. Ce sera pour une autre fois. À bientôt, Quinn.

Les chaussures calées sous le bras, Caleb prit cette dernière par la main et l'aida à descendre de son tabouret.

— Quand avez-vous joué pour la dernière fois ? demanda-t-il en l'entraînant vers les pistes.

— À quatorze ans, je crois. Un rendez-vous à plusieurs qui ne s'est pas bien passé parce que l'objet de mon affection, Nathan Hobbs, n'avait d'yeux que pour Missy Dover, aux formes déjà bien développées et qui n'arrêtait pas de glousser bêtement.

— Vous n'allez pas laisser une vieille peine de cœur gâcher votre plaisir.

— Mais je n'ai pas non plus aimé la partie bowling.

— C'était à l'époque, objecta Caleb qui la fit asseoir sur un banc de bois avant de se laisser tomber près d'elle. Vous allez vous amuser ce soir. Vous avez déjà fait un strike ?

— On parle toujours de bowling ? Non.

— Vous allez bientôt connaître ce bonheur. Rien ne surpasse ce que l'on ressent au premier strike.

— À part peut-être faire l'amour avec Hugh Jackmann ?

Il cessa de nouer ses lacets pour lui lancer un regard perplexe.

— Vous avez fait l'amour avec Hugh Jackmann ?

— Non, mais je suis prête à parier n'importe quoi que ça surpasserait, pour moi, le fait d'abattre dix quilles avec une boule.

— D'accord. Mais je suis prêt à parier, disons dix dollars, que quand vous réussirez un strike, vous admettrez que c'est le nirvana, Hugh Jackmann ou pas.

— Primo, il est hautement improbable que je réussisse quelque chose ressemblant de près ou de loin à un strike. Deuzio, je pourrais mentir.

— Primo, vous y arriverez. Quant à mentir, impossible. Changez de chaussures, Blondie.

5

Ce n'était pas aussi ridicule qu'elle l'avait supposé. Bête, oui. Mais elle avait une grande marge de tolérance en la matière.

Les boules étaient marbrées de noir – les petites sans les trois trous. Le but du jeu consistait à renverser une série de dix quilles disposées sur le pin deck, au bout d'une longue piste huilée.

Il la regarda s'avancer jusqu'à la ligne de faute, balancer le bras en arrière et effectuer son lancer.

La boule rebondit à deux reprises avant de basculer dans la gouttière.

— Super, commenta Quinn qui se retourna avec une grimace et rejeta sa chevelure en arrière. À votre tour.

— Vous avez droit à deux lancés par frame.

— Quelle chance.

Il lui décocha son sourire ravageur.

— On va travailler sur la technique du lancer et ensuite, on abordera la stratégie.

Il la rejoignit et lui tendit une autre boule.

— Tenez-la à deux mains, lui expliqua-t-il en la faisant pivoter face aux quilles. Maintenant avancez le pied gauche, pliez les genoux comme pour vous accroupir, tout en penchant le haut du corps en avant.

Il avait pris place derrière elle et l'enveloppait pour ainsi dire de son corps, la tête par-dessus son épaule. Elle tourna la tête pour rencontrer son regard.

— Dites-moi, c'est votre plan drague ?

— Exact. Quatre-vingt-cinq pour cent de succès garantis. Vous allez viser la première quille, celle de devant. On se préoccupera plus tard des subtilités. À présent lancez le bras droit en arrière, puis ramenez-le vers l'avant, les doigts pointés vers la quille centrale. Lâchez la boule en l'accompagnant de vos doigts.

— Hmm, fit Quinn, sceptique.

Elle essaya néanmoins. Cette fois, la boule ne fila pas droit dans la gouttière, mais resta sur la piste assez longtemps pour renverser les deux quilles à l'extrême droite.

Sur la piste voisine, une joueuse qui devait avoir dans les soixante ans glissa avec grâce jusqu'à la ligne de faute et abattit sept quilles d'un coup, si bien que Quinn ne se sentit pas d'humeur à pavoiser.

— C'est mieux, commenta Caleb.

— Deux boules, deux quilles. Je ne crois pas avoir mérité de faire ma danse de la victoire.

— Comme j'ai hâte d'assister à ce spectacle, je vais vous donner un nouveau tuyau : le geste du bras doit être plus ample. J'aime bien votre parfum, ajouta-t-il avant de retourner au râtelier chercher une nouvelle boule.

— Merci.

Glisser en avant, se pencher, balancer le bras et lâcher la boule, se répéta-t-elle. Résultat des courses : elle réussit à renverser la dernière quille de l'autre côté de la piste.

— Vous avez surcompensé.

Caleb actionna le bouton du râteau qui balaya les quilles dans un fracas métallique, puis un nouveau jeu en triangle se positionna sur le pin deck avec un choc sourd.

— Elle les a toutes renversées, fit remarquer Quinn avec un signe de tête en direction de sa voisine qui venait de se rasseoir. Elle n'a pas l'air si enthousiaste que ça

— Mme Keefafer ? Elle vient jouer deux fois par semaine, elle est blasée. En surface, du moins. Parce qu'à l'intérieur, croyez-moi, elle fait sa danse de la victoire.

— Si vous le dites.

Caleb rectifia la position de ses épaules et de ses hanches, et elle comprit pourquoi ce plan drague affichait un taux de réussite aussi élevé. Après maintes tentatives, elle fut enfin capable de renverser plusieurs quilles à la fois.

Elle avait conscience du volume sonore considérable qui régnait dans la salle : grondement sourd des boules roulant sur les pistes, fracas des quilles qui tombaient, cris et acclamations des joueurs et spectateurs, tintements métalliques des flippers.

Elle sentait aussi les odeurs de bière, d'huile utilisée pour traiter les pistes et de cheddar fondu – un de ses favoris – des *nachos* que quelqu'un mastiquait sur la piste voisine.

L'Amérique éternelle, songea-t-elle, esquissant distraitement un article sur cette expérience. Un sport centenaire – il lui faudrait faire quelques recherches sur le sujet –, idéal pour se divertir sainement en famille.

Elle commençait plus ou moins à attraper le coup, jugeait-elle, même si elle était assez superficielle pour lancer délibérément la boule dans la gouttière de temps à autre afin que Caleb corrige sa position.

C'est alors que le miracle se produisit. Elle lâcha la boule qui roula droit au centre de la piste. Surprise, elle fit un pas en arrière. Puis un autre, les mains plaquées de chaque côté du visage.

Un fourmillement lui chatouilla l'estomac et son pouls s'emballa.

— Oh. Oh ! Regardez ! Elle va...

Il y eut le fracas ô combien gratifiant de la boule heurtant les quilles de plein fouet. Celles-ci dégringolèrent en tous sens, s'entrechoquant, roulant, pivotant sur elles-mêmes jusqu'à ce que la dernière tombe enfin après avoir oscillé avec lenteur tel un marin ivre.

Quinn en trépigna littéralement d'enthousiasme.

— Vous avez vu ça ! Vous avez vu...

Elle pivota vers Caleb, en proie au plus pur ravissement, pour découvrir qu'il arborait un sourire triomphant.

— Saloperie, marmonna-t-elle. Je vous dois dix dollars.

— Vous apprenez vite. Voulez-vous qu'on aborde la stratégie ?

Quinn le rejoignit tranquillement

— En fait... je suis lessivée. Mais je peux passer un de ces soirs pour la leçon numéro deux.

— À votre service.

Assis côte à côte, ils changèrent de chaussures.

— Je vous raccompagne à votre hôtel, proposa Caleb.

— D'accord.

» Quel calme, fit-elle remarquer dès qu'ils furent dehors.

— Le bruit fait partie du jeu et le silence qui suit est la récompense.

— Avez-vous jamais eu envie de faire autre chose, ou êtes-vous né avec le désir ardent de gérer un club de bowling ?

— Bowling et distractions pour toute la famille, corrigea-t-il. Nous possédons une galerie de jeux – flippers, jeux vidéo, et un espace pour les enfants de moins de six ans. Nous organisons aussi des fêtes privées – anniversaires, réceptions de mariage, enterrements de vie de garçon, bar-mitsva, fêtes d'entreprise…

Décidément, il y avait matière pour un article.

— Beaucoup de bras pour un seul corps.

— On peut le dire, oui.

— Alors pourquoi n'êtes-vous pas marié et occupé à élever la génération qui assurera la relève du *Bowling & Fun Center* ?

— Je n'ai pas trouvé l'âme sœur.

— Ah.

En dépit du froid mordant, il était agréable de marcher à côté d'un homme qui adaptait naturellement son pas au sien, de regarder les petits nuages de condensation jaillir de leurs bouches avant d'être dispersés par le vent.

Calme et décontracté, Caleb Hawkins était d'une compagnie plaisante, et ses yeux envoûtants ne gâchaient rien à l'affaire ; il y avait donc pire que de sentir ses orteils s'engourdir de froid dans des boots qu'elle savait plus élégantes que pratiques.

— Serez-vous dans les parages s'il me vient une question pertinente à vous poser demain ? hasarda-t-elle.

— Je serai à droite et à gauche. Je peux vous donner mon numéro de portable si…

— Attendez.

Quinn plongea la main dans son sac et en ressortit son propre téléphone. Tout en marchant, elle enfonça quelques touches.

— Allez-y.

Caleb lui donna le numéro.

— Une femme qui non seulement trouve immédiatement ce qu'elle cherche dans les profondeurs mystérieuses de son sac, mais, en prime, manie avec habileté des appareils électroniques… Je suis impressionné.

— S'agit-il d'une remarque sexiste ?

— Pas du tout. Ma mère sait toujours où tout se trouve, mais ne sait pas se servir de la télécommande universelle. Ma sœur Jen est une pro en informatique, mais ne trouve jamais rien sans une traque d'au moins vingt minutes, quant à mon autre sœur, Marly, non seulement elle ne trouve jamais rien non plus, mais elle est intimidée par son ouvre-boîte électrique. Et vous, vous êtes là à me charmer en sachant faire les deux.

— C'est mon côté sirène, plaisanta Quinn qui rangea son téléphone comme ils arrivaient au pied du large perron de l'hôtel. Merci de m'avoir escortée.

— De rien.

Un silence s'ensuivit, d'un genre qu'elle identifia aussitôt : tous deux se demandaient s'ils devaient juste se serrer la main et tourner les talons, ou bien céder à la curiosité et s'autoriser un baiser.

À regret, Quinn opta pour la sécurité.

— Mieux vaut rester sur une route sûre pour l'instant, décréta-t-elle. J'aime beaucoup votre bouche, je l'admets, mais un mélange des genres ne ferait qu'embrouiller les choses avant même que j'aie réellement commencé mon travail ici.

— Vous avez raison, mais c'est sacrément dommage.

Caleb fourra les mains dans ses poches, faisant visiblement lui aussi contre mauvaise fortune bon cœur.

— Bonne nuit, donc, reprit-il. Je vais attendre que vous soyez à l'intérieur.

— Bonne nuit.

Quinn gravit les marches jusqu'à la porte et l'ouvrit. Puis elle jeta un regard en arrière vers Caleb, toujours les mains dans les poches, sous le halo du réverbère à l'ancienne.

Oui, songea-t-elle, c'était *vraiment* dommage.

— À bientôt.

Il attendit que la porte se referme derrière elle, puis leva les yeux. Sa chambre donnait sur Main Street, avait-elle dit, mais il n'était pas sûr de l'étage.

Au bout de quelques instants, une fenêtre s'éclaira au deuxième. Quinn était en sécurité.

Caleb pivota sur ses talons. Il n'avait pas fait deux pas qu'il aperçut le garçon. Celui-ci se tenait sur le trottoir à un demi-bloc de là, sans manteau ni chapeau pour se protéger de la morsure du vent, sa longue chevelure noir corbeau parfaitement immobile.

Ses yeux se mirent à rougeoyer étrangement tandis que ses lèvres se retroussaient en un rictus cruel.

Une boule de glace se forma au creux du ventre de Caleb.

« Il n'est pas réel », s'efforça-t-il de se rappeler. Pas encore. Une simple projection, comme dans un rêve. Mais même dans un rêve, la créature pouvait vous nuire ou vous le faire croire.

— Retourne d'où tu viens, démon, l'apostropha Caleb aussi calmement que ses nerfs à vif le lui permettaient. Ton heure n'est pas encore venue.

Quand elle le sera, je vous dévorerai tous, vous et ceux qui vous sont chers.

Les lèvres de la créature étaient demeurées immobiles, figées dans ce même rictus féroce.

— Nous verrons qui s'en prendra plein les dents cette fois, rétorqua Caleb qui avança d'un pas.

Il y eut alors comme une éruption. Des flammes jaillirent du large trottoir, balayant la rue d'une muraille ardente. Avant que Caleb ait réalisé qu'il n'y avait ni chaleur ni brûlure, il avait trébuché en arrière, les mains levées en un geste de protection.

Le rire éclata dans sa tête, aussi déchaîné que les flammes. Puis tout s'arrêta net.

La rue était tranquille, le trottoir et les bâtiments intacts.

« Ce monstre a plus d'un tour dans son sac », se rappela Caleb. Oui, plus d'un.

Se forçant à marcher à grandes enjambées, il traversa l'endroit d'où le faux incendie avait démarré. Une odeur âcre lui monta aux narines, puis se dispersa comme la condensation de sa propre respiration. Il l'identifia aussitôt.

Des relents de soufre.

De retour dans la chambre qui la ravissait tant avec son lit à baldaquin et sa moelleuse couette blanche, Quinn s'assit au joli bureau ciré aux pieds recourbés pour mettre au propre ses notes et impressions de la journée sur son ordinateur portable.

Le bouquet de fleurs coupées et la petite coupe bleue de fruits frais arrangés avec art lui apparaissaient comme de charmantes attentions. La salle de bains était équipée d'une délicieuse baignoire à pattes de lion et d'un lavabo sur pied d'un blanc immaculé. Il y avait d'épaisses serviettes, deux savons au parfum délicat, et un assortiment plutôt haut de gamme de miniflacons de shampooing, lait corporel et gel de bain.

En lieu et place des affiches banales qu'on trouve d'ordinaire dans les hôtels, les murs étaient ornés de photographies et de tableaux qu'une note discrète sur le bureau identifiait comme étant des œuvres originales réalisées par des artistes locaux exposant à Artful, une galerie sur South Main.

La pièce regorgeait de petites attentions et, en prime, était équipée d'un accès Internet haut débit. Elle prit mentalement note de réserver cette même chambre à la fin de cette première semaine pour les séjours qu'elle prévoyait en avril, puis en juillet.

Le bilan de la journée était d'autant plutôt positif qu'elle en avait passé la majeure partie sur la route. Elle avait rencontré deux des trois principaux témoins et arrêté un rendez-vous pour une randonnée à la Pierre Païenne. Elle avait aussi pris le pouls de la ville, du moins superficiellement. Sans oublier une confrontation directe avec une apparition non (encore) identifiée.

Elle tenait en outre la trame d'un article sur le bowling qui devrait convenir à ses amis de *Détours*.

Pas mal, surtout si elle ajoutait à cela le dîner très raisonnable – une salade de poulet grillé – qu'elle s'était offert à l'hôtel, et la fine tranche de pizza qu'elle s'était allouée. Plus son strike réussi avec maestria, bien sûr.

Au passif, songea-t-elle en éteignant l'ordinateur pour aller se coucher, elle pouvait inscrire le fait d'avoir résisté à la tentation d'embrasser le très séduisant Caleb Hawkins.

D'un professionnalisme à toute épreuve, mais terriblement frustrant.

Elle enfila son pyjama – tee-shirt sur un pantalon de flanelle – et s'infligea un quart d'heure de pilates (bon d'accord, dix minutes), puis un quart d'heure de yoga avant de se glisser avec délices sous la fabuleuse couette et de poser la tête sur la petite montagne d'oreillers garnis de plume d'oie.

Elle prit son roman en cours sur la table de nuit et s'y plongea jusqu'à ce que ses yeux papillotent.

Juste après minuit, elle éteignit la lampe de chevet et se pelotonna dans son nid douillet.

Comme à son habitude, elle s'endormit dans la seconde.

Quinn identifia le rêve comme tel. Elle appréciait toujours cette sensation de décalage carnavalesque liée au domaine des songes. Elle voyait là une façon de vivre quelque aventure farfelue sans avoir à fournir le moindre effort physique. Ainsi, lorsqu'elle se retrouva sur un sentier qui serpentait dans une épaisse forêt dont les feuillages apparaissaient argentés sous la lune, des volutes de brouillard ondulant sur le sol, une voix dans un recoin de son cerveau lui souffla : « Accroche-toi, c'est parti ! »

Elle crut entendre un chant. Comme une mélopée aux accents rauques et désespérés, dont les paroles demeuraient indistinctes.

Elle progressait à travers les bancs de brume et l'air doux comme la soie. La psalmodie continuait, l'attirant à elle. Un seul mot semblait émerger en cette nuit de pleine lune : *bestia*.

Quinn l'entendait encore et encore tout en suivant les lacets du sentier que baignaient les reflets d'argent de la lune. Elle ressentait une attirance sexuelle, une chaleur au creux du ventre qui l'entraînait irrépressiblement vers cette mystérieuse voix.

Deux fois, puis une troisième, l'air parut murmurer. *Beatus*. Et ce murmure lui réchauffa la peau. Elle pressa le pas.

Des frondaisons fantomatiques jaillit soudain une chouette noire. Déployant ses grandes ailes, elle les agita au point de soulever un tourbillon froid qui arracha un frisson à Quinn. Même dans le rêve, la peur l'envahit.

Au milieu des bourrasques froides, elle aperçut, gisant en travers du sentier, un faon au pelage brun doré. Le sang qui s'écoulait de sa gorge tranchée imbibait la terre, luisant et sombre dans la nuit.

La pitié serra le cœur de Quinn. Si jeune, si innocent, songea-t-elle, se forçant à s'en approcher. Qui avait pu commettre pareille atrocité ?

Un instant, les yeux sans vie de l'animal s'animèrent de reflets dorés comme son pelage. Il contempla Quinn avec tant de chagrin, tant de sagesse qu'elle en eut la gorge nouée.

La voix résonna de nouveau, dans sa tête cette fois. Elle ne prononça qu'un mot : *devoveo*.

Les arbres étaient maintenant dénudés, les branches et les troncs gainés d'une couche de glace. Les rayons argentés de la lune avaient viré au gris. Au détour du sentier, elle se retrouva face à un petit étang. L'eau était d'un noir d'encre, comme si la lumière, aussi faible fût-elle, était aspirée dans ses profondeurs.

Sur la rive se tenait une jeune femme vêtue d'une longue robe brune. Ses cheveux taillés court se dressaient en tous sens sur son crâne. Elle se pencha pour ramasser des pierres dont elle remplit ses poches.

Bonjour, cria Quinn. *Que faites-vous ?*

La jeune femme continua comme si de rien n'était. En s'approchant, Quinn vit ses yeux luisants de larmes, et de folie.

Non, vous n'allez pas faire ça. Arrêtez. Je vous en supplie, parlez-moi.

La jeune femme releva la tête. Abasourdie, Quinn reconnut son propre visage. *Il ne sait pas tout,* lui dit la démente. *Il n'était pas au courant de ton existence.*

Puis elle se jeta à l'eau. Alourdi par son chargement de pierres, son corps frêle coula à pic et fut englouti comme dans une gueule béante.

Quinn sauta à son tour dans l'eau glaciale – que pouvait-elle faire d'autre ?

Il y eut une lumière éblouissante, puis un grondement qui aurait pu être le tonnerre dans le lointain ou le grognement d'une bête sauvage affamée. Elle était maintenant à genoux dans une clairière au milieu de laquelle une pierre se dressait tel un autel. Des flammes jaillissaient autour d'elle, à travers elle, mais elle n'en ressentait pas la chaleur.

Elle distingua deux ombres, une noire et une blanche, qui s'empoignaient avec sauvagerie. Dans un fracas dantesque, le sol s'ouvrit sous leurs pieds et les deux silhouettes disparurent dans les entrailles de la Terre.

Un hurlement de terreur lui déchira les poumons comme la faille s'élargissait davantage pour l'avaler à son tour. Labourant la terre de ses ongles, elle se traîna jusqu'à la pierre qu'elle enlaça de toutes ses forces.

La roche éclata en trois parts égales, la précipitant dans la gueule béante.

Quinn se réveilla en sursaut, cramponnée à l'un des montants du baldaquin comme si sa vie en dépendait.

Sa respiration était sifflante, et son cœur cognait si fort et si vite qu'elle en avait le vertige.

« Un rêve, ce n'était qu'un rêve », tenta-t-elle de se raisonner sans parvenir néanmoins à lâcher le montant du lit.

La joue appuyée contre le bois, elle ferma les yeux jusqu'à ce que ses tremblements s'apaisent.

— Tu parles d'un cauchemar, marmonna-t-elle.

La Pierre Païenne. C'était là qu'elle se trouvait à la fin de son cauchemar, elle en avait la certitude. Elle l'avait déjà vue en photo et l'avait reconnue. Curieux hasard qu'elle en rêve justement cette nuit. Et de l'étang. N'y avait-il pas quelque chose dans ses notes au sujet d'une femme qui s'était noyée dans ce fameux étang ? On l'avait baptisé de son prénom : Hester. Hester's Pool – l'étang d'Hester –, oui, c'était ainsi que cet endroit s'appelait.

Tout se tenait… dans la logique des rêves.

Oui, quel cauchemar. Elle mourrait heureuse de ne jamais en revivre un autre du même acabit.

Elle jeta un coup d'œil à son réveil de voyage ; le cadran fluorescent indiquait 3 h 20. Elle n'avait d'autre choix que de se rendormir, en fille raisonnable qu'elle était. Elle allait arranger le lit, boire un verre d'eau fraîche, et dodo.

Elle avait eu sa dose d'adrénaline pour la journée.

Elle se glissa hors du lit, le retapa vaguement, puis se tourna dans l'intention d'aller chercher un verre d'eau dans la salle de bains.

Son hurlement muet lui déchira le crâne telles des serres acérées, refusant de franchir sa gorge brûlante.

Le garçon affichait une grimace obscène derrière la fenêtre sombre. Son visage et ses mains pressés contre la vitre n'étaient qu'à quelques dizaines de centimètres du sien. Il darda la langue, la passa sur ses petites dents blanches pointues. Ses yeux rougeoyants semblaient aussi insondables et avides que la gueule béante qui avait failli l'avaler dans son cauchemar.

Quinn sentit ses genoux se dérober sous elle. « Tiens bon ! » s'adjura-t-elle. Si elle tombait, elle redoutait que la créature ne lui saute à la gorge à travers la vitre tel un chien enragé.

Elle tendit la main, paume en avant, geste de protection ancestral contre le mal.

— N'avancez pas, murmura-t-elle. Laissez-moi tranquille.

Il éclata d'un rire sardonique si terrifiant qu'elle en eut le vertige. Puis il s'écarta de la vitre en un lent saut périlleux, plana un instant au-dessus de la rue endormie, puis se… condensa – c'est le seul terme qui lui vint à l'esprit – jusqu'à devenir une tête d'épingle noire qui se volatilisa.

Elle se précipita vers la fenêtre et baissa le store d'un coup sec. Puis elle se laissa glisser sur le plancher, le dos appuyé contre le mur, le corps agité de tremblements.

Lorsqu'elle se jugea capable de tenir debout, elle se releva tant bien que mal et, se tenant aux murs, alla aux autres fenêtres à petits pas maladroits. Une fois tous les stores tirés, elle était de nouveau hors d'haleine et avait la désagréable impression d'être enfermée dans une boîte.

Elle alla dans la salle de bains et avala d'un trait deux grands verres. Un peu rassérénée, elle fixa les fenêtres closes.

— Va au diable, petit salaud !

Attrapant son ordinateur portable, elle s'assit en tailleur sur le parquet – elle se sentait davantage en sécurité sous la ligne des fenêtres – et entreprit de noter son cauchemar en détail, puis de décrire la hideuse apparition.

À son réveil, un rai de lumière crue filtrait sur le pourtour des stores crème. Et la batterie de son portable était déchargée. Se félicitant d'avoir effectué une sauvegarde avant de se pelotonner sur le plancher pour dormir, elle déplia avec précaution son corps ankylosé.

Stupide, évidemment, se dit-elle, tentant d'atténuer les courbatures par quelques étirements. Stupide de ne pas avoir éteint son ordinateur, avant de retourner se coucher dans son grand lit douillet. Mais elle avait oublié le premier et n'avait même pas envisagé le second.

Elle reposa l'ordinateur sur le bureau et le brancha pour recharger la batterie. Prudente – après tout, c'était en plein jour qu'elle avait vu le garçon la première fois –, elle s'avança jusqu'à la fenêtre la plus proche. Souleva un coin du store.

Le soleil brillait dans un ciel bleu azur. Un manteau de neige fraîche scintillait sur les trottoirs, les auvents et les toits.

Elle aperçut quelques commerçants ou leurs employés affairés à déblayer le trottoir devant leurs boutiques. Les voitures roulaient au ralenti sur la chaussée dégagée par le chasse-neige. Elle se demanda si l'école avait été retardée ou annulée à cause des intempéries.

Elle se demanda si le garçon avait cours de diableries aujourd'hui.

Elle décida de s'octroyer un long bain chaud dans la charmante baignoire avant d'aller tester le petit déjeuner chez *Mae*. Avec un peu de chance, elle trouverait là quelqu'un qui accepterait de lui parler des légendes de Hawkins Hollow.

6

Caleb prenait son petit déjeuner au comptoir lorsque Quinn entra. Elle portait des bottes à talons hauts, un jean délavé et un chapeau cloche rouge vif.

Autour du cou, elle avait noué une écharpe multicolore qui ajoutait une touche de désinvolture à son manteau ouvert entre les pans duquel il aperçut un pull-over couleur myrtille.

Même en marron de la tête aux pieds, elle serait radieuse et retiendrait l'attention, se surprit-il à penser.

Elle parcourut la salle du regard, se demandant sans doute où s'asseoir, qui approcher. Déjà au travail, conclut Caleb. Peut-être n'arrêtait-elle jamais. Il la connaissait depuis peu, mais il aurait parié que son esprit fonctionnait en continu.

Elle le repéra. Affichant ce sourire rayonnant qui n'appartenait qu'à elle, elle se dirigea vers lui. Il se sentait comme un gamin dans un match de foot improvisé qu'on a choisi comme premier attaquant alors que tous crient en agitant les bras « Moi ! Moi ! ».

— Bonjour.

— Bonjour, Quinn. Je vous invite ?

— Avec plaisir.

Elle se pencha au-dessus de son assiette et inspira longuement ses crêpes nappées de beurre fondu et de sirop d'érable.

— Ma main à couper qu'elles sont fabuleuses.

— Les meilleures de la ville, confirma Caleb qui piqua une grosse bouchée sur sa fourchette et la lui tendit. Vous voulez goûter ?

— Je ne peux jamais me contenter d'un échantillon. C'est une maladie.

Elle se hissa sur le tabouret voisin et pivota vers la serveuse tout en dénouant son écharpe.

— Bonjour, je voudrais un café, et auriez-vous n'importe quelle sorte de muesli avec n'importe quelle sorte de fruit frais ?

— Eh bien, nous avons du Spécial K, et je peux y ajouter une banane en tranches.

— Parfait, approuva Quinn qui lui tendit la main pardessus le comptoir. Quinn Black.

La serveuse hocha la tête et lui serra la main avec vigueur.

— L'écrivain de Pennsylvanie, c'est ça ? fit-elle. Meg Stanley. Soyez sur vos gardes avec celui-ci, ajouta-t-elle avec un petit coup de poing amical dans l'épaule de Caleb. Il a l'air tranquille mais, comme on dit, il faut se méfier de l'eau qui dort.

— On peut avoir la langue bien pendue et courir vite, répliqua Quinn.

Meg s'esclaffa.

— Courir vite est un gros avantage. Je vais vous chercher vos céréales.

— Comment peut-on choisir de son plein gré de manger du muesli au petit déjeuner ? s'interrogea Caleb à voix haute tout en piquant une nouvelle bouchée de crêpe dégoulinante de sirop.

— C'est une habitude à prendre. J'y travaille encore. Mais me connaissant, si je continue à venir ici, je vais finir par succomber au charme de ces crêpes. Y a-t-il en ville un centre de remise en forme, un club de gym, un baraqué qui louerait son Bowflex ?

— Il y a un petit club de gym au sous-sol du foyer municipal. Il faut être adhérent, mais je peux vous procurer un passe.

— Vraiment ? Très pratique de vous connaître, Caleb.

— N'est-ce pas ? Alors, vous êtes sûre de ne pas vouloir changer votre commande ? Un petit déjeuner digne de ce nom, et après, tapis de jogging ?

— Pas aujourd'hui, mais merci quand même.

Après avoir ajouté une sucrette dans son café, Quinn prit la tasse à deux mains et étudia Caleb à travers le voile de vapeur qui s'en élevait.

— Maintenant que nous en sommes à notre deuxième rendez-vous…

— J'aurais manqué le premier ?

— Vous m'avez invitée à une pizza-bière, plus une partie de bowling. Dans mon dictionnaire, cela se trouve à la définition de rendez-vous. Et maintenant, vous m'offrez le petit déjeuner.

— Des céréales à la banane. J'apprécie une invitation aussi économique.

— Qui ne s'en réjouirait pas ? Enfin, bref, puisqu'on en est aux rendez-vous et tout ça…

Il se mit à rire et elle but une nouvelle gorgée de café

— … j'aimerais vous faire part d'une expérience.

Elle leva les yeux comme Meg déposait devant elle un bol en grès rempli de muesli et de banane en tranches.

— Je me suis dit qu'avec ça, vous prendriez du lait écrémé, dit la serveuse.

— Très perspicace, merci beaucoup.

— Autre chose ?

— Pour l'instant, nous avons tout ce qu'il faut, Meg, répondit Caleb. Merci.

— Sifflez-moi en cas de besoin.

— Une expérience ? répéta Caleb, tandis que la serveuse s'éloignait.

— J'ai fait un rêve.

Caleb sentit son ventre se nouer avant même qu'elle ne commence à lui raconter d'une voix posée et avec une précision méticuleuse l'étrange cauchemar qui avait bouleversé sa nuit.

— J'avais conscience qu'il s'agissait d'un rêve, conclut-elle. C'est toujours le cas, même pendant. D'ordinaire, j'adore ça, même ceux qui font froid dans le dos parce que, vous comprenez, je sais que ce n'est pas la réalité. Mais là… je n'ai pas trouvé cela drôle du tout. Je ne pensais pas juste avoir froid, par exemple. J'*avais* froid. Je n'avais pas juste l'impression d'être ballottée de tous côtés. Ce matin, j'ai remarqué des bleus qui n'étaient pas là hier soir quand je me suis couchée. Des hématomes récents sur la hanche. Comment peut-on se blesser dans un rêve, si ce n'est qu'un rêve ?

« C'est possible… à Hawkins Hollow », songea Caleb.

— Êtes-vous tombée du lit ?

— Non, je ne suis pas tombée du lit, répondit Quinn avec, pour la première fois, un soupçon d'agacement dans la voix. Je me suis réveillée agrippée au montant du baldaquin comme s'il s'agissait de mon grand amour perdu. Et tout ça, c'était avant de revoir ce petit salaud aux yeux rouges.

— Où ?

Elle prit le temps de manger une cuillerée de céréales. Caleb n'aurait su dire si sa moue fugitive était due au goût ou à ses pensées.

— Avez-vous déjà lu *Salem* de Stephen King ?

— Bien sûr. Une histoire de vampires dans une petite ville. Une belle intrigue.

— Vous vous souvenez de cette scène ? Les petits garçons, deux frères. L'un s'est fait enlever et mordre alors qu'il se baladait sur un sentier dans les bois. Une nuit, il vient rendre visite à son frère.

— Rien n'est plus effrayant que des gamins vampires.

— Pas grand-chose en tout cas. Bref, le garçon flottait devant la fenêtre, grattant la vitre. Eh bien, cette nuit c'était exactement la même chose. Il pressait le visage et les mains contre la vitre – je précise que ma chambre est au premier étage –, puis il a fait un élégant salto arrière et, *pouf*, il s'est volatilisé.

Caleb posa la main sur les siennes qu'il trouva froides. Il les frictionna quelques secondes.

— Vous avez mes numéros de fixe et de portable. Pourquoi n'avez-vous pas téléphoné ?

Quinn mangea un peu, puis sourit à Meg, et tendit sa tasse pour qu'elle la remplisse.

— J'ai conscience que c'est du sérieux entre nous, répondit-elle enfin, mais, voyez-vous, je n'ai pas pour habitude d'appeler les hommes avec qui je joue au bowling en cas de frayeur à 3 heures du matin. J'ai crapahuté dans des marais en Louisiane sur les traces du fantôme d'une reine vaudou – oui, je sais, ça fait très aventurière loufoque. J'ai aussi passé la nuit seule dans une maison réputée hantée sur la côte du Maine et interviewé un type qu'on affirmait possédé par non moins de treize démons. Puis il y a eu la famille de loups-garous à Tallahassee. Mais ce gamin…

— Vous ne croyez pas aux loups-garous et aux vampires, Quinn.

Elle pivota vers lui sur son tabouret et le regarda droit dans les yeux.

— J'ai l'esprit aussi ouvert qu'une supérette 24 heures sur 24, et étant donné les circonstances, vous devriez aussi. Mais non, je ne pense pas que cette créature soit un vampire. Après tout, je l'ai vue en plein jour. Quoi qu'il en soit, ce garçon n'a rien d'humain, mais il n'en est pas moins réel pour autant. Il joue un rôle dans les événements qui se produisent ici tous les sept ans. Et il est en avance, n'est-ce pas ?

« J'avais raison, son esprit travaille en continu, songea Caleb. Et il est aussi affûté qu'une lame de rasoir. »

— Ce n'est pas le meilleur endroit pour approfondir le sujet, observa-t-il.

— Dites-moi où.

— Je me suis engagé à vous conduire à la pierre demain, et je tiendrai parole. Nous pourrons parler de tout cela plus en détail. Aujourd'hui, c'est impossible, enchaîna-t-il, j'ai plein de boulot. Et demain s'y prêtera mieux de toute façon : la météo prévoit du soleil et cinq degrés aujourd'hui et demain. Les dernières neiges auront eu le temps de fondre.

Il sortit son portefeuille de la poche arrière de son jean. Tout en posant les billets sur le comptoir, il jeta un coup d'œil aux boots de Quinn.

— Si vous n'avez rien de plus adapté à la randonnée, vous feriez bien de vous acheter des chaussures de marche. Sinon, vous ne tiendrez pas un kilomètre.

— Vous seriez étonné de mon endurance.

— Je ne suis pas sûr de vouloir tenter l'expérience. Bon, à demain au plus tard.

Avec un froncement de sourcils, Quinn le regarda sortir, puis se retourna vers Meg qui nettoyait le comptoir.

— Vous aviez raison. Il faut se méfier de l'eau qui dort.

— Normal, je connais ce garçon depuis sa naissance.

Amusée, Quinn cala le coude sur le comptoir et joua avec le reste de ses céréales. Apparemment, une bonne frousse nocturne suivie d'une légère prise de bec avec un homme étaient plus efficaces pour le régime que n'importe quel pèse-personne.

Avec ses boucles brunes serrées comme la laine d'un mouton encadrant son doux visage ridé, Meg lui apparaissait sympathique. Une petite étincelle dans ses yeux noisette indiqua à Quinn qu'elle serait encline à parler.

— Alors, Meg, que savez-vous d'autre ? Par exemple, sur la Pierre Païenne.

— Un tas d'idioties, si vous voulez mon avis.

— Vraiment ?

— De temps en temps, les gens deviennent juste un peu... fit la serveuse qui se tapota la tempe de l'index. Ils abusent de la bouteille, se mettent dans un sale état, et de fil en aiguille... Mais c'est bon pour les affaires, ces spéculations, si vous voyez ce que je veux dire. Ça rameute un tas de curieux qui prennent des photos, achètent des souvenirs.

— Vous n'avez jamais eu d'expériences vous-même ?

— J'ai vu certaines personnes d'ordinaire sensées se comporter comme si elles avaient perdu la tête, et d'autres enclines à la méchanceté l'être encore davantage, répondit Meg avec un haussement d'épaules. Les gens sont comme ils sont, et parfois ça déborde.

— C'est vrai, j'imagine.

— Si vous voulez en savoir plus, vous devriez aller à la bibliothèque. Là-bas, il y a des livres sur la ville, l'histoire et tout ce qui s'ensuit. Et Sally Keefafer...

— La Sally Keefafer du bowling ?

Meg laissa échapper un ricanement.

— C'est vrai qu'elle adore le bowling. C'est la directrice de la bibliothèque. Si vous la branchez sur le sujet, vous ne pourrez plus l'arrêter. Elle est tellement bavarde qu'on finit par avoir envie de lui scotcher la bouche.

— Merci du tuyau. Vous vendez du scotch ici ?

Meg s'esclaffa et secoua la tête.

— Si vous voulez parler sérieusement, allez plutôt voir Mme Abbott. Elle dirigeait l'ancienne bibliothèque et passe presque tous les jours un petit moment à la nouvelle.

Sur ces mots, elle ramassa les billets que Caleb avait laissés et alla servir de nouveaux clients à l'autre bout du comptoir.

Caleb fila tout droit à son bureau. Il y avait les habituelles paperasseries du matin. Des coups de fil, des mails. Et une réunion avec son père et le gars des jeux vidéo avant l'ouverture du bowling pour les matches de ligue prévus l'après-midi.

Il repensa à la muraille de feu sur Main Street, la veille au soir. Avec les deux apparitions auxquelles avait eu droit Quinn – une étrangère – le doute n'était plus permis : l'*entité* qui harcelait la ville semblait décidée à commencer tôt les festivités.

Le rêve de Quinn le tracassait aussi. Il en avait parfaitement reconnu les détails. Qu'elle ait rêvé aussi clairement de l'étang et de la clairière, qu'elle se soit réveillée avec des hématomes prouvait, selon lui, qu'elle était liée d'une manière ou d'une autre à la ville et aux événements qui s'y déroulaient.

Un lointain lien de parenté n'était pas exclu – il ferait des recherches. Mais des parents éloignés, il en avait d'autres, et personne en dehors de sa famille proche n'avait jamais fait état de phénomènes curieux, même pendant les Sept.

En traversant le bowling, il salua Bill Turner qui polissait les pistes. Une fois dans son bureau, il vérifia d'abord ses mails et soupira de soulagement en découvrant celui de Gage.

Prague. Quelques affaires à régler. Devrais être de retour d'ici deux semaines. Ne faites rien de plus que les conneries habituelles sans moi.

Ni salut ni signature. Très dans le style de Gage, songea Caleb. Et il devrait s'en contenter pour le moment.

Contacte-moi dès que tu es sur le sol américain, répondit Caleb. *Ça commence déjà à bouger par ici. On t'attendra toujours pour les conneries parce que c'est toi le plus doué.*

Après avoir cliqué sur *Envoyer,* il écrivit à Fox :

J'ai à te parler. Chez moi, 18 heures. J'ai de la bière. Apporte à manger (tout sauf pizza).

C'était tout ce qu'il pouvait faire pour l'instant. Simplement parce que la vie devait suivre son cours.

Quinn retourna à l'hôtel chercher son ordinateur portable. Quitte à aller à la bibliothèque, autant en profiter pour travailler une heure ou deux. Elle connaissait sans doute déjà la plupart des livres référencés – peut-être même tous –, mais cette Mme Abbott se révélerait peut-être une source intéressante.

Caleb Hawkins, quant à lui, ne semblait pas décidé à lâcher quoi que ce soit avant le lendemain.

En pénétrant dans le hall de l'hôtel, Quinn repéra au premier coup d'œil la jeune femme brune assise dans l'un des confortables fauteuils de l'accueil. Entre vingt-cinq et trente ans, une petite coupe de cheveux impertinente, elle affichait la mine lasse de qui vient de faire un long voyage, ce qui ne diminuait en rien la beauté de son visage sérieux. Son jean et son pull-over noir mettaient en valeur sa silhouette sportive. Rassemblés à ses pieds se trouvaient une valise, une sacoche d'ordinateur portable, une sorte de vanity case et un grand cabas élégant en cuir lisse d'un beau rouge.

Ravalant une pointe d'envie à la vue de ce dernier, Quinn adressa un sourire à Mandy, la blonde et sémillante réceptionniste.

— Rebonjour, mademoiselle Black. Si vous avez besoin de quoi que ce soit, je suis à vous dans une petite minute.

— Tout va bien, merci.

Quinn se dirigea vers l'escalier. Alors qu'elle posait le pied sur la première marche, elle entendit Mandy annoncer :

— Voilà, vous êtes enregistrée, mademoiselle Darnell. Je vais demander à Harry de monter vos bagages.

Comme à son habitude, Quinn ne put s'empêcher de conjecturer sur cette demoiselle Darnell tout en regagnant sa chambre. En route pour New York, elle avait fait étape ici. Non, Hawkins Hollow était trop à l'écart de la route et il était encore trop tôt pour interrompre un voyage.

Peut-être rendait-elle visite à des parents ou à des amis, mais dans ce cas, pourquoi ne débarquait-elle pas tout simplement chez eux ? À moins qu'elle ne soit en voyage d'affaires, supposa Quinn en entrant dans sa chambre.

Quoi qu'il en soit, si la fille au sublime sac rouge qui lui avait tapé dans l'œil prolongeait son séjour au-delà de quelques heures, elle trouverait le moyen de découvrir le fin mot de l'histoire. À ce petit jeu, elle était imbattable.

Quinn rangea son portable dans la sacoche, ajouta un bloc-notes neuf et plusieurs crayons de rechange pour le cas où la chance lui sourirait. Elle exhuma son mobile de son sac et le régla sur vibreur. Rien de plus agaçant qu'une sonnerie intempestive dans une bibliothèque. Elle glissa aussi une carte du comté si jamais elle décidait de partir en exploration.

Ainsi armée, elle redescendit et prit sa voiture, direction la bibliothèque municipale située à l'autre bout de la ville.

D'après ses recherches, Quinn savait que le bâtiment d'origine dans Main Street abritait aujourd'hui le foyer municipal et, comme le lui avait appris Caleb, le club de gym qu'elle avait l'intention de fréquenter. La nouvelle bibliothèque avait été érigée quelques années plus tôt sur un joli terrain en pente à la limite sud de la ville. Cette construction aussi était en pierre, même si, selon toute vraisemblance, il s'agissait d'un revêtement décoratif sur une couche de béton. Orné d'un portique, le bâtiment comportait deux niveaux flanqués de courtes ailes de chaque côté. Un style désuet plutôt charmant pour lequel la société d'Histoire locale avait dû se battre.

Tout en se garant sur le parking situé sur le pignon, elle admira les bancs et les arbres sous les frondaisons desquels il devait faire bon lire à la belle saison.

En entrant dans le hall, Quinn reconnut l'odeur propre aux bibliothèques : papier aux légers relents de poussière, ainsi que l'habituel silence. Un panneau annonçait en lettres multicolores une séance de lecture pour les enfants à 10 h 30.

Elle s'avança jusqu'à la grande salle : ordinateurs, longues tables, chariots, quelques personnes déambulant entre les rayonnages, deux hommes âgés feuilletant des journaux. Le *tchic-tchac* assourdi d'un photocopieur lui parvint, de même que la sonnerie discrète d'un téléphone.

S'efforçant de ne pas se laisser distraire par le charme qu'exerçaient à son avis toutes les bibliothèques, elle se dirigea vers l'accueil.

À voix basse, comme il sied en ces lieux, elle salua l'employé filiforme et lui demanda des ouvrages sur l'histoire locale.

— Premier étage, aile ouest. L'escalier se trouve sur votre gauche, l'ascenseur tout droit derrière vous. Vous recherchez quelque chose en particulier ?

— Pas précisément, je vais juste jeter un coup d'œil, merci. Mme Abbott est-elle ici aujourd'hui ?

— Mme Abbott est à la retraite, mais elle vient presque tous les jours vers 11 heures. En qualité de bénévole.

— Merci encore.

Quinn opta pour l'escalier dont la jolie courbe lui rappela *Autant en emporte le vent*. Elle mit des œillères mentales afin de ne pas être tentée de vagabonder entre les rangées de livres avant d'avoir trouvé la section Histoire Locale.

Il s'agissait davantage d'une pièce – une bibliothèque miniature – que d'une section. Fauteuils élégants et confortables, tables, lampes à abat-jour couleur ambre et même repose-pieds. Elle était aussi plus spacieuse qu'elle ne s'y attendait.

Cela n'aurait pourtant pas dû l'étonner vu le nombre de batailles qui avaient eu lieu à Hawkins Hollow et alentour durant les guerres d'Indépendance et de Sécession.

Les ouvrages s'y rapportant étaient classés dans une section à part, ainsi que ceux sur le comté, l'État et la ville.

Il y avait en outre une section très substantielle consacrée aux auteurs de la région. Quinn commença par là, et constata qu'elle venait de tomber sur une mine d'or. Il y en avait plus d'une douzaine que ses recherches préliminaires ne lui avaient pas permis de repérer. Ils étaient publiés à compte d'auteur ou à tirages très limités par de petites maisons d'édition du cru.

Des titres tels que *Le Cauchemar de Hollow* et *Hollow, la vérité dévoilée* lui mirent l'eau à la bouche. Après avoir installé son ordinateur, son bloc-notes et son magnétophone, elle choisit cinq livres. C'est alors qu'elle remarqua la discrète plaque de bronze.

La bibliothèque de Hawkins Hollow
exprime toute sa gratitude
à la famille
de Franklin et de Maybelle Hawkins
pour sa générosité

Franklin et Maybelle. Très probablement des ancêtres de Caleb. Quinn trouva leur donation pour le financement de cette salle en particulier appropriée en plus d'être généreuse.

Elle s'assit à la table de travail, choisit l'un des livres au hasard et se plongea dans sa lecture.

Elle avait couvert plusieurs pages de son bloc-notes de noms, lieux, dates, incidents et hypothèses quand un parfum de lavande mêlé de talc lui chatouilla les narines.

Levant le nez, elle découvrit une vieille dame soignée, vêtue d'un tailleur pourpre. Ses cheveux clairsemés étaient d'une blancheur de neige, et les verres de ses lunettes si épais que Quinn se demanda comment son petit nez et ses oreilles fragiles en supportaient le poids.

La vieille dame arborait un collier de perles, une alliance en or et une montre au cadran énorme qui paraissait aussi pratique que ses chaussures à semelles épaisses.

— Je suis Estelle Abbott, se présenta-t-elle d'une voix de fausset. Le jeune Dennis m'a dit que vous aviez demandé à me voir.

Le « jeune » Dennis semblant, selon les estimations de Quinn, plus proche de soixante-dix ans que de soixante, elle en déduisit que Mme Abbott devait approcher les deux cents ans.

— En effet, répondit Quinn qui se leva et contourna la table pour aller lui serrer la main. Je suis Quinn Black, madame Abbott. Je...

— Oui, je sais. L'écrivain. J'ai apprécié vos livres.

— Merci beaucoup.

— Inutile. Si je ne les avais pas aimés, je vous l'aurais dit tout net. Vous faites des recherches pour un livre sur Hollow.

— Oui, madame, c'est exact.

— Vous trouverez beaucoup d'informations ici. Certaines utiles, d'autres loufoques, ajouta-t-elle après un coup d'œil aux ouvrages posés sur la table.

— Dans ce cas, pour m'aider à séparer le bon grain de l'ivraie, peut-être trouverez-vous un moment pour vous entretenir avec moi. Je serais heureuse de vous inviter à déjeuner ou à dîner le jour qui vous...

— Très aimable de votre part, mais ce n'est pas nécessaire. Pourquoi ne pas nous asseoir un moment, et nous verrons bien ce que cela donne ?

— Formidable.

Estelle Abbott prit place sur une chaise. Droite comme un I, les genoux serrés, les mains croisées.

— Je suis née à Hollow, commença-t-elle. J'ai passé ici les quatre-vingt-dix-sept années de ma vie.

— Quatre-vingt-dix-sept ? répéta Quinn sans avoir à feindre la surprise. En général, je suis assez douée pour évaluer les âges et je vous avais donné dix bonnes années de moins.

— J'ai des os solides, répondit Estelle avec un sourire. J'ai perdu mon mari, John, qui lui aussi avait toujours vécu ici, il y aura huit ans le 5 du mois prochain. Nous avons été mariés soixante et onze ans.

— Quel est votre secret ?

Nouveau sourire.

— Apprendre à rire, sinon on risque de les massacrer à coups de marteau à la première occasion.

— J'en prends bonne note.

— Nous avons eu six enfants – quatre garçons, deux filles. Tous sont encore en vie, et pas en prison, Dieu merci. Ils nous ont donné dix-neuf petits-enfants qui ont eu à leur tour vingt-huit enfants – au dernier comptage, plus cinq de la nouvelle génération et deux en route.

Quinn ouvrit de grands yeux.

— À Noël, ça doit être la folie.

— La famille est éparpillée aux quatre vents, mais il nous est arrivé de réussir à réunir presque tout le monde.

— Dennis m'a dit que vous étiez retraitée. Vous étiez bibliothécaire ?

— J'ai commencé à travailler à la bibliothèque quand mon dernier est entré à l'école. La vieille bibliothèque dans Main Street. J'ai repris des études et passé mon diplôme. Johnnie et moi avons beaucoup voyagé. Un moment, nous avons pensé nous installer en Floride. Mais nos racines ici étaient trop profondes. J'ai travaillé à mi-temps, puis pris ma retraite quand mon Johnnie est tombé malade. À sa mort, je suis revenue à la bibliothèque – toujours l'ancienne, celle-ci était en construction à l'époque – comme bénévole ou antiquité selon le point de vue où l'on se place. Je vous raconte tout ça afin que vous ayez une idée de qui je suis.

— Vous aimez votre mari, vos enfants et tous leurs descendants. Vous aimez les livres et vous êtes fière du métier que vous avez exercé. Vous aimez cette ville et la vie que vous y menez.

Estelle la gratifia d'un regard approbateur.

— Vous avez le don de synthétiser les faits avec autant d'efficacité que de perspicacité. Vous n'avez pas dit que j'*aimais* mon mari, mais avez utilisé le présent, ce qui me laisse à penser que vous êtes une jeune femme sensible et observatrice. J'ai perçu à travers vos livres que vous étiez dotée d'un esprit ouvert et curieux. Dites-moi, mademoiselle Black, avez-vous aussi du courage ?

Quinn se remémora la créature devant la fenêtre. Elle avait eu peur, mais n'avait pas fui.

— Je crois que oui, répondit-elle. Je vous en prie, appelez-moi Quinn.

— Quinn. Un nom de famille.

— Oui, le nom de jeune fille de ma mère.

— Du gaélique irlandais. Le mot signifie « conseiller », il me semble.

— En effet.

— Je suis un puits d'informations futiles, sourit Estelle. Mais je me demande si votre nom n'est pas pertinent. Il faut l'objectivité et la sensibilité d'un conseiller pour écrire un livre digne de ce nom sur Hawkins Hollow.

— Vous n'avez pas eu envie d'essayer ?

— Tous les mélomanes ne sont pas musiciens. Laissez-moi vous raconter quelques petites choses, dont vous connaissez peut-être déjà certaines. Il existe dans les bois qui bordent cette ville, à l'ouest, un endroit qui était sacré et instable longtemps avant l'arrivée de Lazarus Twisse.

— Lazarus Twisse, le chef de file des dévots radicaux qui ont fait sécession avec les puritains du Massachusetts, ou, plus exactement, ont été excommuniés par ces derniers.

— Selon les comptes rendus historiques de l'époque, oui. Ce lieu appartenait aux Amérindiens qui le considéraient comme sacré. Et avant eux, on prétend que des forces contraires – la lumière et les ténèbres, le bien et le mal, selon les termes qui ont votre préférence – se seraient disputé ce cercle de terre et y auraient laissé les germes de leur puissance. Ceux-ci demeurèrent en sommeil durant des siècles ; seule la pierre témoignait de ce qui s'était passé ici-bas. Avec le temps, les souvenirs de cette lutte furent oubliés ou le folklore les abâtardit. Ne demeura que le sentiment dans le cœur de beaucoup que ce lieu et sa pierre n'étaient pas faits de terre et de roche ordinaires.

Estelle Abbott se tut. Quinn n'entendit plus que le bourdonnement du radiateur, ainsi que le claquement léger de semelles en cuir sur le sol comme quelqu'un passait devant la salle.

— À l'arrivée de Twisse à Hollow, l'endroit portait déjà le nom de Hawkins, d'après Richard Hawkins qui, avec sa femme et ses enfants, y avait établi une petite colonie en 1648. Vous noterez que la fille aînée de Richard était Ann. Hawkins, sa famille et une poignée d'autres – dont certains avaient fui l'Europe comme criminels, politiques ou autres – avaient fait leur vie ici. De même qu'un certain Giles Dent, qui avait bâti une cabane dans les bois où se dressait la pierre.

— Qu'on appelait la Pierre Païenne.

— Oui. Il ne dérangeait personne et comme il possédait des talents de guérisseur, on le consultait souvent. On prétend qu'il était connu sous le nom du Païen, d'où l'origine du nom de la pierre.

— Vous ne semblez pas convaincue par cette hypothèse.

— Il est possible que le nom soit resté, puis passé dans le langage courant à l'époque. Mais la Pierre Païenne existait bien avant l'arrivée de Giles Dent ou de Lazarus Twisse. Selon d'autres témoignages, Dent aurait tâté de la sorcellerie et ensorcelé Ann Hawkins qu'il aurait séduite et engrossée. D'autres encore affirment qu'ils étaient effectivement amants, mais qu'elle était allée dans son lit de son plein gré et avait quitté sa famille pour vivre avec lui dans sa petite cabane près de la Pierre Païenne.

— Ensorcelée ou de son plein gré, partir vivre avec un homme sans être mariée a dû être un pas difficile à franchir pour Ann Hawkins. Elle devait posséder une très grande force de caractère.

— Les Hawkins ont toujours été forts. Ann devait l'être pour aller chez Dent et rester avec lui. Tout comme pour le quitter.

— Il existe de nombreuses histoires contradictoires à ce sujet, fit remarquer Quinn. Pourquoi croyez-vous qu'Ann Hawkins a quitté Giles Dent ?

— Je pense qu'elle est partie pour protéger les enfants qu'elle portait.

— Les protéger de qui ?

— De Lazarus Twisse. Twisse et ses adeptes sont arrivés à Hawkins Hollow en 1651. La colonie ne tarda pas à tomber sous sa domination. Sa loi interdisait la danse, les chants, la musique et tous les livres sauf la Bible. Elle n'autorisait d'autre église que la sienne, d'autre dieu que le sien.

— Au temps pour la liberté de culte.

— La liberté n'a jamais été l'objectif de Twisse. À l'instar de ceux qui ont soif de pouvoir, il pratiquait l'intimidation, la terreur, l'excommunication et se prévalait de la colère de son dieu comme arme suprême. Plus son pouvoir se renforçait, plus les peines infligées étaient violentes : pilori, flagellation, tonte des femmes jugées impies, marquage au fer rouge des hommes accusés d'un crime. Et pour finir, le bûcher pour ceux qu'il considérait comme des sorciers. La nuit du 7 juillet 1652, sur les accusations d'une jeune femme, Hester Deale, Twisse et sa clique se rendirent à la cabane de Giles Dent. Ce qu'il advint là-bas...

Quinn se pencha en avant, mais Estelle soupira et secoua la tête.

— Enfin bon, cette histoire a été racontée mille fois. Tant de morts. Des graines plantées longtemps auparavant commencèrent à germer. Certaines ne sortirent que pour disparaître dans l'incendie qui ravagea la clairière. Les comptes rendus sur ce qui se produisit juste après, ainsi que les jours et les semaines suivantes sont plus rares. Il est toutefois établi qu'Ann Hawkins finit par regagner la colonie avec ses trois fils. Et Hester Deale donna naissance à une fille huit mois après l'incendie meurtrier à la Pierre Païenne. Peu de temps après la naissance de son enfant, dont elle affirmait qu'il était possédé par le malin, Hester se noya dans un petit étang au milieu des bois de Hawkins Wood.

En lestant ses poches de pierres, songea Quinn, qui réprima un frisson.

— Savez-vous ce qu'il est advenu de sa fille ? Ou des enfants d'Ann Hawkins ?

— Il existe quelques lettres, quelques journaux intimes, des bibles familiales. Mais la plupart des informations concrètes ont été perdues, ou n'ont jamais été dévoilées. Il faudra beaucoup de temps et d'effort pour découvrir la vérité. Tout ce que je peux dire, c'est que les graines dont je parle sont restées en sommeil jusqu'à une nuit de juillet, il y a vingt et un ans. Et ceux qui les avaient semées se sont réveillés. Depuis, sept nuits durant, tous les sept ans, ils s'abattent sur Hawkins Hollow. Excusez-moi, je me fatigue si vite maintenant. C'est agaçant.

— Voulez-vous que j'aille vous chercher quelque chose ? Ou que je vous reconduise chez vous ?

— Vous êtes bien aimable. Mon petit-fils ne devrait pas tarder à passer me chercher. Vous avez déjà dû parler à son fils, j'imagine. Caleb.

Soudain, quelque chose dans le sourire de la vieille dame provoqua un déclic dans le cerveau de Quinn.

— Caleb serait votre…

— Arrière-petit-fils. Par intérim, pourrait-on dire. Mon frère Franklin et sa femme, ma très chère amie Maybelle, ont été tués dans un accident juste avant la naissance de Jim, le père de Caleb. Mon Johnnie et moi avons donc servi de grands-parents aux petits-enfants de mon frère. Je les ai toujours comptés, eux et leurs familles, dans cette longue liste de descendants dont je vous parlais tout à l'heure.

— Vous êtes donc une Hawkins de naissance.

— En effet. Notre lignée remonte à Richard Hawkins, le père fondateur d'Hollow – et par lui à Ann.

Elle marqua une pause, laissant le temps à Quinn de digérer l'information.

— C'est un bon garçon, mon Caleb, et il porte sur les épaules plus que sa part de fardeau.

— D'après ce que j'ai vu, il le porte bien.

— C'est un bon garçon, répéta Estelle en se levant. Nous reparlerons, bientôt.

— Je vous accompagne en bas.

— Ne vous dérangez pas. Du thé et des biscuits m'attendent dans la salle de détente du personnel. Je suis une mascotte ici – dans le sens le plus affectueux du terme. Dites à Caleb que nous nous sommes parlé et que je souhaiterais renouveler l'expérience. Ne passez pas toute cette belle journée le nez dans les livres. Je les adore, mais il faut vivre.

— Madame Abbott ?

— Oui ?

— À votre avis, qui a planté les graines à la Pierre Païenne ?

— Les dieux et les démons, répondit la vieille dame dont le regard bien que las demeurait clair. La frontière est tellement mince entre les deux, n'est-ce pas ?

Les dieux et les démons. Bigre ! songea Quinn une fois seule. Voilà qui était fort éloigné des spectres, esprits et autres mauvaises rencontres nocturnes dont elle faisait d'ordinaire son pain quotidien. Mais cela ne collait-il pas avec les mots dont elle avait rêvé ?

Trois mots latins dont elle avait cherché la traduction.

Bestia : la Bête ou Antéchrist.

Beatus : béni.

Devoveo : sacrifice.

« D'accord, se dit-elle, si nous nous engageons dans cette voie, peut-être serait-il opportun d'appeler des renforts. »

Elle sortit son mobile, râla intérieurement lorsqu'elle fut accueillie par la boîte vocale.

— Cybil, c'est Q. Je suis à Hawkins Hollow, Maryland. J'ai levé un gros poisson. Peux-tu venir ? Si tu ne peux pas, dis-le-moi vite que je fasse tout pour te convaincre de venir quand même.

Elle raccrocha et, ignorant la pile de livres qu'elle avait sélectionnés, entreprit de taper le récit d'Estelle Hawkins Abbott.

7

Comme les matchs de ligue étaient terminés et qu'il n'y avait aucune fête ou soirée de prévue, les pistes étaient désertes, à l'exception d'un couple de vieux habitués qui s'entraînaient sur la numéro un.

La galerie des jeux vidéo bourdonnait d'activité, comme toujours entre la sortie des cours et l'heure du dîner. Mais Cy Hudson ouvrait l'œil, et Holly Lappins tenait l'accueil, tandis que Jake et Sara s'affairaient au grill et au bar qui commenceraient à s'animer d'ici une heure.

Constatant que tout était en ordre, Caleb s'assit avec son père au bout du comptoir devant un café, avant de lui passer le relais pour la soirée et de rentrer chez lui.

Il leur arrivait souvent de garder le silence. Son père était d'une nature tranquille. Non pas qu'il n'aimât pas la compagnie. Il semblait l'apprécier tout autant que ses moments de solitude, possédait une excellente mémoire des noms et des visages, et était capable de tenir une conversation sur n'importe quel sujet, y compris la politique et la religion, sans irriter personne, de surcroît – sa plus grande qualité, selon Caleb.

Ses cheveux blond-roux avaient viré à l'argent ces dernières années. Lorsqu'il travaillait, il arborait presque toujours sa tenue attitrée : chemise Oxford, pantalon en velours côtelé et chaussures Rockport.

D'aucuns auraient jugé Jim Hawkins routinier, voire ennuyeux. Caleb, lui, le trouvait fiable.

— Nous avons eu un bon mois jusqu'à présent, observa Jim de sa voix traînante.

Il buvait son café léger et sucré. Sur ordre de sa femme, il arrêtait la caféine à 18 heures pile.

— Avec le temps qu'on a, reprit-il après une gorgée, on ne sait jamais si les gens vont se calfeutrer chez eux ou avoir envie de sortir à tout prix.

— C'était une bonne idée d'organiser le Spécial Super-champions en février.

— Il m'en vient quand même une de temps en temps, répondit Jim avec un sourire qui accentua les rides au coin de ses yeux. Tu n'en as pas le monopole. Ah oui, au fait, ta mère aimerait bien que tu passes dîner un de ces soirs.

— D'accord, je vais l'appeler.

— Nous avons eu des nouvelles de Jen hier.

— Comment va-t-elle ?

— Assez bien pour se vanter qu'il faisait vingt-quatre degrés à San Diego. Rosie apprend à écrire et le bébé perce une deuxième dent. Jen a dit qu'elle allait nous envoyer des photos.

Caleb perçut la mélancolie dans la voix de son père.

— Maman et toi devriez faire un autre voyage là-bas.

— Peut-être dans un mois ou deux. Nous partons dimanche pour Baltimore rendre visite à Marly et aux enfants. J'ai vu ton arrière-grand-mère aujourd'hui. Elle m'a raconté qu'elle avait eu une agréable conversation avec cette journaliste qui vient d'arriver en ville.

— Estelle a parlé à Quinn ?

— À la bibliothèque. Elle l'a bien aimée. Et l'idée du livre aussi.

— Et toi ?

Jim secoua la tête et prit le temps de la réflexion, tandis qu'au bar, Sara servait un Coca à deux adolescents.

— À vrai dire, Caleb, je n'en sais trop rien. Je me demande ce qu'il y aurait de bon pour nous qu'une journaliste, étrangère de surcroît, étale cette histoire au grand jour. J'ai toujours tendance à me dire que ce qui s'est produit ne recommencera pas…

— Papa…

— Je sais que c'est faux. Très probablement, en tout cas.

Un moment, Jim se contenta d'écouter les voix des garçons qui plaisantaient et se chamaillaient à l'autre extrémité du comptoir. Il connaissait ces gamins, ainsi que leurs parents. Si la vie se montrait généreuse avec lui, il connaîtrait aussi un jour leurs femmes et leurs enfants.

Ne s'était-il pas lui aussi amusé ici même, avec ses copains, devant un Coca et des frites ? Ses propres enfants n'y avaient-ils pas fait les fous ? Aujourd'hui, ses filles étaient mariées et mères à leur tour. Et son fils était un homme, assis à côté de lui avec dans le regard une inquiétude au sujet de problèmes qui dépassaient l'entendement.

— Pour la plupart d'entre nous, les souvenirs deviennent flous au point que nous nous rappelons à peine ce qui est arrivé, poursuivit Jim. Pas toi, je le sais. Tout est clair dans ton esprit, et je préférerais qu'il n'en soit pas ainsi. Si tu crois que cette journaliste peut aider à trouver les réponses, je suis prêt à te soutenir.

— Je ne me suis pas encore fait d'opinion. Il faut que j'y réfléchisse.

— D'accord. Bon, eh bien, je vais aller voir comment s'en sort Cy. Les premiers joueurs du soir ne vont pas tarder à arriver et voudront manger un morceau avant de se mettre en tenue.

Jim se détourna du comptoir et jeta un regard à la ronde. À ses oreilles résonnaient les échos de sa jeunesse et les cris joyeux de ses enfants. Il revoyait encore son fils, dégingandé à l'époque, assis à cet endroit même avec ses deux copains qu'il considérait comme ses frères.

— Nous avons la chance d'avoir un bel endroit, Caleb. Il vaut la peine qu'on s'investisse. Qu'on se batte pour y faire régner l'ordre et la tranquillité.

Son père ne parlait pas seulement du bowling, mais de la ville. Et Caleb redoutait que pour y faire régner l'ordre et la tranquillité cette fois, il faille livrer une bataille titanesque.

Il rentra droit chez lui, où presque toute la neige avait fondu. Il avait résisté à l'envie de partir à la recherche de Quinn pour l'interroger sur cette conversation qu'elle avait eue avec son arrière-grand-mère. Un peu de patience, se raisonna-t-il en sortant ses clés. Mieux valait attendre le lendemain, quand ils se rendraient à la Pierre Païenne, et lui tirer les vers du nez en douceur.

Il tourna les yeux vers les bois où la neige persistait encore entre les troncs, où le sentier devait être boueux.

S'y trouvait-il en ce moment, occupé à reprendre des forces ? Avait-il trouvé un moyen de frapper hors des Sept ?

Peut-être, mais pas ce soir. Il ne percevait pas sa présence ce soir. Et il ne se trompait jamais.

Pourtant, il ne put nier qu'il se sentait moins exposé à l'intérieur de la maison, après avoir allumé les lumières pour chasser les ténèbres.

Il traversa la maison jusqu'à la porte de derrière, l'ouvrit et siffla.

Comme à son habitude, Balourd prit son temps. Mais il finit par s'extirper de sa niche et rassembla même suffisamment d'énergie pour agiter vaguement la queue avant de trottiner jusqu'au pied des marches de la terrasse.

Après avoir laissé échapper un soupir, il gravit pesamment le petit escalier et se laissa aller contre son maître.

« C'est ça, l'amour », songea Caleb. Dans l'univers de Balourd, ces effusions signifiaient : « Bienvenue à la maison, comment ça va ? »

Il s'accroupit pour le caresser et le gratter entre les oreilles, ce qui lui valut un regard d'adoration.

— Et toi, comment vas-tu ? Tu as bien travaillé ? Que dirais-tu d'une petite bière ?

Ils rentrèrent ensemble. Caleb versa une ration de nourriture en boîte dans la gamelle, et Balourd attendit poliment, assis à ses pieds. Caleb soupçonnait toutefois que les bonnes manières de son chien étaient pour une grande part de la pure paresse. Quand il posa la gamelle devant lui, Balourd se mit à manger avec lenteur, concentré sur sa tâche.

Caleb sortit une bière du réfrigérateur et la décapsula. Adossé contre le plan de travail, il but la première et longue gorgée qui marquait la fin de sa journée de travail.

— Je suis bien embêté, Balourd. Aurais-je dû trouver un moyen pour empêcher Quinn Black de venir ici ? Pas sûr que ça aurait marché parce qu'elle a l'air du genre têtu. J'aurais peut-être dû tourner la chose à la plaisanterie ou grossir le trait afin de faire croire à une imposture. Mais jusqu'à présent, j'ai joué franc-jeu, et j'ignore où ça va nous mener.

Il entendit la porte d'entrée s'ouvrir.

— C'est moi ! lança Fox qui pénétra peu après dans la cuisine, les bras chargés de deux sacs en papier kraft. J'ai du poulet rôti et des frites. Il ne manque plus qu'une bonne bière.

Après avoir posé ses achats sur la table, Fox alla se chercher une bière.

— Plutôt expresse, ta citation à comparaître, fit-il remarquer. J'aurais pu avoir un rendez-vous galant ce soir.

— Tu n'es pas sorti avec une fille depuis au moins deux mois.

— Qu'est-ce que tu crois ? J'ai de la ressource.

Après avoir avalé une gorgée de bière, Fox se débarrassa de sa veste d'un coup d'épaule et la jeta sur une chaise.

— Alors, quel est le problème ?

— Je te raconterai en mangeant.

Trop conditionné par sa mère pour recourir à la meilleure amie des hommes célibataires, l'assiette en carton, Caleb en sortit deux en grès bleu pâle. Ils s'attablèrent devant leur poulet-frites avec Balourd qui venait quémander, posant la tête sur le genou de l'un ou de l'autre.

Caleb fit un compte rendu complet à Fox, de la muraille de flammes en passant par le rêve de Quinn Black jusqu'à la conversation que celle-ci avait eue avec son arrière-grand-mère.

— On voit un peu trop ce petit salaud pour un mois de février, commenta Fox, songeur. C'est nouveau. As-tu rêvé la nuit dernière ?

— Oui.

— Moi aussi. De la première fois, l'été de nos dix ans. Sauf que nous n'arrivions pas à l'école à temps et que toute la ville était avec Mlle Lister à l'intérieur.

Il se passa la main sur le visage, but une lampée de bière.

— Toute la ville, ma famille, la tienne. Tous piégés à l'intérieur, cognant aux fenêtres avec des hurlements de terreur, le visage plaqué contre les vitres, pendant que le bâtiment brûlait, raconta-t-il, tendant une autre frite à Balourd, le regard aussi mélancolique que celui du chien. Heureusement, les choses ne se sont pas passées ainsi. Mais on aurait dit que c'était réel. Enfin, tu connais ça.

— Oui, soupira Caleb. J'ai rêvé du même été. Nous traversions tous les trois la ville à vélo. Mais les bâtiments étaient réduits en cendres, les voitures n'étaient plus que des épaves fumantes. Il y avait des corps partout.

— Les choses ne se sont pas passées ainsi, répéta Fox. Nous n'avons plus dix ans et nous n'allons pas le laisser faire.

— Une question m'obsède : combien de temps allons-nous pouvoir tenir, Fox ? Cette fois ? La prochaine ? Encore trois ?

— Aussi longtemps qu'il le faudra.

Caleb repoussa son assiette.

— C'est comme un virus, une infection qui se propage d'une personne à une autre. Où se trouve le maudit antidote ?

— Tout le monde n'est pas logé à la même enseigne, lui rappela Fox. Certains sont atteints, et à des degrés divers, d'autre non. Il doit y avoir une raison.

— Nous ne l'avons jamais trouvée.

— Non, et tu avais peut-être vu juste. Il nous faut peut-être un regard neuf, une objectivité qui nous fait défaut. As-tu toujours l'intention d'emmener Quinn à la pierre demain ?

— Si je refuse, elle trouvera le moyen de s'y rendre par ses propres moyens.

— Veux-tu que je vienne ? Je peux m'arranger.

— Ne t'en fais pas, je m'en occupe.

Dans le restaurant presque vide de l'hôtel, Quinn étudia le menu. Elle avait d'abord songé à s'acheter un repas à emporter qu'elle aurait mangé devant son ordinateur, mais c'était un travers dans lequel elle retombait trop aisément, elle en avait conscience. Et pour écrire sur une ville, elle devait s'imprégner de son atmosphère, ce qui n'était guère faisable si elle restait cloîtrée dans sa chambre avec un ersatz d'assiette anglaise.

Elle n'était pas contre un verre de vin. Un cru frais, un zeste fruité. La cave de l'hôtel était plus riche qu'elle ne l'avait imaginé, mais elle ne voulait pas une bouteille entière. Elle examinait la sélection proposée au verre quand Mlle Sac-Rouge-Fabuleux fit son entrée.

Elle s'était changée et portait un pull-over en cashmere bleu sur un pantalon noir. « Chouette coupe de cheveux », jugea Quinn. Des mèches raides qui se terminaient en pointes effilées juste sous le menton. Ce qui aurait paru désordonné sur sa propre tête donnait une impression de fraîcheur et d'élégance sur cette jolie brune.

Quinn se tâta. Devait-elle s'efforcer de capter son regard ? Lui faire signe ? Pourquoi pas même l'inviter à sa table ? Après tout, qui appréciait de manger seul ? Ce serait l'occasion de lui soutirer des détails vraiment importants. Genre : où avait-elle acheté son sac ?

Elle s'apprêtait à afficher son plus beau sourire lorsqu'elle aperçut la créature.

Elle ondulait sur les lames vernies du parquet en chêne, laissant derrière elle une traînée de bave sanguinolente. Quinn crut d'abord qu'il s'agissait d'un serpent, puis d'une limace géante, et fut ensuite à peine capable de penser comme l'immonde bestiole se hissait le long du pied de la table d'un jeune couple qui sirotait un cocktail à la lueur des chandelles.

Aussi épais qu'un pneu de camion, son corps noir tacheté de rouge serpenta à travers la table, déposant une répugnante trace gluante sur la nappe d'un blanc immaculé, tandis que le couple continuait de rire et de flirter.

Une serveuse entra d'un pas vif et servit les entrées au couple, marchant au passage dans la bave qui souillait le parquet.

Quinn aurait juré entendre la table craquer sous le poids de la bête.

À cet instant, le regard de celle-ci croisa le sien et elle reconnut les yeux du garçon avec leur inquiétante lueur rougeâtre. La chose la fixa quelques secondes d'un œil narquois, puis rampa dans les plis de la nappe en direction de la nouvelle arrivante.

Pétrifiée, cette dernière était blême. Quinn se leva d'un bond et, ignorant le regard surpris de la serveuse, bondit par-dessus l'écœurante traînée de bave. Elle agrippa la dénommée Darnell par le bras et l'entraîna hors de la salle.

— Vous l'avez vue, vous aussi, lui murmura-t-elle. Vous avez vu cette chose. Sortons d'ici.

— Vous… vous avez vu ce monstre ? balbutia la jeune femme en jetant des regards affolés par-dessus son épaule, tandis que toutes deux se ruaient vers la porte.

— Oui, une espèce de gros serpent gluant aux yeux rouges. Seigneur…

Sur le perron de l'hôtel, Quinn inspira à grandes goulées l'air glacé de février.

— Personne n'a rien vu, à part vous et moi. Je n'ai pas la moindre idée de ce qui se passe, mais je connais quelqu'un qui le sait peut-être. Ma voiture est juste là. Allons-y !

La brune ne pipa mot jusqu'à ce que Quinn démarre en trombe dans un crissement de pneus.

— Qui êtes-vous ?

— Quinn Black. Je suis journaliste spécialisée dans les phénomènes étranges. Ce qui ne manque pas dans cette ville. Et vous ?

— Layla Darnell. C'est *quoi*, cet endroit ?

— C'est ce que je cherche à savoir. Je ne sais pas si je peux vous dire « enchantée de faire votre connaissance », vu les circonstances.

— Où m'emmenez-vous ?

— À la source, ou du moins à l'une d'entre elles, répondit Quinn qui coula un coup d'œil vers sa passagère, toujours pâle et tremblante. Que faites-vous à Hawkins Hollow ?

— Si je le savais ! Mais je crois que je vais écourter ma visite.

— Compréhensible. Joli sac, au fait.

Layla s'arracha un sourire.

— Merci.

— On est presque arrivées. Donc, vous n'avez aucune idée de ce que vous faites ici. D'où venez-vous, alors ?

— New York.

— Je le savais. C'est le côté glamour. Vous aimez New York ?

Layla se passa les doigts dans les cheveux tout en pivotant sur son siège pour jeter un coup d'œil inquiet en arrière.

— Euh... la plupart du temps. Je tiens une boutique à Soho. Tenais. Enfin, ça non plus, je ne sais plus trop.

« On y est presque, songea à nouveau Quinn. Du calme. »

— Je parie que vous avez droit à des rabais conséquents.

— Oui, ça fait partie des à-côtés agréables. Avez-vous déjà vu une... créature de ce genre avant ?

— Pas tout à fait la même, mais oui. Et vous ?

— Pas quand je suis éveillée. Je ne suis pas folle, affirma Layla. Ou alors si, et vous aussi.

— Nous ne sommes pas folles, ce que les fous ont en général tendance à affirmer. Vous devez donc me croire sur parole.

Quinn bifurqua dans l'allée de Caleb et franchit le petit pont qui menait à la maison dont les fenêtres – Dieu merci ! – étaient illuminées.

— À qui appartient cette maison ? s'enquit Layla, les mains crispées sur le rebord de son siège. Qui vit ici ?

— Caleb Hawkins. Ses ancêtres ont fondé la ville. Il est réglo. Il pourra peut-être éclairer notre lanterne.

— Comment ça ?

— C'est une longue histoire avec encore des tas de blancs à remplir. Là, vous êtes en train de vous demander ce que vous fabriquez dans cette voiture avec une parfaite inconnue qui vous demande d'entrer dans cette maison perdue au milieu de nulle part.

Layla referma les doigts sur la bandoulière de son sac comme si elle envisageait de s'en servir comme arme.

— Cette pensée m'a traversé l'esprit.

— Votre instinct vous a menée dans cette voiture avec moi, Layla, fit Quinn en se garant. Peut-être pourriez-vous lui faire confiance juste encore un peu. En plus, il fait un froid de canard et nous n'avons pas pris nos manteaux.

— D'accord.

Inspirant un grand coup pour se donner du courage, Layla ouvrit la portière et sortit. Les deux femmes se dirigèrent vers la maison.

— Bel endroit, assura Quinn. Quand on aime les maisons isolées au milieu des bois.

— Un choc culturel pour une New Yorkaise.

— J'ai grandi à Altoona, Pennsylvanie.

— C'est vrai ? Moi à Philadelphie. Nous sommes pour ainsi dire voisines.

Quinn tambourina et ouvrit la porte sans attendre.

— Caleb ?

Elle se trouvait au milieu du salon quand il arriva à grands pas.

— Quinn ? Qu'est-ce qui… ? Bonsoir, dit-il en découvrant Layla.

— Vous avez de la visite ? demanda Quinn. J'ai vu une autre voiture dans l'allée.

— Fox. Que se passe-t-il ?

— Bonne question, répondit-elle, humant l'air. C'est du poulet rôti que je sens ? Au fait, voici Layla Darnell. Layla, Caleb Hawkins – Layla et moi n'avons pas dîné.

Passant devant lui, Quinn fonça vers la cuisine.

— Désolée de faire irruption chez vous ainsi, s'excusa Layla.

L'idée lui traversa l'esprit que ce Caleb Hawkins n'avait pas l'air d'un tueur en série. Cela dit, qu'en savait-elle ?

— J'ignore ce qui se passe et pourquoi je suis ici. Je viens de vivre quelques journées déroutantes.

— Suivez-moi.

Quinn avait déjà un pilon à la main et buvait une gorgée de la bière de Caleb quand ils pénétrèrent dans la cuisine.

— Layla Darnell, Fox O'Dell. Je ne suis pas vraiment d'humeur à boire de la bière, dit Quinn à Caleb. J'allais commander du vin quand Layla et moi avons été interrompues de la plus répugnante des façons. Vous en avez ?

— Euh... oui.

— Il est convenable ? Si vous carburez au cubitainer ou aux pichets en plastique, je préfère encore la bière.

— J'ai du vin très convenable, rétorqua Caleb, piqué au vif, avant de sortir une assiette et de la lui tendre d'un geste brusque. Et moi, je préfère qu'on utilise une assiette.

— Il est très à cheval sur les bonnes manières, intervint Fox qui s'était levé et tira une chaise. Vous avez l'air un peu secouée... Layla, c'est ça ? Venez donc vous asseoir.

Elle n'arrivait pas à imaginer que des psychopathes puissent converser tranquillement dans une jolie cuisine devant un poulet-frites.

— Après tout, pourquoi pas ? Je ne suis sans doute pas là en vrai, mais dans une chambre capitonnée en train d'halluciner, soupira-t-elle en s'asseyant.

— Comment ça ? demanda Fox.

— Je peux peut-être vous expliquer, proposa Quinn tandis que Caleb sortait les verres à vin. Ensuite, vous ajouterez votre grain de sel autant que vous voudrez.

— Très bien, nous vous écoutons.

— Layla est arrivée ce matin. Elle vient de New York. Ce soir, j'étais au restaurant de l'hôtel, m'apprêtant à commander le haddock avec une salade verte et un bon verre de vin quand Layla est entrée. Au fait, j'allais vous demander de vous joindre à moi.

— Oh ! C'est gentil.

— Mais avant d'avoir pu lancer mon invitation, ce que je décrirais comme une sorte de limace baveuse plus dodue que la cuisse de ma tante Christine et d'un mètre cinquante de long environ a traversé la salle, grimpé sur la table d'un couple d'amoureux qui ont joyeusement continué à se faire des mamours, puis est redescendue, laissant derrière elle une traînée gluante. Layla l'a vue aussi.

— Elle m'a regardée en face, murmura celle-ci.

— Ne lésinez pas sur le vin, Caleb, dit Quinn qui s'approcha de Layla et lui frictionna l'épaule. Nous sommes apparemment les seules à avoir vu cette créature. N'ayant plus très envie de dîner là-bas, nous avons pris la poudre d'escampette. Et maintenant, j'explose ma ration calorique de la journée avec ce pilon.

— Vous êtes incroyablement... guillerette, commenta Layla.

Elle prit le verre de vin que lui tendait Caleb, le remercia et en vida la moitié d'un trait.

— Pas vraiment, avoua Quinn. Simple mécanisme de défense. Enfin, bref, nous voici et je veux savoir si l'un de vous a déjà vu la bestiole que je viens de décrire.

Il y eut un instant de silence, puis Caleb prit sa bière et en but une gorgée.

— Nous avons vu beaucoup de choses. Question plus importante à mes yeux : pourquoi les voyez-vous aussi, et pourquoi maintenant ?

— J'ai une théorie.

Caleb se tourna vers Fox.

— À savoir ?

— Comme tu l'as dit toi-même, il doit y avoir un lien qui expliquerait les visions et les rêves de Quinn...

— Des rêves ? s'exclama Layla. Vous faites des rêves ?

— Et, apparemment, vous aussi, dit Fox. Il doit donc y avoir aussi un lien avec vous. Lequel, mystère ? Mais partons de l'hypothèse qu'il existe. Et si grâce à ce lien, la présence de Quinn, et maintenant de Layla à Hollow, au cours de la septième année fatidique, lui donnait une sorte de regain d'énergie paranormale qui lui permettrait de se manifester ?

— Pas idiot, jugea Caleb.

— Excellent même, intervint Quinn, la mine songeuse. La plupart des activités paranormales proviennent de l'énergie qu'une ou plusieurs… appelons-les entités laissent derrière elles par leurs actes, leurs émotions, à quoi s'ajoute celle des êtres se trouvant, disons, dans leur sphère d'influence. On peut avancer l'hypothèse qu'au fil du temps, cette énergie s'est accumulée, tant et si bien qu'aujourd'hui, renforcée par d'autres énergies corrélées, elle est capable de faire de brèves incursions dans notre réalité, hors de son cadre temporel originel.

— Que signifie ce charabia ? intervint Layla, effarée.

— Nous allons y venir, lui promit Quinn avec un sourire réconfortant. Et si vous mangiez quelque chose, histoire de vous remettre d'aplomb ?

— Je crois qu'il va me falloir un moment pour retrouver un semblant d'appétit.

— Il faut préciser que notre invité surprise a excrété sa bave juste au-dessus de la panière à pain. Pas de chance pour moi, rien ne peut me dégoûter de la nourriture, fit remarquer Quinn qui subtilisa deux frites froides. Bon, si nous suivons la théorie de Fox, où est son adversaire ? Toutes mes recherches sur la question mettent en évidence la présence de deux forces antagonistes. Le bien contre le mal, la lumière contre les ténèbres.

— Peut-être n'est-il pas capable de se manifester pour l'instant, ou a-t-il choisi de rester en arrière, suggéra Fox.

— Ou vous êtes toutes les deux liées aux ténèbres, et non à la lumière, ajouta Caleb.

Quinn fronça les sourcils, une lueur pugnace dans le regard. Puis elle haussa les épaules.

— Injurieux, mais inattaquable pour l'instant. À part le fait qu'en toute logique, si nous faisions pencher la balance du côté sombre, pourquoi ledit côté sombre cherche-t-il alors à nous flanquer une peur bleue ?

— Bien vu, concéda Caleb.

— J'exige des explications, intervint Layla.

Quinn hocha la tête.

— Normal.

— Et elles ont intérêt à être sérieuses et sensées.

— Pour faire court : il y a sur le territoire de cette ville un endroit dans les bois appelé la Pierre Païenne. Des horreurs s'y sont produites. Des histoires de dieux, de démons, d'incendie et de mort. Je vous prêterai un ou deux bouquins sur le sujet. Les siècles ont passé, puis un déclic a rouvert la boîte de Pandore. Depuis 1987, tous les sept ans en juillet, ces forces se déchaînent à nouveau, sept jours durant. Elles sont maléfiques, hideuses et d'une puissance sans nom. Nous en avons un avant-goût en ce moment.

Sans quitter Quinn des yeux, Layla tendit son verre vide à Caleb qui le remplit.

— Pourquoi n'ai-je jamais entendu parler de cette histoire ? Ni de cet endroit ?

— Il y a bien eu quelques livres et articles, mais la plupart entrent dans la même catégorie que les enlèvements par des extraterrestres et les apparitions de Bigfoot, expliqua Quinn. Il n'y a jamais eu d'étude sérieuse et approfondie sur le sujet. D'où ma présence ici.

— D'accord. Imaginons que je croie à ces histoires – et que je ne suis pas sûre de ne pas juste avoir l'hallucination du siècle –, pourquoi vous, et vous ? demanda Layla à Fox et à Caleb. Quel rôle jouez-vous là-dedans ?

— Nous sommes ceux qui, comme dit Quinn, avons rouvert la boîte de Pandore, expliqua Fox. Caleb, moi et un ami absent pour le moment. Cela fera vingt et un ans en juillet.

— Mais vous n'étiez que des gamins. Vous n'aviez pas plus de...

— Dix ans, confirma Caleb. Nous sommes nés le même jour. C'était notre dixième anniversaire. Mais assez parlé de nous pour l'instant. À votre tour. Pourquoi êtes-vous venue ici ?

Layla but une nouvelle gorgée de vin. Était-ce l'alcool, l'ambiance sympathique avec le chien qui ronflait sous la table, ou la simple présence de ces trois inconnus qui ne mettaient pas d'emblée en doute sa santé mentale ? Quoi qu'il en soit, elle se sentait quelque peu rassérénée.

— Je suis en proie à des cauchemars et à des terreurs nocturnes depuis plusieurs nuits. Parfois, je me réveille en sursaut dans mon lit ; d'autres, je me retrouve en train d'essayer de sortir de mon appartement. Vous parliez de mort et de feu. Il y avait l'un et l'autre dans mes rêves, et une sorte d'autel au centre d'une clairière dans les bois. Et de l'eau aussi. De l'eau sombre. Je m'y noyais. Moi, l'ancien capitaine de l'équipe de natation au lycée !

Elle frissonna et inspira un grand coup.

— J'ai fini par craindre de m'endormir. J'avais l'impression d'entendre des voix, même éveillée. Je ne comprenais rien à ce qu'elles me disaient, mais, par exemple, je travaillais à la boutique ou je passais à la teinturerie en rentrant et ces voix m'*emplissaient* tout simplement la tête. J'ai pensé que je faisais une dépression nerveuse. Mais pour quelle raison ? Tout allait bien dans ma vie. Ensuite, je me suis dit que j'avais peut-être une tumeur au cerveau. J'ai même songé à prendre rendez-vous chez un neurologue. Et puis, la nuit dernière, j'ai avalé un somnifère. J'espérais que cela m'aiderait à échapper aux cauchemars. Mais ça a recommencé, et cette fois, j'ai rêvé que je n'étais pas seule dans mon lit. Pas mon lit, mais ailleurs, corrigea-t-elle avec un tremblement dans la voix. Une pièce exiguë et surchauffée avec une fenêtre minuscule. Et j'étais quelqu'un d'autre. Je ne sais pas comment l'expliquer.

— Vous vous en sortez très bien, l'encouragea Quinn.

— C'était en train de m'arriver, mais je n'étais pas vraiment moi. J'avais de longs cheveux et une silhouette différente. Je portais une longue chemise de nuit en toile brute. Je le sais parce qu'il... il l'a remontée. Ses mains froides me caressaient. Horriblement glacées. J'étais incapable de hurler ou de me débattre, même quand il m'a violée. Je ressentais tout, mais impossible d'esquisser le moindre geste.

Elle ne prit conscience de ses larmes que lorsque Fox lui fourra une serviette en papier dans la main.

— Merci. Après son départ, j'ai entendu une voix dans ma tête. Juste une voix apaisante qui m'a réchauffée et a endormi la douleur. Elle répétait : Hawkins Hollow.

— Layla, à votre réveil, avez-vous constaté une quelconque marque de violence sur vous ? demanda Fox avec douceur.

La jeune femme pinça les lèvres sans quitter du regard ses yeux noisette empreints de compassion.

— Non. Je me suis réveillée dans mon propre lit et je me suis obligée à... vérifier. Il n'y avait rien. C'était si brutal, il aurait dû y avoir des marques, des hématomes. Mais là, rien. Il était à peine 4 heures du matin et le nom de Hawkins Hollow ne cessait de me hanter. Alors j'ai fait mes bagages et pris un taxi jusqu'à l'aéroport où j'ai loué une voiture. Puis j'ai roulé jusqu'ici d'une traite. Je n'étais encore jamais venue dans cet endroit.

Elle marqua un temps d'arrêt et regarda Quinn, puis Caleb.

— Je n'avais jamais entendu parler de cette ville de ma vie, mais je *savais* quelles routes prendre et où se trouvait l'hôtel. À mon arrivée ce matin, je suis montée dans la chambre qu'on m'a donnée et j'ai dormi comme une souche jusqu'à presque 18 heures. Quand je suis entrée dans la salle à manger, que j'ai vu cette... créature, j'ai cru que j'étais encore en plein cauchemar.

— Étonnant que vous n'ayez pas pris vos jambes à votre cou, fit remarquer Quinn.

Layla lui adressa un regard las.

— Pour fuir où ?

— Ça va aller, la réconforta Quinn en lui caressant l'épaule. Dorénavant, on partage toutes les informations. Ça ne vous plaît pas, je sais, ajouta-t-elle à l'intention de Caleb, mais je crois que vous allez devoir vous y habituer.

— Votre rôle dans cette histoire est tout récent. Fox et moi vivons avec depuis des années. Alors rangez votre insigne et cessez de vous prendre pour le shérif, Blondie.

— Vous avez peut-être vingt et un ans d'expérience, mais qu'avez-vous obtenu jusqu'ici ? riposta Quinn. Si je ne m'abuse, vous ne l'avez ni empêché de nuire ni même identifié. Alors crachez le morceau.

— Aujourd'hui, vous avez cuisiné mon arrière-grand-mère de quatre-vingt-dix-sept ans.

— N'importe quoi ! Votre remarquable et fascinante arrière-grand-mère est venue me trouver à la bibliothèque où je faisais tranquillement des recherches, s'est assise et a bavardé avec moi de son plein gré. À aucun moment, je ne l'ai « cuisinée ». Grâce à mon sens aigu de l'observation, je sais en tout cas que votre côté coincé, vous ne le tenez pas d'elle.

— Les enfants, les enfants, intervint Fox, la main levée. La situation est tendue, je vous l'accorde, mais nous sommes tous dans le même camp, du moins potentiellement. Alors on se calme. Caleb, Quinn a soulevé un point important qui mérite notre attention. D'un autre côté, Quinn, vous n'êtes à Hollow que depuis deux jours, et Layla encore moins. Vous allez devoir faire preuve de patience et accepter le fait que certaines informations, plus sensibles que d'autres, peuvent prendre du temps à être livrées. Même si nous commençons avec ce qui peut être corroboré ou sérieusement attesté…

— Vous êtes quoi ? Avocat ? demanda Layla.

— Exact.

— Tu m'étonnes, murmura-t-elle entre ses dents.

— Restons-en là pour l'instant, suggéra Caleb. La nuit porte conseil. J'ai dit que je vous emmenais demain à la Pierre Païenne, Quinn, et je tiendrai parole. Nous verrons bien ce qu'il en sortira.

— D'accord.

— Ça va aller à l'hôtel, toutes les deux ? Vous pouvez rester ici si vous ne vous sentez pas tranquilles à l'idée d'y retourner.

Quinn avait repris du poil de la bête.

— Nous ne sommes pas des mauviettes, n'est-ce pas, Layla ?

— Il y a quelques jours, je l'aurais affirmé sans hésiter. À présent, je n'en suis plus si sûre. Mais ça va aller, assura Layla qui n'avait qu'une envie : se blottir sous la couette de son grand lit douillet. J'ai mieux dormi dans cet hôtel que durant toute la semaine, ce n'est pas rien.

Quinn décida d'attendre qu'elles aient regagné l'hôtel pour conseiller à Layla de baisser tous les stores, et peut-être aussi de laisser une lampe allumée.

8

Le lendemain matin, Quinn plaqua l'oreille contre la porte de Layla et, entendant le son assourdi du *Today's Show*, s'autorisa à frapper.

— C'est Quinn, annonça-t-elle, histoire de rassurer la jeune femme.

Layla ouvrit, vêtue d'un ravissant pyjama à rayures pourpres et blanches. Elle avait repris des couleurs et, à en juger par son regard, elle était réveillée depuis un moment déjà.

— Je m'apprête à aller chez Caleb, dit Quinn. Ça vous dérange si j'entre une minute ?

— Pas du tout, répondit Layla en s'effaçant. J'étais en train de réfléchir à quoi j'allais bien pouvoir occuper ma journée.

— Vous pouvez m'accompagner si vous voulez.

— Dans les bois ? Non merci, je ne me sens pas d'attaque. Vous savez...

Layla éteignit le téléviseur et se laissa choir dans un fauteuil.

— J'ai réfléchi à votre phrase selon laquelle nous n'étions pas des mauviettes. Je n'ai jamais été froussarde, mais hier soir, alors que j'étais blottie au fond de mon lit avec les stores tirés et cette stupide chaise coincée sous le bouton de la porte, il m'est apparu que jamais jusqu'à présent je n'avais été mise à l'épreuve. Ma vie était tout ce qu'il y a de plus banal.

— Vous êtes venue jusqu'ici et y êtes encore. À mon avis, vous n'avez rien d'une mauviette. Bien dormi ?

— Oui. Ni cauchemars ni visites nocturnes. Du coup, je me demande pourquoi.

— Pas de cauchemars pour moi non plus, dit Quinn qui balaya la pièce du regard. Nous pourrions en conclure que votre chambre constitue une zone protégée, mais ça ne tient pas parce que la mienne, à deux portes d'ici, ne l'est pas. Si ça se trouve, notre créature a juste pris une nuit de congé. Peut-être a-t-elle besoin de recharger ses batteries.

— Très rassurant.

— Vous avez mon numéro de portable, ainsi que celui de Caleb et de Fox. Nous avons le vôtre. Nous pouvons tous nous joindre à tout moment. Je vous signale que le petit coffee shop d'en face propose un excellent petit déjeuner – j'imagine que vous n'allez pas retenter l'expérience en bas.

— Je pensais faire appel au room-service et commencer les livres que vous m'avez prêtés hier. Je n'ai pas envie de les garder comme lecture du soir.

— Sage idée. S'il vous prend l'envie de sortir, n'hésitez pas. C'est une jolie ville avec quelques boutiques sympas, un petit musée que je n'ai pas encore eu le temps de visiter, alors je ne peux pas vous donner mon avis, et, bien sûr, il y a le *Bowling & Fun Center*.

Une ébauche de sourire apparut au coin des lèvres de Layla.

— Pas de doute, on est dans l'Amérique profonde.

— N'est-ce pas ? L'endroit appartient à la famille de Caleb. Intéressant, et il semble être le centre de la vie sociale du coin. Bon, je file. Je passe vous voir à mon retour ?

— D'accord. Euh... Quinn ? la rappela Layla alors qu'elle avait la main sur la poignée. Mauviette ou pas, je ne suis pas sûre que je traînerais encore dans le coin si je ne vous avais pas rencontrée.

— Je sais ce que vous ressentez. À plus tard.

À son arrivée, Caleb l'attendait déjà. Le temps qu'elle sorte de la voiture, il traversait la terrasse et descendait les marches, son chien trottinant sur les talons. Il la détailla de la tête aux pieds. De grosses chaussures de marche bien solides qui arboraient quelques cicatrices et marques d'usure, un jean délavé, une parka d'un rouge vif dans laquelle elle ne risquait pas d'être confondue avec un cerf, et la fameuse écharpe à rayures multicolores assortie au chapeau cloche enfoncé sur son crâne. Un couvre-chef ridicule, songea-t-il, mais qui, pour une raison incompréhensible, était plein de charme sur elle.

— Tenue réglementaire, mon adjudant ?

— Absolument, approuva Caleb qui descendit les dernières marches. Je tiens à vous présenter mes excuses pour mon attitude d'hier soir. J'ai déjà du mal à vous intégrer dans l'équation, mais avec cette deuxième inconnue qui débarque de nulle part... Enfin, bref, excusez-moi.

— Je ne peux pas vous en vouloir après d'aussi magnanimes paroles, à moins de vouloir jouer les garces. À mon tour d'être franche avec vous. Avant mon arrivée ici, il s'agissait juste d'une idée de bouquin, un boulot que d'aucuns considéreront comme tordu et qui pour moi est extraordinairement fascinant. À présent, c'est plus personnel. Si je peux comprendre que vous soyez quelque peu tendu, et quelque peu possessif, je pense pouvoir apporter de mon côté un atout important : l'expérience et l'objectivité. Ainsi que du cran. J'en ai à revendre.

— J'ai cru le remarquer.

— Bon alors, on y va ?

— On y va.

Quinn caressa le chien qui était venu se frotter à ses jambes.

— Balourd nous accompagne ?

— Il adore se balader dans les bois. Et quand il aura sa dose, il fera une sieste sous un arbre jusqu'à ce qu'il soit d'humeur à rentrer.

— Attitude très raisonnable, je trouve.

Quinn sortit de sa voiture un petit sac à dos qu'elle hissa sur ses épaules, puis sortit son magnétophone de la poche à laquelle il était attaché.

— Je vais enregistrer mes observations et ce que vous voudrez bien me dire. Vous n'y voyez pas d'inconvénient ?

— Aucun, répondit Caleb qui y avait beaucoup réfléchi la nuit.

— Alors c'est quand vous voulez.

— Le sentier va être boueux, la prévint-il, tandis qu'ils prenaient la direction des bois. Il va nous falloir environ deux heures - peut-être plus - pour atteindre la clairière.

— Je ne suis pas pressée.

Caleb jeta un coup d'œil au ciel.

— Vous le serez si le temps tourne ou si un contretemps nous retient après le coucher du soleil.

Quinn appuya sur la touche enregistrement, espérant avoir prévu une réserve suffisante de cassettes et de piles.

— Pourquoi ?

— Il y a des années, on pratiquait la randonnée et la chasse dans ce secteur. C'était la routine. Aujourd'hui, plus personne ne s'y risque. Des gens se sont égarés, ont tourné en rond, effrayés. Certains ont prétendu avoir entendu un ours ou des loups. Nous n'avons pas de loups par ici, et il est rare qu'un ours descende aussi bas dans la montagne. Des enfants, surtout des adolescents, avaient l'habitude de venir nager en cachette à l'étang d'Hester's Pool ou de batifoler sur les rives. Maintenant, ils ne s'y aventurent plus. Avant, les gens avaient coutume de dire que l'étang était hanté ; c'était une sorte de légende locale. Aujourd'hui, personne n'aime en parler.

— À votre avis, il est hanté ?

— Je sais qu'il y a quelque chose. Je l'ai vu de mes yeux. Mais nous en parlerons une fois sur place.

— D'accord. Est-ce le chemin que vous avez emprunté tous les trois le jour de votre anniversaire, il y a vingt et un ans ?

— Nous sommes venus par l'est. Le chemin le plus proche de la ville. De chez moi, celui-ci est plus court, mais de la ville, il aurait été plus long. Il ne s'est rien passé de… bizarre jusqu'à ce que nous arrivions à l'étang.

— Êtes-vous retournés là-bas à trois depuis cette nuit-là ?

— Oui, plus d'une fois, répondit Caleb qui coula un regard dans sa direction. Et je peux vous assurer que ce n'est pas une expérience que je suis pressé de renouveler, surtout à l'approche des Sept.

— Des Sept ?

— C'est ainsi que nous appelons la fameuse semaine en juillet.

— Racontez-moi en détail les événements qui se produisent durant les Sept.

Le moment était venu d'en parler en toute franchise à quelqu'un qui, peut-être, contribuerait à trouver la clé de l'énigme.

— Les habitants de Hollow deviennent méchants et violents. Ils commettent des actes auxquels jamais ils ne se livreraient jamais en temps normal. Destruction de biens, bagarres, incendies. Et même pire.

— Meurtres. Suicides.

— Oui. Une fois la semaine écoulée, ils ne se rappellent plus grand-chose. C'est comme s'ils émergeaient d'une transe, ou d'une longue maladie. Certains ne seront plus jamais comme avant. D'autres quittent la ville. Et d'autres encore réparent leur boutique ou leur maison, et reprennent le cours de leur vie comme si de rien n'était. Tout le monde n'est pas touché, et ceux qui le sont ne sont pas tous logés à la même enseigne. La meilleure comparaison que je puisse trouver, c'est un épisode psychotique de masse, chaque fois plus virulent.

— Et la police ?

Par habitude, Caleb se baissa et ramassa un bâton. Inutile de le lancer à Balourd, ce qui serait embarrassant pour eux deux. Il se contenta donc de le tendre au chien qui le prit dans sa gueule et trottina fièrement avec.

— La dernière fois, c'était le shérif Larson qui dirigeait les opérations. Un homme bien qui était allé en classe avec mon père. Ils étaient amis. La troisième nuit, il s'est enfermé dans son bureau. Je crois qu'inconsciemment, il savait ce qui lui arrivait et ne voulait pas prendre le risque de rentrer retrouver sa femme et ses enfants. Un de ses adjoints, Wayne Hawbaker, le neveu de la secrétaire de Fox, est venu le trouver ; il avait besoin de son aide. Il a entendu Larson pleurer dans son bureau. Il n'a pas réussi à le convaincre de sortir. Le temps que Wayne défonce la porte, Larson s'était tiré une balle dans la tête. C'est Wayne le chef de la police aujourd'hui. Un type bien, lui aussi.

À combien de drames avait-il assisté ? s'interrogea Quinn. Combien de deuils avait-il endurés depuis son dixième anniversaire ? Et pourtant, il revenait dans ces bois, là où tout avait commencé. N'était-ce pas là le summum du courage ?

— Et la police du comté, la police fédérale ?

— C'est comme si nous étions coupés du monde durant cette semaine-là.

À cet instant, un cardinal au plumage d'un rouge hardi voleta auprès d'eux, libre et insouciant.

— D'une manière générale, nous sommes livrés à nous-mêmes. C'est comme si un voile recouvrait la ville, empêchant tout le monde de voir clairement. Aucune aide extérieure ne vient et, après coup, personne ne pose trop de questions. Personne ne regarde la situation en face ni ne s'interroge sur le pourquoi, et la vie reprend son cours... jusqu'à la fois suivante.

— Vous, vous restez, et vous regardez la situation en face.

— C'est ma ville, répondit-il simplement.

C'était bel et bien cela, le summum du courage, se corrigea Quinn.

— Comment avez-vous dormi la nuit dernière ? s'enquit-il.

— D'un sommeil sans rêves. Layla aussi. Et vous ?

— Même chose. Jusqu'à présent, une fois les phénomènes commencés, il n'y avait plus aucune interruption. Cette année, ce n'est pas le cas.

— Parce que j'ai vu quelque chose. Et Layla aussi.

— C'est la grande différence. Et ça n'avait jamais commencé aussi tôt, et avec tant de force, précisa Caleb qui étudia le visage de Quinn tout en marchant. Vous êtes-vous déjà intéressée à votre arbre généalogique ?

— Non. Vous croyez qu'il existe une lointaine parenté entre nous, ou avec quelqu'un qui était impliqué dans ce qui s'est passé autrefois à la Pierre Païenne ?

— Nous avons toujours pensé que le sang jouait un rôle dans tout cela, répondit Caleb en jetant un coup d'œil distrait à la cicatrice qui lui barrait le poignet. D'où vos ancêtres sont-ils originaires ?

— D'Angleterre, essentiellement, et un peu d'Irlande.

— Les miens aussi. Mais beaucoup d'Américains ont des ancêtres anglais.

— Je devrais peut-être chercher s'il y a des Dent ou des Twisse dans ma lignée, suggéra Quinn avant de hausser les épaules comme Caleb lui adressait un regard renfrogné. L'idée vient de votre arrière-grand-mère, précisa-t-elle. Avez-vous essayé de retrouver leur trace ? À Giles Dent et à Lazarus Twisse ?

— Oui. Dent est peut-être un de mes ancêtres, s'il est effectivement le père des trois fils d'Ann Hawkins. Mais il n'existe aucun document officiel le concernant. Pas de certificat de naissance ou de décès. À part quelques témoignages de l'époque, quelques lettres ou journaux intimes, il n'apparaît nulle part. Pareil pour Twisse. Ils auraient tout aussi bien pu venir de Pluton.

— J'ai une amie qui est un génie de la recherche. Je lui ai envoyé un message. Et arrêtez de me regarder ainsi. Je la connais depuis des années et nous avons souvent travaillé ensemble. Faites-moi confiance, si elle accepte de venir, vous ne le regretterez pas. Elle est brillante.

Caleb garda le silence. Dans quelle mesure sa résistance était-elle imputable à sa crainte de perdre le contrôle de la situation ? L'avait-il jamais eu, d'ailleurs ? En tout cas, plus il y avait de personnes impliquées, plus sa responsabilité s'alourdissait, aucun doute là-dessus.

— Cette histoire a valu une certaine publicité à Hollow depuis toutes ces années – c'est du reste ainsi que vous avez entendu parler de nous, commença-t-il. Mais elle est demeurée modérée et n'a eu d'autre conséquence que d'attirer quelques touristes curieux. Avec votre implication, et celle, éventuelle, de deux autres personnes, Hollow risque de devenir une sorte d'attraction à sensation dans les guides touristiques.

— Vous aviez conscience de ce risque en acceptant de me rencontrer, fit remarquer Quinn qui suivait le rythme soutenu que Caleb lui imposait, fonçant vers l'inconnu sans hésitation.

— Vous seriez venue avec ou sans mon accord.

— Donc, votre coopération est en partie une tactique destinée à limiter les dégâts. Je ne peux guère vous en blâmer, admit-elle. Mais vous devriez peut-être prendre un peu de hauteur. Davantage de personnes impliquées, cela signifie davantage de méninges, donc une probabilité plus élevée d'arrêter ce cauchemar. Voulez-vous y mettre un terme ?

— Plus que je ne saurais le dire.

— Moi, je veux une histoire, inutile de vous raconter des craques. Mais je veux aussi que cela cesse, parce qu'en dépit de mon cran légendaire, cette créature me fiche la frousse. Et nous aurons, il me semble, plus de chance en mettant toutes nos ressources en commun.

— J'y réfléchirai, répondit Caleb qui jugeait lui avoir donné assez de grain à moudre pour l'instant. Dites-moi, qu'est-ce qui vous a donné envie d'écrire sur le surnaturel ?

— Facile, j'ai toujours aimé ça. Gamine, quand j'avais le choix entre, disons, *La Petite Maison dans la prairie* et Stephen King, c'était toujours King qui gagnait. J'écrivais mes propres histoires d'horreur qui flanquaient des cauchemars à mes copines. C'était le bon temps, soupira-t-elle, ce qui fit rire Caleb. Le tournant décisif fut, je suppose, ma visite avec un groupe d'amis dans une maison réputée hantée. Pour Halloween. J'avais douze ans. Un sacré défi. L'endroit tombait en ruine et était promis à la démolition. Nous avons eu de la chance de ne pas passer à travers le plancher. Nous avons fureté dans les coins à grand renfort de cris. Une bonne partie de rigolade. C'est alors que je l'ai vue.

— Qui ?

— L'apparition, bien sûr, répondit Quinn avec un coup de coude amical. Il faut suivre, Caleb. Personne ne la voyait à part moi. Elle descendait l'escalier, couverte de sang. Elle m'a regardée, continua-t-elle d'une voix calme. Il me semble qu'elle m'a regardée droit dans les yeux, puis elle est passée juste à côté de moi et j'ai senti le froid qui irradiait de tout son être.

— Qu'avez-vous fait ? Laissez-moi deviner… Vous l'avez suivie.

— Évidemment. Pendant que mes amis continuaient de se faire peur en piaillant à qui mieux mieux, je l'ai suivie dans la cuisine délabrée, puis dans l'escalier vermoulu de la cave à la lueur de ma lampe torche Princesse Leia. On est prié de ne pas rire.

— Je serais mal placé. Moi, j'en avais une Luke Skywalker.

— Bien. J'ai découvert des tas de toiles d'araignée, des crottes de souris, des insectes morts, et une dalle de béton sale. Soudain, le béton a disparu, et il n'y avait plus qu'une surface en terre battue avec un trou au milieu – une tombe. Elle s'en est approchée et, après un nouveau regard dans ma direction, s'y est glissée comme dans un bain de mousse. Et je me suis retrouvée sur la dalle de béton.

— Qu'avez-vous fait ?

— À votre avis ?

— Je dirais que Leia et vous avez déguerpi à toutes jambes.

— Encore exact. J'ai jailli de la cave comme une fusée. J'ai tout raconté à mes amis qui ne m'ont pas crue. Ils étaient convaincus que j'essayais juste de les effrayer, comme d'habitude. Je n'en ai parlé à personne d'autre de crainte que nos parents n'apprennent notre escapade et nous privent de sortie jusqu'à notre majorité. Mais lors des travaux de démolition, quand les ouvriers ont cassé la dalle au marteau-piqueur, ils ont découvert les ossements d'une femme. Elle était là depuis les années 1930. C'était l'épouse du propriétaire de la maison qui prétendait qu'elle avait quitté le domicile conjugal sans plus donner de nouvelles. Il était mort dans l'intervalle, si bien que le mystère est demeuré entier. Mais moi, je savais. Depuis le jour où je l'ai vue jusqu'à la découverte de sa dépouille, je voyais son meurtre en rêve. Je n'en ai parlé à personne, j'avais trop peur. Depuis, je révèle toujours ce que j'apprends, peut-être en partie pour honorer la mémoire de Mary Bines – c'était son nom. Et sans doute aussi parce que j'ai passé l'âge des punitions.

Caleb garda le silence un moment.

— Avez-vous souvent ces visions d'événements passés ? finit-il par demander.

— J'ignore s'il s'agit véritablement de visions ou juste d'intuition, ou bien du fruit mon imagination qui est encore plus légendaire que mon cran. Mais j'ai appris à me fier à ce que je ressens et à agir en conséquence.

Caleb s'immobilisa.

— La croisée des chemins se trouve ici. Enfants, nous sommes arrivés de cette direction, expliqua-t-il en tendant le bras. Nous étions chargés comme des baudets. Ma mère avait préparé un panier de pique-nique, croyant que nous allions camper dans le jardin de Fox. Nous avions aussi son ghetto-blaster, les provisions qu'il avait achetées au marché et nos sacs à dos remplis de tout ce que nous imaginions indispensable à notre survie. Nous n'étions encore que des gamins intrépides et insouciants. Quand nous sommes ressortis de ces bois, tout avait changé.

Alors qu'il allait se remettre en marche, la main de Quinn se crispa sur son bras.

— Cet arbre saigne-t-il ou la sève des végétaux est-elle vraiment bizarre dans cette contrée ?

Caleb se tourna dans la direction qu'elle indiquait. Un liquide rouge et poisseux gouttait de l'écorce d'un vieux chêne sur la terre détrempée au pied du tronc.

— Ce genre de phénomène se produit de temps à autre. Ça dissuade les randonneurs.

— Je m'en doute, dit Quinn, les yeux fixés sur Balourd qui s'était allongé au pied du tronc après l'avoir à peine reniflé. Il s'en moque, on dirait.

— Pour lui, c'est la routine.

Elle s'apprêtait à contourner l'arbre à une distance respectueuse quand elle se figea.

— Une seconde ! C'est à cet endroit que j'ai vu le faon égorgé. J'en suis sûre.

— C'est lui qui l'a invoqué par sa magie. L'innocent et pur.

Quinn s'apprêtait à répondre, mais se ravisa devant l'expression étrange de Caleb : ses yeux s'étaient assombris et son visage avait blêmi.

— Le sang pour lier le pacte. Le sang de l'animal, son sang et le sang de la créature des ténèbres. Il a éprouvé de la peine quand sa lame lui a tranché la gorge, et que sa vie s'est écoulée sur ses mains, puis dans le calice.

Pris d'un violent vertige, Caleb se plia en deux.

— Doucement, dit Quinn qui ôta prestement son sac à dos et sortit sa bouteille d'eau. Tenez, buvez un peu.

Lorsqu'elle lui prit la main et y fourra la bouteille, la vague de nausée avait déjà presque reflué.

— J'ai vu la scène, murmura-t-il. Je la *ressentais*. Je suis déjà passé devant cet arbre, même quand il saignait, et pourtant jamais je n'ai eu cette réaction.

— Nous sommes deux cette fois. C'est peut-être ce qui a permis la révélation.

Caleb but à petites gorgées. Ce n'était pas seulement le fait d'être à deux, songea-t-il. Il avait parcouru ce sentier avec Fox et Cage. *Nous deux*, conclut-il. Quelque chose liée à leur présence conjointe.

— Le faon était un sacrifice, expliqua-t-il.

— Je comprends maintenant. *Devoveo*. Un sacrifice de sang en latin. La magie blanche n'y a pas recours. Il a été contraint de franchir la ligne et d'emprunter certains sortilèges aux ténèbres pour ce qu'il considérait comme la bonne cause. S'agissait-il de Dent ? Ou de quelqu'un venu longtemps avant lui ?

— Je n'en sais rien.

Comme il reprenait peu à peu des couleurs, Quinn sentit son pouls s'apaiser.

— Vous voyez dans le passé ?

— Des bribes, des flashs. C'est très morcelé. En général, j'en ressors un peu nauséeux. Si j'insiste, c'est bien pire.

— N'insistons pas dans ce cas. Êtes-vous en état de continuer ?

— Oui, oui, assura-t-il.

Il avait l'estomac encore un peu retourné, mais les vertiges avaient disparu.

— Nous allons bientôt arriver à Hester's Pool, ajouta-t-il.

— Je sais. Je vous décrirai l'endroit avant que nous y parvenions. Je n'y ai jamais mis les pieds, pas dans la vraie vie du moins, mais il y a deux nuits je me trouvais en rêve sur la rive de l'étang. Il y a des roseaux et des herbes folles. Il est à l'écart du sentier ; il faut traverser des broussailles et des buissons épineux. Comme il faisait nuit, l'eau était noire. Opaque. La forme de l'étang n'est pas ronde, et pas non plus ovale ; c'est plutôt un gros croissant encombré d'une multitude de rochers et de cailloux de toutes tailles. Ceux dont elle avait rempli ses poches semblaient grands comme la main ou plus petits. Les poches se déformaient sous leur poids. Elle avait les cheveux courts, taillés n'importe comment, et il y avait dans ses yeux une lueur de folie.

— Selon les témoignages, son corps ne serait pas resté au fond.

— Je les ai lus, approuva Quinn. On l'a retrouvée flottant à la surface de l'étang qu'on a, du coup, baptisé de son nom. Et parce qu'il s'agissait d'un suicide, elle a été inhumée en terre non consacrée. Les documents que j'ai consultés jusqu'à présent n'indiquent pas ce qu'il est advenu de la petite fille qu'elle a laissée.

Avant de replacer le sac sur son dos, elle en sortit un sachet de muesli aux fruits secs. Elle l'ouvrit et en proposa à Caleb qui refusa d'un signe de tête.

— Ce ne sont pas les écorces et les brindilles qui manquent dans le coin si j'en arrive à ce degré de désespoir.

— Ce n'est pas mauvais, assura-t-elle. Qu'avait préparé votre mère pour votre pique-nique ?

— Sandwichs jambon-fromage, œufs durs, pommes, bâtonnets de céleri et de carotte, biscuits aux flocons d'avoine, limonade maison, énuméra-t-il avec un sourire attendri. Des Pop-Tarts, des barres aux céréales pour le petit déjeuner.

— Une maman en or.

— Oui, depuis toujours.

— Combien de temps vais-je devoir attendre avant de rencontrer vos parents ?

Caleb réfléchit.

— Ils veulent que je passe dîner un de ces soirs prochains. Si ça vous tente.

— Un repas maison cuisiné par maman ? Et comment ! Que pense-t-elle de tout ça ?

— C'est dur pour mes parents. Et ils ne m'ont jamais laissé tomber.

— Vous êtes un homme chanceux, Caleb.

Il quitta le sentier et, longeant des entrelacs de ronces, suivit une bifurcation plus étroite et moins fréquentée. Balourd avait pris de l'avance, comme s'il savait où ils se rendaient. Dès qu'il entraperçut l'étang, un frisson courut le long de sa colonne vertébrale. Comme d'habitude.

Les oiseaux chantaient toujours, et Balourd – plus par accident qu'à dessein – leva un lièvre qui bondit devant eux et plongea dans un fourré. Entre les branches dénudées, le soleil baignait de ses rayons le sol couvert d'un tapis de feuilles mortes. Et luisait sans éclat sur l'eau brunâtre de l'étang.

— Il paraît différent en plein jour, observa Quinn. Il est loin d'être aussi menaçant. Mais il faudrait que je sois très jeune et que j'aie vraiment très chaud pour me baigner là-dedans.

— Nous étions jeunes et la chaleur était accablante. Fox a plongé le premier, nous avons suivi. Je m'attendais que la main osseuse d'Hester m'agrippe la cheville et m'attire vers le fond. Et c'est ce qui est arrivé.

Quinn haussa les sourcils, attendant qu'il poursuive. Comme il se taisait, elle s'assit sur un rocher.

— Je vous écoute.

— Fox n'arrêtait pas de m'asticoter dans l'eau. Je suis meilleur nageur, mais il est sournois. Gage, lui, nageait comme une patate, même s'il n'avait pas froid aux yeux. J'ai cru que c'était encore Fox qui faisait des siennes. Mais non. Quand j'ai coulé, je l'ai vue. Elle n'avait pas les cheveux courts comme dans votre rêve. Je me souviens qu'ils flottaient entre deux eaux. Elle ne ressemblait pas à un fantôme. On aurait dit une femme. Une jeune fille, rectifia-t-il, je l'ai réalisé en grandissant. J'ai jailli de l'eau comme une fusée, et j'ai hurlé à Fox et à Gage de ne pas rester là-dedans. Ils n'avaient rien vu.

— Mais ils vous ont cru.

— C'est comme ça, entre amis.

— Vous êtes-vous baigné en d'autres occasions ?

— Deux fois. Mais je ne l'ai jamais revue.

Quinn offrit une poignée de muesli à Balourd qui n'était pas aussi difficile que son maître.

— Il fait beaucoup trop froid pour essayer maintenant, mais en juin, j'aimerais piquer une tête, histoire de voir ce qui se passe. C'est un bel endroit, tout compte fait, ajouta-t-elle après un regard à la ronde. Primitif, mais néanmoins pittoresque. Un endroit idéal pour trois gamins en mal d'aventure.

Elle inclina la tête de côté.

— Alors, c'est ici que vous emmenez d'ordinaire vos conquêtes féminines ?

— Vous seriez la première.

— Vraiment ? Est-ce parce qu'elles ne sont pas intéressées ou parce que vous ne voulez pas répondre aux questions qui s'y rattachent ?

— Les deux.

— Je romps donc avec la tradition, ce qui est un de mes hobbies favoris, déclara Quinn avant de contempler l'eau sombre. Elle devait être infiniment triste pour en arriver à croire qu'il n'y avait pas d'autre solution. La folie est un facteur à prendre en compte également, mais je pense qu'elle devait être accablée de chagrin et de désespoir pour se lester ainsi de pierres. C'est ce que je ressentais dans le rêve, et ce que je ressens maintenant, assise ici. Son insondable désespoir. Plus fort même que sa peur quand la créature l'a violée.

Elle frissonna et se leva.

— Pouvons-nous continuer ? C'est trop dur de rester ici.

Ce serait pire ensuite, songea Caleb. Si elle ressentait déjà les choses ainsi, ce serait forcément pire. Il lui prit la main pour la ramener sur le sentier. Comme il était assez large pour marcher de front, du moins au début, il garda sa main dans la sienne. On aurait presque dit une banale promenade hivernale dans les bois.

— Apprenez-moi quelque chose de surprenant sur vous, dit-elle soudain. Un truc que je n'aurais jamais imaginé.

Il inclina la tête.

— Pourquoi ?

— Je ne vous demande pas un sombre secret, juste quelque chose d'inattendu.

— J'ai été médaillé en athlétisme au lycée.

Quinn secoua la tête.

— Impressionnant, mais pas surprenant. J'aurais pu le deviner avec les jambes à rallonge que vous avez.

— D'accord, d'accord, fit Caleb, qui réfléchit un instant avant de lâcher : J'ai cultivé un potiron qui a battu le record de poids du comté.

— Le plus gros potiron dans l'histoire du comté ?

— J'ai manqué le record fédéral de quelques dizaines de grammes. Il y a même eu un article dans le journal.

— Voilà qui est surprenant. J'espérais quelque chose de plus croustillant, mais je suis forcée d'admettre que je n'aurais jamais deviné cette histoire de record.

— Et vous ?

— Désolée, les cucurbitacées, ce n'est pas mon rayon.

— Surprenez-moi.

— Je sais marcher sur les mains. Je vous ferais bien une démonstration, mais le terrain ne s'y prête guère à cette saison. Allez, avouez, vous n'auriez pas deviné.

— Exact. J'exigerai cependant une démonstration ultérieurement. Après tout, j'ai un document officiel pour le potiron.

— Ce n'est que justice.

Quinn continua à bavarder avec légèreté, si gaiement qu'il était obligé de rire. Il n'avait pas souvenir d'avoir ri sur ce sentier depuis cette randonnée funeste avec ses amis. En cet instant, pourtant, avec le soleil qui perçait entre les branches et le pépiement des oiseaux, cela lui semblait tout à fait naturel.

Jusqu'à ce qu'il entende le grognement.

Quinn l'entendit aussi. Sinon, pourquoi se serait-elle tue brusquement et lui aurait-elle agrippé le bras, le serrant comme dans un étau ?

— Caleb...

— Oui, j'ai entendu. Nous y sommes presque. Parfois, il se manifeste par des bruits, d'autres fois, par une apparition.

« Mais jamais à cette époque de l'année », songea-t-il, remontant le col de sa veste. Apparemment, les règles du jeu avaient changé.

— Restez près de moi, lui conseilla-t-il.

— Croyez-moi, je... commença Quinn qui s'arrêta net en voyant l'imposant couteau de chasse à lame dentelée que Caleb venait de dégainer. Vous trimbaler avec cet engin digne de Crocodile Dundee, voilà ce que j'appelle un truc inattendu.

— Je ne viens jamais par ici sans arme.

Elle s'humecta les lèvres.

— Et vous savez sans doute comment vous en servir, le cas échéant ?

Il lui jeta un coup d'œil.

— Sans doute. Voulez-vous continuer ou préférez-vous qu'on rebrousse chemin ?

— Pas question de tourner les talons.

Caleb percevait des bruissements dans les broussailles, le bruit de succion de ses pas dans la boue. « Il nous traque », se dit-il. Le couteau s'avérerait probablement inutile si la créature passait aux choses sérieuses, mais l'avoir à la main le rassurait.

— Balourd ne l'entend pas, chuchota Quinn en désignant du menton le chien couché au bord du sentier, quelques mètres devant eux. Même lui ne peut être si paresseux. S'il l'entendait ou le sentait, il montrerait quelque inquiétude. Donc, cette chose n'est pas réelle, conclut-elle, inspirant avec lenteur. Ce n'est qu'un simulacre.

— Pour Balourd en tout cas.

Lorsqu'un long mugissement se fit entendre, Caleb agrippa fermement Quinn par le bras et l'entraîna dans la clairière où la Pierre Païenne semblait jaillir de la terre boueuse.

— Je dois avouer que j'attendais à demi un monument du genre de Stonehenge, commenta Quinn.

Elle s'écarta de Caleb, contourna la pierre, et enchaîna :

— Mais à y regarder de plus près, cette forme est vraiment étonnante. On dirait une table, ou un autel. Incroyable comme le dessus est plat et lisse.

Elle posa la main dessus.

— C'est chaud, ajouta-t-elle. Plus chaud qu'une pierre devrait l'être en février au milieu des bois.

Caleb la toucha à son tour.

— Parfois, elle est froide, dit-il en rengainant le couteau dans son fourreau. Il n'y a rien à craindre quand elle est chaude. Jusqu'à présent.

Il remonta sa manche et examina la cicatrice sur son poignet.

— Jusqu'à présent, répéta-t-il, posant sans réfléchir la main sur celle de Quinn. Tant que...

— Elle se réchauffe ! Vous sentez ?

Alors qu'elle s'apprêtait à plaquer l'autre main sur la pierre, Caleb se sentit animé d'une force aussi soudaine qu'irrésistible. Il se sentit bouger comme s'il avait pu traverser la muraille de feu. Comme pris de folie.

Il agrippa Quinn par les épaules, la fit pivoter et lui plaqua le dos contre la pierre. Puis, pour assouvir la faim désespérée qui s'était emparée de lui, il captura ses lèvres avec fougue.

Un instant, il fut un autre. Et elle aussi. La saveur de ses lèvres, sa peau, les battements de son cœur. Et cet insondable chagrin qui les enveloppait tous deux...

Puis il redevint lui-même et sentit la bouche de Quinn sous la sienne comme il avait senti la pierre se réchauffer sous leurs mains. C'était son corps qui frissonnait contre le sien, ses doigts à elle qui étaient enfoncés dans la chair de ses hanches.

Il voulait davantage. Il mourait d'envie de la renverser sur l'autel de pierre, de couvrir son corps du sien, de se perdre en elle à jamais.

Pas lui, songea-t-il confusément. Enfin si, mais... Il se força à s'écarter, à rompre le lien.

L'air tremblota un instant.

— Désolé, parvint-il à articuler. Pas complètement, mais...

— Surpris, coupa-t-elle d'une voix rauque. Moi aussi. Voilà qui était pour le moins inattendu. J'en ai eu le vertige, murmura-t-elle. Mais je ne me plains pas. Ce n'était pas nous, et puis après, si.

Elle inspira de nouveau un grand coup, histoire de se calmer les nerfs.

— Traitez-moi de fille facile si vous voulez, mais j'ai bien aimé dans les deux cas.

Puis sans détacher son regard du sien, elle replaça la main sur la pierre avec une lenteur tentatrice.

— Ça vous dit de recommencer ?

— Je ne suis qu'un homme, alors oui, évidemment. Mais je ne crois pas que ce serait futé, ni même particulièrement sûr. Et puis, je n'apprécie pas que quelqu'un – quelque chose – joue avec mes hormones. La prochaine fois que je vous embrasserai, il n'y aura que vous et moi.

Elle hocha la tête, et déclara :

— Je suis plus que jamais en faveur de la théorie des liens. Peut-être par le sang, ou alors une histoire de réincarnation. Une voie qui mérite d'être explorée.

Quinn s'écarta de la pierre. Et de Caleb.

— Donc, plus de contact l'un avec l'autre et avec ce truc pour le moment. Revenons à nos moutons.

— Ça va ?

— Ça m'a chamboulée, je dois l'admettre. Mais il n'y a pas de mal.

Elle ressortit sa bouteille d'eau et, cette fois, but à longs traits.

— J'ai éprouvé du désir pour toi. Dans les deux cas, lâcha Caleb.

Abaissant le bras, Quinn croisa son regard tranquille. Elle venait de siffler la moitié de sa bouteille et pourtant, sa gorge s'assécha brutalement.

— Je sais. Ce que j'ignore, c'est si ça va poser problème.

— Ça va poser problème. Mais je vais en faire abstraction.

Le cœur de Quinn s'autorisa quelques extrasystoles erratiques.

— Euh... ce n'est probablement pas l'endroit pour...

— Non, en effet.

Caleb fit un pas en avant, mais sans la toucher. Pourtant, elle sentit sa peau s'embraser.

— Il y en aura bien un autre plus propice.

— Euh... d'accord, bredouilla-t-elle avant de se racler la gorge. Bon, eh bien... au travail.

Elle fit à nouveau le tour de la pierre, et il la suivit des yeux. Il l'avait déstabilisée, et s'en moquait. En fait, cette nervosité jouait en sa faveur. Quelque chose l'avait peut-être poussé à l'embrasser ainsi, mais il savait ce qu'il avait ressenti quand ce *quelque chose* avait relâché son emprise. Il savait ce qu'il ressentait depuis qu'elle était sortie de sa voiture devant chez lui.

Du désir pur et simple.

— Vous avez campé ici cette nuit-là.

Croyant à l'évidence Caleb sur parole quant à la sécurité du lieu, Quinn se déplaçait avec décontraction dans la clairière.

— Si ma connaissance des jeunes garçons est bonne, vous avez mangé des saloperies, chahuté et peut-être raconté des histoires de fantômes.

— Un peu. On a aussi bu la bière que Gage avait volée à son père et feuilleté le *Penthouse* qu'il avait aussi piqué.

— Bien sûr, quoique j'eusse plutôt attribué ces activités à des gamins de douze ans.

— On était précoces, répliqua Caleb qui s'ordonna de cesser de penser à elle et de se ressaisir. On a fait un feu de camp. On avait mis de la musique. La nuit était belle, encore chaude, mais pas oppressante. Et puis, c'était notre nuit, notre endroit. Une terre sacrée.

— Selon les propres termes de votre... enfin, de ton arrière-grand-mère.

— Dans pareil endroit, un rituel s'imposait.

Il attendit qu'elle se tourne vers lui avant de poursuivre :

— Nous avons écrit le texte d'un pacte que nous avons prononcé à voix haute à minuit. Avec mon couteau suisse, j'ai entaillé nos poignets. Nous avons prêté serment en pressant nos poignets les uns contre les autres afin de mêler nos sangs. Et là, l'enfer s'est déchaîné.

— Que s'est-il passé ?

— Je ne sais pas exactement. Les autres non plus, pour autant que nous puissions nous en souvenir. Il y a eu comme une explosion accompagnée d'une lumière aveuglante, et la puissance du choc m'a projeté en arrière. J'ai carrément décollé du sol. J'ai entendu des cris, mais je n'ai jamais su si c'étaient les miens, ceux de mes amis ou… autre chose. Le feu fusait droit vers le ciel. On aurait dit qu'il y avait des flammes partout et pourtant, nous n'avons pas eu la moindre brûlure. Quelque chose a jailli et a comme qui dirait pris possession de moi. La douleur, je me souviens d'une douleur atroce. J'ai alors vu une masse noire s'élever et j'ai senti le froid glacial qui en émanait. Puis ç'a été fini ; nous étions seuls, terrorisés. La terre autour de nous était carbonisée.

Dix ans, songea Quinn. Encore un enfant.

— Comment vous êtes-vous enfuis ?

— Nous sommes repartis le lendemain matin comme nous étions venus. À l'exception de quelques changements. À mon arrivée dans la clairière, je portais des lunettes. J'étais myope.

Elle haussa les sourcils.

— Étais ?

— 6 dioptries à l'œil gauche et 4 au droit. Le lendemain, à dix ans tout rond, j'avais dix-dix. Aucun de nous trois n'avait plus la moindre cicatrice sur le corps, c'était d'autant plus étonnant que Gage était blessé au dos. Depuis cette nuit-là, nous n'avons plus jamais été malades. Et en cas de blessure, elle guérit seule.

Elle n'affichait pas le moindre scepticisme, seulement de l'intérêt et, lui sembla-t-il, un soupçon de fascination. Il se fit la remarque qu'en dehors de sa famille, elle était la seule à savoir. La seule à croire.

— Ça vous a procuré une sorte d'immunité.

— On peut l'appeler ainsi.

— Tu ressens la douleur ?

— C'est rien de le dire. La cicatrisation est rapide, mais elle fait un mal de chien. Je suis aussi capable de voir des événements passés, comme tout à l'heure sur le sentier. Mais pas en permanence, juste de temps en temps.

— Une sorte de clairvoyance inversée.

— Il m'est arrivé de voir ce qui s'est passé ici le 7 juillet 1652.

— Et ?

— Le démon était retenu prisonnier sous la pierre. Mes amis et moi l'avons libéré.

Quinn s'approcha de lui. Elle aurait voulu lisser d'une caresse cette préoccupation sur son visage, mais n'osa pas.

— Quand bien même, ce n'était pas ta faute.

— La frontière est mince entre faute et responsabilité.

Et puis zut ! Elle posa les mains sur ses joues, le sentit tressaillir sous ses doigts, et effleura ses lèvres des siennes.

— C'est normal. Tu te considères comme responsable parce que, selon moi, tu te sens tenu d'assumer cette responsabilité. Tu es resté là où tant d'autres auraient fui, à toutes jambes même. Mais il y a sûrement un moyen de renvoyer cette chose d'où elle vient. Et je suis prête à t'y aider par tous les moyens.

Elle ouvrit son sac.

— Je vais prendre des photos, des mesures, des notes et poser des tas de questions agaçantes.

Le baiser de Quinn l'avait ébranlé, et tout autant ses paroles, sa confiance. Il aurait voulu l'attirer dans ses bras et la serrer contre lui. C'était normal, lui avait-elle assuré. Et en la regardant maintenant, il rêvait de connaître le bonheur de la normalité.

Ce n'est pas l'endroit, se rappela-t-il.

— Tu as une heure. Dans une heure, nous repartons. Je tiens à avoir quitté ces bois avant le crépuscule.

— Tout à fait d'accord.

Pour cette fois, songea-t-elle, et elle se mit au travail.

9

De l'avis de Caleb, Quinn passa beaucoup de temps à errer sans but dans la clairière. Marmonnant entre ses dents, elle griffonna d'abondantes notes et mitrailla l'endroit sous tous les angles avec son appareil numérique miniature.

Il ne voyait pas comment cette agitation pouvait être particulièrement utile, mais puisqu'elle semblait absorbée au plus haut point par son activité, il s'assit sous un arbre auprès de Balourd qui ronflait et la laissa s'affairer.

Il n'y eut plus de hurlement, plus de sensation d'être surveillé. Peut-être le démon avait-il autre chose à faire, songea Caleb. Ou alors il se contentait de les observer sans bruit, attendant son heure.

Après tout, lui aussi attendait. Et cela ne le dérangeait pas, en particulier lorsque la vue était belle.

C'était intéressant de regarder évoluer Quinn. Vive et directe un instant, elle se déplaçait avec lenteur au suivant. Comme si elle ne parvenait pas tout à fait à choisir son approche.

— Avez-vous déjà fait analyser cette pierre ? lui demanda-t-elle. Une analyse scientifique ?

— Oui. Quand nous étions au lycée, nous avons prélevé un échantillon que nous avons apporté à notre professeur de géologie. C'est du calcaire. Du banal calcaire. Quelques années plus tard, Gage en a emporté un autre à un laboratoire de New York. Mêmes résultats.

— D'accord. Vois-tu une objection à ce que j'en prenne un que j'expédierai à un labo de ma connaissance, histoire d'avoir une confirmation supplémentaire ?

— Je t'en prie.

Caleb souleva la hanche pour prendre son couteau, mais elle avait déjà sorti un couteau suisse de sa poche. Il sourit : il aurait dû s'en douter.

La plupart des femmes de sa connaissance avaient du rouge à lèvres dans leur poche, pas un couteau suisse. Il aurait parié que Quinn avait les deux.

Il observa ses mains, tandis qu'elle grattait la pierre du bout de sa lame et versait les débris dans un sachet hermétique sorti de son sac. Un trio de bagues ornait deux doigts et le pouce de sa main droite. À chaque mouvement, elles réverbéraient avec vivacité les rayons du soleil

La brillance des reflets s'intensifia, dardant droit dans ses yeux.

La lumière s'adoucit soudain comme un matin d'été. L'air lui-même se réchauffa et devint moite. Comme par magie, les branches nues se couvrirent de bourgeons qui éclatèrent en un épais feuillage vert tendre jetant un patchwork d'ombre et de lumière sur le sol. Sur la pierre.

Et la femme.

Ses longs cheveux détachés sur ses épaules avaient la couleur du miel et encadraient son visage anguleux aux grands yeux en amande légèrement inclinés. Vêtue d'une longue robe bleu foncé sous un tablier blanc, elle se déplaçait avec précaution, mais toute la grâce que lui permettait sa grossesse avancée. Elle portait deux seaux à travers la clairière vers une petite cabane derrière la pierre.

En marchant, elle chantait d'une voix claire et gaie :

Dans mon jardin verdoyant, sur un lit de camomille étendue, un baladin soudain j'ai aperçu…

La seule vue de cette femme, son chant cristallin emplirent le cœur de Caleb d'un amour si ardent, si impérieux qu'il craignait qu'il n'explose.

Un homme sortit sur le seuil de la cabane, le visage rayonnant d'amour. La femme s'arrêta et lui adressa un signe de tête aguicheur et complice, puis reprit son chant tandis que l'homme se dirigeait vers elle.

Une jolie damoiselle il tenait enlacée. Lui fit sa cour de tout son art et, le cœur de la belle conquis, lui murmura à l'oreille « embrassez-moi tendrement, ma mie ».

Levant son visage vers lui, elle lui offrit ses lèvres. L'homme y déposa un baiser et, tandis que le rire de sa bien-aimée montait jusqu'au ciel, il lui prit les seaux et les posa sur la terre avant de l'envelopper dans ses bras.

Ne t'ai-je pas déjà dit de ne pas porter l'eau ou le bois ? Ton fardeau est déjà assez lourd.

Ses mains caressèrent son ventre proéminent et s'y attardèrent quand elle les couvrit des siennes. *Nos fils sont résistants et en pleine santé. Je te donnerai des garçons aussi vifs et vaillants que leur père. Mon bien-aimé,* et là Caleb vit des larmes briller au coin de ses yeux en amande, *dois-je te quitter ?*

Jamais tu ne me quitteras vraiment, et moi non plus. Alors plus de larmes. Il les sécha d'un baiser et Caleb sentit l'étau qui étreignait le cœur de l'homme. *Plus de larmes.*

Non. J'ai fait le serment de les bannir, assura-t-elle, se forçant à sourire. *L'heure est encore lointaine. Il reste de longues et douces journées d'été. La mort ne sera pas. Tu me le jures ?*

La mort ne sera pas. Viens maintenant. Je vais porter l'eau.

Ils disparurent peu à peu et Caleb aperçut Quinn accroupie devant lui, répétant inlassablement son nom.

— Ouf, tu es revenu à toi. Tu semblais très loin. Tes yeux sont devenus noirs et… profonds, c'est le seul adjectif qui me vient quand tu es dans cet état. Où es-tu allé, Caleb ?

— Ce n'est pas toi.

— Euh… d'accord.

Elle n'avait osé le toucher avant, redoutant d'être entraînée ailleurs à son tour ou de l'arracher prématurément à sa transe. Maintenant, elle posa la main sur son genou.

— Qui ça ?

— La femme que j'ai embrassée. Enfin si, au début. Et puis c'était toi, mais d'abord… bon sang, bougonna-t-il, plaquant les paumes sur ses tempes. Quel mal de tête carabiné.

— Allonge-toi et ferme les yeux. Je vais…

— Ça va passer dans une minute. C'est toujours le cas. Nous ne sommes pas eux. Il ne s'agit pas de réincarnation. De possession sporadique peut-être, ce qui est déjà assez grave.

— C'était qui ?

— Comment le saurais-je ?

La douleur lui taraudait le crâne au point qu'il dut baisser la tête entre les genoux pour faire refluer une nausée aussi soudaine qu'aiguë.

— Je te ferais un dessin, si je savais dessiner. Laisse-moi reprendre mon souffle une minute.

Quinn alla s'agenouiller derrière lui et entreprit de lui masser la nuque et les épaules en silence.

— Excuse-moi. Bon sang, j'ai l'impression d'avoir une perceuse électrique qui me vrille les tempes. Enfin, ça va mieux. J'ignore qui ils étaient ; ils n'ont pas prononcé leurs noms. Mais selon l'hypothèse la plus plausible, il s'agissait de Giles Dent et Ann Hawkins. À l'évidence, ils vivaient ici même. La femme était enceinte jusqu'aux yeux. Et elle chantait.

Quinn l'écouta tout en poursuivant son massage.

— Donc ils savaient qu'il allait venir et Dent l'aurait éloignée avant. « La mort ne sera pas. » Voilà qui mérite qu'on s'y intéresse. Mais pour l'instant, je crois que tu as assez vu cet endroit. Et moi aussi.

Elle s'assit par terre et inspira un grand coup.

— Pendant que tu étais, disons, ailleurs, il est revenu.

— Bon Dieu !

Caleb voulut se lever d'un bond, mais elle le retint par le bras.

— Il est parti maintenant, alors reste tranquille. En l'entendant grogner, j'ai fait volte-face, mais je me suis retenue de te secouer de crainte que tu ne m'entraînes avec toi.

— Auquel cas nous aurions été tous les deux sans défense, conclut-il, effaré.

— Et maintenant M. Responsabilité bat sa coulpe parce qu'il n'a rien vu venir et n'a pas su combattre les puissances magiques pour rester ici protéger la fille.

En dépit de son mal de tête, Caleb parvint à la gratifier d'un regard glacial.

— Quelque chose de ce genre.

— J'apprécie, même si ton protectionnisme est agaçant. Mais tu sais, j'avais mon couteau suisse qui possède un tire-bouchon et une pince à épiler très pratiques. On ne sait jamais quand on peut en avoir besoin. Ne fais pas attention, je parle pour ne rien dire parce que je n'ai pas encore tout à fait repris mes esprits. En fait, il s'est contenté de nous tourner autour en lançant des menaces du genre « Je vais te dévorer, ma jolie, et ton gros chien paresseux aussi », mais il ne s'est pas montré. Puis ça s'est arrêté, et tu es revenu à toi.

— Combien de temps ?

— Je n'en sais rien. Pas plus d'une ou deux minutes, je dirais, même si ça m'a paru plus long sur le coup. Quoi qu'il en soit, je suis prête à décamper d'ici au plus vite. J'espère de tout cœur que tu peux marcher parce que, si forte et endurante que je sois, je serais bien incapable de te porter sur mon dos.

— Je peux marcher.

— Bien, alors fichons le camp d'ici, et quand nous aurons retrouvé la civilisation, Hawkins, tu me paieras une énorme bière.

Ils rassemblèrent leurs affaires, et Caleb réveilla Balourd d'un sifflement. Tandis qu'ils se mettaient en route, il se demanda pourquoi il ne lui avait pas parlé de la pierre verte veinée de rouge dont Fox et Gage et lui détenaient chacun une partie. Une pierre qui, comme il le savait désormais, constituait l'amulette que Giles Dent portait au cou quand il vivait dans la clairière de la Pierre Païenne.

Tandis que Caleb et Quinn rebroussaient chemin, Layla s'imposait une promenade dans Hawkins Hollow. Comme c'était curieux de laisser ses pas la conduire au hasard des rues. À New York, elle avait toujours une destination précise, et une ou plusieurs tâches tout aussi précises à accomplir dans un laps de temps donné.

Aujourd'hui, elle avait traîné toute la matinée, se contentant de lire quelques chapitres des livres étranges que Quinn lui avait laissés.

Elle aurait pu rester cloîtrée dans sa chambre – la zone de sécurité, selon l'expression de Quinn. Mais elle avait besoin de s'aérer un peu après sa lecture, ce qui permettrait en outre au personnel de faire le ménage. Et puis, ce serait l'occasion de regarder de plus près cette ville dans laquelle une force mystérieuse l'avait irrésistiblement attirée.

Elle n'éprouvait le besoin d'entrer dans aucune boutique, alors qu'à l'instar de Quinn elle en trouvait quelques-unes très intéressantes.

Mais même le lèche-vitrines la faisait se sentir coupable d'avoir laissé en plan le personnel de la boutique. Elle était partie comme une voleuse, prenant à peine le temps d'appeler sa patronne sur la route pour lui annoncer qu'elle avait une urgence personnelle et serait absente quelques jours.

Urgence personnelle. Une excuse bidon qui ne collait pas si mal, tout bien réfléchi. Et qui risquait de lui coûter son boulot. Pourtant, même en connaissance de cause, elle était incapable de rentrer et de reprendre sa vie là où elle l'avait laissée en tirant un trait sur ce qui était arrivé.

En cas de coup dur, elle trouverait un autre travail. Elle avait quelques économies, un petit bas de laine. Si sa patronne n'était pas capable de lui lâcher un peu la bride, elle ne voulait plus de ce stupide job de toute façon.

« N'y pense pas, s'ordonna-t-elle. Pas maintenant. »

Elle continua son chemin au-delà des magasins et n'aurait su dire pourquoi ses pas l'emmenèrent jusqu'à un bâtiment au pied duquel elle s'immobilisa. Le mot *BIBLIOTHEQUE* était gravé dans la pierre du linteau qui surmontait la porte, mais un panneau annonçait *FOYER MUNICIPAL DE HAWKINS HOLLOW.*

« Plutôt inoffensif », se dit-elle. Mais lorsqu'un frisson glacé courut sur sa peau, elle se hâta de passer son chemin.

Elle envisagea d'aller faire un tour au musée, mais ne parvint pas à se décider. Elle songea ensuite à traverser la rue pour entrer dans un salon de beauté et tuer le temps avec une manucure, mais elle dut admettre qu'elle se fichait éperdument de l'état de ses ongles.

Fatiguée et agacée par son attitude, elle faillit rebrousser chemin lorsqu'une plaque en laiton attira son regard. Elle s'en approcha.

FOX O'DELL, AVOCAT

Au moins quelqu'un qu'elle connaissait – plus ou moins. L'avocat craquant aux yeux pleins de compassion. Sans doute était-il occupé avec un client ou en rendez-vous à l'extérieur, mais tant pis. Elle en avait assez d'errer dans les rues à s'apitoyer sur son sort.

Elle poussa la porte, et se retrouva dans une réception au décor sobre et élégant. La femme derrière le magnifique bureau ancien lui adressa un sourire poli.

— Bonjour, que puis-je pour vous ?

— En fait, je... j'espérais parler un instant à M. O'Dell s'il est disponible.

— Maître O'Dell est en rendez-vous, mais il ne devrait plus en avoir pour très longtemps. Si vous voulez bien...

À cet instant, une femme à la chevelure d'un rouge improbable jaillit du bureau dans un staccato de talons. En pull-over rose, jean moulant et bottes vertigineuses, elle traînait un blouson en cuir.

— Je veux que tu l'étripes, Fox, tu m'entends ? J'ai donné à cette ordure les plus beaux deux ans et trois mois de ma vie, et je veux que tu l'écorches comme un lapin !

— C'est noté, Shelley.

— Comment ce salaud a-t-il pu me faire ça ?

Laissant échapper un gémissement, elle s'effondra dans les bras de Fox.

Lui aussi portait un jean, avec une chemise à rayures qui flottait par-dessus.

— Ça va aller, ça va aller, bougonna-t-il en adressant un regard résigné à Layla tout en tapotant le dos de sa cliente en pleurs.

— Je venais juste de lui acheter des pneus neufs pour sa camionnette ! Je vais les crever tous les quatre !

— Ne fais pas ça, lui conseilla Fox qui l'attrapa par les épaules avant qu'elle ne s'arrache à ses bras, le visage baigné de larmes. Ne t'approche pas de sa camionnette et, pour l'instant, garde aussi tes distances avec lui. Et Sami.

— Cette traînée !

— Tu vas retourner à ton travail et me laisser m'occuper de cette affaire, d'accord ? C'est pour ça que tu m'as engagé, non ?

— J'imagine. Mais tu l'étripes, hein, Fox ? Tu brises les noix de ce salaud comme de vulgaires pécans.

— C'est exactement ce que je vais faire, lui assura-t-il en la raccompagnant jusqu'à la porte. Mais toi, tu restes au-dessus de la mêlée. Je te tiendrai au courant.

Après avoir refermé la porte, Fox O'Dell s'adossa au battant avec un soupir.

— Sainte Mère de Dieu.

— Vous auriez dû refuser l'affaire, commenta Alice.

— Vous ne pouvez pas rembarrer la première fille que vous avez embrassée quand elle vient vous voir pour une procédure de divorce. C'est contre les lois de Dieu et des Hommes. Bonjour, Layla, vous avez besoin d'un avocat ?

— J'espère que non.

Il était plus séduisant que dans son souvenir, la preuve que la veille au soir elle n'avait pas les yeux en face des trous. Et puis, il n'avait pas du tout l'allure d'un avocat.

— Ne le prenez pas mal, ajouta-t-elle.

— Pas de problème, Layla. C'est Darnell, votre nom, n'est-ce pas ?

— Oui.

Il fit les présentations.

— Layla Darnell. Alice Hawbaker. Mme H, j'ai un peu de temps libre ?

— Oui.

— Entrez, Layla, fit-il en indiquant son bureau. D'habitude, nous ne nous donnons pas en spectacle si tôt, mais ma vieille copine Shelley qui rendait visite à sa sœur jumelle Sami au restaurant d'en face est tombée sur son mari qui avait entre les mains les pourboires de ladite Sami.

— Attendez, elle demande le divorce parce que son mari tenait les pourboires de sa sœur ?

— Lesquels pourboires se trouvaient à ce moment-là dans son soutien-gorge Miracle Bra de chez *Victoria's Secret*.

— Oh, je vois.

— Sans rompre le secret professionnel, parce que l'information est connue de tous, je peux vous raconter qu'elle les a éjectés manu militari de l'arrière-salle et pourchassés avec une serpillière jusque dans Main Street – où les passants ont pu admirer le soutien-gorge effectivement miraculeux de Sami. Vous voulez un Coca ?

— Non, merci. Je crois qu'il vaut mieux que j'évite les excitants pour l'instant.

Comme elle paraissait d'humeur à faire les cent pas, il ne lui proposa pas de siège et s'adossa contre son bureau.

— Dure nuit ?

— Non, au contraire. Je n'arrive pas à comprendre ce que je fais ici, c'est tout. Je ne comprends rien à tout ça, et surtout pas à mon rôle dans cette histoire. Il y a deux heures, je me suis dit que j'allais remballer mes affaires et rentrer à New York comme une personne saine d'esprit. Mais je n'en ai rien fait. Je n'ai pas pu, ajouta-t-elle en pivotant vers lui. Et ça, je ne le comprends pas non plus.

— Vous êtes à l'endroit où vous êtes censée vous trouver. C'est la réponse la plus simple.

— Avez-vous peur ?

— Souvent.

— Je ne pense pas avoir jamais eu vraiment peur. Je me demande si je serais si horriblement nerveuse si j'avais quelque chose à *faire*. Une mission, je ne sais pas... une corvée même.

— Écoutez, je dois aller voir une cliente à quelques kilomètres d'ici pour lui apporter des documents.

— Oh, excusez-moi, je vous dérange !

— Bien sûr que non, et quand je commencerai à penser qu'une jolie femme me dérange, s'il vous plaît prévenez mes proches, c'est que je serai à l'agonie. Vous cherchiez une occupation, j'allais vous proposer de m'accompagner. Vous auriez droit à une tisane à la camomille et à des biscuits au citron rassis avec Mme Oldinger. Comme corvée, ce n'est pas mal. Elle aime la compagnie, ce qui est la véritable raison de ce quinzième codicille qu'elle m'a demandé d'ajouter à son testament.

Par ces bavardages, il espérait calmer Layla Darnell qui paraissait sur des charbons ardents.

— Après, je passerai voir un autre client qui habite dans le même coin et je lui éviterai ainsi un trajet en ville. Caleb et Quinn devraient être de retour quand nous aurons terminé. Nous pourrions passer, histoire de prendre des nouvelles.

— Vous pouvez vous absenter de votre bureau tout ce temps ?

— Mme H saura me prévenir si on a besoin de moi ici, croyez-moi, répondit-il en attrapant sa veste et son porte-documents. Mais à moins que vous ayez mieux à faire, je vais lui demander de sortir les dossiers dont j'ai besoin et nous pourrons y aller.

C'était toujours mieux que de ruminer, décida Layla. Une fois en route, elle trouvait quand même un peu bizarre pour un avocat, même d'une petite ville, de rouler dans un vieux pick-up Dodge avec des emballages de barres chocolatées vides sur les tapis de sol.

— Que faites-vous pour votre deuxième client ? s'enquit-elle.

— Charlie Deen s'est fait renverser par un chauffard en état d'ébriété en rentrant du travail et la compagnie d'assurance pinaille sur certaines factures médicales. Mais je veille au grain.

— Divorces, testaments, dommages corporels. Vous n'êtes pas spécialisé si je comprends bien.

— Tout le droit, tout le temps, répondit-il avec un sourire à la fois suave et un brin provocateur. Enfin, sauf le droit fiscal si je peux l'éviter. Je le laisse à ma sœur. Elle est avocate spécialisée en fiscalité et droit des entreprises.

— Vous n'êtes pas associés ?

— Ce serait difficile. Sage est partie faire lesbienne à Seattle.

— Pardon ?

— Désolé, c'est une boutade familiale, s'excusa-t-il, appuyant sur l'accélérateur comme ils sortaient de la ville. Ma sœur est une activiste ; avec son associée, elle a un cabinet depuis... huit ans, je dirais. Elles l'ont appelé *De fille à fille*. Sérieusement, insista-t-il comme Layla gardait un silence perplexe. Elles défendent une clientèle gay.

— Votre famille désapprouve ?

— Vous plaisantez ? Mes parents boivent du petit-lait, de soja bien sûr. Quand Sage et Paula, son associée, se sont mariées – ou pacsées, enfin bref –, on est tous allés là-bas et on a fait une fiesta à tout casser. Elle est heureuse et c'est ce qui compte. Aux yeux de mes parents, un style de vie alternatif est un bonus. À propos de famille, c'est là qu'habite mon frère.

Layla découvrit une maison en rondins nichée dans les arbres. Un panneau près du virage indiquait *CÉRAMIQUES D'HAWKINS CREEK*.

— Votre frère est potier ?

— Oui, et il est doué. Ma mère aussi quand elle est d'humeur. Vous voulez qu'on s'arrête ?

— Euh... je...

— Mieux vaut pas, décida-t-il. Ridge sera occupé, et Mme H a prévenu Mme Oldinger de notre arrivée. Une autre fois.

— D'accord.

Faire la conversation, se dit Layla. Parler de tout et de rien. L'image de la normalité.

— Alors comme ça, vous avez un frère et une sœur.

— Deux sœurs. La plus jeune tient le petit restaurant végétarien en ville. C'est pas mauvais du tout, tout compte fait. De nous quatre, je suis celui qui s'est le plus écarté du chemin semé de fleurs qu'avaient tracé pour nous nos parents contre-culture. Mais ils m'aiment quand même. Voilà, c'est à peu près tout pour moi. Et vous ?

— Eh bien... ma famille est loin d'être aussi intéressante que la vôtre, mais je suis presque sûre que ma mère possède quelques vieux albums de Joan Baez.

— Et voilà nos destins qui se croisent encore étrangement.

Layla se mit à rire, puis poussa un petit cri en apercevant un cerf.

— Regardez ! N'est-il pas magnifique à brouter là, en lisière de bois ? Oh, il y en a d'autres !

Pour lui faire plaisir, Fox se gara sur le bas-côté afin qu'elle puisse les admirer.

— Vous avez l'habitude d'en voir, j'imagine, dit-elle.

— Cela ne signifie pas que je n'apprécie pas le spectacle. Nous devions les chasser de la ferme par troupeau entier quand j'étais gamin.

— Vous avez grandi dans une ferme.

Il y avait dans sa voix cette nostalgie si typique des citadins qui imaginent les jolis cerfs, les lapins, les tournesols, les joyeux dindons. Et pas le bêchage, le binage, le désherbage.

— Une petite ferme familiale. Nous faisions pousser nos légumes, nous avions des poulets, des chèvres et des ruches. Nous vendions le surplus au marché, ainsi que les créations artisanales de ma mère. Il y avait aussi les travaux d'ébénisterie de mon père.

— Ils l'ont encore ?

— Oui.

— Mes parents possédaient une petite boutique de mode quand j'étais enfant. Ils l'ont vendue il y a une quinzaine d'années. J'ai toujours souhaité... Ô mon Dieu ! Mon Dieu !

Layla agrippa le bras de Fox.

Jailli d'entre les arbres, le loup bondit sur le dos d'un jeune cerf qui rua en vain, tandis que les autres continuaient de brouter tranquillement, indifférents au drame qui se jouait à deux pas.

— Ce n'est pas réel.

La voix de Fox était métallique et lointaine. Devant les yeux horrifiés de Layla, le loup renversa sa proie et entreprit de la déchiqueter.

— Ce n'est pas réel, répéta Fox.

Il la prit par les épaules et elle ressentit comme un déclic intérieur qui l'attira vers lui, l'éloignant de l'horreur de la scène qui se déroulait à la lisière de la forêt.

— Regardez-le en face, lui dit-il, et ayez *conscience* que ce n'est pas réel.

Le sang était si rouge, si humide. Il giclait en une pluie hideuse, souillant l'herbe tassée par la neige qui avait fondu.

— Ce n'est pas réel, répéta Layla.

— Ne vous contentez pas de le dire. Ayez-en pleinement conscience. Il vit dans le mensonge, Layla. Ce n'est pas réel.

La jeune femme prit une profonde inspiration, puis expira brusquement.

— Ce n'est pas réel. C'est une illusion affreuse et cruelle.

Le champ était vide, l'herbe intacte.

— Comment vivez-vous avec cela ? demanda Layla qui pivota sur son siège et dévisagea Fox. Comment le supportez-vous ?

— Je le supporte parce que, de même que je savais il y a un instant qu'il s'agissait d'une illusion, je sais qu'un jour, d'une façon ou d'une autre, nous aurons le dessus.

Layla avait la gorge sèche et irritée.

— Quand vous m'avez parlé en me tenant par les épaules, vous m'avez fait quelque chose.

— Non, nia-t-il sans état d'âme, conscient d'avoir agi uniquement pour le bien de la jeune femme. Je vous ai juste aidée à vous rappeler que ce n'était pas réel. Allons-y, à présent, Mme Oldinger va nous attendre. Une petite tisane à la camomille ne nous fera pas de mal.

— Vous croyez qu'elle a du whisky pour aller avec ?

— Ça ne me surprendrait pas.

Ils distinguaient la maison de Caleb à travers les arbres quand le portable de Quinn signala l'arrivée d'un texto.

— Flûte. Pourquoi n'a-t-elle pas plutôt appelé ?

— Elle a peut-être essayé. Dans ces bois, il y a beaucoup de zones non couvertes.

— Pas étonnant.

Elle afficha le message et esquissa un sourire en reconnaissant le style de Cybil.

OccuP ms 1triguée. Peux venir ds 1 sem., 2 au +. Parlerons dès q. poss. Sois prudente. Sérieux. C.

— D'accord, dit Quinn qui rangea son téléphone et prit la décision qu'elle avait soupesée durant tout le trajet de retour. Je crois que nous allons appeler Fox et Layla quand je boirai l'énorme bière que tu vas m'offrir devant un bon feu.

— C'est dans mes cordes.

— Ensuite, vu que tu es un notable dans cette ville, c'est à toi que je m'adresserai pour te demander de trouver une jolie maison, pratique et plutôt spacieuse, à louer pour les, disons, six prochains mois.

— Et qui sera le locataire ?

— Les locataires. Ce seraient moi, ma délicieuse amie Cybil que je vais persuader de venir s'incruster, et très probablement Layla qui, je crois, sera plus difficile à convaincre. Mais je sais me montrer très persuasive.

— Tu ne devais pas rester une semaine pour les recherches préliminaires, puis revenir en avril pour le suivi ?

— Les projets évoluent, répondit-elle avec désinvolture avant de lui sourire, tandis qu'ils s'engageaient dans l'allée. Ça te dérange ?

— Pas vraiment.

Ils montèrent ensemble les marches qui menaient à la terrasse et lorsque Caleb ouvrit la porte, Quinn se faufila avant lui dans la maison silencieuse.

10

La maison dans laquelle Caleb avait grandi était, selon son opinion, en évolution permanente. Tous les deux ou trois ans, sa mère décidait que les murs avaient besoin d'être « rafraîchis », ce qui signifiait repeints, ce terme recouvrant, dans le vocabulaire maternel, une foule de techniques – peinture au chiffon, à l'éponge, au peigne... – dont il s'empressait d'oublier les noms.

Évidemment, une nouvelle peinture impliquait de nouveaux rideaux et tissus d'ameublement et, bien sûr, du linge de lit neuf si elle s'attaquait aux chambres. Ce qui, invariablement, conduisait à revoir l'agencement des pièces.

Il ne comptait plus le nombre de fois où il avait déplacé les meubles pour les chantiers titanesques que sa mère lançait à intervalles réguliers.

Comme son père se plaisait à le dire, dès que Frannie avait la maison qu'elle désirait, il était temps pour elle de tout reprendre de zéro.

À une époque, Caleb s'imaginait que sa mère bricolait, cousait, décorait et redécorait à tout va parce qu'elle s'ennuyait. Bien qu'appartenant à de nombreux comités et associations, elle n'avait jamais travaillé à l'extérieur. À la fin de son adolescence et autour de la vingtaine, Caleb avait eu une période où il se représentait sa mère, non sans pitié, comme une femme au foyer insatisfaite et pas loin d'être désespérée.

Une fois même, riche d'une expérience de deux semestres à l'université, il l'avait prise entre quatre yeux et lui avait expliqué qu'il comprenait à quel point elle devait être frustrée. Elle avait ri si fort qu'elle avait été obligée de poser les coussins qu'elle était occupée à bâtir pour s'essuyer les yeux.

— Mon chéri, avait-elle répondu, il n'y a pas en moi la moindre once de frustration. J'adore les couleurs, les textures, les motifs, les parfums. En fait, j'utilise cette maison comme laboratoire et showroom. Je suis l'architecte, le designer, la décoratrice, bref la star du spectacle tout entier. Dis-moi, pourquoi voudrais-je d'un travail ou d'une carrière à l'extérieur – alors que nous n'avons pas besoin d'argent – avec quelqu'un sur le dos qui me dirait que faire et quand ?

Comme elle lui faisait signe de l'index, il s'était penché vers elle et elle lui avait caressé la joue.

— Tu es un ange, Caleb. Tu apprendras que tout le monde ne veut pas ce que la société essaie d'imposer aux gens selon la mode du moment. Je me considère comme chanceuse, privilégiée même, d'avoir eu le choix de rester à la maison et d'élever mes enfants. Et aussi d'avoir un mari à qui il est égal que j'emploie mes talents – et je n'en manque pas – à perturber son foyer tranquille avec mes nouveaux projets de déco chaque fois qu'il a le dos tourné. Je suis heureuse, Caleb. Et j'adore que tu te préoccupes de mon bonheur.

Il avait eu l'occasion de constater que sa mère disait vrai. Elle faisait ce qu'elle aimait et elle était très douée. Au bout du compte, avait-il réalisé, c'était elle qui dirigeait la maison. Son père faisait bouillir la marmite, mais c'était elle qui tenait les cordons de la bourse. À lui l'entreprise, à elle la maison.

Et tout le monde y trouvait son compte.

Il n'avait pas pris la peine de lui dire de ne pas se casser la tête pour le dîner de ce dimanche soir – de même qu'il n'avait pas tenté de la dissuader d'étendre son invitation à Quinn, à Layla et à Fox. Elle adorait concocter des repas compliqués y compris pour des invités qu'elle ne connaissait pas.

Fox ayant proposé de passer chercher les jeunes femmes en ville, Caleb s'était rendu directement chez ses parents en avance. Il lui semblait sage de leur faire un topo préliminaire assorti, si possible, de quelques conseils de base pour affronter une journaliste venue dans l'intention d'écrire un livre sur Hollow.

Devant son piano de chef, Frannie vérifiait la température de son filet mignon. À l'évidence satisfaite, elle traversa la cuisine jusqu'au plan de travail en pierre de lave et continua à disposer les couches de son fameux antipasto.

— Maman, commença Caleb en ouvrant le réfrigérateur.

— Je sers du vin au dîner, alors pas de bière.

Refroidi, il referma la porte.

— D'accord. Je voulais juste te rappeler que Quinn écrit un livre.

— Tu m'as déjà vue oublier quelque chose ?

Jamais, ce qui était d'ailleurs un peu intimidant.

— Non. Ce que je veux dire, c'est que nous devons tous être conscients que nos paroles peuvent finir imprimées.

— Hmm, fit Frannie en disposant de fines tranches de poivron sur du provolone. Crains-tu que ton père ou moi ne disions quelque chose d'embarrassant à l'apéritif ? Ou peut-être attendrons-nous le dessert ? Une tarte aux pommes, soit dit en passant.

— Non, je... Tu as fait une tarte aux pommes ?

Elle le gratifia d'un sourire entendu.

— Ton dessert favori, si je ne m'abuse.

— Oui, mais tu as peut-être perdu le coup de main. Je devrais en goûter un morceau avant l'arrivée des invités. Histoire de t'éviter tout embarras si elle est ratée.

— Ce stratagème ne marchait déjà pas quand tu avais douze ans.

— Je sais, mais c'est toi qui m'as appris qu'il ne fallait jamais renoncer.

— Surtout ne te décourage pas, mon chéri. Bon, alors, pourquoi t'inquiètes-tu que cette fille avec qui, à ce qu'on m'a rapporté, tu as été vu plusieurs fois, dîne ici ce soir ?

— Il ne s'agit pas de ça, mais de la raison de sa présence ici. Nous ne devons pas l'oublier, c'est tout ce que je veux dire.

— Je n'oublie jamais. Comment le pourrais-je ? Nous devons continuer à vivre malgré, ou peut-être à cause de tout cela, répondit-elle avec un soupçon de férocité dans la voix qu'il identifia comme du chagrin. Et cela implique de pouvoir organiser un dîner dominical en bonne compagnie.

— J'aimerais tant que ce soit différent.

— Je sais, mais ce n'est pas le cas.

Tout en continuant de s'affairer, elle leva les yeux vers son fils.

— Caleb, mon garçon, tu ne peux pas faire plus que tu ne le fais déjà. En fait, par moments, je préférerais que ce soit moins. Mais, dis-moi... tu l'aimes bien, cette Quinn Black ?

— Bien sûr.

Il ne serait pas contre goûter à nouveau cette jolie bouche pulpeuse, mais chassa aussitôt cette traîtresse pensée, conscient du talent de sa mère pour percer ses enfants à jour.

— Alors je vais lui offrir, ainsi qu'aux autres, une agréable soirée et un délicieux repas. Et puis, Caleb, je te connais par cœur : si tu ne voulais pas d'elle ici, tu ne la laisserais pas franchir le seuil et, malgré toute mon autorité, je n'y pourrais rien.

Caleb contempla sa mère, surpris comme cela lui arrivait parfois que cette belle femme aux cheveux courts rehaussés de mèches blondes, à la silhouette si menue et à l'esprit créatif en diable, l'ait mis au monde, ait fait de lui l'homme qu'il était aujourd'hui. Il pouvait se laisser abuser par son apparente fragilité, puis il se rappelait sa force de caractère à la limite du terrifiant.

— Je ne laisserai personne te faire du mal, dit-il.

— Ça vaut dans l'autre sens, en double. Et maintenant sors de ma cuisine. Je dois finir ces mises en bouche.

Caleb lui aurait volontiers proposé son aide, mais il aurait récolté un de ses regards apitoyés. Non pas qu'elle n'autorisât personne à lui donner un coup de main. Son père était fortement encouragé à s'occuper des grillades. Et tout un chacun était appelé à apporter sa contribution comme marmiton de temps à autre.

Mais quand elle était en mode « dîner gastronomique dans les règles de l'art », elle tenait à avoir la cuisine pour elle seule.

Il traversa la salle à manger où, bien entendu, la table était déjà dressée. Frannie avait sorti le service d'apparat – ce qui ne l'empêchait pas de soigner le couvert même pour un repas tout simple à l'improviste. Serviettes en lin pliées avec art, bougies dans des photophores en cobalt, centre de table composé de baies hivernales.

Même durant les Sept, Caleb savait qu'en venant ici il trouverait des fleurs fraîches arrangées avec goût, pas un grain de poussière sur les meubles et d'intrigants petits savons sur le lave-mains des toilettes du rez-de-chaussée.

Pas même l'enfer ne pouvait perturber les habitudes de Frannie Hawkins.

Peut-être, songea Caleb en entrant d'un pas tranquille dans le salon, était-ce en partie – ou même surtout – grâce à elle qu'il avait tenu bon lui aussi. Car quoi qu'il advienne, sa mère savait toujours imposer ordre et raison à sa façon. Son père aussi du reste. Ils lui avaient offert des fondations si solides que pas même un démon tout droit sorti de l'enfer n'avait pu les ébranler.

Alors qu'il se dirigeait vers l'escalier pour aller trouver son père, dont il soupçonnait qu'il s'était retranché dans son bureau, il aperçut par la fenêtre le pick-up de Fox qui se garait devant le perron.

Il s'immobilisa, regarda d'abord Quinn sortir, un bouquet de fleurs emballé dans du papier de soie vert à la main. Layla apparut à son tour avec ce qui semblait être une bouteille de vin dans un sac-cadeau. Sa mère allait apprécier ces présents. Elle-même avait dans son atelier impeccablement organisé des rayonnages sur lesquels elle conservait avec soin un choix de petits cadeaux d'urgence en cas d'invitation inopinée, des sacs-cadeaux, des papiers de couleur et un assortiment de nœuds et de rubans.

Quand Caleb ouvrit la porte, Quinn entra sans préambule.

— Bonsoir. J'adore la maison et le jardin ! Je comprends maintenant d'où tu tiens ton œil pour l'aménagement paysager. Quel endroit magnifique. Layla, regarde ces murs. On dirait une villa italienne.

— C'est leur dernière incarnation, commenta Caleb.

— À la fois très confortable et élégant. On aurait envie de se pelotonner sur ce fabuleux canapé pour y faire une sieste, mais seulement après avoir lu *Propriétés toscanes de rêve*.

Frannie fit son entrée.

— Merci beaucoup. Voilà un charmant compliment. Caleb, prends les manteaux, veux-tu ? Je suis Frannie Hawkins.

— Enchantée de vous rencontrer. Je suis Quinn. Merci beaucoup pour votre invitation. J'espère que vous aimez les bouquets mélangés. Comme pour presque tout, je n'ai pas réussi à me décider pour une seule sorte.

— Ces fleurs sont superbes, merci, répondit Frannie qui accepta le bouquet, puis sourit à Layla.

— Je suis Layla Darnell, merci de nous recevoir chez vous, madame Hawkins. J'espère que le vin conviendra.

— J'en suis sûre, dit Frannie qui glissa un coup d'œil à l'intérieur du sac. Excellent choix, c'est le cabernet préféré de Jim. Merci mille fois à vous deux. Caleb, monte prévenir ton père que nos invités sont là. Bonsoir, Fox.

— J'ai moi aussi quelque chose pour vous, dit celui-ci avant de la faire basculer en arrière avec style comme un danseur de tango et de l'embrasser sur les deux joues. Alors, *bella donna*, qu'y a-t-il au menu ce soir ?

— Tu le découvriras bien assez tôt. Quinn et Layla, installez-vous. Fox, viens avec moi. Il faut que je mette ces fleurs dans l'eau.

— Pouvons-nous vous aider ? s'enquit Quinn.

— Non, merci. Je vous en prie, mettez-vous à l'aise.

Lorsque Caleb redescendit avec son père, Fox servait les amuse-bouches, singeant les manières d'un maître d'hôtel condescendant. Les jeunes femmes riaient à la lueur des chandelles, tandis que sa mère apportait le plus beau vase en cristal de sa grand-mère dans lequel elle avait disposé le bouquet multicolore de Quinn.

« Parfois, tout semble aller pour le mieux dans le meilleur des mondes », songea-t-il.

Au milieu du repas, alors que la conversation s'était cantonnée jusqu'à présent à ce que Caleb considérait comme un terrain sûr, Quinn posa sa fourchette et secoua la tête.

— Madame Hawkins, ce repas est si sensationnel que je dois vous poser une question : avez-vous une carrière de grand chef derrière vous ou sommes-nous juste tombés sur un de vos jours de chance aux fourneaux ?

— J'ai pris quelques cours.

— Frannie a très souvent pris « quelques cours », intervint Jim. Dans les domaines les plus divers. Mais elle a un talent inné pour la cuisine, le jardinage et la décoration. Tout ce que vous voyez ici, c'est son œuvre.

— C'est vrai ? s'exclama Quinn. Même les peintures à effets et les patines ?

— C'est ma marotte.

— Elle a déniché ce meuble il y a des années dans un marché aux puces et m'a obligé à le rapporter à la maison, expliqua Jim en désignant un buffet en acajou rutilant. Quand j'ai dû le transbahuter au salon quelques semaines plus tard, j'ai cru qu'elle s'était débarrassée en douce de cette vieillerie et avait acheté un autre buffet chez un antiquaire.

— Martha Stewart ne vous arrive pas à la cheville, la complimenta Quinn.

— Merci.

— Moi, je suis nulle pour la peinture. J'arrive tout juste à me vernir les ongles. Et toi ? demanda Quinn à Layla.

— Je ne sais pas coudre, mais j'aime bien peindre. Les murs, je veux dire. Je me suis essayée à la peinture au chiffon et le résultat rend plutôt bien.

— Avec mon ex-fiancé, on se disputait comme des chiffonniers, mais ça n'a rien à voir avec la peinture murale, s'esclaffa Quinn.

— Vous avez été fiancée ? demanda Frannie.

— Je le croyais, oui. Mais nos conceptions respectives de la chose divergeaient considérablement.

— Il peut s'avérer difficile de concilier carrière et vie privée.

— Je ne sais pas. Beaucoup de gens y parviennent – à des degrés divers, bien sûr, mais quand même. Je crois qu'il s'agit juste de trouver la bonne personne. L'astuce, c'est de réussir à la reconnaître. En a-t-il été ainsi pour vous ?

— La première fois que j'ai vu Frannie, j'ai su que c'était la femme de ma vie, assura Jim en gratifiant son épouse d'un sourire. De son côté, elle s'est montrée un peu plus myope.

— Disons plus pragmatique, corrigea-t-elle, vu que nous avions huit et dix ans à l'époque. Et puis, j'adorais que tu me fasses la cour, c'était très romantique.

Frannie reporta les yeux sur Quinn.

— Vous avez raison. Il faut se reconnaître et voir chez l'autre quelque chose qui vous pousse à courir le risque, qui vous convainque de vous engager sur ce long chemin.

— Mais parfois on croit voir quelque chose, commenta Quinn, et ce n'était qu'un… trompe-l'œil.

Frannie Hawkins n'était pas une proie facile, mais Quinn sut jouer de son charme pour s'introduire dans la cuisine afin de l'aider à servir le dessert et le café.

— J'adore les cuisines. Je suis une piètre cuisinière, mais j'adore les ustensiles, les surfaces rutilantes.

— J'imagine qu'avec votre métier, vous mangez souvent à l'extérieur.

— En fait, je mange la plupart du temps chez moi, ou je commande à domicile. Il y a deux ans, j'ai décidé de changer mon alimentation. Nourriture plus saine, moins de plats préparés, enfin vous voyez. À présent, je sais déjà faire d'excellentes salades. C'est un début. Mon Dieu, de la tarte aux pommes maison ! Pour ma pénitence, je vais devoir passer deux fois plus de temps dans la salle de gym après l'énorme part que je vais vous demander.

Visiblement ravie, Frannie lui adressa un sourire malicieux.

— Avec de la glace à la vanille Bourbon ?

— Oui, mais seulement pour montrer mes manières irréprochables.

Quinn hésita un instant, puis se jeta à l'eau.

— J'ai une question à vous poser, mais si vous trouvez que je dépasse les bornes alors que je profite de votre hospitalité, dites-le-moi franchement. Alors voilà : est-ce difficile pour vous de mener une vie normale, de vous occuper de votre famille, de votre maison tout en ayant conscience de la menace qui pèse sur ce qui vous est cher ?

— Très, répondit Frannie qui se tourna vers ses tartes, tandis que le café passait. Mais c'est aussi indispensable.

Je voulais que Caleb parte, et s'il l'avait fait, j'aurais convaincu Jim de partir aussi. J'aurais pu tourner le dos à cette drôle de vie. Mais pas Caleb. Et je suis si fière qu'il reste, qu'il ne renonce pas.

— Voulez-vous me raconter ce qui s'est passé à son retour ce matin-là, le jour de son dixième anniversaire ?

— J'étais dans le jardin.

Frannie s'avança vers la fenêtre qui s'ouvrait sur l'arrière de la propriété. Elle revoyait chaque détail comme si c'était la veille. L'herbe si verte, le ciel si bleu. Elle avait tuteuré ses hydrangeas dont les têtes étaient sur le point de s'ouvrir, et était occupée à étêter ses rosiers et certains de ses coréopsis déjà fanés. Elle entendait encore le *clip-clip* affairé de son sécateur et le bourdonnement de la tondeuse des voisins – les Peterson à l'époque, Jack et Lois. Elle se rappela aussi qu'elle songeait à Caleb et à sa fête d'anniversaire. Son gâteau était au four.

Une génoise double chocolat à la crème. Elle avait eu l'intention de la couvrir d'un glaçage blanc pour imiter la planète de glace d'un des épisodes de *Star Wars*. Caleb avait été fan de *Star Wars* pendant des années. Elle avait même prévu de petites figurines à disposer dessus avec les dix bougies.

Avait-elle entendu ou seulement pressenti son arrivée ? Sans doute un peu des deux.

— Je me suis retournée à l'instant où il a débouché au bout de l'allée, roulant en trombe sur son vélo. Blême, sale, en sueur. « Il y a eu un accident », ai-je d'abord pensé. Je me suis précipitée vers lui avant de remarquer qu'il n'avait plus ses lunettes.

« La partie de moi-même qui s'en est rendu compte était prête à lui passer un savon, mais l'autre courait éperdument vers lui quand il est descendu de vélo pour se ruer vers moi. Il tremblait comme une feuille… Mon petit garçon. Je suis tombée à genoux et je l'ai attiré contre moi, cherchant du sang, une fracture.

Qu'est-il arrivé ? Tu es blessé ? Les questions affolées avaient fusé d'une traite. *Dans les bois,* avait-il répondu. *Maman, maman, dans les bois !* « Que faisais-tu dans les bois, Caleb Hawkins ? » avait hurlé la même petite voix en elle.

— Il m'a tout raconté : les préparatifs avec Fox et Gage, ce qu'ils avaient fait, où ils étaient allés. Et pendant qu'un coin de mon cerveau réfléchissait froidement à une punition à la hauteur du forfait, j'étais terrifiée, et soulagée de serrer mon petit garçon sale et collant dans mes bras. Il m'a tout dit.

— Vous l'avez cru ?

— J'aurais préféré croire qu'avec toutes les sucreries dont il s'était gavé, il avait fait un cauchemar amplement mérité. Ou même que quelqu'un les avait attaqués dans les bois. Mais je ne pouvais pas regarder son visage et croire à cette version si commode. Et puis, bien sûr, il y avait ses yeux. Il voyait une abeille survoler les delphiniums à l'autre bout du jardin. Et sous la crasse et la sueur, sa peau était intacte. Je l'avais laissé partir la veille avec des égratignures aux genoux et des bleus sur les tibias. Et l'enfant qui me revenait n'avait plus le moindre bobo, à part une fine cicatrice blanche en travers du poignet qu'il n'avait pas en partant.

— En dépit de ces bizarreries, beaucoup d'adultes, même de mères, n'auraient pas cru une histoire aussi abracadabrante.

— Je ne dirai pas que Caleb ne m'a jamais menti. Je ne me leurre pas à ce point. Mais là, je savais qu'il me disait la vérité.

— Qu'avez-vous fait ?

— Je l'ai emmené à l'intérieur et lui ai dit d'aller se laver et se changer. J'ai prévenu son père et demandé à ses sœurs de rentrer. J'ai carbonisé son gâteau d'anniversaire que j'avais complètement oublié – je n'ai jamais entendu la minuterie. Cela aurait pu se terminer par un incendie si Caleb lui-même n'avait senti le brûlé. Il n'a jamais eu sa planète de glace ni soufflé ses dix bougies. Je déteste m'en souvenir. Idiot, n'est-ce pas ?

— Bien sûr que non, assura Quinn, compatissante.

— Après cela, il n'a plus été vraiment un petit garçon, soupira Frannie. Nous sommes allés droit chez les O'Dell où se trouvaient déjà Fox et Gage. Nous avons eu ce qu'on pourrait appeler notre première réunion de crise.

— Qu'ont dit... ?

— Nous devons servir le dessert et le café. Pouvez-vous porter ce plateau ?

Comprenant que le sujet était clos pour l'instant, Quinn s'avança.

— Bien sûr, madame Hawkins. Ça a l'air délicieux.

Entre deux compliments et soupirs extasiés sur la tarte, Quinn décida d'exercer son charme sur Jim Hawkins. Caleb, elle en avait la certitude, l'évitait par tous les moyens depuis leur visite à la Pierre Païenne.

— Monsieur Hawkins, vous avez passé toute votre vie à Hollow, n'est-ce pas ?

— J'y suis né et j'y ai grandi. Les Hawkins habitaient déjà ici quand la ville se résumait à quelques cabanes de pierre.

— J'ai rencontré votre grand-mère. Elle semble incollable sur l'histoire de la ville.

— Personne ne la connaît mieux qu'elle.

— Il paraît que vous, vous êtes le spécialiste de l'immobilier, des entreprises et de la politique locale.

— Sans doute.

— Alors peut-être pourriez-vous m'aiguiller.

Elle coula un regard à Caleb avant de sourire de nouveau à son père.

— Je cherche une maison à louer, en ville ou à proximité. Rien de luxueux, mais j'aimerais qu'il y ait de la place. J'ai une amie qui arrive bientôt, et j'ai presque réussi à convaincre Layla de rester un peu. Je pense que ce serait plus confortable et plus pratique pour nous trois d'avoir une maison plutôt que de résider à l'hôtel.

— Combien de temps pensez-vous rester ?

— Six mois, jusqu'à juillet inclus.

Du coin de l'œil, elle capta le froncement de sourcils de Caleb.

— J'imagine que vous avez bien réfléchi, dit Jim Hawkins.

— Oui. J'ai mon livre à écrire, et j'aimerais en rédiger une partie du point de vue des nombreux habitants qui restent malgré tout, et continuent à vivre leur vie. Pour ce faire, ma présence ici est indispensable avant, pendant et après. D'où la maison.

Jim croqua un morceau de tarte, puis avala une gorgée de café.

— Il se trouve que j'en connais une dans High Street, à deux pas de Main Street. C'est une maison ancienne ; la partie principale date d'avant la guerre de Sécession. Elle a quatre chambres et trois salles de bains. Une jolie terrasse devant et derrière. Le toit a été refait il y a deux ans. La cuisine est assez grande pour y manger, mais il y a une petite salle à manger attenante. Les appareils ménagers ne sont pas dernier cri, mais ils n'ont que cinq ans. Les peintures viennent juste d'être refaites. Les locataires sont partis le mois dernier.

— Voilà qui semble parfait. Vous paraissez bien connaître l'endroit.

— Normal, nous en sommes propriétaires. Caleb, tu devrais y emmener Quinn et Layla, peut-être en les raccompagnant tout à l'heure. Tu sais où sont les clés.

— Oui, répondit-il comme Quinn le gratifiait d'un sourire radieux, je sais où sont les clés.

Tandis que Layla montait avec Fox, Quinn prit place dans la voiture de Caleb. Elle étira les jambes et laissa échapper un soupir.

— Pour commencer, je trouve tes parents formidables. Tu as de la chance d'avoir grandi dans un foyer aussi chaleureux et accueillant.

— Entièrement d'accord.

— Ton père a un côté James Stewart qui me fait fondre comme la tarte aux pommes de ta mère. Ta mère, elle, me fait penser à Martha Stewart et à Grace Kelly avec un je-ne-sais-quoi de Doris Day.

Caleb ébaucha un sourire.

— Ils apprécieraient tous deux ces comparaisons.

— Tu savais pour la maison dans High Street, dit-elle à brûle-pourpoint. Et tu ne m'en as pas parlé.

— Je savais, oui. Et toi aussi. Tu l'as appris juste avant le dîner. Voilà pourquoi tu m'as court-circuité.

— Exact, répondit Quinn qui, de l'index, lui tapota l'épaule. Je sais qu'il m'aime bien. Je me suis dit qu'il m'aiderait peut-être. As-tu évité de m'en parler parce que tu n'es pas à l'aise avec ce que je pourrais écrire sur Hawkins Hollow ?

— Il y a un peu de ça. Mais surtout, j'espérais que tu changerais d'avis et que tu partirais. Parce que moi aussi, je t'aime bien.

— Tu m'aimes bien et tu veux que je parte ?

— Je tiens à ta sécurité, nuance, corrigea-t-il avant de lui jeter un coup d'œil appuyé. Mais certaines des choses que tu as dites au dessert me rappellent fortement les propos que m'a tenus ma mère aujourd'hui. Ce qui dissipe complètement mon malaise au sujet de ce que tu pourrais décider d'écrire. Mais je ne t'en apprécie que davantage, là est le problème.

— Tu aurais dû te douter qu'après ce qui nous est arrivé dans les bois, je ne partirais pas.

— Certes.

Caleb se gara dans une courte allée en pente.

— C'est la maison ? s'écria Quinn. Elle est parfaite ! Regarde-moi ces murs. Et la grande terrasse. Il y a des volets aux fenêtres. Comme c'est pittoresque !

Ceux-ci étaient peints dans un bleu sombre qui tranchait sur le gris de la pierre. Le petit jardin en façade était séparé en deux par une volée de marches et une étroite allée pavée. Un arbre élancé, peut-être un cornouiller, se dressait sur le côté gauche.

Tandis que le pick-up de Fox s'arrêtait derrière eux, Quinn descendit et se planta devant la maison, les mains sur les hanches.

— C'est mignon comme tout. Tu ne trouves pas, Layla ?

— Si, mais...

— Pas de si ; pas encore. Jetons un coup d'œil à l'intérieur. D'accord, monsieur le propriétaire ? ajouta-t-elle à l'adresse de Caleb.

Le petit groupe gagna le porche, et Caleb sortit un trousseau de clés étiqueté.

La porte s'ouvrit sans un grincement, preuve que l'endroit était bien entretenu. Elle donnait directement sur un salon deux fois plus long que large. L'escalier qui menait à l'étage se trouvait à quelques pas sur la gauche. Le parquet massif montrait des signes d'usure, mais était impeccablement astiqué. Une odeur de peinture fraîche flottait dans l'air froid.

La petite cheminée en brique ravit Quinn.

— Les talents de décoratrice de ta mère auraient pu être mieux mis à profit en matière de peinture, observa-t-elle.

— Tous nos biens en location ont droit à une peinture coquille d'œuf. C'est la tradition chez les Hawkins. Après, les locataires décorent à leur goût.

— Raisonnable. J'ai envie de commencer par le haut. Layla, tu veux monter te disputer les chambres ?

— Non, rétorqua celle-ci avec, selon Caleb, une mine mi-rebelle, mi-contrariée. J'en ai *déjà* une. À New York.

— Tu n'es pas à New York, se contenta de répliquer Quinn avant de s'élancer dans l'escalier.

— Elle ne m'écoute pas, marmonna Layla. Et apparemment, je n'écoute pas non plus la petite voix qui me conseille de rentrer.

— Puisque nous sommes ici, autant jeter un coup d'œil, intervint Fox. J'ai un faible pour les vieilles bicoques.

— Je monte, dit Caleb qui joignit le geste à la parole.

Il trouva Quinn dans l'une des chambres, celle qui donnait sur le minuscule jardin. Elle se tenait devant la haute fenêtre étroite, le bout des doigts de la main droite plaqué contre la vitre.

— Je pensais choisir une des chambres sur la rue, histoire de suivre un peu les allées et venues comme à mon habitude. Je suis incorrigible, je dois savoir ce qui se passe. Mais celle-ci me plaît trop. Je parie que de jour, on a une vue superbe sur les jardins, les autres maisons et même jusqu'aux montagnes.

— Tu te décides toujours aussi vite ?

— Oui, en général. Même quand je me surprends moi-même comme maintenant. La salle de bains est jolie aussi, ajouta-t-elle, se tournant juste assez pour désigner la porte de la pièce attenante. Et comme nous serons entre filles, ça ne sera pas trop bizarre de la partager avec celle qui occupera la chambre de l'autre côté.

— Tu sembles persuadée que tout le monde va abonder dans ton sens.

Quinn pivota d'un bloc vers lui.

— L'assurance est le premier pas vers le succès. J'espère que Layla et Cybil reconnaîtront qu'il est plus pratique et confortable de partager cette maison quelques mois plutôt que de camper à l'hôtel. Surtout depuis l'épisode de la grosse bestiole gluante.

— Vous n'avez pas de mobilier.

— Il y a les dépôts-ventes et les marchés aux puces. On se limitera à l'essentiel. Caleb, j'ai déjà connu des hébergements bien moins reluisants, et je les ai acceptés dans le seul but d'écrire un bon papier. Ici, ça va plus loin. D'une façon ou d'une autre, je suis impliquée. Je ne peux pas tourner les talons et m'en aller comme si de rien n'était.

Caleb aurait préféré qu'elle le pût, même s'il avait conscience que si elle l'avait fait, ses sentiments pour elle ne seraient pas aussi forts et complexes.

— D'accord, mais que les choses soient claires, si tu changes d'avis et décides de partir, tu n'es en rien obligée de fournir une justification.

— Marché conclu. Maintenant parlons loyer. Combien cette maison va-t-elle nous coûter ?

— Vous paierez les charges : chauffage, électricité, téléphone, câble.

— Évidemment. Et ?

— C'est tout.

— Comment ça ?

— Nous n'allons pas demander un loyer alors que tu restes ici, du moins en partie, à cause de moi, de ma famille, de mes amis, de ma ville. Pas question d'en tirer profit.

— Toujours hyper réglo, hein, Caleb ?

— La plupart du temps.

— Je tirerai bien bénéfice du bouquin que j'ai l'intention d'écrire, fit-elle remarquer avec son optimisme coutumier.

— Si nous survivons à juillet et que tu écris ton livre, tu l'auras mérité.

— Eh bien, tu es dur en affaires, mais je crois que nous tenons un accord.

Elle s'avança vers lui, la main tendue.

Il la saisit, puis glissa l'autre derrière son cou. Une étincelle de surprise dansa dans le regard de Quinn, mais elle ne résista pas tandis qu'il l'attirait à lui avec lenteur. Leurs lèvres se joignirent comme au ralenti, puis s'entrouvrirent, laissant leurs langues se découvrir timidement. Cette fois, nulle explosion presque douloureuse de désir comme dans la clairière. Ce fut un long glissement graduel de la simple curiosité à un plaisir de plus en plus exacerbé qui donna le vertige à Quinn.

Caleb la sentit s'abandonner peu à peu, et ses doigts se détendre entre les siens. La tension qui ne l'avait pas quitté de la journée s'évanouit. Seul demeura cet instant infiniment serein.

Même lorsqu'il interrompit leur baiser, ce calme intérieur perdura. Quinn ouvrit les yeux et plongea son regard dans le sien.

— Nous étions seuls cette fois-ci.

Il lui caressa la nuque du bout des doigts.

— Oui, juste toi et moi.

— Je tiens à souligner que j'observe une règle de conduite stricte dans mon travail : pas de relation amoureuse ou même juste sexuelle – histoire de couvrir tous les cas de figure – avec un protagoniste direct d'une de mes enquêtes.

— Intelligent, probablement.

— Je suis une fille intelligente. Je tiens aussi à préciser que dans cette affaire particulière, je vais faire une exception.

Caleb sourit.

— Et comment !

— Hyper réglo avec une once de pragmatisme, voilà un mélange intéressant. Malheureusement, il faut que je rentre à l'hôtel. J'ai encore pas mal de détails à régler avant d'emménager ici

— Bien sûr. Je saurai me montrer patient.

Gardant sa main dans la sienne, il éteignit la lumière et l'entraîna dans le couloir.

11

Caleb fit livrer une douzaine de roses à sa mère. Elle aimait cette tradition du bouquet pour la Saint-Valentin. Comme son père lui en offrait toujours des rouges, il opta pour le rose pâle. S'il l'avait oublié, Amy Yost, la fleuriste, se serait chargée de lui rafraîchir la mémoire, comme tous les ans.

— Votre père a commandé une douzaine de roses rouges la semaine dernière, livraison prévue aujourd'hui, plus un géranium en pot pour sa grand-mère et l'offre spéciale Saint-Valentin à vos sœurs.

— Quel fayot, plaisanta-t-il, sachant que ça ferait rire Amy. Alors on va dire une douzaine de roses jaunes pour mon arrière-grand-mère. Dans un vase, Amy. Je ne veux pas qu'elle s'embête à les arranger elle-même.

— Quelle délicate attention ! J'ai l'adresse d'Estelle dans mon fichier. Il ne vous reste plus qu'à remplir la carte.

Il en choisit une sur le présentoir et réfléchit un instant avant d'écrire :

Rouges sont les cœurs, jaunes sont ces roses.
Joyeuse Saint-Valentin
de la part de ton meilleur copain !

Bon d'accord, c'était bateau, mais Estelle allait adorer.

Alors qu'il sortait son portefeuille, Caleb remarqua les tulipes rayées blanc et rouge derrière la vitre du présentoir réfrigéré.

— Tiens, ces tulipes sont... intéressantes.

— N'est-ce pas qu'elles sont jolies ? Pas de problème si vous voulez changer l'un ou l'autre des bouquets de roses. Il me suffit de...

— Non, non... en fait, je vais en prendre aussi une douzaine. Une autre livraison dans un vase, Amy.

Le visage de la fleuriste s'illumina de curiosité à la perspective d'un ragot croustillant.

— Bien sûr. Peut-on savoir qui est l'heureuse élue ?

— C'est plutôt pour une pendaison de crémaillère.

Pourquoi n'offrirait-il pas des fleurs à Quinn ? C'était la Saint-Valentin et elle emménageait dans la maison de High Street, se dit-il en remplissant la fiche. Ce n'était pas comme s'il lui achetait une bague de fiançailles et en était à choisir l'orchestre pour le mariage.

C'était juste un joli geste.

— Quinn Black, lut Amy qui joua des sourcils. Meg Stanley l'a croisée au dépôt-vente hier, avec son amie de New York. Il paraît qu'elles ont acheté un tas de choses. J'ai entendu dire que vous étiez ensemble.

— Nous ne sommes pas...

Ou bien si ? Dans un cas comme dans l'autre, mieux vaut laisser courir, décida-t-il.

— Alors, à combien se monte la douloureuse, Amy ?

La carte de crédit encore brûlante, Caleb quitta la boutique et, la tête rentrée dans les épaules, affronta de nouveau le froid. Malgré les tulipes rayées comme des sucres d'orge Mère Nature ne semblait guère encline à offrir un avant-goût de printemps. Ce matin, le ciel crachait un grésil glacial qui transformait la chaussée et les trottoirs en patinoire.

Il était venu à pied du bowling, comme à son habitude, faisant coïncider son arrivée chez la fleuriste avec l'ouverture de la boutique, à 10 heures. C'était le meilleur moyen d'éviter la ruée des clients affolés qui auraient attendu la dernière minute pour se préoccuper de la Saint-Valentin.

Il semblait s'être inquiété pour rien : non seulement aucun autre client n'était entré pendant qu'il faisait ses achats, mais il n'y avait aucun passant sur les trottoirs, et nulle voiture roulant à la vitesse d'un escargot ne cherchait à se garer à proximité de la boutique.

— Bizarre.

Sa voix elle-même sonnait creux dans le grésillement des cristaux de glace qui tombaient sur l'asphalte. Même lorsque le temps était exécrable, il croisait toujours du monde lors de ses balades en ville. Il fourra ses mains nues dans ses poches et se maudit de ne pas être venu en voiture.

— Voilà où conduisent les petites habitudes : à se geler les fesses, bougonna-t-il.

Il rêvait d'être dans son bureau à siroter un café bien chaud. S'il avait eu la bonne idée de prendre sa voiture, il y serait déjà.

Ruminant sur son imprévoyance, il leva les yeux et vit que les feux du carrefour de la grand-place étaient éteints.

Panne de courant, conclut-il. Aïe. Il pressa le pas. Il savait que Bill Turner s'occuperait de mettre en marche le générateur de secours, mais sa présence s'imposait : s'il n'y avait pas d'école, les gamins allaient se bousculer dans la galerie des jeux vidéo. Pourvu quand même qu'il ne soit pas obligé d'annuler le bal de la Saint-Valentin si la météo empirait.

Le sifflement du grésil s'amplifia, évoquant presque la marche forcée d'une armée d'insectes géants. En dépit du trottoir glissant, Caleb se mit à courir quand l'étrangeté de la situation le frappa soudain.

Pourquoi n'y avait-il pas la moindre voiture sur la place, ni même le long des trottoirs ?

Il s'arrêta net et, dans le silence qui s'ensuivit, il n'entendit plus que les battements de son propre cœur tel un poing contre une plaque d'acier.

Elle se tenait si près qu'il lui aurait suffi de tendre le bras pour la toucher. Mais s'il avait essayé, il savait que ses doigts l'auraient traversée comme de l'eau.

Ses longs cheveux blond foncé flottaient sur ses épaules comme lorsqu'elle portait les seaux vers la cabane dans les bois. Mais sa silhouette était fine sous sa robe.

La pensée ridicule lui vint que s'il devait voir une apparition, au moins elle n'était pas enceinte.

Comme si elle avait lu dans ses pensées, elle sourit.

— Je ne suis pas ta peur, mais tu es mon espoir. Toi et ceux qui te complètent, Caleb Hawkins, pour former le tout que sont passé, présent et avenir.

— Qui êtes-vous ? Ann ?

— Je suis celle qui t'a précédé. Longtemps, bien longtemps avant de naître de l'amour, tu étais déjà aimé.

— L'amour ne suffit pas.

— Non, mais c'est le roc sur lequel se bâtit tout le reste. Tu dois regarder. Tu dois voir. Le temps est venu, Caleb. Il en a toujours été décidé ainsi.

— Le temps de quoi ?

— La fin. Sept fois trois. La vie ou la mort. Il le retient, l'empêche de nuire. Sans son combat sans fin, son sacrifice, son courage, tout ceci serait anéanti, répondit-elle, accompagnant ses paroles d'un large geste des bras. Maintenant, c'est à ton tour.

— Dites-moi juste ce que je dois faire, bon sang !

— Si seulement j'en avais le pouvoir. Et celui de t'épargner, soupira-t-elle.

Elle leva la main, la laissa retomber.

— L'affrontement doit avoir lieu. Sacrifice, courage, foi et amour, telles sont les clés qui l'ont empêché d'annihiler tout ce qui vit et respire à cet endroit. Maintenant, c'est à votre tour, à toi et à eux.

— Nous ne savons pas quoi faire. Nous n'avons pourtant pas ménagé nos efforts.

— Le temps est venu, répéta-t-elle. Il a gagné en puissance, mais vous aussi. Et nous de même. Récoltez ce qu'il a semé sans jamais pouvoir le posséder. Vous ne pouvez pas échouer.

— Facile à dire. Vous êtes morte.

— Mais pas toi. Et eux non plus. Ne l'oublie pas.

Comme elle commençait à disparaître, il tendit la main. Inutilement.

— Attendez. S'il vous plaît, attendez ! Qui êtes-vous ?

— À toi je suis et serai toujours sienne.

Elle disparut, et les minuscules aiguilles de glace bruissèrent de nouveau sur le bitume. Au carrefour, les voitures démarrèrent dans un vrombissement comme le feu passait au vert.

— Ce n'est pas l'endroit pour rêvasser, lui lança Meg Stanley avec un clin d'œil.

Elle dérapa sur le trottoir et ouvrit la porte de chez *Mae*.

— Non, marmonna-t-il. C'est sûr.

Il se dirigeait de nouveau vers le bowling quand il décida soudain de faire un détour par High Street.

La voiture de Quinn était garée dans l'allée et les fenêtres étaient allumées. Il frappa. Une voix assourdie l'invita à entrer.

Lorsqu'il poussa la porte, il découvrit Quinn et Layla occupées à hisser un vieux bureau dans l'escalier.

— Qu'est-ce que vous fabriquez ? s'exclama-t-il en se précipitant pour saisir le côté que tenait Quinn. Bon sang, vous allez vous blesser !

D'un geste agacé, elle rejeta ses cheveux en arrière.

— Ça va, on se débrouille.

— Continuez de vous débrouiller comme ça et vous allez finir aux urgences. Monte prendre l'autre côté avec Layla.

— On va devoir marcher à reculons toutes les deux. Pourquoi tu ne prends pas ce côté-là, toi ?

— Parce qu'en bas, c'est moi qui supporte le gros du poids.

— Ah.

Quinn lâcha son côté et se faufila entre le mur et le meuble.

Caleb ne prit pas la peine de demander pourquoi ce bureau devait monter. Il avait vécu assez longtemps auprès de sa mère pour ne pas gaspiller inutilement son souffle. Il grogna ses instructions afin d'éviter que les angles ne heurtent le mur tandis qu'ils négociaient le virage en haut des marches. Puis il suivit Quinn qui les dirigea jusqu'à la fenêtre de la plus petite chambre.

— Tu vois, on avait raison, haleta-t-elle en tirant sur son sweat-shirt. C'est l'endroit idéal.

Caleb découvrit un fauteuil des années 1970 qui avait connu des jours meilleurs, un lampadaire surmonté d'un abat-jour en verre rose décoré de longues pendeloques en cristal et une bibliothèque basse dont le vernis avait noirci avec les années. Il posa la main dessus par curiosité et, comme il s'y attendait, le meuble oscilla outrageusement.

— Je sais, je sais, fit Quinn en balayant d'un revers de main son expression sceptique. Un coup de marteau et il n'y paraîtra plus. C'est juste pour faire du rangement. Nous avons d'abord pensé utiliser cette pièce comme petit salon avant de nous décider pour un bureau. D'où cette table de travail qui devait à l'origine se trouver dans la salle à manger.

— D'accord.

— La lampe semble tout droit sortie d'un bordel du Texas, intervint Layla avec une chiquenaude à l'une des pendeloques. Mais c'est justement ce qui nous a plu. Le fauteuil, en revanche, est affreux.

— Mais confortable, précisa Quinn.

— Mais confortable, et il faut bien que les plaids servent à quelque chose.

Toutes deux le dévisagèrent, l'air d'attendre quelque chose.

— Euh… d'accord, répéta-t-il après une hésitation – réponse standard qu'il servait en général à sa mère quand elle le branchait déco.

— Nous n'avons pas chômé, reprit Quinn. Nous avons rendu la voiture de location de Layla, puis sommes allées au dépôt-vente à la sortie de la ville. Une vraie mine d'or. Sauf pour les matelas ; nous en avons commandé des neufs. Ils devraient être livrés cet après-midi. Enfin bref, viens voir où nous en sommes pour l'instant.

Elle le prit par la main et l'entraîna d'autorité dans la chambre qu'elle s'était choisie, de l'autre côté du couloir. Il y découvrit une longue commode qui avait désespérément besoin d'un nouveau vernis, surmontée d'un miroir piqué. De l'autre côté, elle avait installé un coffre, genre caisse à savon, laqué d'un rouge boucherie effroyable sur lequel trônait une lampe de chevet Wonder Woman.

— Hmm, coquet.

— Ce sera très vivable quand j'aurai terminé.

— Je n'en doute pas. Tu sais, je crois que cette lampe aurait pu être celle de ma sœur Jen il y a vingt ou vingt-cinq ans.

— C'est un classique du kitsch, affirma Quinn avec conviction.

— D'accord.

— Moi, je crois que j'ai du danois contemporain, commenta Layla sur le seuil. Ou peut-être flamand. C'est absolument horrible. Je ne sais vraiment pas pourquoi j'ai acheté ça.

— C'est vous qui avez monté toutes ces affaires ici ?

— Nous avons privilégié la cervelle aux muscles, expliqua Layla.

— Oui, avec un petit investissement. As-tu idée du nombre d'ados prêts à jouer les déménageurs pour vingt dollars chacun avec, en prime, l'occasion de reluquer les deux canons que nous sommes ?

Quinn prit la pose, le poing calé sur la hanche.

— J'aurais accepté pour dix, rétorqua Caleb. Tu aurais dû m'appeler.

— C'était notre intention, en fait. Mais ces garçons sont tombés à pic. Et si on descendait s'asseoir sur notre canapé de troisième ou quatrième main ?

— Nous avons fait des folies, ajouta Layla. Nous avons une cafetière neuve et toute une collection de tasses très éclectique.

— Un café, ce serait bien.

— Je m'en occupe.

Caleb attendit que Layla ait disparu pour observer :

— Elle a fait un virage à cent quatre-vingts degrés ou je me trompe ?

— Je suis persuasive. Et toi, généreux. Je crois que tu mérites une grosse bise pour ça.

— Vas-y. Je sais encaisser.

Hilare, Quinn le prit par les épaules et lui plaqua un baiser sonore sur la bouche.

— Ça veut dire que je n'aurai pas mes dix dollars ?

Avec un sourire radieux, elle fit mine de lui flanquer un coup de poing au creux de l'estomac.

— Tu devras te contenter du baiser. Pour en revenir à Layla, sa réticence était en partie due à l'aspect financier. L'idée de rester n'était – n'est – pas facile à accepter. Mais celle de prendre un congé longue durée sans solde avec un loyer ici tout en gardant son appartement à New York était carrément inconcevable.

Elle s'approcha du coffre rouge pour éteindre et allumer sa lampe Wonder Woman avec une expression de gamine satisfaite qui amusa Caleb.

— Bref, la location gratuite a éliminé l'un des problèmes de sa liste, poursuivit-elle. Elle ne s'est pas complètement engagée, mais bon, à chaque jour suffit sa peine.

— J'ai quelque chose à vous apprendre, à toutes les deux. Quelque chose qui pourrait lui ôter l'envie de s'éterniser.

Quinn lâcha l'interrupteur de la lampe et fit face à Caleb.

— Que s'est-il passé ?

— Je vais d'abord essayer de joindre Fox. S'il peut passer, je n'aurai à raconter mon histoire qu'une fois.

Caleb dut faire sans Fox, en plaidoirie au tribunal, comme le lui apprit Mme Hawbaker. Il prit donc place dans le canapé somme toute confortable du salon et leur raconta sa rencontre dans Main Street.

— Une EEC, décréta Quinn.

— Une quoi ?

— Expérience extracorporelle. C'est ce que tu sembles avoir eu. Ou peut-être une légère distorsion temporelle qui t'a précipité dans un Hawkins Hollow parallèle.

Il avait beau avoir passé les deux tiers de sa vie prisonnier d'un cauchemar qui dépassait l'entendement, jamais il n'avait entendu quiconque s'exprimer comme Quinn Black.

— Je n'étais pas dans un univers parallèle, et j'étais très exactement à ma place, dans mon propre corps.

— J'étudie le paranormal depuis un bout de temps maintenant, dit Quinn qui but une gorgée de café, songeuse.

— Il se peut que ce fantôme ait créé l'illusion qu'ils étaient seuls dans la rue en... pour ainsi dire... court-circuitant tout le reste durant quelques minutes. Je suis nouvelle dans la classe, ajouta Layla avec un haussement d'épaules devant le froncement de sourcils de Quinn. Et je dois encore prendre sur moi pour ne pas me réfugier sous ma couette dans l'espoir de me réveiller d'un rêve méchamment tordu.

— Pour une nouvelle, ta théorie tient pas mal la route, la complimenta Quinn.

— Et la mienne, vous voulez l'entendre ? intervint Caleb. À mon avis, ce qui importe ici, ce sont surtout les propos qu'elle a tenus.

— C'est vrai, approuva Quinn avec un hochement de tête. Le temps est venu, a-t-elle dit. Trois fois sept. Ça, c'est facile à comprendre.

— Vingt et un ans, dit Caleb qui se leva et se mit à arpenter la pièce. En juillet, ça fera vingt et un ans.

— Le trois comme le sept sont considérés comme des chiffres magiques. Elle semblait vouloir te dire que les événements de juillet prochain étaient prévus depuis toujours. Il est plus puissant. Vous aussi. Et nous de même.

Quinn ferma les yeux.

— Si bien que le démon et ce spectre ont tous deux été capables de...

— Se manifester, acheva Quinn à la place de Layla. Logique.

— Il n'y a rien de logique là-dedans, riposta celle-ci.

— Si, vraiment, objecta Quinn qui rouvrit les yeux et gratifia Layla d'un regard bienveillant. Cette sphère suit sa propre logique. Ce n'est pas celle dont nous avons l'habitude, voilà tout. Le passé, le présent, l'avenir. Tout est lié. C'est dans cette direction qu'il faut chercher.

— Après la fameuse nuit dans la clairière, nous étions tous les trois différents. Je pense qu'il faut creuser davantage cette piste, fit remarquer Caleb en se détournant de la fenêtre.

— Tu ne tombes jamais malade et guéris presque instantanément après une blessure. Quinn m'a raconté.

— Oui. Et j'ai une vision parfaite.

— Sans tes lunettes.

— Je vois aussi dans le passé. J'ai commencé tout de suite – à peine quelques minutes plus tard – à avoir des flashs.

— C'est ce qui t'est arrivé – nous est arrivé, corrigea Quinn – quand nous avons touché la pierre ensemble. Et plus tard, lorsque nous...

— Oui. Pas toujours aussi net, pas toujours aussi intense. Parfois éveillé, parfois en rêve. Et parfois aussi, c'est le délire complet. Quant à Fox... il lui a fallu un bout de temps pour comprendre. Bon sang, on avait dix ans. Lui voit le présent. Ce que je veux dire, rectifia-t-il en secouant la tête, agacé par lui-même, c'est qu'il... capte ce que les gens pensent ou ressentent.

— Fox est médium ? demanda Layla.

— Un avocat médium. Pas étonnant qu'il soit si demandé.

Malgré la gravité de la situation, la remarque de Quinn fit sourire Caleb.

— Ce n'est pas tout à fait ça. C'est quelque chose que nous n'avons jamais réussi à contrôler complètement. Pour Fox, cela réclame toujours un effort, et encore, cela ne marche pas toujours. Mais depuis, c'est vrai, il a un instinct très affûté sur les gens. Gage, lui…

— … voit l'avenir, termina Quinn. C'est le devin.

— C'est pour lui que c'est le plus dur. C'est une des raisons pour lesquelles il ne passe guère de temps ici. Il avait souvent des visions atroces, des cauchemars, quel que soit le nom qu'on leur donne.

« Et tu souffres quand il souffre », devina Quinn.

— Mais il n'a pas vu comment vous êtes censés agir ?

— Non. Ce serait trop facile, n'est-ce pas ? ironisa-t-il, amer. C'est bien plus marrant de semer la pagaille dans la vie de trois gamins, de laisser des innocents mourir ou s'entre-tuer. On fait durer le petit jeu, disons, deux décennies, avant de décréter que « le temps est venu ».

— Peut-être n'y avait-il pas d'alternative, risqua Quinn, ce qui lui valut un regard noir de Caleb. Je ne dis pas que c'est juste. Ça craint, je suis la première à le reconnaître. Mais qu'il s'agisse de l'œuvre de Giles Dent ou d'une sorte de maléfice initié des siècles plus tôt, il n'y avait peut-être pas d'autre choix. La femme a dit qu'il l'empêchait d'anéantir Hollow. Si c'était Ann et qu'elle parlait de Giles Dent, cela signifie-t-il qu'il a piégé cette créature, cette *bestia*, s'est enfermé avec elle sous une quelconque forme – *beatus* – et la combat depuis tout ce temps ? Trois cent cinquante ans et des poussières, ça craint aussi.

Un coup brusque frappé à la porte fit sursauter Layla. Elle se leva d'un bond.

— J'y vais. Ce sont peut-être les livreurs.

— Tu n'as pas tort, admit Caleb, radouci. Mais cela ne rend pas la situation plus facile à vivre, surtout quand on sait que ce sera sans doute notre dernière chance.

Quinn se leva à son tour.

— J'aimerais tellement que…

— Des fleurs ! s'exclama Layla d'une voix surexcitée en entrant dans le salon, le vase de tulipes entre les mains. Pour toi, Quinn !

— Bonjour, le timing, marmonna Caleb.

— Pour moi ? Oh, on dirait des sucettes géantes. Elles sont superbes ! s'extasia Quinn qui les posa sur la table basse. Sûrement une tentative de corruption de mon rédacteur en chef pour que je termine cet article sur…

Elle s'interrompit net comme elle sortait de son enveloppe la carte qui accompagnait le bouquet. Ébahie, elle leva les yeux vers Caleb.

— Tu m'as fait livrer des fleurs ?

— Je suis passé chez la fleuriste tout à l'heure et…

— J'entends ma mère qui m'appelle, annonça Layla. J'arrive, maman !

Elle quitta la pièce en hâte.

— Tu m'offres des tulipes qui ressemblent à des sucres d'orge le jour de la Saint-Valentin ?

— Je les ai trouvées marrantes.

— C'est ce que tu as écrit sur la carte. Bigre, fit-elle en se passant la main dans les cheveux. Je me dois de préciser que je suis une femme raisonnable, parfaitement consciente que la Saint-Valentin est une fête commerciale destinée à faire vendre des cartes de vœux, des fleurs et des chocolats.

Caleb enfonça les mains dans ses poches.

— Oui, bon, d'accord. Comme tu vois, ça marche.

— Et je ne suis pas du genre à fondre devant des fleurs, ou à les considérer comme une tentative de réconciliation après une dispute, un prélude au sexe ou tout autre alibi habituellement avancé.

— En les voyant dans la boutique, je me suis juste dit qu'elles te plairaient, point. Bon, il faut que j'aille bosser.

— Mais, bizarrement, poursuivit-elle en s'approchant de lui, je trouve qu'aucun de ces alibis ne s'applique le moins du monde dans ce cas particulier. Elles sont marrantes, c'est vrai…

Sur la pointe des pieds, elle embrassa Caleb sur une joue.

— Et superbes.

Elle l'embrassa sur l'autre.

— Sans compter que c'est une délicate attention, conclut-elle, terminant par un baiser sur la bouche. Merci.

— De rien.

— J'aimerais ajouter que…

Elle laissa ses mains glisser le long du torse de Caleb, les remonta.

— Si tu me dis à quelle heure tu termines ce soir, j'aurai une bouteille de vin qui attendra dans ma chambre où, je peux te l'assurer, tu ne regretteras pas ta visite.

— 23 heures, lâcha-t-il aussitôt. Je peux être ici à 23 h 05. Je... oh, c'est vrai, il y a le bal de la Saint-Valentin ce soir. Nous fermons exceptionnellement à minuit. Mais pas de problème, tu es invitée.

— Un bal de la Saint-Valentin au *Bowling & Fun Center* ? J'adorerais. Mais je ne peux pas laisser Layla ici toute seule. Pas la nuit.

— Elle n'a qu'à venir aussi.

Quinn leva les yeux au ciel.

— Voyons, Caleb, aucune femme n'a envie de tenir la chandelle avec un couple le soir de la Saint-Valentin. Autant se tatouer *Cœur à prendre* au milieu du front. Bonjour après pour l'enlever.

— Fox peut l'accompagner. Sans doute. Je lui demanderai.

— C'est une possibilité. On passerait une bonne soirée. Tu vois avec Fox, puis je demanderai à Layla et nous aviserons. Mais d'une façon ou d'une autre...

Elle l'agrippa par la chemise et l'attira à elle pour, cette fois, un long baiser.

— Ma chambre, minuit cinq.

Assise sur son matelas discount tout neuf, Layla regardait Quinn passer en revue avec zèle les vêtements qu'elle venait de ranger dans sa penderie.

— Quinn, j'apprécie que tu te préoccupes de moi, vraiment, mais mets-toi à ma place. La troisième roue.

— Il est parfaitement acceptable d'être la troisième roue quand il y en a quatre en tout. Fox vient aussi.

— Parce que Caleb lui a demandé d'avoir pitié de la pauvre fille sans cavalier. Si ça se trouve, il a dû insister, ou même le soudoyer...

— C'est ça, tu as raison. Fox s'est certainement fait prier pour accepter de sortir avec un laideron tel que toi. J'admets que chaque fois que je te regarde, je suis tentée de m'exclamer « Bouh, quel thon ! » Et puis, de toute façon... Oh, j'adore cette veste ! Toute ta garde-robe est d'enfer, mais cette veste est franchement top. Mmm, du cashmere, ronronna-t-elle, en caressant l'étoffe.

— Je ne sais pas pourquoi je l'ai emportée. Comme la moitié des affaires dans mes bagages d'ailleurs. J'ai pris des vêtements au hasard. Et n'essaie pas de détourner mon attention.

— Pas du tout, mais c'est un à-côté agréable. Qu'est-ce que je disais ? Ah, oui ! De toute façon, il ne s'agit pas d'une soirée en couples. On va juste s'amuser tous les quatre au bowling, écouter un groupe du coin et danser un peu.

— C'est ça. Après quoi, tu accrocheras un foulard à la porte de ta chambre. J'ai été à la fac, Quinn. J'ai déjà eu une coloc. Une nympho de première, soit dit en passant, qui possédait une collection de foulards inépuisable.

Quinn cessa d'explorer la penderie le temps de jeter un coup d'œil par-dessus son épaule.

— Ça te pose un problème, Caleb et moi de l'autre côté du couloir ?

— Non, non, se récria Layla qui se sentait soudain stupide et mesquine. Non, sincèrement. Ça se voit comme le nez au milieu de la figure que vous faites des étincelles dès que vous êtes à moins d'un mètre l'un de l'autre.

Quinn pivota d'un bloc vers elle.

— C'est vrai ?

— Oui, il est génial. Et je suis très contente pour vous. C'est juste que je me sens un peu... de trop.

— Tu rigoles ? Je ne pourrais pas rester ici sans toi. Ce bal, ce n'est pas important. On n'est pas obligées d'y aller, mais je pense que ça nous détendrait un peu. Ce serait aussi l'occasion de nous changer les idées avec un truc normal pour une fois.

— Je suis d'accord.

— Alors habille-toi. Choisis une tenue fun, peut-être un brin sexy, et allons faire la fiesta au *Bowling & Fun Center*.

Le groupe – des musiciens du coin baptisés les *Rig'Hollow* – en était au début de son programme. Habitués des mariages et des fêtes d'entreprises, ils animaient souvent les soirées au bowling parce que leur répertoire couvrait tous les genres, des vieux standards au hip hop. Ainsi, la piste était toujours animée, tandis que ceux qui sautaient une danse pouvaient bavarder devant un verre à une des tables disposées tout autour de la salle ou profiter du buffet dressé le long d'un des murs.

Selon Caleb, le bal de la Saint-Valentin était l'un des événements annuels les plus populaires pour une bonne raison. Comme sa mère dirigeait le comité de décoration, il y avait des fleurs et des bougies, des banderoles rouges et blanches et, bien sûr, une profusion de cœurs rouges scintillants. La soirée donnait l'occasion aux participants de se mettre sur leur trente et un dans la grisaille de février, de s'amuser un peu et de faire admirer leur technique de danse le cas échéant. C'était une distraction bienvenue qui ne manquait jamais de faire salle comble.

Caleb dansait avec son arrière-grand-mère sur *Fly Me to the Moon*.

— Ta mère a eu raison de te faire prendre des leçons de danse.

— J'ai connu l'humiliation chez mes pairs, répondit Caleb, mais gagné un bon jeu de jambes.

— Beaucoup de femmes se damneraient pour un bon danseur, tu sais.

— Un fait dont j'ai grandement tiré parti, plaisanta-t-il. Tu es très en beauté ce soir, granny.

— Dis plutôt digne. Mais bon, il y a eu une époque où je faisais tourner pas mal de têtes.

— Tu fais toujours tourner la mienne.

— Et toi, tu seras toujours le plus adorable de mes chéris. Quand comptes-tu m'amener cette jolie journaliste ?

— Bientôt, si c'est ton souhait.

— Le moment semble s'y prêter. Je ne sais pas pourquoi. Tiens, quand on parle du loup, fit Estelle avec un signe de tête en direction de la double porte. Encore deux qui font tourner les têtes.

Caleb suivit son regard. Il remarqua Layla, mais ce fut sur Quinn que son attention se focalisa. Elle avait relevé ses boucles blondes en chignon, une touche d'élégance, et portait une veste noire ouverte sur un haut en dentelle dont il ignorait le nom, mais bénissait l'invention.

Des bijoux brillaient à ses oreilles et à ses poignets, mais une seule pensée l'obsédait : elle avait le plus joli décolleté qu'il ait jamais vu, et il mourait d'envie d'y poser les lèvres.

— Tu ne vas pas tarder à baver, Caleb.

— Quoi ?

Il cligna des yeux, se rappelant la présence de son arrière-grand-mère.

Aïe !

— Elle est jolie comme un cœur. Ramène-moi donc à ma table et va la chercher. J'aimerais lui dire bonjour, ainsi qu'à son amie, avant de rentrer à la maison.

Le temps que Caleb rejoigne les deux jeunes femmes, Fox les avait déjà entraînées jusqu'au bar et leur avait commandé du champagne. Une flûte à la main, Quinn se tourna vers Caleb.

— C'est génial ! s'extasia-t-elle, forçant sa voix à cause de la musique. Les petites bulles sont bien froides, le groupe assure et il y a de la passion dans l'air.

— Tu t'attendais à quoi ? Deux ou trois édentés avec une planche à laver et un broc en guise d'instruments, du cidre brut coulant à flots et quelques malheureux cœurs en plastique ?

Elle lui enfonça l'index dans le torse en riant.

— Bien sûr que non ! Enfin, quelque part entre les deux. C'est mon premier bal dans un bowling et je suis impressionnée. Regarde ! N'est-ce pas M. le maire qui arrive ?

— Si, avec le cousin de son épouse, le chef de chœur de l'Église méthodiste.

— N'est-ce pas ton assistante, Fox ? s'enquit Layla en désignant une table.

— Si. Par chance, le type qu'elle embrasse est son mari.

— Ils ont l'air très amoureux.

— J'imagine. Je ne sais pas ce que je vais faire sans elle. Ils déménagent pour Minneapolis dans deux mois. J'espérais qu'ils se contenteraient de prendre quelques semaines de vacances en juillet au lieu de… Ah ! c'est vrai, on ne parle pas boutique ce soir, se reprit-il. Voulez-vous qu'on trouve une table ?

— Idéal pour observer les gens, approuva Quinn avant de faire volte-face vers le groupe. Eh, *In the Mood* !

— Un de leurs morceaux fétiches. Tu danses le swing ? lui demanda Caleb.

— Et comment ! s'exclama-t-elle avant de lui glisser un coup d'œil interrogateur. Et toi ?

— Voyons ce que tu as dans le ventre, Blondie.

Il lui prit la main et l'entraîna sur la piste de danse.

Fox les regarda tournoyer et tricoter des pieds.

— Je suis absolument incapable d'en faire autant.

— Et moi, donc ! avoua Layla. Dis donc, ils sont vraiment forts, ajouta-t-elle, les yeux écarquillés.

Sur la piste, Caleb fit tournoyer Quinn sur elle-même, puis la repoussa vivement en arrière.

— Tu as pris des cours ? s'enquit-il.

— Quatre ans. Et toi ?

— Trois.

À la fin de la chanson, comme le groupe enchaînait avec un slow, Caleb attira Quinn contre lui, bénissant sa mère et les cours de danse.

— Je suis content que tu sois là.

— Moi aussi, répondit-elle, la joue nichée contre la sienne. Tout est parfait ce soir. La vie est douce et scintillante. Mmm, murmura-t-elle quand il la fit pivoter avec classe. Sexy. J'ai complètement retourné ma veste à propos de la Saint-Valentin, ajouta-t-elle, rejetant la tête en arrière. Je le considère maintenant comme le jour de fête idéal.

Il effleura sa bouche de la sienne.

— Après cette danse, que dirais-tu de s'éclipser en douce et de monter dans la réserve à l'étage ?

— Pourquoi attendre ?

Caleb s'esclaffa et resserra son étreinte. Avant de se pétrifier.

Les cœurs saignaient. Les décorations scintillantes gouttaient, maculant de rouge la piste de danse et les tables, dégoulinant sur les cheveux et les visages des participants qui continuaient de rire, de bavarder ou de danser.

— Quinn.

— Je vois. Ô mon Dieu…

Le chanteur chantait toujours l'amour et la nostalgie comme si de rien n'était, tandis qu'au plafond les ballons rouges et argent explosaient à la chaîne, laissant échapper une pluie d'araignées.

12

Quinn parvint tout juste à étouffer un cri et aurait fui à reculons si Caleb ne l'avait retenue.

— Ce n'est pas réel, lui dit-il avec un calme glacial. Ce n'est pas réel.

Il y eut un éclat de rire qui s'emballa en trille suraigu, puis de bruyantes acclamations quand le tempo endiablé d'un rock succéda au slow.

— Quelle fête géniale, Caleb ! lui cria Amy, la fleuriste, qui passa en dansant, son large sourire souillé de sang.

Le bras sur les épaules de Quinn, Caleb quitta la piste de danse à reculons. Il lui fallait voir sa famille, s'assurer qu'ils... Il aperçut Fox qui les rejoignait, tirant Layla par la main à travers la foule insouciante.

— Il faut qu'on parte, cria son ami.

— Mes parents...

Fox secoua la tête.

— Ce qui arrive est uniquement dû à notre présence. Sortons d'ici en vitesse.

Tandis qu'ils se frayaient un chemin entre les tables, les petites bougies au centre se mirent à cracher des jets de flammes dans un nuage de fumée sulfureuse qui agressa la gorge de Caleb à l'instant où il écrasait du pied une araignée grosse comme le poing. Sur la petite scène, le batteur se lança dans un solo déchaîné, ses baguettes poisseuses de sang. Parvenu à la porte, Caleb jeta un regard en arrière.

Il aperçut le garçon flottant au-dessus des danseurs. Hilare.

— Dehors. Tout de suite, fit-il en entraînant Quinn à sa suite. On va bien voir ce qui se passe.

— Ils ne voient rien, ne sentent rien, haleta Layla qui sortit en trébuchant.

Fox ôta sa veste et la jeta sur les épaules tremblantes de la jeune femme

— Le diable est sorti de sa boîte, mais seulement pour nous, expliqua-t-il. Cette espèce d'ordure arrogante nous offre un avant-goût des attractions à venir.

Nauséeuse à cause de la fumée, Quinn hocha la tête.

— Oui, je crois que tu as raison parce que chaque fois qu'il nous fait son show, cela lui coûte de l'énergie. D'où le creux entre les numéros.

— Je dois y retourner, décréta Caleb.

Il avait laissé sa famille en arrière. Même si ce repli était une tactique de défense, il ne pouvait supporter de rester sans rien faire alors que ses parents étaient encore à l'intérieur.

— Je ne peux pas partir. Je suis censé fermer à la fin du bal.

— Nous allons tous y retourner, proposa Quinn qui entrecroisa ses doigts glacés avec ceux de Caleb. Ces phénomènes sont toujours de courte durée. Il a perdu son public, et à moins qu'il ait encore assez de jus pour un nouveau numéro, il en a fini pour ce soir. Venez, rentrons. On se gèle dehors.

À l'intérieur, les bougies se consumaient tranquillement dans leurs photophores sous la nuée de cœurs scintillants. La piste de danse cirée était intacte. Caleb vit ses parents danser, la tête de sa mère posée sur l'épaule de son père. Quand elle croisa son regard et lui sourit, il sentit le nœud qui lui tordait le ventre se desserrer.

— Je ne sais pas pour vous, mais je boirais bien une autre flûte de champagne, lâcha Quinn. Et après, vous savez quoi ? ajouta-t-elle avec dans le regard une lueur déterminée. On va retourner danser.

Fox était vautré sur le canapé devant un film en noir et blanc soporifique quand Caleb et Quinn rentrèrent à la maison de High Street à minuit passé.

— Layla est montée se coucher, annonça-t-il en se redressant péniblement. Elle était crevée.

En clair : elle avait pris soin de s'éclipser avant l'arrivée de sa colocataire en galante compagnie.

— Elle va bien ? s'inquiéta Quinn.

— Oui, oui, elle tient le coup. Du nouveau depuis notre départ ?

Le regard de Caleb s'arrêta sur le rectangle sombre de la fenêtre. Il secoua la tête.

— Non, juste une belle fête animée, momentanément interrompue pour quelques-uns d'entre nous par une pluie surnaturelle de sang et d'araignées. Tout va bien ici ?

— Oui, à part le fait que ces demoiselles boivent du Pepsi Light. Un homme a ses exigences, ajouta-t-il à l'adresse de Quinn. Et elles portent un nom : Coke Classic.

— Nous étudierons la question, assura Quinn qui se pencha et l'embrassa sur la joue. Merci d'avoir attendu notre retour.

— Pas de problème. Ça m'a permis de regarder... En fait, je n'ai aucune idée de ce que je regardais. Vous devriez songer à vous abonner au câble.

— Je me demande comment j'ai fait pour vivre sans ces jours derniers, ironisa Quinn.

Avec un large sourire, Fox enfila son manteau.

— L'humanité ne devrait pas se contenter du réseau hertzien. Appelez-moi si vous avez besoin de quoi que ce soit, ajouta-t-il en se dirigeant vers la porte.

— Fox.

Caleb le rejoignit. Après une conversation à voix basse, Fox salua Quinn d'un bref signe de la main et s'en alla.

— C'était quoi, ce conciliabule ?

— Je lui ai demandé s'il pouvait dormir chez moi cette nuit à cause de Balourd. Ça ne le dérange pas, j'ai du Coke Classic et le câble.

— Tu as l'air inquiet, Caleb.

— J'ai du mal à décrocher.

— Il ne peut pas nous faire de mal, pas encore. Ça reste virtuel. Une guerre vicieuse et répugnante, soit, mais purement psychologique pour l'instant.

— Il y a forcément une explication, dit-il en lui caressant fugitivement les bras avant de se retourner vers la vitre obscure. L'hallucination collective qu'il nous a infligée ce soir, à tous les quatre, et si tôt dans l'année. L'apparition d'Ann...

— Et tu te sens obligé d'y réfléchir. Tu te casses beaucoup la tête, Caleb. Et je dois avouer que c'est réconfortant. Et étrangement attirant. Mais tu sais quoi ? Après cette longue journée pour le moins bizarre, il serait peut-être sain de mettre nos petites cellules grises au repos.

— Bonne idée.

« Fais une pause, s'encouragea-t-il. Détends-toi un peu. »

Il s'approcha d'elle, lui effleura la joue, puis ses mains descendirent le long de son bras et il noua ses doigts aux siens.

— Et si on essayait tout de suite ?

Il l'entraîna vers l'escalier, gravit les premières marches. Le bois laissa échapper quelques craquements chaleureux dans le silence.

— Est-ce que tu...

— Chut, la coupa doucement Caleb, avant de déposer sur ses lèvres un baiser aussi léger qu'une plume, la main sur sa joue. Plus de questions. Sinon nous serons obligés de chercher les réponses.

— Bien vu.

Quinn, son parfum, la douceur de sa peau, sa chevelure soyeuse, leurs deux corps qui se découvrent dans la pénombre de la chambre... C'étaient ses seuls souhaits pour cette nuit.

Il referma la porte derrière eux.

— J'aime les bougies, dit-elle en s'emparant d'un briquet afin d'allumer celles qu'elle avait réparties dans la pièce.

À la lueur des flammes mouvantes, elle paraissait fragile, plus qu'elle ne l'était. Il appréciait ce contraste entre illusion et réalité.

Le matelas sur le sommier à ressorts était recouvert de draps d'un blanc nacré dont l'éclat ressortait d'autant plus sur la couverture d'un pourpre profond. Posé sur la commode au bois éraflé, le vase de tulipes apportait à la chambre sa gaieté de fête foraine.

Quinn avait tendu devant la fenêtre un tissu multicolore aux teintes fondues. Quand elle s'en détourna, elle souriait.

Pour Caleb, tout était parfait.

— Je devrais peut-être te dire...

Il secoua la tête et s'avança vers elle.

— Plus tard.

Il fit la première chose qui lui vint à l'esprit. Portant les mains à ses cheveux, il ôta les épingles qui retenaient son chignon et les laissa tomber sur le plancher. Quand la lourde chevelure de Quinn retomba en cascade sur ses épaules, il y enfouit les mains. Les yeux rivés aux siens, il enroula une mèche autour de son poing, tira en arrière avec douceur et captura ses lèvres.

Elles étaient parfaites. Douces et pleines, chaudes et généreuses. Avec un frisson, elle noua les bras autour de son cou et pressa son corps contre le sien. Elle ne s'abandonna pas, non, pas encore, mais répondit à son lent et patient assaut sur le même mode.

Caleb fit glisser sa veste le long de ses épaules et la laissa choir sur le sol, comme les épingles, avant de laisser courir ses doigts sur la soie et la dentelle. Puis le satin de sa peau. Quinn fit subir le même sort à sa veste à lui qui rejoignit la sienne sur le parquet.

Il l'embrassa dans le cou, suscitant un ronronnement d'approbation, puis dessina de l'index la courbe élégante de sa clavicule. Incapable de s'arracher à son regard avivé par l'attente, il descendit plus bas, sur la soie, et emprisonna son sein dans sa paume.

Quinn retint son souffle, un instant, puis entreprit de déboutonner sa chemise avec un frisson. De deux doigts, il fit sauter le bouton de son pantalon qu'elle sentit glisser le long de ses jambes.

Sans crier gare, Caleb glissa les mains sous ses aisselles et la souleva de terre. Le geste fut si soudain, si inattendu qu'elle en eut le vertige, et quand il la reposa un peu plus loin, ses jambes manquèrent de se dérober sous elle.

Le regard de Caleb la caressa de la tête aux pieds, s'attardant sur le caraco en soie et les sous-vêtements vaporeux qu'elle avait revêtus dans le seul but de lui faire perdre la tête.

— Joli, dit-il avec un sourire charmeur.

Ce fut son unique commentaire, mais la gorge de Quinn s'assécha comme du carton. « Tu es ridicule, voyons, se réprimanda-t-elle, ce n'est pas la première fois qu'un homme te désire. » Elle chercha une réplique spirituelle, mais un court-circuit semblait s'être produit dans son cerveau.

Caleb glissa l'index sous l'élastique de son slip et tira légèrement. Elle s'avança vers lui, comme hypnotisée.

— Voyons voir ce qu'il y a là-dessous, murmura-t-il avant de lui ôter son caraco. Très joli, ajouta-t-il en suivant de l'index le bord de son soutien-gorge.

Elle dut faire un effort pour se rappeler que, d'ordinaire, elle était douée à ce petit jeu. Pas le genre de fille qui attend que ça se passe et laisse l'homme faire tout le boulot. Elle tenta maladroitement de déboutonner son jean.

— Tu trembles.

— Tais-toi, je me sens bête.

Il lui prit les mains, et quand il les porta à ses lèvres, Quinn comprit qu'elle était définitivement prise au piège.

— Sexy, corrigea-t-il. Prodigieusement sexy.

— Caleb, se força-t-elle à articuler, on serait sûrement mieux sur le lit.

Il eut de nouveau ce sourire conquérant de mâle satisfait, mais elle s'en moquait comme d'une guigne.

Dans l'obscurité, les flammes vacillantes des bougies conféraient à la chambre une atmosphère magique. Quinn se retrouva étendue, nue, sur les draps frais, frissonnant à chaque baiser, à chaque caresse de Caleb.

« Il tient un bowling, songea-t-elle, alanguie de plaisir, tandis qu'il explorait son corps avec une lenteur qui frisait la torture. Comment fait-il pour être aussi habile ? Où a-t-il appris à... Oh, Seigneur ! »

Quinn se cramponna à lui, enroula les jambes autour de sa taille et cambra les hanches à sa rencontre. Leurs baisers gagnèrent en frénésie, et lorsque le désir atteint son paroxysme, Caleb pénétra dans sa chaleur sensuelle, savourant l'instant où son regard se voila sous le choc délicieux.

Comme pour contenir la fougue de ses assauts, Caleb lui agrippa les mains et leurs doigts s'entrelacèrent, tandis que la fièvre embrasait le corps de Quinn au rythme de ses longs et puissants coups de reins. « Reste avec moi », l'implora-t-il en silence, et elle tint bon. Jusqu'à ce que sa respiration de plus en plus saccadée n'explose en un irrépressible gémissement de plaisir. Le corps agité de spasmes de volupté, Quinn ferma les yeux, la tête tournée sur le côté. Caleb enfouit alors le visage dans la courbe chaude de son cou et s'abandonna à l'extase.

Pensant Quinn endormie, Caleb demeura immobile, allongé sur le flanc. Pelotonnée contre lui, elle avait la tête blottie au creux de son épaule, un bras jeté en travers de son torse et une jambe enroulée autour des siennes. Il avait l'impression d'être un paquet-cadeau orné d'un beau ruban appelé Quinn. Et il n'y trouvait rien à redire.

— J'allais ajouter quelque chose.

Pas endormie, se dit-il, même si sa voix était ensommeillée.

— À quel sujet ?

Elle se lova davantage contre lui, et il réalisa que la chaleur générée par leurs ébats s'était dissipée et qu'elle avait froid.

— Mmm, j'allais dire que...

— Attends.

Il dut la repousser, ce qui lui valut quelques marmonnements de protestation. Mais quand il remonta la couverture, elle soupira avec délices.

— Ça va mieux ?

— C'est parfait. Ce que j'allais dire, c'est qu'en fait, j'avais envie de toi - plus ou moins - depuis notre première rencontre.

— Bizarre, c'était à peu près pareil pour moi. Tu as un corps splendide, Quinn.

— Alimentation équilibrée et exercice physique, tel est le secret. Je pourrais maintenant prêcher en faveur de ce credo avec la ferveur d'une évangéliste.

Elle se redressa sur le coude et plongea son regard dans le sien.

— Si j'avais su comment ce serait, nous deux, je t'aurais sauté dessus au bout de cinq minutes chrono.

Caleb sourit.

— Une fois de plus, nous sommes sur la même longueur d'ondes. Refais ce truc. Non, dit-il en riant quand elle remua les sourcils. Ce truc-là...

Il lui cala de nouveau la tête sur son épaule et déploya son bras sur son torse.

— Et la jambe. Voilà, dit-il quand elle se fut exécutée. C'est parfait.

Le compliment fit chaud au cœur de Quinn. Elle ferma les yeux et glissa béatement dans les bras de Morphée.

Quinn se réveilla en sursaut dans l'obscurité. Quelque chose venait de lui tomber dessus. Avec un cri étouffé, elle s'assit d'un bond, les poings serrés.

— Pardon, désolé.

Elle reconnut le murmure de Caleb. Trop tard. Le coup était déjà parti. Son poing s'écrasa contre un obstacle dur qui lui broya les articulations.

— Aïe !

— J'allais en dire autant, bougonna Caleb.

— Qu'est-ce que tu fabriques, bon sang ?

— J'ai trébuché, et je me suis pris un coup dans la tête.

— Pourquoi ?

— Parce qu'il fait noir, tiens ! J'essayais juste de ne pas te réveiller, et voilà comment je suis récompensé.

— Eh bien, excuse-moi, siffla-t-elle. Mais tu aurais pu être un violeur psychopathe ou, plus probable vu l'endroit, un démon tout droit sorti de l'enfer. Qu'est-ce qui te prend de t'agiter ainsi dans le noir ?

— J'essaie de retrouver mes chaussures. Je crois du reste que c'est dedans que j'ai buté.

— Tu t'en vas ?

— C'est le matin, et j'ai une réunion petit déjeuner à la mairie dans deux heures.

— Il fait nuit.

— On est en février. Il est 6 h 30

Quinn se laissa retomber en arrière.

— Seigneur ! 6 h 30, ce n'est pas le matin, même en février. Ou peut-être surtout.

— Voilà pourquoi je m'efforçais de ne pas te réveiller.

Elle se redressa sur les oreillers. Elle distinguait un peu sa silhouette maintenant que sa vision s'était accommodée à l'obscurité.

— Je le suis maintenant, alors pourquoi continuer de murmurer ?

— Je n'en sais rien. J'ai peut-être un traumatisme crânien à cause de ton coup de poing.

L'agacement déconcerté qui perçait dans la voix de Caleb lui titilla les sens.

— Mince. Et si tu revenais ici au chaud avec moi ? Je suis sûre qu'un petit baiser apaiserait tes souffrances.

— Quelle cruauté de me tenter alors que j'ai rendez-vous avec le maire, l'architecte urbaniste et le conseil municipal au grand complet.

— Le sexe et la politique ont toujours fait bon ménage, non ?

— Peut-être, mais je dois rentrer nourrir Balourd et tirer Fox du lit puisqu'il participe aussi à cette réunion. Ensuite, il faudra que je prenne une douche, que je me rase et que je me change si je ne veux pas donner l'impression d'avoir passé une nuit torride.

Tandis qu'il enfilait ses chaussures, assis au bord du lit, Quinn s'agenouilla derrière lui et l'enlaça.

Ses seins chauds et généreux plaqués contre son dos, elle lui picora le cou tandis que, avec une lenteur calculée, elle glissait la main vers son ventre.

— Je ne te connaissais pas si manipulatrice, Blondie.

— Je mérite une bonne leçon, tu ne crois pas ?

Cette fois, lorsqu'il s'affala sur elle, ce n'était pas un faux pas...

Caleb était en retard à la réunion, mais sur son petit nuage, il s'en fichait royalement. Il commanda un petit déjeuner pantagruélique – œufs brouillés, bacon, pommes de terre sautées et deux crêpes. Il s'y attaqua, tandis que Fox sifflait un Coca à grandes goulées comme s'il s'agissait de l'antidote à un poison rare et fatal intoxiquant son organisme.

Après quelques minutes de conversation à bâtons rompus, la discussion s'engagea sur les affaires de la ville. On n'était peut-être qu'en février, mais les préparatifs pour la parade annuelle du Memorial Day, à la fin mai, devaient encore être finalisés. Puis il y eut un débat sur l'installation de nouveaux bancs dans le parc. Les diverses interventions glissèrent sur Caleb, toujours occupé à manger. Et à penser à Quinn.

Il prit le train en marche lorsque Fox lui flanqua un coup de pied sous la table.

— La maison des Branson n'est qu'à deux portes du bowling, poursuivit le maire, M. Watson. D'après Misty, il n'y avait plus de courant non plus dans celles de part et d'autre. Mais de l'autre côté de la rue, les lumières sont restées allumées. Le téléphone aussi a été coupé. Ça lui a fichu la frousse, nous a-t-elle dit quand Wendy et moi sommes passés après le bal. Heureusement, la panne n'a duré que quelques minutes.

— Peut-être un fusible, suggéra Jim Hawkins qui regardait son fils avec insistance.

— Peut-être, continua Watson, mais à en croire Misty, les lumières ne se sont éteintes que quelques secondes après avoir trembloté. Sans doute une surtension. Je vais quand même demander à Mike Branson de faire vérifier son installation électrique. On ne veut pas d'un incendie.

Comment parviennent-ils à oublier ? s'étonna Caleb. S'agissait-il d'un mécanisme de défense ou d'une manifestation de plus de l'effroyable malédiction qui pesait sur eux ?

Cette amnésie ne touchait pas tout le monde. Il lisait l'interrogation soucieuse dans les yeux de son père et dans ceux d'un ou deux autres. Mais le maire et la plupart des conseillers municipaux étaient déjà passés à la question des gradins du stade qui devaient être repeints avant le début de la nouvelle saison.

Il y avait déjà eu d'étranges surtensions ou pannes de courant inexpliquées. Mais jamais avant juin, jamais avant le compte à rebours final qui précédait les Sept.

À la fin de la réunion, Fox accompagna Caleb et son père au bowling. Ils attendirent d'être à l'intérieur, porte close, avant de parler.

— C'est trop tôt, déclara Jim sans préambule. Il s'agit plus probablement d'une surtension ou d'un court-circuit.

— Non. Des phénomènes se produisent déjà, objecta Caleb. Et cette fois, Fox et moi ne sommes pas les seuls à en être témoins.

Jim s'assit lourdement sur une des tables du grill.

— Que puis-je faire ?

« Prends soin de toi, aurait voulu lui dire Caleb. Et de maman. » Mais cela ne suffirait pas.

— Préviens-nous au moindre signe bizarre, répondit-il. Nous sommes plus nombreux cette fois. Quinn et Layla voient les phénomènes, elles aussi. Comment et pourquoi ? Mystère.

Son arrière-grand-mère avait senti que Quinn n'était pas étrangère à cette histoire, songea-t-il, avant d'enchaîner :

— Je dois parler à Estelle.

— Caleb, elle a quatre-vingt-dix-sept ans. Elle a beau avoir bon pied, bon œil, ne l'oublie pas.

— Je la ménagerai.

— Mme H me tracasse, intervint Fox qui secoua la tête. Il faut que j'aie une conversation avec elle. Elle est très nerveuse en ce moment et parle de partir le mois prochain au lieu d'avril. J'imaginais que c'était juste qu'elle était pressée maintenant qu'ils ont décidé de déménager. Mais il y a peut-être autre chose.

Jim laissa échapper un soupir.

— Très bien. Vous deux, faites ce que vous jugez bon de faire. Moi, je m'occupe d'ici. Je sais faire tourner la boutique, ajouta-t-il avant que Caleb ait le temps de protester. Depuis le temps.

— D'accord. Je vais conduire Estelle à la bibliothèque si elle veut y aller aujourd'hui. Ensuite, je prendrai le relais ici. Je te laisserai aller la rechercher pour la ramener chez elle.

Caleb se rendit à pied chez son arrière-grand-mère. La jolie maison qu'elle partageait avec Ginger, la cousine de Caleb, n'était située qu'à un pâté de maisons. Concession à son âge, Estelle avait accepté que Ginger vienne vivre chez elle. Celle-ci entretenait la maison, faisait les courses, le plus souvent la cuisine, et lui servait de chauffeur pour ses rendez-vous chez le médecin ou le dentiste.

Ginger était une femme énergique, douée d'un solide bon sens qui ne se mêlait pas des affaires d'Estelle à moins d'y être obligée. Elle préférait la télévision aux livres et vivait pour ses trois séries de l'après-midi. Un mariage désastreux resté sans enfants l'avait détournée des hommes, à l'exception des beaux mâles du petit écran et des magazines people.

Autant que Caleb pût dire, son arrière-grand-mère et sa cousine vivaient plutôt en bonne entente dans la petite maison de poupée avec son agréable terrasse qui donnait sur un jardinet coquet.

La voiture de Ginger n'était pas garée le long du trottoir, nota-t-il. Peut-être Estelle avait-elle rendez-vous de bonne heure chez le médecin. Son père gardait en tête, avec tant d'autres choses, l'emploi du temps de la vieille dame, mais ce matin il n'était pas dans son assiette.

Cela dit, il était plus probable que Ginger soit partie faire une course à l'épicerie.

Caleb traversa la terrasse et frappa. Il ne fut pas surpris de voir la porte s'ouvrir. Même contrarié, son père avait rarement des trous de mémoire.

Ce qui le surprit, en revanche, fut de découvrir Quinn sur le seuil.

— Salut. Entre. Estelle et moi allions justement prendre le thé.

Il lui agrippa le bras.

— Que fais-tu ici ?

La rudesse de son ton fit disparaître le sourire accueillant de Quinn.

— J'ai un travail à faire, n'oublie pas. Et c'est Estelle qui m'a téléphoné.

— Pourquoi ?

— Si tu entrais au lieu de me fusiller du regard, nous l'apprendrions tous les deux.

N'ayant pas d'autre choix, Caleb pénétra dans l'adorable salon de son arrière-grand-mère dont les fenêtres étaient fleuries d'une profusion de saintpaulias pourpres. Sur les rayonnages aménagés par le père de Fox s'accumulaient des livres, photos de famille, bibelots et souvenirs. Le service à thé attendait déjà sur la table basse devant la bergère que la mère de Caleb avait fait retapisser au printemps précédent.

Estelle trônait telle une reine dans son fauteuil à oreillettes préféré. Elle leva la main vers lui et tendit la joue. Il l'embrassa.

— Caleb, je pensais que tu serais pris toute la matinée entre la réunion et ton travail.

— La réunion est terminée et papa s'occupe du bowling. Je n'ai pas vu la voiture de Ginger.

— Elle a profité que j'avais de la compagnie pour faire quelques courses. Quinn allait servir le thé. Prends-toi une tasse dans le buffet.

— Non, merci. Je viens de déjeuner.

— Je t'aurais appelé aussi si j'avais su que tu serais disponible ce matin.

— Pour toi, j'ai toujours le temps, grany.

— Quel bon garçon, fit Estelle à Quinn, serrant les doigts de Caleb entre les siens avant de prendre la tasse que la jeune femme lui tendait. Merci. Asseyez-vous, tous les deux. Venons-en tout de suite au fait. Y a-t-il eu un incident hier pendant le bal ? Juste avant 10 heures.

Elle sondait Caleb d'un regard attentif et la réponse qu'elle y lut lui fit fermer les yeux.

— C'était donc vrai, murmura-t-elle d'une voix chevrotante. Je ne sais si je dois me sentir soulagée ou effrayée. Soulagée parce que j'ai cru perdre la tête. Effrayée parce que tel n'est pas le cas. Ce que j'ai vu était donc bien réel.

— Qu'avez-vous vu ? demanda Quinn.

— C'était comme si j'avais un voile devant les yeux et qu'on me forçait à regarder au travers. J'avais l'impression que c'était du sang, mais personne ne semblait y prêter attention. Ni aux créatures qui grouillaient sur les tables et le sol, expliqua-t-elle en portant la main à sa gorge. C'était flou, mais j'ai aperçu une silhouette sombre. Elle paraissait flotter dans les airs de l'autre côté du voile. J'ai pensé que c'était la mort.

Avec une ébauche de sourire, la vieille dame leva sa tasse d'une main assurée.

— À mon âge, on s'y prépare – on a intérêt en tout cas –, mais cette forme m'a terrifiée. Puis elle a disparu brusquement, le voile aussi, et tout est redevenu normal.

Caleb se pencha vers elle.

— Grany…

— Pourquoi n'en ai-je pas parlé hier soir ? l'interrompit-elle. Je lis sur ton visage comme dans un livre ouvert, Caleb. L'amour propre. La peur. J'ai juste eu envie de rentrer chez moi, et ton père m'a raccompagnée. Il fallait que je dorme, ce que j'ai fait. Et ce matin, j'avais besoin de savoir si c'était vrai.

— Madame Hawkins…

— Appelez-moi Estelle, dit-elle à Quinn.

— Estelle, avez-vous déjà eu une expérience comparable dans le passé ?

— Oui. Mais je ne t'en ai pas parlé, ajouta-t-elle à l'adresse de Caleb qui avait ouvert de grands yeux. À personne d'ailleurs. C'était l'été de tes dix ans. Le premier été. J'ai vu des choses effroyables à l'extérieur de la maison, des choses qui ne pouvaient pas être. Il y avait cette créature qui était parfois un homme, parfois un chien. Ou une terrifiante combinaison des deux. Ton arrière-grand-père ne voyait rien, ou faisait semblant. J'ai toujours pensé qu'il faisait semblant. Des événements terribles se sont produits cette semaine-là.

Elle ferma les yeux un instant, sirota une gorgée de thé.

— Des voisins, des amis. Après la deuxième nuit, tu as frappé à ma porte, tu te souviens, Caleb ?

— Comme si c'était hier.

— Dix ans, dit-elle à Quinn avec un sourire. Il n'était encore qu'un petit garçon, avec ses deux amis. Ils étaient terrorisés. On voyait la peur, mais aussi une certaine bravoure émaner d'eux tel un halo de lumière. Tu nous as conseillé de prendre nos affaires. Nous devions venir chez vous parce que ce n'était pas sûr en ville. Tu ne t'es jamais demandé pourquoi je n'ai pas émis la moindre objection ni ne t'ai renvoyé à la maison avec une gentille tape sur la tête ?

— Non. J'étais perturbé par tout ce qui arrivait, j'imagine. Je voulais juste vous savoir à l'abri tous les deux.

— Et tous les sept ans, j'ai fait les bagages pour ton arrière-grand-père et moi, puis après sa mort pour moi seule. Et cette année, ce sera Ginger et moi. Mais cette fois, c'est plus tôt et plus puissant.

— Je vais préparer tes affaires tout de suite, Estelle. Vous ne pouvez pas rester ici, Ginger et toi.

— Oh, je crois que nous sommes en sécurité pour l'instant, assura la vieille dame. Le moment venu, Ginger et moi sauront nous débrouiller. Je veux juste que tu prennes les livres aujourd'hui. Je les ai déjà lus des tas de fois, je sais, et toi aussi. Mais quelque chose nous a sûrement échappé. Et à présent, nous avons un regard neuf.

Quinn se tourna vers Caleb, les sourcils froncés.

— Les livres ?

13

Fox fit un saut à la banque. Un déplacement pour le moins inutile, car les documents dans sa mallette auraient pu être déposés n'importe quand – ou, gain de temps supplémentaire, le client aurait pu venir les signer à son cabinet.

Mais il avait besoin de prendre l'air et de marcher un peu pour apaiser sa frustration.

Le moment était venu d'admettre qu'il s'accrochait encore à l'espoir de voir Alice Hawbaker changer d'avis ou de la convaincre d'en changer. C'était égoïste, et alors ? Il était habitué à elle et incapable de se passer de ses services. Sans compter l'affection quasi maternelle qu'il éprouvait à son égard.

Cette affection justement ne lui laissait d'autre choix que d'accepter qu'elle parte. Si seulement il avait pu remonter le temps et effacer les vingt minutes de conversation qu'ils venaient d'avoir.

La pauvre avait failli s'effondrer. Or, elle ne craquait jamais. Mais il l'avait poussée dans ses retranchements, et le regretterait toujours.

« Si nous restons, nous mourrons », avait-elle fini par lâcher, les yeux brillants, un sanglot dans la voix.

Il avait seulement voulu connaître la raison de sa détermination à partir. Et de sa nervosité grandissante.

Alors il avait insisté. Et elle avait fini par cracher le morceau.

Chaque fois qu'elle fermait les yeux, elle voyait leurs morts, encore et encore. Elle prenait le fusil de chasse de son mari au râtelier fermé à clé dans son atelier à la cave. Elle chargeait l'arme avec un sang-froid imperturbable, puis remontait et traversait la cuisine impeccablement rangée. Elle entrait dans le salon où l'homme qu'elle aimait depuis trente-six ans, et avec qui elle avait eu trois enfants, regardait un match de base-ball à la télévision. Le score était de deux à un pour les Orioles contre les Red Sox.

Au moment où le lanceur prenait son élan, elle tirait une balle dans la tête de son mari assis dans son fauteuil inclinable favori.

Puis elle plaçait le canon sous son propre menton.

Alors oui, il devait la laisser partir, et aussi trouver un prétexte pour quitter le bureau parce qu'il la connaissait suffisamment pour deviner qu'elle souhaitait être seule le temps de se ressaisir.

Il avait beau avoir accédé à sa demande, il ne pouvait s'empêcher de se sentir coupable, contrarié et pas à la hauteur.

Il entra chez la fleuriste. Mme H accepterait son bouquet en gage de réconciliation. Elle aimait les fleurs au bureau et en apportait souvent elle-même parce qu'il avait tendance à oublier.

Alors qu'il sortait de la boutique, les bras chargés d'un imposant bouquet, il faillit percuter Layla.

La jeune femme recula de quelques pas en trébuchant. Elle semblait si bouleversée que Fox se demanda s'il n'était pas condamné, ces temps-ci, à rendre les femmes nerveuses et malheureuses.

— Désolé, j'étais distrait.

Sans l'ombre d'un sourire, elle se mit à tripoter les boutons de son manteau.

— Pas grave. Moi aussi.

Il aurait dû passer son chemin. Il n'avait nul besoin de sonder la jeune femme pour deviner son malaise et son désarroi. De toute façon, il lui semblait que jamais elle ne se détendait en sa présence. Ou peut-être était-elle toujours à cran. Un truc de New-Yorkaise. Lui en tout cas n'avait jamais été capable de se détendre à New York.

Comme à son habitude, il ne put dominer son côté chevalier servant.

— Un problème ?

À sa grande horreur, les yeux de Layla s'embuèrent et il eut envie de se jeter sous un camion.

— Un problème ? répéta-t-elle. Comment pourrais-je avoir un problème ? Je vis dans une baraque inconnue, dans une ville qui l'est tout autant. Je vois des trucs qui n'existent pas – ou, pire, existent et veulent ma mort. Presque tout ce que je possède se trouve dans mon appartement à New York. Un appartement dont je dois encore payer le loyer. Et ma patronne, qui est très compréhensive et patiente, m'a téléphoné ce matin pour m'annoncer qu'à son grand regret, elle se trouverait dans l'obligation de me remplacer si je ne revenais pas travailler la semaine prochaine. Alors tu sais ce que j'ai fait ?

— Non.

— J'ai commencé à faire mes bagages. Désolée, sincèrement, mais j'ai une *vie* là-bas. Des responsabilités, des factures, mes habitudes.

Elle se prit les coudes dans les mains comme pour s'empêcher de s'enfuir.

— Tout me pousse à retourner là-bas. Et pourtant, je n'ai pas pu. Je ne sais même pas pourquoi, mais je n'ai pas pu. Bref, maintenant je vais être au chômage, ce qui signifie que je n'aurai plus les moyens de payer mon appart. Et je vais sans doute laisser ma peau ici ou finir en institution une fois que mon proprio m'aura traînée en justice pour mes arriérés de loyer. Alors un problème, moi ? Tu rigoles !

Il l'avait écoutée jusqu'au bout sans l'interrompre. En guise de réponse, il se contenta d'un hochement de tête.

— D'accord, c'était une question stupide. Tiens.

Il lui flanqua le bouquet dans les bras.

— Qu'est-ce que... ?

— Tu donnes l'impression d'en avoir besoin.

Estomaquée, Layla fixa tour à tour Fox, puis les fleurs multicolores. L'hystérie dans laquelle elle avait menacé de verser se mua en perplexité.

— Mais... tu les as achetées pour quelqu'un.

— J'en rachèterai, répondit-il en désignant du pouce la porte de la boutique. Et je peux t'aider avec ta propriétaire si tu me fournis les informations nécessaires. Pour le reste, eh bien, on y réfléchit. Quelque chose t'a peut-être poussée à venir ici et à y rester, mais en définitive, Layla, le choix n'incombe qu'à toi. Si tu décides que tu dois partir, expliqua-t-il avec une pointe de frustration en songeant à Alice, personne ne t'en voudra pour autant. Mais si tu restes, tu dois t'engager.

— Je l'ai fait.

— Non.

Distraitement, il remonta sur l'épaule de Layla la bandoulière de son sac qui avait glissé dans le creux de son bras.

— Tu cherches encore une échappatoire, la faille dans le contrat qui t'autorisera à plier bagages et à retrouver ta vie d'avant sans avoir à en supporter les conséquences. Qui pourrait t'en blâmer ? Moi, je te dis de faire un choix et de t'y tenir. Voilà. À présent, excuse-moi, je dois y aller. À plus tard.

Sur ces mots, il rentra chez la fleuriste et planta Layla, muette, sur le trottoir.

— Qui est-ce ? cria Quinn du premier étage quand Layla entra.

— C'est moi.

Toujours tiraillée entre deux choix, elle gagna la cuisine avec les fleurs et les récipients qu'elle avait achetés en route dans une boutique de cadeaux.

Quinn fit irruption quelques instants plus tard.

— Du café. Il va m'en falloir beaucoup... Hé, joli ! s'exclama-t-elle en découvrant les fleurs que Layla était occupée à tailler et à disposer dans plusieurs vases.

— N'est-ce pas ? Quinn, j'ai à te parler.

— Ça tombe bien, moi aussi. Toi d'abord.

— J'ai failli partir ce matin.

Quinn, qui s'apprêtait à remplir la cafetière, interrompit son geste.

— Oh.

— Et j'allais faire de mon mieux pour filer à l'anglaise avant ton retour, histoire de m'éviter toute explication. Désolée.

Quinn entreprit de préparer le café.

— Ne t'inquiète pas. Moi aussi, je m'éviterais si je voulais faire quelque chose que je ne veux pas. Enfin, je me comprends.

— Bizarrement, moi aussi.

— Pourquoi n'es-tu pas partie ?

— Laisse-moi d'abord te raconter les épisodes précédents.

Tout en continuant de s'affairer avec les fleurs, Layla lui raconta la conversation qu'elle avait eue au téléphone avec sa patronne.

— Je suis désolée. C'est tellement injuste. Je ne veux pas dire que ta patronne est injuste. Elle a une entreprise à faire tourner. Ce qui l'est, c'est toute cette histoire, fit Quinn qui la regardait arranger des marguerites de différentes couleurs dans une tasse à thé surdimensionnée. Sur le plan pratique, moi, ça va parce que c'est mon métier. Je peux me permettre de passer du temps ici et de le financer avec des articles. Je pourrais t'aider à...

— Je ne te demande pas de me prêter de l'argent ou de supporter ma part de dépenses. Si je reste, c'est parce que j'ai choisi de rester, objecta Layla qui, les yeux rivés sur les fleurs, songeait à ce que Fox lui avait dit. Je pense que, jusqu'à présent, je ne voulais pas l'accepter. Ni ne le pouvais. Il était plus facile de me dire que j'étais venue ici contre mon gré. Je voulais partir parce que je refusais ce qui m'arrivait. Mais je ne peux pas continuer à fermer les yeux. Alors je reste parce que j'en ai décidé ainsi. Il me faut juste régler les détails pratiques.

— J'ai une ou deux idées sur la question. Laisse-moi y réfléchir. Sympa, ces fleurs. Ça met du baume au cœur quand on a eu une mauvaise nouvelle.

— L'idée n'est pas de moi. C'est Fox qui me les a données quand je l'ai percuté devant le fleuriste. Je me suis défoulée sur lui, avoua la jeune femme avec un haussement d'épaules en rassemblant les tiges coupées et l'emballage du bouquet. Il m'a demandé si j'avais un problème, et je lui en ai donné pour son argent.

Elle jeta les déchets dans la poubelle, puis s'adossa en riant contre le plan de travail.

— Le pauvre, il en a pris plein les dents. Du coup, il m'a offert les fleurs qu'il venait d'acheter. Enfin, il me les a plutôt balancées entre les mains, puis j'ai eu droit à un petit sermon bien senti. Je le méritais, j'imagine.

— Hmm, et tu te sens mieux ?

Layla alla dans la petite salle à manger et disposa un trio de bouquets sur la vieille table à abattants qu'elles avaient dénichée au dépôt-vente.

— Je me sens plus résolue. Je ne sais pas si c'est mieux.

— J'ai de quoi t'occuper.

— Dieu merci. J'ai l'habitude de travailler, et tout ce temps libre me rend infernale.

— Suis-moi. Et prends donc aussi des fleurs pour ta chambre.

— Je me disais qu'elles étaient pour la maison. Il ne me les a pas offertes à proprement...

— C'est à toi qu'il les a données. Prends-en. Tu m'as forcée à monter les tulipes dans la mienne, je te rappelle.

Pour régler la question, Quinn s'empara d'un petit vase et d'une bouteille à long col.

— Oh, le café !

— Je m'en occupe.

Layla remplit une tasse pour Quinn et se prit une bouteille d'eau.

— Et avec quoi comptes-tu m'occuper ?

— Des livres.

— Nous avons déjà ceux de la bibliothèque.

— Auxquels s'ajoute maintenant une partie de la collection personnelle d'Estelle Hawkins. Parmi eux, il y a plusieurs journaux intimes. J'ai à peine eu le temps de m'y mettre, expliqua Quinn, tandis qu'elles montaient à l'étage. Je suis rentrée juste avant toi. Trois d'entre eux sont de la main d'Ann Hawkins en personne. Après la naissance de ses enfants. Ceux qu'elle a eus avec Giles Dent.

— Mais, Mme Hawkins les a forcément lus, et montrés à Caleb.

— C'est vrai, c'est vrai. Ils ont tous été épluchés plus d'une fois et fait l'objet de profondes réflexions. Mais pas par nous, Layla. Un regard nouveau, une approche différente.

Elle fit un détour par la chambre de Layla pour y déposer les fleurs, puis prit la tasse de café des mains de sa compagne et se dirigea vers le bureau.

— J'ai déjà noté une première question : où sont les autres ?

— D'autres journaux ?

— Je suis persuadée qu'Ann a écrit d'autres volumes. Où est passé celui qu'elle tenait quand elle vivait avec Dent ? Ou quand elle attendait ses triplés ? Et ce n'est là qu'une des nouvelles approches possibles. Où pourraient-ils être et pourquoi ne sont-ils pas avec ceux qu'Estelle a en sa possession ?

— En partant de l'hypothèse qu'elle en a écrit d'autres, ils ont peut-être été perdus ou détruits ?

Quinn s'assit et saisit un petit volume relié de cuir brun.

— Espérons que non parce qu'à mon avis, ils renferment certaines des réponses à nos questions.

Caleb ne put raisonnablement se libérer de ses obligations au bowling qu'après 19 heures. Et même alors, il se sentit coupable de laisser son père prendre le relais seul jusqu'à la fermeture. Il avait téléphoné à Quinn en fin d'après-midi pour lui dire qu'il passerait quand il pourrait. L'esprit à l'évidence ailleurs, elle lui avait demandé d'apporter à manger.

Il lui faudrait se contenter d'une pizza, songea-t-il en montant les marches du perron avec les boîtes. Il n'avait eu ni le temps ni l'envie de réfléchir à une option « cuisine saine et équilibrée ».

Lorsqu'il frappa à la porte, une bourrasque mugit contre sa nuque. Il jeta un regard inquiet derrière lui. Quelque chose approchait, porté par le vent.

Ce fut Fox qui ouvrit.

— Merci, mon Dieu ! Des pizzas et un mec. Je suis en minorité ici, mon pote.

— Où sont les filles ?

— Là-haut. Plongées dans les bouquins et les notes. Layla fait des listes et des tableaux. J'ai commis l'erreur de leur dire que j'avais un tableau blanc au bureau. Elles m'ont forcé à aller le chercher.

À peine Caleb eut-il posé les boîtes de pizza sur le plan de travail que Fox souleva le couvercle et en prit une part.

— Elles parlent d'établir un fichier. Avec des cartes de couleur. Ne me laisse pas seul ici.

Avec un grognement, Caleb ouvrit le réfrigérateur et constata que, comme il l'avait espéré, Fox avait fait des réserves de bière.

— Nous avons peut-être laissé échapper certains détails par manque d'organisation. Peut-être…

— Salut ! lança Quinn qui fit irruption dans la cuisine. De la pizza, oh oh ! Bon, eh bien, j'éliminerai les calories par le pouvoir de la pensée et grâce à une bonne séance de gym demain matin.

Elle sortit des assiettes et en tendit une à Fox qui avait déjà englouti la moitié de sa part. Puis elle gratifia Caleb d'un sourire enjôleur.

— Tu as autre chose pour moi ?

Il se pencha vers elle et déposa un baiser sur ses lèvres.

— Ça.

— Quelle coïncidence, c'est exactement ce que je voulais !

Elle l'agrippa par sa chemise et l'attira à elle. Cette fois, ils s'embrassèrent plus longuement.

— Vous voulez que je vous laisse ? intervint Fox. Je peux prendre la pizza ?

— Puisque tu le proposes si gentiment, commença Caleb.

Quinn lui tapota le torse pour le repousser.

— Du calme, du calme. Maman et papa se disaient juste bonsoir, expliqua-t-elle à Fox. Et si on allait s'asseoir dans la salle à manger comme des gens civilisés ? Layla va descendre.

— Et moi ? Je ne peux pas dire bonsoir à maman ? plaisanta Fox, tandis que Quinn quittait la cuisine avec les assiettes.

— Je serais obligée de t'assommer, répliqua-t-elle.

— Je demande à voir !

Amusé, Fox s'empara des boîtes de pizza et lui emboîta le pas.

— Tu t'occupes des boissons, frérot.

Ils avaient dressé le couvert et pris place à table quand Layla entra avec un grand saladier et des coupelles.

— Ne sachant pas ce que tu allais rapporter, j'ai préparé ça tout à l'heure, dit-elle à Caleb.

— Tu as fait une salade ? s'étonna Quinn.

— Ma spécialité. On coupe et on mélange. Pas de cuisson.

— Maintenant, je vais être obligée de me montrer raisonnable, soupira Quinn qui renonça à son rêve de deux parts de pizza pour une seule et une coupelle de salade. Nous avons fait des progrès, annonça-t-elle après sa première bouchée.

— Oui, demande donc à ces demoiselles comment fabriquer des chandelles ou des conserves de cassis, suggéra Fox.

— C'est vrai, certaines informations contenues dans ces journaux ne sont plus au goût du jour, concéda Quinn en haussant les sourcils à l'adresse de Fox. Mais, qui sait, un jour je serai peut-être bien contente de savoir fabriquer des chandelles s'il y a une panne d'électricité. Par progrès, je voulais dire qu'il y a un tas d'informations intéressantes dans les journaux d'Ann.

— Nous les avons épluchés un nombre incalculable de fois, fit remarquer Caleb.

— Vous n'êtes pas des femmes, objecta Quinn. Oui, je sais, Estelle en est une, s'empressa-t-elle d'ajouter, l'index levé. Mais c'est aussi une descendante, qui fait partie intégrante de cette ville et de son histoire. Quelle que soit l'objectivité qu'elle s'efforce de garder, certains détails auront pu lui échapper. Première question : où sont passés les autres volumes ?

— Il n'y en a pas.

— Pas d'accord. On ne les a pas retrouvés, nuance. Estelle a hérité ces journaux de son père parce qu'elle adorait les livres. Je l'ai appelée pour m'en assurer : d'après son père, il n'y en a jamais eu d'autres.

— S'il y en avait eu, il les lui aurait donnés, insista Caleb.

— À condition de les avoir. Trois siècles, ça fait un bail. Tout le temps pour égarer ou jeter des objets. Selon les archives et l'histoire orale de ta famille, Ann Hawkins a passé la plus grande partie de sa vie dans ce qui est aujourd'hui le foyer municipal dans Main Street, une ancienne bibliothèque. Livres, bibliothèque, intéressant.

— Une bibliothèque dont Estelle connaissait le moindre ouvrage par cœur, rétorqua Caleb. Si ces journaux avaient existé, elle les aurait forcément eus entre les mains.

— À moins qu'elle ne les ait jamais vus, s'entêta Quinn. Il se peut qu'ils aient été cachés, ou peut-être même n'était-elle pas censée les trouver.

— Hmm, ça se discute, commenta Fox.

— Cette piste mérite d'être explorée, reprit Quinn. Pour l'instant, comme Ann Hawkins n'a pas daté ses journaux, Layla et moi nous sommes attelées à cette tâche en nous basant sur ce qu'elle dit de ses fils. Dans le premier volume, selon nous, les triplés ont deux ou trois ans. Dans le volume suivant, ils en ont cinq au début, car elle évoque clairement leur anniversaire, et environ sept à la fin. Dans le troisième, il semble qu'ils aient dans les seize ans.

— Ce qui fait un sacré trou, ajouta Layla.

— Peut-être n'a-t-elle rien eu d'intéressant à raconter durant toutes ces années, hasarda Caleb.

— Peut-être, admit Quinn. Mais j'en doute. Je suis d'avis qu'elle a continué d'écrire, ne serait-ce que sur la confiture de cassis ou ses infatigables triplés. Plus important, du moins selon moi : où sont passés le ou les journaux de ses années avec Dent et des deux premières années après la naissance de ses fils ? Parce qu'il y a fort à parier que c'est une époque passionnante.

— Elle parle beaucoup de Giles Dent tout au long de ses différents journaux, intervint Layla. De ses sentiments pour lui, des rêves où il lui apparaît.

— Et toujours au présent, précisa Quinn.

— Il est difficile de perdre un être aimé, observa Fox.

— Certes, mais elle parle invariablement de lui comme s'il était encore en vie. « La mort ne sera pas », cita Quinn en regardant Caleb. Nous en avons déjà parlé. Giles Dent aurait trouvé le moyen de survivre et de contenir cette créature. De toute évidence, il n'a pas réussi à la détruire, mais l'inverse non plus. Et Ann le savait.

— Et que fais-tu de l'amour et du chagrin ? s'enquit Caleb.

— Je ne les nie pas, mais son journal donne l'impression d'une femme de tête. D'une femme qui aimait d'un amour très profond un homme hors du commun. Elle a défié les conventions pour lui, pris le risque de quitter les siens et d'affronter l'opprobre. Elle a partagé son lit, mais aussi ses obligations, j'en suis persuadée. Il s'est forcément ouvert à elle de ses intentions. Ils ne formaient qu'un. N'est-ce pas ce que tu as ressenti aussi quand nous étions dans la clairière ?

— Si, reconnut Caleb.

— Donc, Ann savait. Et si elle en a parlé à ses fils une fois ceux-ci en âge de comprendre, elle avait conscience que l'histoire orale des Hawkins pouvait se perdre ou se déformer au fil du temps. À mon avis, elle l'aura aussi couchée par écrit et mis le texte à l'abri jusqu'à ce qu'on en ait besoin.

— On en a besoin depuis vingt et un ans.

— Caleb, c'est ton sens des responsabilités qui parle, et non la logique. Elle t'a dit que le moment était venu, qu'il en avait toujours été décidé ainsi. Rien de ce que vous avez fait ou auriez pu faire n'aurait pu arrêter ce démon avant aujourd'hui.

— Nous l'avons libéré, intervint Fox. Si nous avions eu la bonne idée de le laisser tranquille, nous n'aurions pas besoin de ce journal aujourd'hui.

— Je n'en suis pas si sûre, contra Layla qui se pencha légèrement vers lui. Si nous trouvons les volumes manquants, nous comprendrons peut-être. Mais nous avons noté autre chose.

— Elle l'a remarqué tout de suite, précisa Quinn.

— Parce que c'est moi qui l'ai eu d'abord sous les yeux. Il s'agit des prénoms des fils d'Ann. Caleb, Fletcher et Gideon.

— Plutôt commun à l'époque, fit Caleb avec un haussement d'épaules en repoussant son assiette. Caleb a marqué la lignée des Hawkins plus que les deux autres. Mais j'ai un cousin Fletch et un oncle Gideon.

— Regarde les initiales, s'impatienta Quinn. Je t'avais dit qu'ils ne le verraient pas, ajouta-t-elle à l'intention de Layla. C, F, G. Caleb, Fox, Gage.

— Objection, Votre Honneur, s'interposa Fox. Cette théorie ne tient pas la route, surtout quand on sait que ma mère m'a appelé Fox[1] parce qu'elle a vu une meute de renards traverser un champ et disparaître dans les bois à peu près au moment où les contractions ont commencé. Quant à ma sœur Sage[2], ma mère a senti la sauge de son jardin d'herbes aromatiques juste après l'accouchement. Même topo pour ses quatre enfants.

— Quelle que soit l'origine de ton superbe prénom, Fox, je ne crois pas qu'on puisse l'écarter comme une coïncidence, riposta Quinn tout en observant Caleb du coin de

---

1. Renard en français. *(N.d.T.)*
2. Sauge en français. *(N.d.T.)*

l'œil. Et je suis aussi d'avis qu'il y a plus d'un seul descendant d'Ann Hawkins à cette table.

— La famille de mon père est d'origine irlandaise, rétorqua Fox. Elle a émigré il y a seulement quatre générations. Mes ancêtres ne pouvaient pas être ici à l'époque d'Ann Hawkins parce qu'ils cultivaient les champs dans le Kerry.

— Et ta mère ? intervint Layla.

— C'est plus mélangé. Origines anglaises, irlandaises, un peu françaises aussi, je crois. Personne ne s'est jamais passionné pour la généalogie chez nous, mais je n'ai jamais entendu parler d'un quelconque Hawkins dans notre famille.

— Tu devrais peut-être y regarder de plus près, lui conseilla Quinn. Et qu'en est-il de Gage ?

— Aucune idée, répondit Caleb, songeur. Je doute qu'il le sache lui-même. Je peux demander à Bill, son père. Si nous étions des descendants directs, cela expliquerait un mystère qui nous a toujours échappé.

— Pourquoi est-ce justement vous trois qui, en mélangeant vos sangs, avez ouvert la boîte de Pandore ?

— J'ai toujours cru que c'était à cause de moi.

Caleb était allongé sur le dos, Quinn nichée contre lui.

— Toi seul ?

— J'imaginais qu'ils avaient peut-être servi aussi de déclencheurs, mais oui, moi seul. C'était mon sang, tu comprends ? J'étais le seul Hawkins. Eux n'étaient pas d'ici, enfin pas depuis des générations. Mais si ton hypothèse est juste... je ne sais toujours pas ce que je suis censé ressentir.

— Tu pourrais peut-être t'octroyer une petite pause, suggéra Quinn en lui caressant le torse.

— Si Dent avait trouvé le moyen de l'arrêter, pourquoi l'a-t-il laissé en arriver là ?

— Autre bonne question, admit Quinn.

Elle se redressa et plongea son regard dans le sien.

— Nous trouverons la réponse, Caleb. C'est notre mission et j'y crois.

— J'y crois davantage aujourd'hui, grâce à toi, avoua-t-il en lui caressant la joue. Quinn, je ne peux pas rester cette nuit. Balourd est peut-être paresseux, mais il a besoin de moi.

— Tu as encore une heure ?

Il sourit, tandis qu'elle approchait son visage du sien.

— Il devrait tenir encore une heure, oui.

Plus tard, lorsque Caleb regagna sa voiture, une soudaine rafale de vent agita les branches dénudées des arbres. Tendu, il scruta la rue. Elle était déserte.

« Il y a quelque chose dans l'air », songea-t-il de nouveau avant de se glisser derrière le volant.

Il était minuit passé quand l'envie sournoise d'une cigarette titilla le cerveau de Gage. Il avait arrêté depuis deux ans, trois mois et une semaine.

Il monta le volume de l'autoradio, histoire de se changer les idées, mais l'envie était en train de se muer en désir impérieux. Il pouvait l'ignorer, comme d'habitude. Autrement, il lui faudrait croire à la véracité du vieil adage : « Tel père, tel fils. »

Or il ne ressemblait en rien à son père.

Il buvait quand il en avait envie, mais n'était jamais ivre. Pas depuis ses dix-sept ans, en tout cas, et à l'époque l'ivresse était le but recherché. Il ne rejetait pas ses fautes sur autrui, ne frappait jamais plus petit ou plus faible que lui dans l'espoir de se sentir plus puissant.

Il n'en voulait même pas particulièrement à son père. Selon lui, on était obligé de jouer avec les cartes qu'on recevait. Ou de quitter la table les poches vides.

Question de chance.

Il était donc parfaitement préparé à refouler cette envie de cigarette aussi brusque qu'intense. Mais lorsqu'il réalisa qu'il n'était plus qu'à quelques kilomètres de Hawkins Hollow, l'endroit où il connaîtrait fort probablement une fin atroce, les mises en garde du ministère de la santé lui parurent soudain dérisoires et son sacrifice d'une totale inutilité.

« Et puis merde », se dit-il en apercevant l'enseigne lumineuse de *Sheetz*. Après tout, il ne voulait pas vivre éternellement. Il se gara devant la supérette ouverte vingt-quatre heures sur vingt-quatre, et alla s'offrir un café et un paquet de Marlboro.

Il regagna à grands pas la voiture qu'il avait achetée le soir même à Washington D.C. entre son arrivée à l'aéroport et le règlement d'une petite dette. Le vent lui fouettait les cheveux. Des cheveux noirs comme la nuit, un peu plus longs qu'il ne les portait d'ordinaire, et un peu négligés, comme s'il ne faisait pas confiance aux coiffeurs praguois. Une barbe de plusieurs jours qu'il n'avait pas pris la peine de raser lui ombrait les mâchoires. Cela ajoutait encore à ce côté sombre et dangereux qui avait arraché un frisson de désir à la jeune vendeuse qui l'avait servi au magasin.

Il mesurait aujourd'hui près d'un mètre quatre-vingt-dix, et l'adolescent mince d'autrefois s'était bien étoffé. Sa profession étant en général sédentaire, il veillait à entretenir sa forme physique et sa musculature avec constance, testant souvent les limites de son endurance.

Ce n'était pas son genre de chercher la bagarre, mais il n'avait pas pour habitude de se défiler quand il y en avait une. Et il aimait gagner. Son corps, son visage, son cerveau étaient les outils clés de sa profession. Tout comme ses yeux, sa voix et un sang-froid dont il se départait rarement.

Son métier, c'était le jeu. Et un joueur intelligent gardait ses outils toujours parfaitement affûtés.

Gage s'engagea de nouveau sur l'autoroute et appuya à fond sur l'accélérateur de sa Ferrari. C'était peut-être une connerie d'avoir dépensé autant de fric dans une bagnole, mais, bon sang, elle en avait sous le capot. Et puis, des années auparavant, c'était en stop qu'il avait quitté Hollow. Quel pied d'y revenir aujourd'hui avec classe !

Marrant, depuis qu'il avait acheté des cigarettes, l'envie d'en griller une lui avait passé. Il ne voulait même plus du café. La vitesse lui suffisait comme excitant.

Il avala les derniers kilomètres d'autoroute et s'engagea à toute allure sur la bretelle de sortie. La route de campagne était déserte. Pas étonnant, à cette heure de la nuit. Il ne distinguait le paysage qu'en ombres chinoises – maisons, collines, champs, arbres. Il avait le ventre noué à l'idée de rentrer, et pourtant, cette force qui l'attirait chez lui – et ne l'avait jamais vraiment quitté – n'avait jamais été aussi impérieuse.

Il tendait la main vers le gobelet de café, davantage par habitude que par envie, quand une voiture traversa la route juste devant lui. Il donna un coup de volant et écrasa la pédale de frein pour l'éviter avant de s'acharner sur le klaxon tandis que l'autre véhicule faisait une embardée.

« Bordel, je viens juste de l'acheter ! » eut-il le temps de penser.

La Ferrari était en travers de la route. C'était un miracle qu'il n'y ait pas eu de collision. À quelques centimètres près, réalisa-t-il.

C'était son jour de chance.

Il enclencha la marche arrière, se gara sur le bas-côté et descendit, persuadé de tomber sur un conducteur ivre.

Une jeune femme parfaitement sobre, mais folle de rage, jaillit de la voiture inclinée dans le fossé peu profond qui bordait l'accotement et claqua la portière.

— Vous sortez d'où, espèce de malade ?

Gage ne vit qu'une masse de boucles brunes s'agiter autour d'un visage que le choc avait vidé de ses couleurs.

Super mignonne, nota-t-il dans un recoin de son cerveau. De grands yeux noirs de bohémienne que son teint pâle ne faisait que souligner, un nez aquilin à l'élégance altière, une bouche pleine au contour parfait.

Elle ne tremblait pas, et il ne perçut pas de peur alors qu'elle se trouvait face à un complet inconnu sur une route déserte au milieu de la nuit. Juste de la colère.

— Et *vous*, mademoiselle, d'où sortez-vous ? répliqua-t-il avec un calme qui lui parut admirable.

— De cette stupide route qui ressemble à toutes les autres tout aussi stupides dans ce coin. J'ai regardé des deux côtés, et il n'y avait personne. Et soudain, vous avez jailli de nulle part. Comment avez-vous… ? Oh, et puis laissez tomber. Il n'y a pas mort d'homme.

Les mains calées sur les hanches, elle pivota vers sa voiture.

— Je peux sortir de là, non ?

— Je pense. Il y a aussi le pneu à plat.

— Quel pneu… Oh, merde ! fulmina-t-elle, décochant un coup de pied excédé dans la roue arrière. Vous allez devoir le changer. C'est le moins que vous puissiez faire !

En fait, non. Retourner tranquillement à sa voiture et la planter là avec un salut de la main, voilà le moins qu'il pouvait faire. Mais il aimait son côté rentre-dedans, pas du tout le genre de fille à trembler comme une feuille.

— Ouvrez le coffre. J'ai besoin de la roue et du cric.

Elle s'exécuta et il souleva une valise qu'il posa sur le bitume. Après un coup d'œil à la roue de secours, il secoua la tête.

— Décidément, ce n'est pas votre jour. Elle est à plat aussi.

— Impossible. Qu'est-ce que vous racontez ?

Elle le poussa et vérifia par elle-même dans le coffre éclairé par une ampoule pâlotte.

— Alors ça, c'est trop fort ! Elle m'énerve, elle m'énerve, elle m'énerve !

Elle se retourna brusquement et arpenta le bas-côté d'un pas furibond sur quelques mètres avant de faire demi-tour.

— C'est ma sœur. Je lui ai prêté ma voiture pour quinze jours. Quelle plaie, je vous jure ! Elle me bousille un pneu et le fait-elle réparer ? Prend-elle même la peine de m'en parler ? Non. Je ne vais pas appeler une dépanneuse à cette heure de la nuit et l'attendre plantée là au milieu de nulle part. Vous êtes bon pour me déposer.

— Ah oui ?

— C'est votre faute. En partie du moins.

— Quelle partie ?

— Je n'en sais rien. Je suis trop crevée, trop furax et trop perdue dans cette pampa pour m'en préoccuper. Vous devez m'emmener.

— À votre service. Vous allez où ?

— À Hawkins Hollow.

— Pratique, répondit-il avec un sourire vaguement énigmatique. C'est là que je vais moi aussi. Gage Turner, se présenta-t-il en l'invitant d'un geste à rejoindre sa voiture.

Elle lui désigna sa valise avec une certaine majesté.

— Cybil Kinski.

Elle haussa les sourcils en découvrant la Ferrari.

— Vous avez de très belles roues, monsieur Turner.

— Oui, et elles fonctionnent toutes.

14

Caleb ne fut guère surpris de voir le pick-up de Fox dans son allée en dépit de l'heure tardive. Et pas davantage de découvrir ce dernier à moitié endormi sur le canapé devant le téléviseur, Balourd étendu contre lui ronflant comme un moteur d'avion.

Sur la table basse se trouvaient une canette de Coca, le dernier sachet de ses chips saveur barbecue et une boîte de biscuits pour chien. À l'évidence, les reliefs d'une folle soirée à deux.

— Qu'est-ce que tu fiches ici ? demanda Fox d'une voix ensommeillée.

— J'habite ici.

— Elle t'a fichu dehors ?

— Non, je suis rentré.

Caleb plongea la main dans le sachet de chips et n'en ressortit que quelques miettes.

— Combien lui en as-tu donné ?

Fox jeta un coup d'œil à la boîte de biscuits pour chien.

— Quelques-uns. Peut-être cinq. Qu'est-ce qui te rend si nerveux ?

Caleb ramassa la canette et vida les dernières gorgées de Coca tiède et éventé.

— Je ne sais pas, c'est une impression que j'ai. Tu n'as rien senti ce soir ?

— Je sens des trucs régulièrement depuis une quinzaine de jours, répondit Fox qui se frotta le visage à deux mains, puis fourragea dans ses cheveux. En y réfléchissant, il s'est produit quelque chose juste avant ton arrivée. J'étais à moitié endormi, peut-être même complètement. C'était comme une bourrasque dans le conduit de cheminée.

Caleb s'approcha de la fenêtre et regarda dehors.

— Tu as pris des nouvelles de tes parents récemment ?

— J'ai parlé à mon père aujourd'hui. Tout va bien. Pourquoi ?

— Si nous sommes tous les trois des descendants directs, alors un de tes parents appartient forcément à la lignée.

— Merci, j'avais compris tout seul.

— Aucune de nos familles n'a jamais été affectée durant les Sept. Nous en avons toujours été soulagés, poursuivit Caleb en se détournant de la fenêtre. Peut-être si soulagés que nous ne nous sommes jamais vraiment demandé pourquoi.

— Nous supposions que c'était parce qu'ils n'habitaient pas en ville. À l'exception de Bill Turner, mais qui aurait pu dire ce qui lui arrivait ?

— Mes parents et les tiens sont venus en ville pendant les Sept. Et tu te rappelles ce qui est arrivé aux Poffenberger la dernière fois ?

— Ouais, ouais, je me souviens, bougonna Fox en se frottant les yeux. Habiter à huit kilomètres n'a pas empêché le mari d'étrangler sa femme pendant qu'elle le massacrait avec un couteau de boucher.

— Et maintenant, nous savons que mon arrière-grand-mère a vu des phénomènes dès le premier été, et encore l'autre soir. Pourquoi ?

Fox se leva et plaça une nouvelle bûche sur le feu.

— Il doit s'agir là d'un choix qui nous échappe. Certains n'ont jamais été touchés, et d'autres l'ont été à des degrés divers.

— Quinn et Layla sont les premiers témoins extérieurs. Et si le lien que nous cherchons était tout simplement celui du sang ?

Fox se rassit sur le canapé et, le dos calé contre le dossier, caressa Balourd qui tressaillit dans son sommeil.

— Théorie intéressante. Ça te ferait quoi comme impression si tu apprenais que tu fais des galipettes avec ta cousine au centième degré ?

Quelle idée tordue.

— Si elles sont des descendantes, le prochain point à éclaircir, c'est de savoir si leur présence nous donne plus de force ou nous rend plus vulnérables, enchaîna Fox. Parce qu'à l'évidence, cette fois, ce sera tout ou rien. Alors il faut… Attends, tu as de la visite.

Fox se leva d'un bond et rejoignit Caleb à la fenêtre.

— Je ne pense pas que le Grand Méchant Diable se pointerait chez toi en véhicule motorisé, qui plus est en…

Il plissa les yeux, tandis que l'éclairage extérieur se déclenchait au passage de la voiture.

— Nom de Dieu, je rêve, une Ferrari ?

Un grand sourire aux lèvres, il se tourna vers Caleb.

— Gage, dirent-ils en chœur.

Ils sortirent sur la terrasse en manches de chemise, laissant la porte ouverte derrière eux. Gage descendit de voiture et alla sortir son sac du coffre. Il jeta la bandoulière sur son épaule et monta les marches de la terrasse.

— Alors, les filles, on se fait une soirée-pyjama ?

— Les strip-teaseuses viennent juste de partir, rétorqua Fox. Pas de bol, mais tu les as ratées.

Puis il se précipita vers lui, les bras ouverts, et l'accueillit d'une accolade virile.

— Bon sang, ça fait du bien de te voir. Quand me laisses-tu conduire ta bagnole ?

— Laisse-moi réfléchir… jamais. Caleb.

— Tu as vraiment pris ton temps.

Submergé par l'affection et le soulagement, Caleb serra à son tour son ami dans ses bras.

— J'avais des affaires à droite et à gauche. Je boirais bien un verre. Et j'ai aussi besoin d'un lit.

— Viens, entre.

Dans la cuisine, Caleb servit trois whiskys, et ils trinquèrent au retour de Gage.

— Alors, commença Caleb, j'imagine que tu reviens plein aux as.

— Oh, oui.

— Combien ?

Gage fit tourner un instant son verre entre ses doigts.

— Une fois déduit mes dépenses et mon nouveau jouet là-dehors, environ cinquante mille.

— Sympa comme boulot quand on sait y faire, commenta Fox.

— Je me débrouille.

— Tu as l'air un peu crevé, frérot, fit remarquer Caleb.

Gage haussa les épaules.

— J'ai quelques longues journées au compteur. Et en prime, j'ai failli me crasher sur la 67.

— Tu as perdu le contrôle de ton jouet ? s'étonna Fox.

— Tu rigoles, se récria Gage avec un petit sourire satisfait. Une gonzesse – vraiment canon, soit dit en passant – a débouché sans crier gare juste devant moi. Pas une seule voiture sur la route, et la voilà qui déboule avec sa vieille Karmann Ghia. J'ai évité la collision de justesse, et en guise de remerciements, elle m'incendie comme si c'était ma faute.

— Ah, les femmes, soupira Fox. Une source inépuisable d'emmerdements.

— Et comment. Elle a versé dans le fossé, continua Gage, décrivant la scène de sa main libre. Rien de méchant à part un pneu à plat, mais la roue de secours était aussi crevée. Il s'est avéré qu'elle allait à Hollow, alors j'ai chargé sa valise de deux tonnes dans mon coffre, et elle m'a débité une adresse en me demandant, comme si je m'appelais Mappy, combien de temps il faudrait pour s'y rendre.

Il sirota une gorgée de whisky.

— Elle a eu du bol que j'aie grandi ici. Je lui ai répondu qu'elle y serait en cinq minutes. Elle a sorti son portable et a réveillé la copine chez qui elle allait – une certaine Q, comme dans James Bond, très mignonne aussi d'ailleurs, à ce que j'en ai vu quand elle a ouvert la porte.

— L'adresse, c'était dans High Street ?

Gage abaissa son verre.

— Exact.

— Le truc que je sentais venir dans le vent, murmura Caleb. J'imagine que c'étaient toi et la Cybil de Quinn.

— Cybil Kinski, confirma Gage. Un look de bohémienne qui habiterait Park Avenue.

Il vida le fond de whisky qui restait dans son verre.

— Ah, on se sent tout de suite mieux.

— Il a jailli de nulle part.

Réveillée par cette arrivée nocturne, Layla était assise près de Quinn sur ce qui serait le lit de Cybil, tandis que la jeune femme papillonnait dans la chambre, occupée à suspendre sa garde-robe, remplir les tiroirs de la commode et boire à l'occasion une gorgée du verre de vin rouge que Quinn avait versé à son intention.

— J'ai bien cru que ma dernière heure était arrivée, même si je n'ai jamais vu de décès par accident de voiture dans mon avenir. Je vous jure, je ne sais pas comment on n'a pas fini en bouillie dans deux tas de ferraille en flammes. Je suis pourtant bonne conductrice, assura Cybil.

— C'est vrai, confirma Quinn.

— Je dois être meilleure que je ne le croyais, et lui aussi, heureusement. J'ai de la chance de m'en tirer avec une belle frousse et un pneu à plat, je sais, mais bon sang, qu'est-ce que j'en veux à Rissa.

— Rissa ? répéta Layla, le regard interrogateur.

— La sœur de Cybil, Marissa, expliqua Quinn. Tu lui as encore prêté ta voiture.

— Je sais, je sais, lâcha Cybil avec un soupir qui fit voleter les boucles sur son front. J'ignore comment elle s'y prend, mais chaque fois, elle arrive à me convaincre. Enfin bref, grâce à Rissa, ma roue de secours était aussi à plat.

— D'où la superbe voiture de sport qui t'a déposée.

— Il ne pouvait quand même pas me planter là, encore qu'il m'en ait paru capable. C'est le genre mauvais garçon craquant et débraillé.

— La dernière fois que j'ai crevé, raconta Quinn, le type sympa qui s'est arrêté pour m'aider avait une bedaine comme un sac de ciment et on lui voyait la raie des fesses.

— Celui-ci n'avait pas de bedaine, et malgré sa veste, je serais prête à parier que Gage Turner a un cul d'Apollon.

— Gage Turner, murmura Layla qui posa une main sur la cuisse de Quinn.

Celle-ci soupira.

— Bon, eh bien, cette fois, j'imagine que la bande est au complet.

Au petit matin, Quinn quitta la maison endormie et gagna le foyer municipal à petites foulées régulières. Elle savait déjà qu'elle regretterait de s'y être rendue à pied parce qu'il lui faudrait courir aussi au retour – après sa séance de gym. Mais elle avait l'impression de renoncer à ses bonnes résolutions en prenant la voiture pour aller à trois pâtés de maisons.

Et elle avait besoin de temps pour réfléchir.

Impossible de croire que Cybil et Gage Turner étaient tombés l'un sur l'autre par hasard – presque au sens propre – au milieu de la nuit juste à l'entrée de la ville. La coïncidence serait trop énorme.

Une bizarrerie de plus, songea Quinn en exhalant de petits nuages de condensation dans l'air glacial.

Autre détail curieux : Cybil possédait un sens de l'orientation très sûr. Pourtant, elle n'avait cessé de se tromper d'itinéraire pour déboucher de cette voie secondaire perdue à l'instant exact où Gage passait sur la route principale. Sans oublier l'étrange remarque de son amie : « Il a jailli de nulle part. » Quinn était tentée de la prendre au pied de la lettre. Si Cybil n'avait pas vu Gage Turner, c'était peut-être qu'à cette seconde cruciale, il était tout simplement absent de sa réalité.

Mais pourquoi était-il si important qu'ils se rencontrent seuls, en dehors du groupe ? N'était-il pas déjà assez singulier qu'ils débarquent tous les deux la même nuit, au même moment ?

Parvenue à la porte de derrière du foyer, Quinn sortit son passe de membre – merci, Caleb – et le glissa dans la serrure électronique qui ouvrait la porte de la salle de gym.

Les locaux étaient encore plongés dans le noir. Bizarre. D'habitude, à son arrivée, la lumière était déjà allumée et au moins l'un des trois téléviseurs pivotants diffusait CNN ou un des talk-shows du matin. Très souvent, il y avait quelqu'un sur l'un des tapis de jogging, les vélos ou un courageux qui levait de la fonte.

Quinn actionna les interrupteurs et s'annonça. Sa voix résonna dans le vide. Étonnée, elle traversa la salle, poussa la porte du fond et s'aperçut que le minuscule bureau du gardien et le vestiaire étaient eux aussi éteints.

« On a fait la fête hier soir », se dit-elle en prenant une clé de casier. Elle se mit en tenue et sortit du vestiaire avec sa serviette. Choisissant de débuter sa séance par le cardio-training, elle régla le téléviseur sur le *Today's Show* et monta sur l'unique vélo elliptique dont le club s'enorgueillissait.

Elle programma l'engin, résistant à l'envie de mentir de quelques kilos sur son poids. Comme si c'était important, se réprimanda-t-elle. (Évidemment que ça l'était !)

Puis elle débuta son échauffement, contente d'être aussi disciplinée – et seule. Pourtant, elle s'attendait à entendre la porte s'ouvrir d'une minute à l'autre et à voir apparaître Matt ou Tina qui se partageaient la surveillance de la salle. Au bout de dix minutes d'entraînement, elle avait atteint son rythme de croisière et s'efforçait de tenir bon en se concentrant sur l'écran du téléviseur.

À la fin des deux premiers kilomètres, elle but une longue gorgée d'eau de la petite bouteille qu'elle avait apportée. Elle entama le troisième en laissant son esprit vagabonder sur ce qu'elle comptait faire dans la journée. Des recherches, bien sûr, la base de tout travail sérieux. Elle avait aussi prévu d'écrire le premier jet de ce qui serait l'introduction de son livre. Coucher les idées sur le papier favoriserait peut-être l'inspiration. À un moment ou à un autre, elle ferait une balade en ville avec Cybil – et Layla si celle-ci en avait envie.

Un détour par le cimetière s'imposait. Le moment était venu de rendre une petite visite à Ann Hawkins.

Peut-être Caleb aurait-il le temps de les accompagner. De toute façon, elle avait besoin de lui demander ce qu'il pensait de la rencontre de Gage – qu'elle avait hâte de connaître – et de Cybil la nuit dernière.

Mais pour être franche, elle avait surtout envie de le revoir. D'exhiber sa conquête devant Cybil. Regarde comme il est mignon ! De la pure frime niveau lycée, mais elle s'en fichait royalement. Elle avait besoin de le toucher, même juste les mains, fugitivement. Elle rêvait du baiser qu'ils échangeraient pour se dire bonjour. Et d'allumer dans son regard préoccupé une étincelle d'amusement. Elle adorait la façon dont ses yeux riaient avant lui, et aussi…

« Dis donc, ma fille, tu en pinces sérieusement pour ce garçon, se dit-elle, un sourire niais aux lèvres, alors qu'elle bouclait le kilomètre trois. Tu ne serais pas en train de tomber amoureuse ? » Elle avait beau ahaner et dégouliner de sueur, elle se sentait aussi fraîche et fringante qu'une pâquerette dans la rosée du printemps.

Soudain, les lumières s'éteignirent. La machine et le téléviseur aussi. Le silence tomba sur la salle de sport.

— La barbe, lâcha-t-elle entre ses dents, plus agacée qu'inquiète.

L'obscurité était totale, et si elle visualisait à peu près sa situation par rapport à la porte – et les obstacles qui l'en séparaient –, elle ne se sentait guère à même de trouver son chemin à l'aveuglette.

Et ensuite ? se demanda-t-elle, attendant que sa respiration s'apaise. Impossible de regagner le vestiaire à tâtons pour récupérer ses vêtements. Il lui faudrait donc sortir en soutien-gorge de sport et collant de cycliste.

Un grondement sourd lui arracha un sursaut. Elle se pétrifia. Et comprit qu'elle avait un problème bien plus sérieux qu'une tenue trop légère.

Elle n'était pas seule.

Son pouls s'emballa, tandis qu'elle se prenait à espérer vainement que la présence dans le noir était humaine. Mais les grondements menaçants qui ébranlaient les murs et les horribles gargouillements qui semblaient provenir du sol eurent tôt fait de la persuader du contraire. Sa peau se hérissa, de peur, mais surtout à cause du froid glacial qui s'était brutalement abattu sur la salle.

« Pas de panique, s'adjura-t-elle. Par pitié ne t'affole pas. » Elle attrapa sa bouteille d'eau par le goulot – une piètre arme de défense, mais elle n'avait rien d'autre sous la main – et descendit avec précaution des pédales.

À peine eut-elle posé le pied par terre qu'elle s'affala dans le noir. L'épaule et la hanche encaissèrent le plus gros du choc. Sous elle, le sol se soulevait et ondulait comme dans un tremblement de terre. Elle se redressa à quatre pattes tant bien que mal. Désorientée, elle ne savait plus dans quelle direction fuir. Et puis, il y avait cette voix d'outre-tombe qui l'enveloppait de tous côtés, s'insinuait dans son crâne, lui soufflant avec jubilation qu'elle allait mourir.

Avec un hurlement, elle se mit à crapahuter à l'aveuglette, se cogna l'épaule contre une autre machine. « Réfléchis, réfléchis, réfléchis ! » s'ordonna-t-elle en claquant des dents. Les mains tremblantes, elle tenta d'identifier l'appareil. Le rameur. La porte devait donc se trouver par là...

Il y eut un choc brutal derrière elle, et quelque chose lui frôla la cheville. Elle bondit, trébucha, puis s'élança vers l'endroit où elle espérait trouver la porte, se moquant des obstacles qui pouvaient se dresser sur son chemin. Le souffle court, elle tâtonna le long du mur.

« Trouve-la, bon Dieu, Quinn. Trouve cette maudite porte ! » s'exhorta-t-elle.

Ses doigts rencontrèrent les gonds. Avec un sanglot, elle localisa la poignée. La tourna. Tira.

Un flot de lumière l'aveugla et Caleb, qui avait déjà pris son élan, la percuta de plein fouet. Ses genoux n'eurent pas le temps de se dérober sous elle : il l'entoura de justesse dans ses bras et pivota afin de lui faire un rempart de son corps.

— Accroche-toi à moi. Tu tiens bon ? lui demanda-t-il d'une voix étrangement calme, tout en refermant la porte derrière lui. Tu es blessée ? Dis-moi si tu as mal quelque part.

Il la palpa avec fébrilité, puis prit son visage à deux mains et écrasa ses lèvres sur les siennes.

— Ouf, tu n'as rien, articula-t-il avec soulagement.

Il l'adossa au mur de brique et ôta sa veste.

— Tiens, enfile ça. Tu es gelée.

Elle le dévisagea d'un air ébahi.

— Tu étais là ?

— Je n'arrivais pas à ouvrir la porte. Le passe ne marchait pas.

Il s'empara de ses mains, les frictionna avec vigueur.

— Ma voiture est juste là. Va t'asseoir à l'intérieur et mets le chauffage. J'ai laissé la clé sur le contact. Tu crois pouvoir y arriver ?

Quinn aurait voulu répondre par l'affirmative, mais ce qu'elle lut dans son regard l'en empêcha.

— Tu vas entrer là-dedans.

— Il le faut. Va t'asseoir au chaud. Je te rejoins dans quelques minutes.

— Si tu y vas, je viens aussi.

— Quinn.

Comment, se demanda-t-elle, réussissait-il à prendre ce ton à la fois patient et agacé ?

— Je me détesterais si je restais au chaud dans ta voiture pendant que tu vas voir là-dedans, s'entêta-t-elle. Et je n'ai pas envie de me détester. De toute façon, c'est plus sûr à deux. Allons-y, on se disputera plus tard.

— Reste derrière moi, et si je te dis te sortir, tu sors. C'est à prendre ou à laisser.

— Je prends. Crois-moi, je n'ai pas honte de me cacher derrière toi.

La petite étincelle amusée qui s'alluma dans son regard apaisa ses nerfs à vif avec plus d'efficacité qu'un trait de brandy.

Caleb tourna la clé dans la serrure et entra le code. Quinn retint son souffle. Quand il poussa le battant, la lumière était allumée à l'intérieur. Le présentateur de la météo annonçait gaiement le temps de la journée. À part la bouteille d'eau qui avait roulé sous le support des haltères, tout paraissait normal.

— Caleb, je te jure, il y a eu une panne de courant et...

— Je sais. Il faisait noir comme dans un four quand tu as ouvert la porte. Les haltères étaient renversés par terre et le sol ondulait. J'ai tout vu, Quinn. Et entendu aussi, quand j'étais de l'autre côté du battant.

Il avait tenté par deux fois de l'enfoncer. Il y avait mis toute sa force parce qu'il avait entendu ses cris et pensait que le toit était en train de s'effondrer.

— Mes affaires sont dans un casier du vestiaire et je tiens vraiment à les récupérer.

— Donne-moi la clé, je vais...

— Ensemble, le coupa-t-elle en lui agrippant la main. Il y a une drôle d'odeur, tu sens ?

— Oui, de soufre, je crois. Ça se dissipe.

Caleb esquissa un sourire en la voyant s'emparer d'un haltère de cinq kilos comme arme.

Il poussa la porte du vestiaire des femmes. Comme ailleurs, tout y était en ordre. Prudent toutefois, il prit la clé des mains de Quinn et la poussa derrière lui avant d'ouvrir le casier. Elle se dépêcha d'enfiler son survêtement et de changer de veste.

— Sortons d'ici.

Alors qu'ils franchissaient le seuil du vestiaire, Matt arriva.

Le type même de l'étudiant sportif, il travaillait au club à mi-temps et donnait à l'occasion des cours particuliers. L'ombre d'un sourire éclaira son visage lorsqu'il les vit sortir main dans la main. Il se racla la gorge.

— Désolé pour le retard. J'ai la poisse ce matin. D'abord, mon réveil n'a pas sonné – je sais, ça fait excuse bidon –, et ensuite, c'est ma voiture qui n'a pas voulu démarrer. Il y a des jours comme ça.

— Oui, il y a des jours, approuva Quinn qui reposa l'haltère à sa place et récupéra sa bouteille d'eau. Terminé pour aujourd'hui, ajouta-t-elle en lui tendant la clé du casier. À plus tard.

— Bien sûr.

Elle attendit d'être sortie du bâtiment avant de lâcher :

— Il a cru qu'on avait…

— Sans doute.

— Tu l'as déjà fait dans un vestiaire ?

— Vu que c'était ma première incursion dans un vestiaire de filles, je dois répondre non.

— Moi non plus. Caleb, tu as le temps de passer à la maison discuter de tout ça devant un café – ou même un petit déjeuner préparé par mes blanches mains ?

— Je vais le prendre.

Tandis qu'elle battait les œufs, elle lui fit un récit détaillé de l'incident.

— J'ai eu la frousse de ma vie, conclut-elle en portant le café dans la salle à manger.

— N'empêche, tu as gardé ton sang-froid et trouvé la porte dans le noir. Il fallait le faire.

— Merci.

Quinn s'assit. Elle ne tremblait plus, mais avait encore un peu les genoux en coton.

— C'est la vérité.

— Tu étais là quand j'ai ouvert la porte, et ç'a été un des plus beaux moments de ma vie. Qu'est-ce qui t'a poussé à venir ?

— J'étais parti tôt parce que je voulais passer chez toi voir comment tu allais. Et t'annoncer que Gage…

— Est arrivé, oui, je sais. Raconte-moi d'abord la suite.

— D'accord. En quittant Main Street, alors que je passais derrière le foyer, j'ai encore vu Ann Hawkins. Elle se tenait devant la porte. Je t'ai entendue crier.

— De cette distance, à l'intérieur de ta voiture ? Et avec des murs si épais ?

— Je t'ai entendue. Quand je me suis précipité, j'ai réalisé qu'il y avait un raffut de tous les diables à l'intérieur. Je me suis acharné sur la porte, mais elle refusait de s'ouvrir.

Quinn percevait l'émotion dans sa voix, la peur qu'il n'avait pas voulu lui montrer sur le moment. Elle se leva et alla s'asseoir sur ses genoux.

Elle s'y trouvait encore, nichée entre ses bras, quand Cybil entra.

— Salut. Non, ne te dérange pas.

Elle prit la chaise de Quinn.

— Quelqu'un en veut ? demanda-t-elle en désignant les œufs brouillés.

Elle se mit à manger.

— Tu dois être Caleb.

Quinn fit les présentations.

— Cybil Kinski, Caleb Hawkins. Nous avons eu une dure matinée.

Layla pénétra à son tour dans la pièce, une tasse de café à la main. Son regard encore ensommeillé s'assombrit d'inquiétude à la seconde où elle aperçut Quinn.

— Que s'est-il passé ?

— Assieds-toi, on va tout vous raconter.

— Je dois voir cet endroit, décréta Cybil dès qu'ils eurent achevé leur récit. Et aussi la salle de bal au bowling. Bref, tous les endroits où ont eu lieu des incidents.

— Autant dire toute la ville, fit remarquer Quinn avec flegme.

— Il faut aussi que je voie la clairière et cette pierre dès que possible.

— Elle est tyrannique, expliqua Quinn à Caleb.

— Je trouvais que tu l'étais, mais je crois qu'elle te bat. Tu es la bienvenue au bowling quand tu veux. Quinn pourra te montrer la salle de gym, mais si je ne peux pas venir, je m'assurerai que Fox ou Gage soit là. Ou mieux, les deux. Quant à la Pierre Païenne, j'en ai parlé avec Fox et Gage la nuit dernière. Nous sommes tombés d'accord pour que la prochaine fois, nous y allions tous ensemble. Je ne suis pas disponible aujourd'hui, Fox non plus. Dimanche semble convenir.

— Il est organisé et directif, glissa Cybil à Quinn.

— Oui, il l'est, confirma celle-ci avant de plaquer un baiser sur la joue de Caleb. À cause de moi, tes œufs sont froids.

— Je n'ai pas perdu au change. Bon, je ferais mieux d'y aller.

— Nous avons encore des tas de trucs à nous dire. Et si vous veniez dîner tous les trois ?

— Quelqu'un sait cuisiner ? s'enquit Caleb.

— Cybil.

— Eh !

— Tu as englouti mon petit déjeuner. Et puis, tu sais vraiment cuisiner. Une dernière chose avant que tu t'en ailles, ajouta-t-elle à l'intention de Caleb, glissant de ses genoux pour le laisser se lever. Fox pourrait-il embaucher Layla ?

— Pardon ? s'exclama l'intéressée. Mais pourquoi ?

— Parce qu'il te faut un travail, lui rappela Quinn. Et qu'il a besoin d'une assistante.

— Mais je ne connais rien à...

— Tu sais gérer une boutique, non ? Tu es la reine de l'organisation, des fichiers en couleurs et tableaux en tous genres. Si tu assures pour le classement et les rendez-vous, c'est déjà à moitié dans la poche. Le reste, tu l'apprendras sur le tas. Tu demanderas à Fox, d'accord, Caleb ?

— Bien sûr, pas de problème.

— Et elle prétend que je suis tyrannique, ironisa Cybil avant de finir la tasse de Quinn.

— J'appelle ça du leadership créatif, répliqua cette dernière. Allez, va me remplir cette tasse pendant que je raccompagne dignement mon héros à la porte.

Cybil sourit en regardant son amie entraîner Caleb hors de la pièce.

— Elle est amoureuse.

— Vraiment ?

Cybil se tourna vers Layla sans cesser de sourire.

— Ah, j'ai réussi à te faire oublier ton envie de lui arracher les yeux avec son idée de boulot.

— On en reparlera. Tu crois vraiment que c'est l'amour avec un grand A avec Caleb ?

— En majuscules et caractères gras, assura Cybil en se levant à son tour, la tasse à la main. Tu sais, Q aime diriger les gens, mais elle veille toujours à les guider vers une voie utile, ou au moins intéressante. Elle n'aurait pas mis cette histoire de boulot sur le tapis si elle ne te croyait pas capable de l'assumer.

Avec un soupir, elle gagna la cuisine.

— Qu'est-ce que je vais bien pouvoir préparer à dîner ?

15

Il était difficile pour Caleb de croiser Bill Turner sans lui parler du retour de Gage. Mais il connaissait ce dernier ; s'il tenait à ce que son père soit au courant, il le préviendrait lui-même. Caleb s'employa donc à l'éviter en s'enfermant dans son bureau. Il s'occupa des commandes, factures et réservations, puis contacta leur fournisseur de jeux afin de négocier l'échange d'un de leurs flippers contre un modèle plus récent.

Après un coup d'œil à sa montre, il jugea que si Gage n'était pas encore réveillé, il devrait l'être. Il décrocha son téléphone.

Pas réveillé, conclut-il en percevant l'irritation dans la voix de son ami. Et pas encore bu son café. Sans pitié, Caleb se lança dans le récit des événements de la matinée, lui transmit l'invitation à dîner et raccrocha.

Levant les yeux au ciel, il appela ensuite Fox pour lui donner les mêmes informations, lui annoncer que Layla avait besoin d'un travail et qu'il devrait l'engager pour remplacer Mme Hawbaker.

— Hein ? fit Fox.

— Il faut que j'y aille, répondit Caleb qui raccrocha.

Avec le sentiment du devoir accompli, il se tourna vers son ordinateur et ouvrit la documentation sur le système électronique de comptage des points qu'il voulait convaincre son père d'installer.

Il était plus que temps pour le bowling de se moderniser. Sans doute était-il déraisonnable de songer à pareil investissement alors que le ciel allait leur tomber sur la tête d'ici quelques mois. Mais si le ciel devait leur tomber sur la tête, alors après tout…

Son père prétendait que certains anciens tiqueraient, mais il ne partageait pas cet avis. S'ils persistaient à vouloir compter les points à la main, le club leur fournirait les feuilles de match et les stylos. Avec une démonstration et quelques parties gratuites, il pensait toutefois pouvoir les convaincre de passer au nouveau système.

Un peu kitsch et traditionnel, d'accord, mais de là à être ringard. Non, non, se dit-il, ce n'était pas la bonne stratégie avec son père. Celui-ci se moquait d'être ringard. Mieux valait lui parler chiffres. Le bowling représentait presque soixante pour cent de leurs revenus, donc…

Un coup frappé à la porte interrompit ses réflexions. Il fit la grimace, pensant qu'il s'agissait de Bill Turner.

Ce fut sa mère qui passa la tête dans l'entrebâillement.

— Trop occupé pour moi ?

— Jamais. Tu viens t'entraîner avant le match du matin ?

— Absolument pas.

Frannie adorait son mari, mais elle se plaisait à dire que le bowling ne faisait pas partie de ses vœux de mariage. Elle entra, s'assit et inclina la tête afin de voir l'écran de son ordinateur. Elle esquissa un sourire.

— Bonne chance avec ça.

— Ne dis rien à papa, d'accord ?

— Je serai muette comme une tombe.

— Avec qui déjeunes-tu ?

— Comment sais-tu que je déjeune dehors ?

— Trop élégant pour de simples courses, répondit Caleb en désignant son joli tailleur-pantalon.

— Quel sens de l'observation. J'ai effectivement quelques courses à faire et ensuite, j'ai rendez-vous avec Joanne Barry au restaurant.

La mère de Fox. Caleb se contenta de hocher la tête.

— Nous déjeunons ensemble de temps à autre, mais elle m'a téléphoné hier pour me demander si nous pouvions nous voir aujourd'hui. Elle paraissait inquiète. Je suis donc venue te demander s'il y a quelque chose que je devrais savoir ou que tu voudrais me dire avant que je la voie.

— Je contrôle la situation autant que faire se peut, maman. Je n'ai pas encore les réponses. Juste davantage de questions et, selon moi, c'est un progrès. En fait, j'en ai une que tu pourrais poser à la mère de Fox de ma part.

— Je t'écoute.

— Demande-lui d'essayer de savoir s'il y avait un Hawkins parmi ses ancêtres.

— Tu crois que nous pourrions être parents éloignés ? Ce serait une bonne chose à ton avis ?

— Ce serait une bonne chose de le savoir.

— Dans ce cas, je lui demanderai. Maintenant à moi de te poser une question : est-ce que tu vas bien ? Oui ou non me suffit.

— Oui.

— Me voilà rassurée, déclara-t-elle en se levant. J'ai une demi-douzaine de choses à faire avant de retrouver Joanne. Ah, au fait, reprit-elle alors qu'elle se dirigeait vers la porte. Je sais que je ne devrais pas, mais je n'ai aucune volonté pour ce genre de chose. C'est du sérieux, Quinn Black et toi ?

— Comment ça ?

— Caleb James Hawkins, ne fais pas semblant d'être bouché.

Il se retint de rire, et aussi de rentrer les épaules, réflexe pavlovien que les réprimandes de sa mère tendaient à provoquer chez lui.

— Je ne connais pas vraiment la réponse, avoua-t-il. Et je ne suis pas sûr que ce soit le bon moment pour une histoire sérieuse avec ce qui se prépare. Avec ce qu'il y a en jeu.

— Que veux-tu comme meilleur moment ? rétorqua Frannie. Ah, mon fils toujours si pondéré !

La main sur la poignée, elle lui sourit.

— Pour ce système de comptage électronique, essaie de rappeler à ton père à quel point son propre géniteur a résisté aux tableaux d'affichage qu'il voulait installer il y a trente-cinq ans.

— J'y penserai.

De nouveau seul, Caleb imprima la documentation, puis descendit faire un tour au rez-de-chaussée.

Les odeurs de nourriture lui rappelèrent qu'il n'avait rien mangé au petit déjeuner. Avant de remonter dans son bureau, il prit donc au passage un bretzel chaud et un Coca.

Ainsi armé, il décida que, comme tout roulait, il pouvait se permettre une pause. Il avait envie de s'intéresser de plus près à la vie d'Ann Hawkins.

Elle lui était apparue deux fois en trois jours. Chaque fois, comme une sorte de mise en garde. Il l'avait déjà vue auparavant, mais toujours en rêve. Et dans ces rêves, il admettait l'avoir désirée – ou plutôt Giles Dent l'avait désirée par son truchement.

Il se fiait à l'instinct de Quinn au sujet du journal. Il y avait forcément eu d'autres volumes. Peut-être se trouvaient-ils encore dans l'ancienne bibliothèque. Il avait bien l'intention de fouiller l'endroit de fond en comble. Si jamais ils avaient été transférés dans l'autre bâtiment et mal classés, ou bien relégués à la réserve, autant chercher une aiguille dans une meule de foin.

Où Ann Hawkins avait-elle vécu pendant presque deux ans ? Tout ce qu'il avait lu ou entendu indiquait qu'elle avait disparu la nuit de l'incendie dans la clairière, et que ses fils avaient presque deux ans quand elle avait reparu à Hollow.

— Où es-tu allée, Ann ?

Où irait une femme enceinte de triplés quelques semaines avant d'accoucher ? À l'époque, voyager devait être extrêmement pénible, même sans être enceinte.

Il existait bien d'autres villages, mais ils étaient trop éloignés pour qu'une femme dans son état puisse s'y rendre, à pied ou même à cheval. La logique voulait donc qu'elle ait trouvé refuge à proximité.

Qui était le plus susceptible d'héberger une future fille-mère ? Peut-être une amie, ou une vieille veuve compatissante. Plus probablement une parente compréhensive.

S'il n'était pas facile de trouver des détails sur Ann Hawkins, la biographie de son père – le fondateur de Hollow – était beaucoup plus fournie.

Caleb l'avait lue, bien sûr, mais jamais étudiée sous cet angle. Il ouvrit le fichier qui regroupait toutes les informations qu'il avait téléchargées sur James Hawkins. Il explora chaque piste, nota la moindre mention d'un parent, même par alliance. La cueillette était maigre, mais la moindre avancée était toujours bonne à prendre.

Il leva le nez quand on frappa à la porte. Quinn passa la tête dans l'entrebâillement, comme sa mère plus tôt dans la matinée.

— Tu travailles. Je parie que tu détestes être interrompu, mais...

— Pas de problème.

Caleb consulta sa montre, et réalisa avec un pincement de culpabilité que sa pause avait duré plus d'une heure.

— Je voulais juste te prévenir que nous sommes là. Nous avons emmené Cybil faire un tour en ville. Savais-tu qu'il n'y a pas un seul magasin de chaussures à Hawkins Hollow ? Voilà qui désole Cybil ; elle adore acheter des chaussures. Maintenant, elle parle de bowling. Avec son esprit de compétition féroce, je crains le pire. Je me suis éclipsée avant qu'elle ne m'entraîne là-dedans. On avait l'intention de manger un morceau vite fait au grill. Tu pourrais peut-être te joindre à nous – tu sais, avant que Cybil...

Quinn laissa sa phrase en suspens. Non seulement Caleb n'avait pas dit un mot, mais il la fixait bizarrement. Elle se passa la main sur le nez, puis dans les cheveux.

— C'est à cause de mes cheveux ?

— En partie, oui. Sans doute.

Il se leva, contourna son bureau. Sans la quitter des yeux, il poussa le battant et ferma la porte à clé.

— Oh. *Oh.* Sérieusement ? Ici ? Maintenant ?

— Sérieusement. Ici et maintenant.

Elle avait l'air troublée. Un petit plaisir rare.

— Tu n'es pas aussi prévisible que tu le devrais.

Quinn s'était vite ressaisie. Soutenant son regard, elle ôta son pull-over, puis déboutonna son chemisier.

— Je devrais l'être ? s'étonna Caleb qui, sans s'embêter avec les boutons, fit passer sa chemise par-dessus sa tête.

— Un gentil garçon de province élevé par des parents aimants et équilibrés, qui dirige l'entreprise familiale depuis trois générations. Oui, tu devrais être prévisible, Caleb Hawkins, répliqua-t-elle en déboutonnant son jean. J'aime que tu ne le sois pas. Je ne parle pas juste du sexe, même si ça compte drôlement.

Elle se pencha pour enlever ses bottes et écarta les cheveux qui lui tombaient dans les yeux pour continuer de le regarder.

— Tu devrais être marié, poursuivit-elle, ou en train de l'envisager avec ton amoureuse de la fac. Tu devrais penser à ouvrir un plan épargne-retraite.

— J'y pense. Mais pas en ce moment, voilà tout. En ce moment, Quinn, je ne peux penser qu'à toi.

Le cœur de Quinn fit un bond avant même qu'il ne caresse ses bras nus. Avant même qu'il ne l'attire à lui et ne s'empare de ses lèvres en un baiser fougueux.

Lorsqu'ils s'allongèrent par terre, elle aurait pu en rire si son pouls ne s'était à ce point emballé. Il y avait dans leurs gestes, dans leur désir, une frénésie et une audace qu'ils n'avaient pas encore expérimentées au lit.

Cette fois, pas question de prendre son temps. L'un comme l'autre étaient pressés d'en venir droit au fait. Ils roulèrent sur le sol, et Quinn se retrouva à califourchon sur Caleb. Il l'empoigna par les hanches, mais déjà elle l'aidait à entrer en elle. Lorsqu'elle se pencha en avant pour reprendre sa bouche avec avidité, ses cheveux tombèrent tel un rideau protégeant leurs deux visages. Caleb se laissa submerger par son parfum, son énergie, tandis qu'il promenait les mains le long de son dos, puis sur la courbe de ses hanches.

Elle le chevaucha avec fièvre et n'eut pas à attendre longtemps la voluptueuse explosion qui les propulsa, d'abord lui, puis elle, au sommet de la jouissance.

Émerveillée d'avoir réussi à lui faire perdre le contrôle, Quinn se laissa glisser auprès de lui et ils demeurèrent allongés là, essoufflés et un peu hébétés.

Elle ne put s'empêcher de rire.

— Mon Dieu, on dirait un couple d'ados. Ou de lapins.

— De lapins ados.

Elle se redressa, amusée.

— Tu pratiques souvent le multitasking dans ton bureau ?

— Euh…

— Tu vois, imprévisible, observa-t-elle en remontant son soutien-gorge.

Il lui tendit son chemisier.

— C'est la première fois que je pratique le multitasking de cette façon durant les heures de travail.

Quinn reboutonna son chemisier avec un sourire.

— Bien.

— Et je ne m'étais plus senti comme un lapin ado depuis que j'en étais un.

Elle se pencha pour lui plaquer un petit baiser sur les lèvres.

— Encore mieux.

Toujours sur le sol, elle enfila son jean en se contorsionnant, et il fit de même.

— J'ai quelque chose à t'avouer, dit-elle en chaussant l'une de ses bottes. Je crois que... Non, dire « je crois », c'est lâche.

Elle inspira un grand coup, chaussa sa deuxième botte avec détermination, puis regarda Caleb droit dans les yeux.

— Je suis amoureuse de toi.

Le choc fit à Caleb l'effet d'un coup de poing dans le ventre, aussitôt suivi par l'inquiétude et la peur.

— Quinn...

— Ne gaspille pas ta salive avec des faux-fuyants du style « on se connaît depuis à peine deux semaines » ou « je suis flatté, mais... ». Je ne te demande pas une réponse ; je tenais seulement à ce que tu le saches. Primo, même si on ne se connaît pas depuis longtemps, moi, je me connais très bien et je sais ce que je ressens. Deuzio, tu devrais être flatté, cela va sans dire. Et pas la peine de flipper. Rien ne t'oblige à éprouver les mêmes sentiments envers moi.

— Quinn, nous sommes tous sous pression. Nous ignorons même si nous serons encore là en août. Nous ne pouvons pas...

Elle lui prit le visage entre les mains.

— Exactement. On ne sait jamais de quoi demain sera fait, mais nous avons davantage de raisons que d'autres de nous inquiéter. Voilà pourquoi, il faut profiter de l'instant présent. Je doute que je te l'aurais dit sinon, même si je peux me montrer impulsive. En d'autres circonstances, j'aurais probablement rongé mon frein en silence.

— Quinn, il faut que tu saches...

— Ne me dis surtout pas que tu tiens à moi, le coupa-t-elle avec, pour la première fois, une touche d'agacement dans la voix. D'instinct, tu as envie de me sortir tous les lieux communs que les gens débitent dans ce genre de situation. Franchement, ces banalités m'exaspèrent.

— Loin de moi l'idée de t'exaspérer, mais laisse-moi juste te poser une question : t'es-tu demandé si tes sentiments pourraient avoir un rapport avec ce qui nous est arrivé dans la clairière ? S'ils n'étaient pas, disons, le reflet de ce qu'éprouvait Ann pour Dent ?

Quinn se releva et enfila son pull-over.

— Je me le suis demandé, oui, reconnut-elle. Et ce n'est pas le cas. Mais c'est une bonne question. Et les bonnes questions ne m'exaspèrent pas. L'amour qu'Ann ressentait était intense et dévorant. Je ne prétends pas ne rien éprouver de tel à ton égard, mais chez elle, c'était douloureux, déchirant même. Sous la joie se cachait la peine. Moi, je ne suis pas triste. Bon... tu as le temps de venir manger un morceau avec nous ?

— Euh... oui, bien sûr.

— Génial. On se retrouve en bas. Je fais un détour par les toilettes pour me refaire une beauté.

Elle ouvrit la porte.

— Quinn.

Caleb hésita, tandis qu'elle se retournait.

— Je n'ai jamais ressenti ça pour personne avant toi.

— Voilà qui fait très plaisir à entendre.

Elle s'en alla d'un pas tranquille, le sourire aux lèvres. S'il le disait, il le pensait, parce que Caleb était ainsi. Pauvre garçon, songea-t-elle, il n'a même pas conscience d'être ferré.

Un épais bosquet masquait le côté nord du vieux cimetière qui s'étendait sur un terrain accidenté bordé de collines à l'ouest. Il était situé au bout d'un chemin de terre à peine assez large pour deux voitures. Une plaque commémorative délavée par les intempéries indiquait qu'autrefois la Première Église des Dévots se dressait sur ce site, mais avait été frappée par la foudre et détruite dans l'incendie qui s'était ensuivi le 7 juillet 1652.

Quinn l'avait lu lors de ses recherches, mais c'était autrement impressionnant de se trouver à l'endroit même, dans le vent et le froid. Elle avait appris aussi, comme le précisait la plaque, qu'une petite chapelle avait été érigée en remplacement. Celle-ci avait été endommagée durant la guerre de Sécession et avait fini par tomber en ruine.

Aujourd'hui, il ne restait que la plaque et les pierres tombales au milieu des herbes folles qui avaient résisté à l'hiver. Au-delà d'un muret de pierre s'alignaient les tombes récentes. Çà et là, des bouquets de fleurs apportaient une touche de couleur dans la grisaille hivernale.

— Nous aurions dû apporter des fleurs, dit Layla à mi-voix, les yeux fixés sur la modeste plaque qui portait pour unique inscription :

ANN HAWKINS

— Elle n'en a pas besoin, assura Cybil. Les pierres tombales et les fleurs sont pour les vivants. Les morts ont autre chose à faire.

— Réjouissant, comme pensée, fit remarquer Quinn.

Cybil haussa les épaules.

— C'est mon avis. Déjà qu'être mort, c'est pénible, mais s'ennuyer en prime... Intéressant, non, qu'il n'y ait aucune date. Ni naissance ni décès. Et pas d'épitaphe non plus. Ses trois fils se sont contentés de faire graver son nom. Pourtant, ils sont enterrés ici, eux aussi, avec leurs femmes et, j'imagine, au moins quelques-uns de leurs enfants. Quel que soit l'endroit où la vie les aura portés, ils sont revenus reposer auprès d'Ann.

Quinn contempla la tombe avec un froncement de sourcils.

— Peut-être étaient-ils persuadés qu'elle reviendrait. Peut-être leur avait-elle dit que la mort n'est pas une fin. Ou alors ils ont opté pour la sobriété. Mais maintenant que tu le dis, je me demande si c'était délibéré. Ni début ni fin. Du moins pas avant...

— Juillet prochain, termina Layla. Encore une pensée réjouissante.

— Bon, eh bien, maintenant que nous sommes toutes réjouies, je vais prendre quelques photos, décida Quinn en sortant son appareil. Vous pourriez noter quelques-uns des noms qui figurent sur les tombes environnantes. On vérifiera s'il y a un lien avec...

En reculant pour faire le point, elle trébucha et s'affala par terre.

— Aïe ! Juste sur le bleu que je me suis fait ce matin.

Layla se précipita à la rescousse. Cybil aussi, mais elle se retenait de rire.

— C'est ça, marre-toi, bougonna Quinn. Tout est de traviole ici, et certaines dalles affleurent à peine.

Tout en se frottant la hanche, elle jeta un coup d'œil à la pierre tombale à laquelle elle devait sa chute.

— Tiens, c'est drôle. Joseph Black, décédé en 1843.

Le rouge que l'embarras lui avait fait monter aux joues pâlit d'un ton.

— Black, c'est commun comme nom, franchement. Sauf que je suis tombée dessus ici, au sens propre du terme.

— Il y a des chances qu'il soit de ta famille, approuva Cybil.

— Et de celle d'Ann ? suggéra Layla.

Quinn secoua la tête.

— Caleb a fait des recherches sur l'arbre généalogique des Hawkins, et je l'ai moi-même parcouru. Je sais que certaines archives anciennes ont été perdues, ou sont si bien cachées qu'on ne les a pas encore trouvées, mais je ne vois pas comment des branches portant mon patronyme auraient pu nous échapper à l'un comme à l'autre. Bon, eh bien, je crois que Joe mérite une petite enquête.

Le père de Quinn ne put lui être d'aucune aide, mais l'appel chez ses parents la retint quarante minutes au téléphone, le temps de combler ses lacunes sur les potins familiaux. Elle contacta ensuite sa grand-mère qui se souvenait vaguement d'une belle-mère ayant mentionné un oncle, ou peut-être un grand-oncle, voire un cousin, né dans les collines du Maryland. À moins que ce ne fût la Virginie. Il était célèbre dans la famille pour être parti avec une chanteuse de saloon, abandonnant sa femme et ses quatre enfants non sans avoir embarqué au passage les économies du ménage.

— Sympa, ce Joseph, commenta Quinn. Il ne manquerait plus que ce soit un parent.

Contente d'avoir une excuse pour se dispenser d'aider à la préparation du dîner, elle prit le temps de faire un tour à la mairie afin de se pencher sur le cas de ce Joseph Black. S'il était mort à Hollow, il y était peut-être aussi né.

Lorsque Quinn regagna la maison, qui embaumait, leurs invités étaient déjà là. Fidèle à elle-même, Cybil avait mis de la musique, allumé des bougies et versé le vin. Tout le monde était entassé dans la cuisine, s'aiguisant l'appétit avec des olives marinées. Quinn en avala une et vida d'un trait le verre de Caleb.

— J'ai passé trois heures à éplucher les registres de la mairie. J'ai l'impression d'avoir les yeux en sang.

— Joseph Black, dit Fox en lui tendant un verre plein. On nous a mis au courant.

— Parfait, ça m'évitera de le faire. Je n'ai pu remonter que jusqu'à son grand-père, Quinton Black, né en 1676. Il n'y a rien avant dans les archives, pas ici en tout cas. Et rien après Joe non plus. Il avait trois sœurs, mais je n'ai trouvé que leurs certificats de naissance. Quelques oncles et tantes, rien de plus. Il semble que les Black n'aient pas laissé un grand souvenir à Hawkins Hollow.

— Ce nom m'aurait dit quelque chose, observa Caleb.

— Certes. Cependant, j'ai éveillé la curiosité de ma grand-mère qui, du coup, s'est mise en quête de la vieille bible familiale où sont consignés les naissances et les décès. Elle m'a appelée sur mon portable. Elle pense qu'elle est allée à son beau-frère à la mort des parents de celui-ci. Peut-être. Enfin, c'est toujours une piste.

Elle se tourna vers l'homme adossé au plan de travail, et qui jouait avec son verre de vin.

— Désolée. Gage, c'est ça ?

— Exact. Spécialisé en dépannages routiers.

Quinn sourit, tandis que Cybil levait les yeux au ciel et sortait un pain aux herbes du four.

— Il paraît, fit Quinn. Et on dirait que le repas est prêt. Je meurs de faim. Rien de tel que d'éplucher les certificats de naissance et de décès des Black, Robbit et autres Clark pour s'ouvrir l'appétit.

— Clark ?

Layla posa sur la table un plat pour le pain de Cybil.

— Il y avait des Clark dans les archives ?

— Oui, une Alma et un Richard Clark, si ma mémoire est bonne. Il faudrait que je vérifie dans mes notes. Pourquoi ?

— Le nom de jeune fille de ma grand-mère est Clark, répondit Layla avec un faible sourire. Ce n'est sans doute pas non plus une coïncidence.

— Elle est encore en vie ? lui demanda aussitôt Quinn. Peux-tu la contacter et…

— On va manger pendant que c'est chaud, l'interrompit Cybil. On aura tout le temps de secouer les arbres généalogiques plus tard. Mais quand c'est moi qui cuisine, conclut-elle en fourrant d'office le plat entre les mains de Gage, on mange.

16

C'était forcément important.

Caleb s'était plongé à corps perdu dans l'étude de la lignée des Hawkins et des Black. Ils tenaient là une nouvelle piste. Une porte dont ils avaient ignoré l'existence et qui ne demandait qu'à être poussée.

Cette tâche capitale à ses yeux lui prenait beaucoup de temps, débordant même sur sa journée de travail. Voilà pourquoi Quinn et lui n'avaient pas vraiment réussi à se voir depuis deux jours. Ils n'y pouvaient rien : il était occupé, et elle aussi.

De toute façon, cette coupure tombait à pic. C'était l'occasion de faire retomber un peu la vapeur. Comme il l'avait dit à sa mère, le moment était mal choisi pour une relation sérieuse. Tomber amoureux impliquait des bouleversements profonds dans une existence. Et des bouleversements profonds, il en avait déjà suffisamment à redouter.

Il remplit la gamelle de Balourd qui attendait sa pitance avec son habituelle patience. Comme tous les mardis, il avait mis une lessive à tourner avant de sortir le chien pour sa promenade matinale. Fidèle à sa routine de la semaine, il sirotait sa première tasse de café en préparant ses céréales.

Il sortit le lait du réfrigérateur, et pensa aussitôt à Quinn. Du lait écrémé, songea-t-il en secouant la tête. Peut-être était-elle aussi en train de préparer son petit déjeuner. Il l'imaginait debout dans sa cuisine embaumant le café, une tasse à la main. Pensant à lui.

Pris d'une impulsion, il tendit la main vers le téléphone quand un bruit le fit se retourner.

Gage sortit une tasse du placard qu'il venait d'ouvrir.

— Nerveux.

— Non. Je ne t'ai pas entendu entrer.

— Tu soupirais après une fille.

— J'ai beaucoup de choses en tête.

— Surtout la fille. Il y a des indices qui ne trompent pas, Hawkins. À commencer par tes yeux de cocker.

— Va te faire foutre, Turner.

Gage se contenta de sourire et se versa du café.

— Et puis, il y a cet hameçon accroché au coin de ta bouche, continua-t-il, crochetant l'index dans la sienne en guise de démonstration. Infaillible.

— Tu es jaloux parce que tu ne baises pas régulièrement.

— Sûrement pas, rétorqua Gage en caressant de son pied nu le flanc de Balourd qui était concentré sur sa gamelle. Ce n'est pas ton type habituel.

L'irritation remonta le long du dos de Caleb comme un lézard.

— Ah, oui ? Et c'est quoi, mon type habituel ?

— À peu près le même que le mien. Pour le fun, sans attache ni prise de tête. Qui pourrait nous en blâmer, tout bien réfléchi ?

Il plongea directement la main dans le paquet de céréales.

— Mais cette fille casse le moule. Intelligente, stable. Et elle a une grosse pelote de ficelle dans sa poche arrière avec laquelle elle a déjà commencé à te ligoter.

— Ça ne te pèse pas trop, tout ce cynisme ?

— Réalisme, corrigea Gage en mastiquant ses céréales. Cela dit, je l'aime bien.

— Moi aussi, approuva Caleb qui oublia le lait et versa ses céréales dans son bol. Elle m'a dit… qu'elle était amoureuse de moi.

— C'est du rapide. Et subitement elle est hyperoccupée et toi, tu dors seul. Décidément, cette fille est futée.

— Bon Dieu, Gage ! s'emporta Caleb, à la fois contre son ami et lui-même. Elle n'est pas comme ça. Elle n'a rien d'une manipulatrice.

— Et tu en es sûr parce que tu la connais si bien.

— Exact.

L'irritation de Caleb retomba aussitôt à l'évocation de cette vérité toute simple.

— Je la connais bien, en effet. Notre première rencontre a été comme une révélation qui a changé ma vie. Et tes blagues vaseuses n'y changeront rien.

— Je dirais que tu as de la chance, reprit Gage après un silence. J'espère que ça marchera comme tu veux. Je n'ai jamais imaginé qu'aucun de nous trois avait la moindre chance de vivre une histoire normale. Ça ne me dérangerait pas de me tromper, ajouta-t-il avec un haussement d'épaules. Et puis, tu es très mignon avec cet hameçon dans la bouche.

Pour toute réponse, Caleb le gratifia d'un doigt d'honneur.

— Voilà, je suis là, lança Fox qui pénétra dans la cuisine de son pas nonchalant et se dirigea droit vers le réfrigérateur. Alors quoi de neuf ?

— Tu piques mes Coca dans mon frigo et tu ne les remplaces jamais, voilà ce qu'il y a de neuf.

— J'ai apporté de la bière la semaine dernière. Et puis, Gage m'a demandé de venir, et le matin, je ne peux pas me passer d'un Coca.

— Tu lui as demandé de venir ?

— Ouais. O'Dell, Caleb est amoureux de la blonde.

— Je n'ai pas dit que j'étais...

— Tu ne m'apprends rien.

Fox ouvrit la canette et avala une longue gorgée.

— Je n'ai jamais dit que j'étais amoureux de quiconque, fit remarquer Caleb.

Fox lui accorda un vague coup d'œil.

— Je te connais depuis toujours. Je sais ce que signifient ces petits cœurs qui scintillent dans tes yeux. C'est cool. Cette fille est, pour ainsi dire, faite pour toi.

— Lui dit qu'elle n'est pas mon type, et toi, qu'elle est faite pour moi.

— On a raison tous les deux. Ce n'est pas le genre de poisson que tu remontes d'habitude dans tes filets, admit Fox qui but encore un trait de soda, puis s'empara du paquet de céréales. Parce que tu ne veux pas en trouver une avec qui ça colle. Avec cette fille-là, si, et c'est une surprise. Une embuscade pratiquement. Mais, rassurez-moi, je ne me suis pas levé une heure plus tôt pour qu'on bavarde de la vie amoureuse de Caleb ?

— Non, c'était juste un à-côté intéressant, répondit Gage. En République tchèque, j'ai déniché quelques pistes que j'ai suivies quand j'en avais le temps. J'ai reçu un appel d'un expert hier soir, d'où notre réunion de ce matin. J'ai peut-être identifié notre Grand Méchant Démon.

Tous trois s'assirent à la table de la cuisine, Fox en costume, Gage en tee-shirt noir et pantalon cargo, Caleb en jean et chemise de flanelle.

— J'ai visité plusieurs villages reculés, histoire de m'imprégner de la couleur locale entre deux parties de poker, commença Gage.

Depuis des années, il suivait le même rituel, en quête de la moindre information sur les démons et les phénomènes inexpliqués. Il revenait toujours avec des histoires, mais rien ne collait jamais vraiment avec leur cas particulier.

— On m'a parlé d'un démon très ancien capable de revêtir différentes formes. Il y a beaucoup d'histoires de loup-garou là-bas, et j'ai d'abord pensé qu'il s'agissait de morsures et de balles en argent. Mais pas du tout. En fait, cette créature traquait les humains pour les réduire en esclavage et se nourrir de leur... la traduction était assez vague, la plus précise que j'ai réussi à obtenir était essence ou humanité.

— Se nourrir comment ?

— Ça aussi, c'est vague – ou alors très pittoresque comme souvent dans le folklore local. Selon la légende, ce démon s'emparait de l'esprit et de l'âme de ses victimes qui perdaient la raison et étaient poussées au meurtre.

— Il pourrait s'agir de l'origine du nôtre, approuva Fox.

— La ressemblance m'a frappé, alors j'ai creusé un peu. Il a fallu faire le tri ; la région regorge d'histoires comme celle-là. Mais dans des collines couvertes d'une épaisse forêt qui m'a rappelé celle d'ici, j'ai trouvé ce que je cherchais. On m'a parlé d'une créature du nom de *Tmavy*, ce qui signifie Ténèbres. Il se présentait sous l'apparence d'un homme qui n'était pas un homme, chassait comme un loup qui n'était pas un loup. Parfois aussi, il se métamorphosait en garçon qui attirait les femmes et les enfants dans la forêt. La plupart n'en revenaient jamais, et les autres devenaient fous, ainsi que leurs familles. Les pauvres gens se suicidaient, s'entretuaient ou assassinaient leurs voisins.

Gage se leva pour aller chercher la cafetière.

— J'ai trouvé un prêtre qui m'a fourni le nom d'un professeur spécialisé en démonologie d'Europe de l'Est. C'est lui qui m'a appelé hier soir. D'après lui, ce démon – il n'hésite pas à employer ce mot – a écumé l'Europe des siècles durant. Il a été à son tour pourchassé par un homme – d'aucuns disent un autre démon ou un sorcier. Selon la légende, ils se seraient affrontés dans la forêt. Le sorcier aurait été mortellement blessé et le démon l'aurait laissé pour mort. Selon le Pr Linz, ce fut là son erreur. Un jeune garçon est venu à passer, et le sorcier lui a transmis ses pouvoirs avant de mourir.

— Que s'est-il passé ensuite ? le pressa Fox, curieux.

— Personne n'a de certitude, pas même Linz. Le démon aurait disparu entre le début et le milieu du XVIIe siècle.

— En s'embarquant pour le Nouveau Monde, supputa Caleb.

— Peut-être. Pourquoi pas ?

— Le garçon aussi, continua Caleb. Ou l'homme qu'il était devenu, ou son descendant. Il avait failli l'avoir là-bas, en Europe. J'ai le souvenir d'un rêve avec un homme dans les bois, une épée ensanglantée à la main, conscient que presque tous les autres étaient morts – il y avait aussi une femme, une hutte. Après son échec, il a pu transmettre ses pouvoirs à Dent qui a essayé à son tour. Ici.

— Que nous a-t-il transmis ? demanda Fox. Quels pouvoirs ? Pas de rhumes et des fractures qui se ressoudent toutes seules. Passez-moi l'expression, mais ça nous fait une belle jambe.

— Le pouvoir de rester au meilleur de notre forme jusqu'à l'affrontement final, hasarda Caleb. Et il y a aussi ce don de clairvoyance que nous avons, différent pour chacun de nous. C'est forcément important. Comme les trois morceaux de la pierre. Sauf que jusqu'ici nous n'en avons pas encore compris la signification.

— Et le compte à rebours touche à sa fin, lui rappela Gage.

Caleb hocha la tête.

— Nous devons montrer les pierres aux filles. Nous nous étions juré de garder le secret. Sinon…

— Tu aurais déjà montré la tienne à Quinn, termina Fox à sa place. Oui, tu as peut-être raison. Nous ne serons pas trop de six pour recoller les morceaux.

— Il se peut aussi que la pierre se soit cassée à cause de ce qui s'est passé dans la clairière et qu'elle ait perdu son pouvoir.

— Ton verre est toujours à moitié vide, Gage, fit remarquer Fox. D'une façon ou d'une autre, ça vaut la peine d'essayer. On est d'accord ?

— D'accord.

Caleb regarda Gage qui haussa les épaules.

— Si ça vous chante.

Durant tout le trajet jusqu'en ville, Caleb hésita sur la conduite à tenir. Il n'avait pas besoin d'une excuse pour passer voir Quinn. Ils couchaient ensemble tout de même !

Ces deux derniers jours, elle s'était montrée distraite chaque fois qu'il avait réussi à la joindre au téléphone. Et elle n'était pas revenue au bowling depuis leurs ébats dans son bureau.

Depuis qu'elle lui avait avoué être amoureuse de lui.

C'était là le problème. Elle lui avait dit qu'elle l'aimait et lui n'avait pas répondu « moi aussi », quand bien même elle avait juré ses grands dieux qu'elle ne lui demandait rien. Mais tout homme sincèrement persuadé qu'une femme pense toujours ce qu'elle disait se fait de dangereuses illusions.

Et maintenant, elle l'évitait.

Ils n'avaient pas le temps pour ces gamineries. Il y avait tellement plus grave en jeu. Voilà pourquoi, il était bien forcé de l'admettre, il aurait dû commencer par ne pas la toucher. En ajoutant le sexe à l'équation, ils n'avaient fait que compliquer une donne qui l'était déjà bien assez. Il leur fallait garder la tête froide et faire preuve de bon sens. Voilà ce qu'il se disait en se garant devant la maison de High Street.

Il s'avança jusqu'à la porte, et frappa, plus déterminé que jamais.

Jusqu'à ce que Quinn apparaisse sur le seuil.

Elle avait rassemblé ses cheveux encore humides en queue-de-cheval. Les effluves de shampooing et de savon qui émanaient d'elle donnèrent à Caleb des frissons au creux du ventre.

Elle portait des chaussettes pourpres en polaire, un pantalon de flanelle noir et un sweat-shirt rose vif qui clamait *DIEU MERCI, JE SUIS UNE FEMME.*

Il eut envie d'ajouter ses propres remerciements.

— Salut ! lança-t-elle avec un sourire radieux.

Comment avait-il pu avoir l'idée saugrenue qu'elle lui faisait la tête ?

— Je pensais justement à toi. Entre. Mon Dieu, qu'il fait froid. J'en ai tellement marre de l'hiver. J'allais m'offrir un bon chocolat chaud allégé en matières grasses. Tu en veux un ?

— Euh... non, merci.

Se hissant sur la pointe des pieds, elle le gratifia d'un long baiser, puis le prit par la main et l'entraîna dans la cuisine.

— J'ai tanné Cybil et Layla pour qu'elles m'accompagnent à la gym ce matin. Il a fallu insister avec Cybil, mais l'union fait la force, je me suis dit. Rien d'étrange ne s'est produit, à part regarder Cybil se contorsionner dans des positions de yoga tordues, ce dont Matt ne s'est pas privé, permets-moi de te le dire. Ces deux derniers jours, tout a été calme sur le front du surnaturel.

Elle sortit un sachet de chocolat en poudre, le tapota contre sa paume avant de le déchirer et d'en verser le contenu dans une tasse.

— Tu n'en veux pas, sûr ?

— Oui, oui, sûr.

Quinn remplit la tasse pour moitié avec de l'eau et du lait écrémé.

— Nous n'avons pas chômé ici. Une vraie ruche. J'attends des nouvelles de la bible familiale ou de tout ce que ma grand-mère pourrait exhumer. Aujourd'hui, avec un peu de chance, ou demain, j'espère. Dans l'intervalle, nous avons reconstitué de notre mieux nos arbres généalogiques, et Layla cuisine sa famille à propos de ses ancêtres.

Elle mélangea le chocolat et mit la tasse dans le micro-ondes.

— J'ai dû laisser beaucoup de recherches à mes petites camarades, le temps de boucler un article pour le magazine. Il faut bien faire bouillir la marmite. Et toi, quoi de neuf ?

— Tu m'as manqué.

Les mots lui étaient venus malgré lui.

Le regard de Quinn s'adoucit et un sourire attendri lui retroussa les lèvres.

— Comme c'est gentil. Toi aussi, tu m'as manqué, surtout la nuit dernière, quand je me suis traînée jusqu'à mon lit à 1 heure du matin. Dans mon lit vide et froid.

— Je ne parle pas seulement de sexe, Quinn.

D'où sortait-il *ça* ?

— Moi non plus, répondit-elle, la tête inclinée, ignorant la sonnerie du micro-ondes. Tu m'as manqué aussi à la fin de la journée, une fois que j'ai eu fini de m'arracher cet article du crâne et que j'aurais voulu cesser de réfléchir à ce qu'il nous faut faire, à ce qui va arriver. Quelque chose te chiffonne ou je me trompe ?

Elle se tourna vers le micro-ondes pour en sortir sa tasse à l'instant où Cybil s'apprêtait à franchir le seuil. Quinn se contenta de secouer la tête et Cybil battit en retraite sans un mot.

— Je ne sais pas exactement, soupira Caleb.

Il se débarrassa de sa veste et la jeta sur le dossier d'une des chaises rangées autour d'une petite table bistrot qui n'était pas là lors de sa précédente visite.

— J'imagine qu'après ce que tu m'as dit l'autre jour… tu sais…

— Que je suis amoureuse de toi. Ça te fait trembler intérieurement, hein ? Ah, les hommes.

— Ce n'est pas moi qui ai commencé à t'éviter.

— Tu penses que…

Quinn inspira un grand coup, les lèvres pincées.

— Dis donc, tu as une haute opinion de toi-même. Et une bien piètre de moi.

— Non, c'est juste que…

— J'avais des tas de trucs à faire. Du travail. Je ne suis pas plus à ta disposition que tu n'es à la mienne.

— Ce n'est pas ce que je voulais dire.

— Tu crois vraiment que je m'amuserais à ce genre de jeux ? Surtout en ce moment ?

— Surtout en ce moment, c'est bien là le problème. Nous n'avons pas de temps à consacrer aux affaires de vie privée.

— Quand alors ? Crois-tu sincèrement qu'on puisse les étiqueter et les oublier dans un tiroir jusqu'à ce que ça nous arrange ? Moi aussi, j'aime que les choses soient à leur place. Mais les sentiments n'ont rien à voir avec de bêtes clés de voiture, Caleb.

— Je suis d'accord avec toi, mais…

— Il y a autant de bazar dans mon cœur et dans mon esprit que dans le grenier de ma grand-mère, insista-t-elle, bien loin de se calmer. Et ça me plaît à moi, le bazar. Dans une situation normale, si nos vies allaient leur petit bonhomme de chemin, je ne t'aurais sans doute rien dit. Si je l'ai fait, c'est parce qu'à mon avis, *surtout* en ce moment, ce sont les sentiments qui priment. Et si ça te perturbe, tant pis.

— Si seulement tu pouvais te taire deux minutes.

Les yeux de Quinn s'étrécirent.

— Ah, vraiment ?

— Oui, vraiment. Le fait est que je ne sais pas comment réagir à tout ça parce que je ne me suis jamais imaginé me retrouver un jour dans cette situation. Comment aurais-je pu avec cette épée de Damoclès au-dessus de la tête ? Comme Fox et Gage, j'ai toujours eu l'habitude de vivre dans le secret parce que c'était plus sûr. Impossible d'imaginer un jour me marier et fonder une famille. Avoir un enfant qui devrait subir pareil cauchemar, non, hors de question.

Le regard de Quinn se fit glacial.

— Je ne crois pas avoir exprimé le souhait de mettre au monde ta progéniture, lâcha-t-elle d'un ton cassant.

— La situation te fait oublier que tu as devant toi un type normal, issu d'une famille normale. Le genre qui se marie, élève des enfants, a un emprunt immobilier sur le dos et un grand chien paresseux. Si je m'autorise à tomber amoureux, c'est ainsi que ça se passera.

— Je suis prévenue.

— Et il est irresponsable de seulement y songer.

— À quoi bon tirer des plans sur la comète ? Contentons-nous de prendre la vie comme elle vient, nous verrons. Comprends-moi bien, en t'avouant mes sentiments, je n'attendais pas de toi que tu me passes la bague au doigt.

— Parce que tu as déjà vécu cette situation.

Elle hocha la tête.

— Oui. Et ça t'intrigue.

— Ce ne sont pas mes oignons.

Menteur, se dit-il.

— Enfin si, j'avoue que ça m'intrigue.

— Je sortais avec Dirk depuis six mois. Nous étions bien ensemble et je me croyais prête à passer à l'étape suivante. Alors quand il m'a demandée en mariage, j'ai accepté. Nous étions fiancés depuis deux mois quand j'ai réalisé mon erreur. Je ne l'aimais pas. Enfin, pas vraiment. Et lui non plus. Au fond, il ne me comprenait pas et pensait que la bague à mon doigt lui donnait le droit de me conseiller sur mon travail, ma garde-robe, mes habitudes, mes options de carrière. Des tas de petits détails souvent insignifiants, mais mis bout à bout… Enfin, bref, j'ai compris que ça ne marcherait jamais entre nous et j'ai rompu, conclut Quinn avec un soupir. Dirk en a été plus énervé qu'effondré, ce qui m'a confortée dans ma décision. Le plus douloureux, c'était de m'être trompée. Quand je lui ai suggéré de dire à ses amis que c'était lui qui avait rompu, il a mieux pris la chose. Je lui ai rendu sa bague, nous avons remballé les affaires que nous avions dans nos appartements mutuels, et chacun est parti de son côté.

— Il ne t'a pas fait trop souffrir ?

Quinn s'approcha et lui caressa la joue.

— Non, Caleb. La situation, si, mais pas lui. Ce qui est une des raisons pour lesquelles je savais qu'il n'était pas le bon. Si tu veux que je te rassure sur le fait que tu ne me briseras pas le cœur, j'en suis tout simplement incapable. Parce que tu peux, tu pourrais, et c'est pourquoi je sais que tu es le bon.

Nouant les bras autour de son cou, Quinn frôla ses lèvres des siennes.

— Ça doit être terrifiant pour toi, murmura-t-elle.

— Terrifiant, c'est le mot, approuva Caleb en l'étreignant avec force. Je n'ai jamais eu de femme dans ma vie qui me fasse passer d'aussi sales quarts d'heure que toi.

— Je suis ravie de l'entendre.

— Je m'en doutais, dit-il en calant sa joue sur le sommet de son crâne. Je resterais bien comme ça une heure ou deux.

Il l'embrassa sur les cheveux, puis s'écarta.
— Mais j'ai des choses à faire, et toi aussi. Ce dont j'avais conscience avant d'entrer ici te chercher des noises.
— Je ne suis pas contre une petite dispute. Pas quand elle assainit l'atmosphère.
Caleb prit son visage à deux mains et lui donna un baiser plein de tendresse.
— Ton chocolat refroidit.
— Un chocolat, c'est bon à n'importe quelle température.
— Je te disais la vérité, tout à l'heure : tu m'as manqué.
— Je pense pouvoir trouver un créneau dans mon emploi du temps surbooké.
— Je travaille ce soir. Tu pourrais peut-être passer. Je te donnerais une nouvelle leçon de bowling.
— D'accord.
— Quinn, il faudra qu'on parle. Tous ensemble. Le plus tôt sera le mieux.
— D'accord. Ah oui, une dernière chose avant que tu partes. Sais-tu si Fox va embaucher Layla ?
— Je lui en ai parlé. Mais je vais insister, ajouta-t-il devant sa mine déconfite.
— Merci.
Une fois seule, Quinn prit sa tasse et sirota son chocolat tiède, songeuse. Les hommes étaient des êtres si intéressants.
Cybil entra.
— Le champ est libre ?
— Oui, merci.
— De rien, répondit la jeune femme qui ouvrit un placard et choisit dans sa collection une petite boîte en fer blanc renfermant du thé au jasmin en vrac. On en parle ou je m'occupe de mes oignons ?
— On en parle. Il était tout retourné parce que je lui ai dit que je l'aimais.
— Ennuyé ou paniqué ?
— Un peu des deux, j'imagine. Mais plutôt inquiet parce que nous avons déjà tous des angoisses à gérer, et que ça en fait une d'un autre genre.
— La plus effrayante, quand on y réfléchit, commenta Cybil. Et toi, comment tu prends tout cela ?

— Je me sens… en pleine forme. Je déborde d'énergie et de bonne humeur. Vois-tu, avec Dirk tout était tellement…

En guise d'explication, elle dessina de la main des montagnes russes dans les airs.

— Et figure-toi qu'en m'expliquant pourquoi ce serait déraisonnable, nous deux, voilà qu'il me sort qu'il ne s'est jamais autorisé à penser mariage et famille.

— Bigre, il n'y va pas par quatre chemins.

— C'est le moins qu'on puisse dire. Et il était trop pris par ce qu'il disait pour s'apercevoir que le mot en M m'a flanqué un sacré coup. Je me suis enfuie en courant une fois, et voilà que ça me rattrape de nouveau.

— D'où le sacré coup, dit Cybil tout en dosant son thé. Mais je ne te vois pas t'enfuir en courant.

— C'est parce qu'il se trouve que l'idée d'emprunter ce chemin-là, où qu'il mène, avec Caleb me plaît bien.

Quinn décrocha le téléphone de la cuisine à la première sonnerie.

— Allô ? Bonjour, Estelle. Vraiment ? Non, c'est parfait. Merci beaucoup. Je n'y manquerai pas. Encore merci. À bientôt.

Elle raccrocha, radieuse.

— Estelle Hawkins nous a obtenu l'accès au foyer municipal. Il n'y a aucune activité prévue aujourd'hui au niveau principal. On sera libres d'y fouiner tout notre soûl.

— On va s'amuser comme des folles, ironisa Cybil avant de verser l'eau bouillante sur son thé.

Armée de la clé, Quinn ouvrit la porte principale de l'ancienne bibliothèque.

— Nous voilà dans le sanctuaire de la famille Hawkins. L'un des plus anciens bâtiments de la ville, annonça-t-elle en allumant la lumière. Bon, on cherche une cachette qui serait passée inaperçue.

— Pendant trois siècles et demi, précisa Cybil.

— Parfois, il suffit de cinq minutes et c'est oublié à jamais, dit Quinn, les lèvres pincées, en jetant un coup d'œil à la ronde. L'endroit a été modernisé, si on peut dire, au moment de sa reconversion en bibliothèque. Puis à la construction de la nouvelle, certains des aménagements les plus récents ont été enlevés. Ce n'est pas l'état d'origine, mais pas loin.

La vaste pièce était sobrement meublée de quelques tables et chaises. Plusieurs lampes à huile d'époque, céramiques anciennes ou sculptures sur bois disposées sur les rayonnages apportaient une touche d'authenticité au décor. Quinn s'était laissé dire que la Société Historique ou le club de Jardinage y tenaient leurs réunions. Au moment des élections, l'endroit servait de bureau de vote.

— Une cheminée en pierre, remarqua-t-elle. Une cachette idéale.

Elle traversa la pièce et entreprit de tapoter les pierres.

— Il y a aussi un grenier, poursuivit-elle. D'après Estelle, il servait de rangement. Encore aujourd'hui, d'ailleurs. On y met les tables et chaises pliantes, ce genre de choses. Les greniers sont de véritables trésors.

— Pourquoi les bâtiments anciens et déserts donnent-ils toujours la chair de poule ? s'interrogea Layla.

— On va commencer par le haut, suggéra Quinn.

— Les greniers sont de véritables trésors... de poussière et de toiles d'araignées, déclara Cybil, vingt minutes plus tard.

— Ce n'est pas si terrible, objecta Quinn, à quatre pattes sur le plancher dans l'espoir de trouver une latte mobile.

— Pas si génial que ça non plus, intervint Layla, debout sur une chaise pliante, occupée à inspecter les chevrons. Je ne comprends pas pourquoi les gens ne jugent pas utile de nettoyer le grenier comme n'importe quelle autre pièce.

— Il était propre autrefois. Elle y veillait.

— Qui... commença Layla, mais Cybil la fit taire d'un geste, et observa Quinn avec un froncement de sourcils.

— Ann Hawkins ?

— Ann et ses fils. Elle les a ramenés à la maison et partageait le grenier avec eux. Ses trois garçons. Jusqu'à ce qu'ils soient assez grands pour avoir une pièce en bas. Mais elle est restée ici. Elle voulait être en hauteur afin de voir au loin par la fenêtre. Même si elle savait qu'il ne reviendrait pas, elle voulait le guetter. Cependant, elle fut heureuse ici – autant que le permettaient les circonstances. Et lorsque sa dernière heure est arrivée, elle était prête pour le grand départ.

Brusquement, Quinn s'accroupit sur les talons.

— La vache, c'est moi qui ai dit ça !

Cybil l'imita et sonda son regard. Quinn pressa les doigts contre son front.

— J'ai un mal de crâne carabiné, comme quand je bois trop de margarita frappée. Je l'ai vue avec ses fils dans ma tête. C'était comme un film en accéléré. Les années défilaient au rythme des secondes. Mieux encore, je ressentais tout ce qui se passait. C'est comme ça aussi pour toi, dans l'autre sens ?

— Souvent, répondit Cybil.

— Je l'ai vue rédiger son journal, faire la toilette de ses enfants. Je l'ai vue rire, ou pleurer. Debout à la fenêtre, le regard perdu dans la nuit. J'ai ressenti sa peine, ajouta-t-elle, la main sur le cœur. Elle était incommensurable.

— Tu n'as pas l'air bien, intervint Layla. On devrait descendre, aller te chercher de l'eau.

— Sans doute, oui, approuva Quinn qui prit la main que Layla lui tendait. Je devrais peut-être essayer encore, histoire d'en apprendre davantage.

— Tu es affreusement pâle, objecta Layla. Et ta main est glacée.

— Tu as ton compte pour aujourd'hui, décréta Cybil. Ce serait trop risqué d'insister.

— Je n'ai pas vu où elle rangeait son journal. Si c'était ici, je n'ai rien vu.

17

Le moment était mal choisi pour parler de la pierre, décida Caleb, tandis que Quinn lui racontait avec animation son voyage dans le passé avec Ann Hawkins. De toute façon, le bowling n'était pas l'endroit pour ce genre de conversation.

Il envisageait d'aborder le sujet après la fermeture quand elle l'entraîna dans le bureau de la maison de High Street pour lui montrer le nouveau tableau de Layla. Celle-ci avait répertorié en détail tous les incidents survenus depuis l'arrivée de Quinn avec les lieux, dates, durées approximatives et personnes concernées.

Au lit avec elle, il oublia tout, et le monde lui parut de nouveau harmonieux. Après, alors qu'elle était lovée contre lui, il jugea qu'il était trop tard et repoussa sa révélation à un moment plus propice.

Peut-être faisait-il l'autruche, mais lui préférait mettre ces tergiversations sur le compte de sa tendance à aimer que les choses se passent au bon endroit au bon moment. Il s'était arrangé pour prendre son dimanche afin que le groupe entier puisse se rendre à la Pierre Païenne. C'était là ce qu'il appelait le bon endroit au bon moment.

Cependant, Mère Nature en décida autrement.

Lorsque la météo annonça un blizzard imminent, Caleb observa les bulletins d'un œil sceptique. D'après son expérience, les prévisions étaient erronées une fois sur deux. Même quand les premiers flocons se mirent à tomber en milieu de matinée, il ne fut pas davantage convaincu. C'était la troisième alerte de l'année et, jusqu'à présent, la plus grosse tempête leur avait valu quinze malheureux centimètres de neige.

Il accueillit d'un haussement d'épaules les annulations des matchs de l'après-midi. Les gens paniquaient pour trois centimètres de neige et dévalisaient les rayons boulangerie et papier-toilette des supermarchés. Et vu que les écoles avaient été fermées avant midi en prévison du mauvais temps, la galerie de jeux et le grill ne désemplissaient pas.

Mais lorsque son père arriva vers 14 heures avec des allures de yéti, le doute saisit Caleb.

— Je crois que nous allons devoir fermer, annonça Jim.

— Ce n'est pas si grave. Il y a du monde à la galerie et au grill. Plusieurs pistes sont occupées et nous aurons encore d'autres clients dans l'après-midi avec tous ces gens qui ne sauront pas comment occuper leur temps.

— C'est suffisamment grave, et la météo ne va pas s'arranger, objecta son père en fourrant ses gants dans les poches de sa parka. Si ça continue, nous aurons déjà trente centimètres à la tombée de la nuit. Nous devons renvoyer ces enfants chez eux et raccompagner ceux qui ne peuvent pas rentrer facilement à pied. Nous allons fermer, et tu vas rentrer, toi aussi. Ou alors tu viens à la maison avec Gage et ton chien. Ta mère va se faire un sang d'encre si elle te sait sur la route de nuit par ce temps.

Caleb faillit rappeler à son père qu'il avait trente ans, un 4 × 4 et une expérience de presque quinze ans au volant, mais sachant que c'était peine perdue, il se contenta d'un hochement de tête.

— Tout va bien se passer. J'ai des réserves pour tenir un siège. Mais rentre, toi. Maman va s'inquiéter pour toi aussi. Je m'occupe des clients.

— Nous avons largement le temps de fermer.

Jim jeta un coup d'œil en direction des pistes où un groupe de six adolescents s'en donnait à cœur joie.

— Quand j'étais gamin, nous avons eu une tempête de neige mémorable. Ton grand-père a laissé le bowling ouvert. Nous y sommes restés trois jours. Le meilleur souvenir de toute mon enfance.

— J'imagine, fit Caleb avec un sourire. Tu veux qu'on appelle maman pour lui dire qu'on est coincés ? On se ferait un marathon à deux.

Les rides d'expression autour des yeux de Jim se creusèrent.

— Ce serait formidable. Évidemment, ta mère me ferait passer un sale quart d'heure et ce serait la dernière fois que je jouerais.

— Mieux vaut fermer dans ce cas.

En dépit des protestations, ils parvinrent à convaincre les clients de partir, organisant des navettes si nécessaire avec l'aide du personnel. Dans le silence qui suivit, Caleb rangea la cuisine. Son père était monté voir Bill Turner. Pas seulement pour lui donner ses instructions, devina-t-il, mais aussi pour s'assurer qu'il était paré et lui glisser une petite enveloppe en cas de besoin.

Au moment de fermer, Caleb sortit son portable et appela Fox à son cabinet.

— Salut. J'avais peur de ne pas réussir à te joindre.

— Tu as de la chance, j'allais partir. J'ai déjà reconduit Mme H chez elle. Ça commence à craindre sur la route.

— Viens chez moi. Si ça tourne comme ils ont l'air de le redouter, les routes pourraient être coupées un jour ou deux. Inutile de perdre notre temps. Tu pourrais peut-être aussi faire des courses en chemin. Tu sais, du papier-toilette, du pain, ce genre de trucs.

— Du papier-toilette… Tu fais venir les filles ?

— Oui.

Il venait de prendre cette décision après avoir jeté un coup d'œil à l'extérieur.

— Pour les courses, je te fais confiance. De mon côté, je rentre dès que possible.

Il éteignait l'éclairage extérieur quand son père sortit.

— Tout est réglé ?

— Oui, répondit Jim.

À son regard, Caleb comprit qu'il redoutait de perdre non seulement le vendredi soir, toujours animé, mais sans doute aussi le week-end entier.

— On se rattrapera, papa.

— Sûrement. On s'en sort toujours, répondit Jim qui asséna à son fils une claque dans le dos. Rentrons.

Quinn ouvrit la porte, hilare.

— C'est génial, non ? Ils ont prévu un mètre de neige, peut-être plus ! Cybil prépare un goulasch, et Layla est sortie acheter des piles de rechange et des bougies en cas de panne de courant.

Caleb frappa des pieds sur le paillasson afin de faire tomber la neige de ses boots.

— Parfait. Embarquez-moi tout ça et les affaires qu'il vous faut. Je vous emmène chez moi.

— Ne sois pas idiot. Tout va bien pour nous ici. Tu peux rester et on...

Caleb entra et referma la porte derrière lui.

— J'ai un groupe électrogène pour faire fonctionner les petites installations telles que le puits, ce qui permet d'avoir de l'eau pour tirer la chasse des toilettes.

— Les toilettes. Je n'y avais pas pensé. Mais comment allons-nous toutes tenir dans ton pick-up ?

— On se débrouillera. Préparez vos affaires.

Il leur fallut une bonne demi-heure, mais il s'y attendait. Le plateau arrière de son pick-up débordait maintenant de bagages, comme s'ils partaient pour une semaine de randonnée en pleine pampa. Les trois jeunes femmes étaient entassées avec lui dans la cabine.

— C'est magnifique, s'extasia Layla, perchée sur les genoux de Quinn, la main calée sur le tableau de bord, tandis que les essuie-glaces de la Chevrolet balayaient la neige à vitesse rapide. Je sais que ça va se transformer en vraie gadoue, mais c'est si différent de la ville.

— Tâche de t'en souvenir quand on se disputera la salle de bains avec trois hommes, la prévint Cybil. Et que les choses soient claires, je refuse d'assumer tous les repas sous prétexte que je sais allumer une cuisinière.

— C'est noté, marmonna Caleb.

— Tu as raison, c'est vraiment magnifique, approuva Quinn qui tendait le cou derrière Layla et se tortillait pour avoir plus de place. Oh, j'avais oublié ! Ma grand-mère a appelé. Elle a mis la main sur la bible familiale. La petite-fille de sa belle-sœur va scanner les pages de garde et me les envoyer par mail. Avec un peu de chance, je les aurais demain. Génial, non ?

— Ce qui serait génial, ce serait que tu te pousses un peu, bougonna Cybil, coincée entre le postérieur de Quinn et la portière.

— J'ai Layla sur les genoux, figure-toi. Il me faut donc plus de place. J'ai envie de pop-corn, décréta soudain Quinn. Toute cette neige ne vous donne pas envie de pop-corn ? On en a pris ? Tu en as chez toi, Caleb ? Et si on s'arrêtait en acheter chez *Orville* ?

Caleb ne pipa mot et se concentra sur sa conduite, espérant survivre à ce qui s'annonçait comme le trajet le plus pénible de sa vie.

Il progressa à une allure d'escargot sur les routes secondaires, et même s'il avait confiance en son véhicule et sa conduite, il fut soulagé lorsqu'il s'engagea enfin dans son allée. Comme les filles l'avaient mis en minorité pour le chauffage, la cabine du pick-up était un vrai sauna.

Il suivit les traces de pneus de Fox sur le petit pont qui enjambait le ruisseau déjà pris dans la glace et la neige.

Balourd déboucha des bois recouverts d'un blanc manteau, laissant derrière lui de profondes empreintes. Il agita la queue une fois, et s'autorisa un aboiement caverneux.

— Dis donc, Balourd est d'humeur particulièrement folâtre aujourd'hui, plaisanta Quinn qui réussit à flanquer un coup de coude à Caleb, tandis que le pick-up se frayait tant bien que mal un chemin dans la neige.

— C'est la neige qui lui fait cet effet.

Caleb se gara derrière le pick-up de Fox, eut un petit sourire narquois devant la Ferrari à demi enfouie sous la neige, et donna un coup de Klaxon. Pas question de déménager tout seul le chargement dont les filles ne semblaient pouvoir se passer une nuit ou deux.

Une fois dehors, il tira deux sacs de la plateforme arrière.

— C'est un endroit splendide, Caleb, le complimenta Layla qui lui en prit un des mains. Ça ne te dérange pas si je rentre tout de suite ?

— Pas du tout.

— Un vrai paysage de carte postale, renchérit Cybil qui parcourut du regard les sacs et les cartons avant d'en choisir un. Surtout si l'isolement ne te pèse pas.

— Non.

Elle jeta un coup d'œil à Gage et à Fox qui sortaient de la maison.

— J'espère que ça ne te dérange pas non plus d'avoir du monde chez toi.

Ils rentrèrent toutes les affaires, mettant de la neige partout. Comme mues par un don de télépathie sans doute typiquement féminin, décida Caleb, les filles se répartirent les corvées sans discussion. Layla lui demanda des chiffons ou de vieilles serviettes et entreprit d'essuyer les traces d'eau boueuse. Cybil investit la cuisine avec son faitout et son carton d'ingrédients. Et Quinn s'occupa d'attribuer lits et draps, tout en veillant au transport des bagages dans les pièces appropriées.

Comme il ne lui restait rien à faire, Caleb s'offrit une bière.

Alors qu'il tisonnait le feu, Gage entra.

— Il y a des affaires de filles partout dans les deux salles de bains, fit-il remarquer, le pouce dressé vers le plafond. Qu'est-ce qui t'a pris ?

— Je ne pouvais pas les abandonner à leur sort. Elles risquaient de se retrouver coupées de tout pendant deux jours.

— Et tu as pensé à nous ? Ta copine a décidé que je partagerai le convertible du bureau avec Fox. Tu sais comme moi qu'il ronfle comme un porc.

— Je n'y peux rien.

— Facile à dire, vu que tu vas partager ton lit avec la blonde.

Caleb ne put réprimer un sourire narquois.

— Je n'y peux rien non plus.

— Quant à Esméralda, elle fait bouillir un truc dans sa marmite.

— Du goulasch. Et elle s'appelle Cybil.

— Peu importe, en tout cas ça sent bon, il faut lui reconnaître ça. Et elle sent encore meilleur. Mais figure-toi qu'elle m'a viré de la cuisine quand j'ai voulu prendre un sachet de chips pour éponger ma bière.

— Tu veux cuisiner pour six personnes ?

En guise de réponse, Gage émit un grognement et cala les pieds sur la table basse.

— Ils prévoient combien ?

— Environ un mètre, répondit Caleb qui se laissa choir à côté de lui et imita sa pose. Quand je pense qu'on adorait ce temps-là autrefois. Pas d'école, de la luge toute la journée, des batailles de boules de neige.

— Eh oui, c'était le bon temps, mon vieux.

— Aujourd'hui, on amorce le groupe électrogène, on rentre du bois, on fait des réserves de piles et de papier-toilette.

— Être adulte, ça craint.

Cela dit, tandis que dehors il neigeait à gros flocons, ils étaient au chaud, avec de la lumière et un bon repas. Difficile de se plaindre, songea Caleb peu après, tandis qu'il attaquait le ragoût brûlant et épicé qu'il n'avait même pas eu à se donner la peine de préparer. En prime, il y avait des boulettes. Et il avait un faible pour les boulettes.

— J'étais à Budapest récemment, dit Gage à Cybil entre deux cuillerées de goulasch. Ça vaut largement ceux que j'ai mangés là-bas.

— En fait, il ne s'agit pas d'un goulasch hongrois, mais serbo-croate, précisa la jeune femme.

— D'où qu'il vienne, c'est vachement bon, la complimenta Fox.

— Cybil est elle-même un mélange de différentes régions d'Europe Centrale, expliqua Quinn, savourant la demi-boulette qu'elle s'était accordée. Croate, ukrainienne, polonaise – plus une petite pointe d'élégance et de snobisme français.

— Quand ta famille a-t-elle émigré aux États-Unis ? demanda Caleb.

— Dès le XVIIIe, et jusqu'à l'aube de la Seconde Guerre mondiale, tout dépend de la lignée. J'ignore s'il existe un lien de parenté avec Quinn, Layla ou les Hawkins. Je cherche.

— Nous deux, ça a tout de suite collé, enchaîna Quinn avant de déguster un minuscule morceau de boulette avec un peu de sauce. Dès le premier jour de fac. La première soirée, en fait. On s'est rencontrées dans le hall de la résidence universitaire. Nos chambres se faisaient face dans le couloir. Au bout de deux jours, on a emménagé ensemble. Nos colocataires s'en fichaient. On ne s'est plus quittées durant toutes nos études.

— Et ça continue, on dirait, commenta Cybil.

— Tu m'as lu les lignes de la main le premier soir, tu te souviens ?

— Tu lis les lignes de la main ? s'étonna Fox.

— Quand je suis d'humeur. Mon héritage gitan, ajouta Cybil avec un grand geste.

Le ventre de Caleb se noua.

— Il y a eu des gitans à Hollow.

— C'est vrai ? Quand ? s'enquit Cybil qui souleva son verre avec précaution et sirota une gorgée de vin.

— Il faudra que je vérifie. Ça fait partie des histoires que m'a racontées mon arrière-grand-mère qui les tenait de sa propre grand-mère. Elle m'a parlé de gitans qui auraient dressé le camp le temps d'un été.

— Intéressant, commenta Quinn, songeuse. Un ou une autochtone aura pu succomber au charme d'un beau gitan viril ou d'une envoûtante bohémienne aux yeux noirs, et neuf mois plus tard, oups. Voilà qui pourrait mener tout droit à toi, Cybil.

— Une grande famille unie, marmonna cette dernière.

Après le dîner, ils se répartirent de nouveau les tâches : il fallait rentrer du bois, sortir le chien, desservir la table, faire la vaisselle.

— Qui d'autre cuisine ? s'enquit Cybil.

— Gage, répondirent Caleb et Fox à l'unisson.

— Eh !

Elle le jaugea, puis :

— Parfait. S'il est prévu un petit déjeuner commun, c'est toi qui t'y colles. Maintenant…

— D'abord, l'interrompit Caleb, il nous faut discuter d'un truc. Autant rester dans la salle à manger. Nous avons quelque chose à aller chercher, ajouta-t-il en regardant tour à tour Fox et Gage. Si vous voulez, vous pouvez ouvrir une autre bouteille de vin.

— À quoi rime tout ce mystère ? s'étonna Quinn, les sourcils froncés, comme les hommes battaient en retraite. Que mijotent-ils ?

— Ils ne nous ont pas tout dit, déclara Layla. Culpabilité et réticence, c'est ce que je ressens chez eux. Non pas que je les connaisse si bien que ça.

— Va chercher une autre bouteille, Q, dit Cybil en réprimant un frisson. Pendant qu'on y est, on devrait peut-être aussi allumer quelques bougies supplémentaires, juste au cas où. Je trouve qu'il fait déjà un peu trop… sombre.

Ses amis lui laissèrent la parole, sans doute parce que c'était sa maison, supposa Caleb. Quand ils furent de nouveau rassemblés autour de la table, il s'efforça de trouver la meilleure façon d'amener le sujet.

— Nous avons déjà discuté de la nuit fatidique dans la clairière et des événements qui ont suivi. Quinn, tu en as eu toi-même un petit aperçu quand nous y sommes allés, il y a deux semaines.

— Oui, Cybil et Layla doivent absolument voir l'endroit dès que le temps le permettra.

Il n'hésita qu'une fraction de seconde.

— D'accord.

— Ça n'a rien d'une balade sur les Champs-Élysées, fit remarquer Gage qui s'attira un haussement de sourcils goguenard de Cybil.

— On tiendra le coup.

— Il y a un détail dont nous n'avons pas parlé avec vous, reprit Caleb.

— Avec personne, précisa Fox.

— Difficile d'expliquer pourquoi. Nous avions dix ans, c'était le chaos total et... Enfin, voilà...

Caleb posa son morceau de pierre sur la table.

— Un morceau de caillou ? s'étonna Layla.

— Une calcédoine, rectifia Cybil qui, les lèvres pincées, tendit la main vers la pierre, puis interrompit son geste. Je peux ?

Gage et Fox posèrent la leur à côté de celle de Caleb.

— Tu as le choix, dit Gage.

Quinn prit la plus proche.

— Ce sont trois parties d'une même pierre, c'est ça ?

— Une pierre qui a été polie, ajouta Cybil. Où l'avez-vous trouvée ?

— La fameuse nuit, quand tout s'est enfin calmé, nous en tenions chacun un morceau, expliqua Caleb, les yeux rivés sur sa main, se remémorant son poing crispé sur la pierre comme si sa vie en dépendait. Nous ne savions pas ce que c'était. Fox a cherché dans un livre de sa mère sur les roches et cristaux. Calcédoine, oui, c'est bien ce nom.

— Elle doit être reconstituée, non ? suggéra Layla.

— Nous avons essayé. Les cassures sont nettes, expliqua Fox. Les morceaux s'emboîtent comme les pièces d'un puzzle.

Il fit signe à Caleb qui assembla les trois parties.

— Mais ça ne change rien.

Curieuse, Quinn tendit la main et Caleb y déposa les morceaux de pierre.

— Il faudrait réussir à les faire... fusionner, j'imagine.

— Nous avons essayé aussi. MacGyver ici présent a même tenté la Superglue, intervint Gage.

Caleb le dévisagea sans comprendre. MacGyver ?

— Ce qui aurait dû marcher, continua celui-ci, sauf qu'il n'y avait aucune adhérence. J'aurais aussi bien pu utiliser de l'eau. On a aussi essayé la soudure, le froid. Pas le moindre résultat. En fait, la température de la pierre ne varie même pas d'un degré.

— Excepté…

Fox s'interrompit et les deux autres hochèrent la tête en signe d'assentiment.

— Pendant les Sept, reprit-il. Elle se réchauffe. On peut encore la tenir dans la main, mais c'est limite.

— Avez-vous essayé de réunir les morceaux durant cette période ? demanda Quinn.

— Oui. Sans résultat. Nous savons seulement que Giles Dent la portait au cou comme amulette la nuit où Lazarus Twisse a débarqué avec sa clique. Je l'ai vue. Et maintenant, c'est nous qui l'avons.

— Et la magie, vous avez essayé ? s'enquit Cybil.

Caleb se tortilla sur sa chaise et se racla la gorge.

— Bon sang, Caleb, décoince-toi un peu, râla Fox en secouant la tête. Bien sûr qu'on a essayé. Je me suis procuré quelques bouquins avec des formules. Mais aucune incantation n'a marché. Et pas davantage les rituels que Gage avait glanés auprès de sorcières en exercice au cours de ses voyages.

Quinn reposa les morceaux avec précaution avant de s'emparer de son verre.

— Mais vous n'avez jamais montré ça à personne. Quelqu'un qui aurait pu savoir s'en servir. Ou au moins en comprendre l'usage ou l'histoire.

Fox haussa les épaules.

— Caleb a opté d'emblée pour la perspective scientifique.

— MacGyver, répéta Gage.

— Fox était persuadé qu'il fallait garder le secret, et sa certitude nous a suffi, expliqua Caleb. S'il avait eu le sentiment qu'il ne fallait pas vous la montrer, nous aurions obéi.

— J'ai la conviction que si nous avons survécu à cette nuit, enchaîna Fox, c'est parce que chacun de nous avait un morceau de cette pierre. Tant que nous l'avons, il nous reste une chance. Je le sais, voilà tout. De la même façon que Caleb a vu que c'était l'amulette de Dent.

— Et toi ? demanda Cybil à Gage. Que sais-tu au sujet de cette pierre ? Que vois-tu ?

Il plongea son regard dans le sien.

— Je la vois intacte, posée sur la Pierre Païenne. La pierre sur la pierre. Des flammes jaillissent des veines rouge sang et lèchent le piédestal sur toute sa longueur comme un fourreau de feu. Puis l'incendie court sur le sol et se propage aux arbres qui s'embrasent. Et la clairière devient un holocauste auquel même le diable en personne ne peut survivre.

Il avala une gorgée de vin.

— Voilà pourquoi je ne suis pas pressé de la voir entière.

— C'est peut-être ainsi qu'elle a été formée, suggéra Layla.

— Je ne m'occupe pas du passé. C'est le job de Caleb. Moi, je vois ce qui peut advenir.

— Pratique dans ta profession.

Gage reporta son attention sur Cybil et esquissa un sourire.

— Je ne crache pas dessus, admit-il en ramassant son morceau de pierre qu'il lança et rattrapa dans le creux de sa main. Des amateurs pour un petit poker ?

Tandis qu'il parlait, la lumière s'éteignit brutalement.

Loin d'apporter une touche de romantisme, les flammes tremblotantes des chandelles conféraient à la pièce une atmosphère étrange.

Caleb se leva.

— Je vais mettre le groupe en marche. Pour l'instant, juste l'eau, le réfrigérateur et la cuisinière.

— Ne sors pas seul, lâcha Layla qui cligna des yeux, comme surprise par les mots qui venaient de sortir de sa bouche. Je veux dire…

— Je viens avec toi, décida Fox.

Il se levait quand une longue plainte déchira la nuit.

— Balourd !

Caleb se rua dans la cuisine, la traversa au pas de course et jaillit sur la terrasse. Il ralentit à peine pour attraper la lampe-torche accrochée au mur. Il l'alluma et dirigea le faisceau vers l'endroit d'où semblait provenir le gémissement. Le puissant rai de lumière peinait à déchirer le rideau mouvant des flocons qui tombaient dru.

Dans la neige jusqu'aux genoux, Caleb progressa en direction des bois en appelant son chien. Impossible de localiser l'origine des aboiements qui paraissaient jaillir de partout et de nulle part à la fois.

Entendant du bruit derrière lui, il fit volte-face, la lampe brandie comme une massue.

— Hé, n'assomme pas les renforts ! cria Fox. Bon sang, c'est de la folie ici.

Il s'accrocha au bras de Caleb, tandis que Gage les rejoignait.

— Balourd ! Viens, mon chien ! Je ne l'ai jamais entendu aboyer comme ça.

— Comment sais-tu que c'est ton chien ? demanda Gage d'une voix calme.

— Retournez à l'intérieur, ordonna Caleb, ignorant sa question. Je m'occupe de retrouver mon chien. On ne peut pas laisser les filles seules.

— C'est ça, on va t'abandonner en plein blizzard, bougonna Gage qui fourra ses mains glacées au fond de ses poches et jeta un coup d'œil derrière lui. Tiens, quand on parle du loup.

Les trois jeunes femmes avançaient dans la neige, bras dessus, bras dessous, armées de lampes-torches. Elles avaient pris le temps d'enfiler des anoraks et sans doute aussi des bottes, se montrant ainsi plus malignes qu'eux.

— Rentrez à la maison ! leur cria-t-il par-dessus les mugissements du vent. On va chercher Balourd et on revient.

— On y va tous ensemble ou pas du tout, décréta Quinn qui lâcha Layla pour s'accrocher à Caleb. Ne perdons pas de temps. On devrait se déployer, tu ne crois pas ?

— D'accord, deux par deux. Fox et Layla, par ici. Quinn et moi, par là. Cybil et Gage sur l'arrière. Il doit être dans les parages. Il ne va jamais bien loin.

Mais ce qu'il n'osait dire tout haut, c'était que son nigaud de chien semblait avoir peur.

— Accroche-toi à mon ceinturon, dit-il à Quinn. Tiens bon.

Caleb siffla entre ses dents quand les gants froids de Quinn entrèrent en contact avec sa peau, puis il reprit sa marche pénible dans la neige. Il avait à peine parcouru deux mètres qu'il perçut un bruit au milieu des aboiements.

— Tu entends ?

— Oui. On dirait un rire de sale gamin.

— Rentre.

— Je n'ai pas plus envie que toi d'abandonner ce chien ici.

Une violente bourrasque enfla telle une lame de fond, projetant d'énormes paquets de neige ainsi que des morceaux de glace. Les branches craquaient sinistrement sous les coups de boutoir du vent. Quinn perdit l'équilibre et faillit les faire tomber tous les deux.

Il allait la ramener à la maison. Il l'enfermerait dans un placard au besoin et reviendrait chercher son chien.

Alors qu'il se retournait pour lui agripper le bras, il les aperçut.

Assis sur son arrière-train, à demi enterré dans la neige, son chien hurlait à la mort.

En suspension à quelques centimètres au-dessus de la neige, le garçon aux yeux rouges contemplait la scène avec des gloussements démoniaques.

Le vent se déchaîna de nouveau. Avec jubilation, la créature regarda la rafale soulever un tourbillon de neige qui ensevelit Balourd jusqu'au collier.

— Fous le camp ! Laisse mon chien tranquille !

Caleb voulut s'élancer, mais le vent furieux le plaqua au sol et il entraîna Quinn dans sa chute.

— Appelle-le ! lui cria-t-elle en ôtant ses gants.

Elle glissa deux doigts en cercle dans sa bouche et émit un sifflement strident, tandis que Caleb s'époumonait.

Pour toute réaction, Balourd trembla de tout son corps et la créature ricana.

Caleb se remit en marche, jurant et titubant. S'il ne le rejoignait pas vite fait, son chien allait étouffer dans cet océan de neige.

Une main se referma comme un étau sur sa cheville, mais il redoubla d'efforts, se traînant à demi vers Balourd. Les dents serrées, il battit l'air de ses bras et attrapa le collier du chien. Après avoir assuré sa prise, il plongea le regard dans celui de la créature maléfique au visage d'enfant.

— Tu ne peux pas l'avoir.

Puis il se mit à tirer. Le chien poussa de petits cris plaintifs, mais ne bougea pas d'un pouce, le corps comme scellé dans une chape de ciment.

Affalée à plat ventre, Quinn creusait à pleines mains autour de l'animal. Fox les rejoignit et pelleta la neige à la vitesse d'une mitrailleuse. Rassemblant ses forces, Caleb regarda de nouveau le jeune garçon aux yeux verts nimbés d'un halo rougeâtre.

— J'ai dit : tu ne peux pas l'avoir.

Il tira sur le collier de son chien avec l'énergie du désespoir et, cette fois, Balourd se retrouva dans ses bras, tout tremblant et gémissant.

— Ça va aller, ça va aller, le rassura-t-il, pressant le visage contre son pelage froid et mouillé. Fichons le camp d'ici.

— Il faut le porter près du feu, dit Layla qui s'efforçait d'aider Quinn et Cybil.

Gage glissa sa torche dans sa poche arrière et releva Cybil, puis il s'occupa de Quinn qui était à demi enfouie dans la neige.

— Tu peux marcher ? s'enquit-il.

— Oui, oui, ça va. Rentrons vite avant que l'un de nous n'attrape des engelures.

Après avoir passé des vêtements secs, tous se retrouvèrent devant le feu auquel Caleb ajouta une grosse bûche. Des couvertures, du café brûlant et du brandy – même pour Balourd – permirent de réchauffer les corps engourdis.

— Il le retenait, commenta Caleb, assis par terre près de la cheminée, la tête de Balourd sur les genoux. Il voulait l'ensevelir sous la neige. Un malheureux chien inoffensif.

— Il s'en était déjà pris à des animaux ? voulut savoir Quinn.

— Quelques semaines avant les Sept, on a constaté davantage de noyades, ou d'animaux écrasés sur les routes. Parfois, des chiens devenaient méchants. Mais rien de tel, non. C'était comme…

— Une démonstration, termina Cybil qui resserra la couverture autour des pieds de Quinn. Il voulait nous montrer ce dont il est capable.

— Et peut-être aussi voir ce dont nous étions capables, suggéra Gage, ce qui lui valut un regard scrutateur de Cybil.

— Intéressant, comme raisonnement. Oui, ce serait sans doute davantage le but. Savoir si nous étions capables de rompre le maléfice. Un chien n'est pas un humain ; il doit être plus facile de le manipuler. Ne le prends pas mal, Caleb, mais ton chien a à peu près le QI d'une carpette.

Avec affection, Caleb souleva l'une des oreilles tombantes de Balourd.

— Mon chien est un corniaud et je le revendique.

— Donc, c'était juste de la frime. Il a failli tuer ce pauvre chien pour le plaisir, s'apitoya Layla qui s'agenouilla et caressa le flanc de Balourd. Voilà qui mérite une revanche.

Intriguée, Quinn inclina la tête de côté.

— Qu'as-tu en tête ?

— Je n'en sais rien encore, mais il faudra se pencher sur la question.

18

Caleb ne se souvenait plus à quelle heure ils s'étaient effondrés dans leur lit, Quinn et lui, mais lorsqu'il ouvrit les yeux, une lumière blafarde filtrait entre les rideaux. La neige tombait toujours à gros flocons comme dans un film de Noël hollywoodien.

Un ronflement régulier rompait le silence ouaté comme seule la neige savait en créer. C'était celui de Balourd, étalé de tout son long au bout du lit. D'ordinaire, Caleb décourageait ces incursions, mais ce matin il ne l'aurait chassé pour rien au monde.

Dorénavant, son grand corniaud l'accompagnerait partout.

Caleb libéra son pied et sa cheville coincés sous le corps inerte du chien. À ses côtés, Quinn, toujours endormie, s'agita, puis se pelotonna contre lui avec un petit soupir d'aise et glissa la jambe entre les siennes. Elle lui avait immobilisé le bras pendant la nuit. Résultat : il était tout engourdi, ce qui aurait dû, au minimum, l'agacer.

Pourtant, il n'en était rien. Et malgré le pyjama en flanelle pas du tout sexy qu'elle portait, il vint à Caleb d'excitantes pensées.

Le sourire aux lèvres, il glissa la main sous le tee-shirt de Quinn et promena les doigts sur sa peau tiède. Quand ils se refermèrent sur son sein, il sentit son cœur battre sous sa paume, au même rythme lent et régulier que les ronflements de Balourd.

Elle soupira de nouveau.

Caleb s'aventura jusqu'à son ventre, sous l'élastique de son pyjama, le long de sa cuisse, puis remonta et s'enhardit dans ses caresses.

Quinn laissa échapper un gémissement de plaisir, puis se réveilla en sursaut.

— Ô mon Dieu !

— Chut, murmura-t-il en riant, sa bouche contre la sienne. Tu vas réveiller le chien.

Il tira sur son bas de pyjama, et avant qu'elle ait eu le temps de reprendre ses esprits, il était en elle.

— Seigneur ! s'exclama-t-elle dans un hoquet. Bonjour, à toi aussi.

Caleb ne put s'empêcher de s'esclaffer. En appui sur les bras, il imprima un rythme lent, quasi hypnotique, à leur union. Une vraie torture pour Quinn qui se sentait déjà au bord du précipice.

— Je ne sais pas si je vais tenir...

— Chut, souffla-t-il de nouveau avant de lui mordiller les lèvres. Laisse-toi aller et savoure.

Quinn ne put qu'obéir. Toute volonté semblait l'avoir désertée, et elle se laissa porter avec délices par la vague bienfaisante de ses assauts.

Caleb délesta Quinn de son poids et posa la tête entre ses seins. Encore sur un petit nuage, elle jouait avec ses cheveux, imaginant un dimanche matin idéal où ils n'auraient souci plus pressant que de savoir s'ils referaient l'amour avant ou après le petit déjeuner.

— Tu prends des vitamines spéciales ? s'émerveilla-t-elle.

— Hmm ?

— Je veux dire, tu as quand même une sacrée pêche.

Elle le sentit sourire contre sa peau.

— Juste la vie saine, Blondie.

— Peut-être le bowling... Mais, où est Balourd ?

Caleb tourna la tête.

— Là-bas, répondit-il avec un geste de la main. Nos ébats l'ont embarrassé et il est parti avant la fin.

En découvrant le chien sur le parquet, la tête tournée vers le mur, Quinn éclata de rire à s'en tenir les côtes.

— Nous avons embarrassé le chien. C'est une première pour moi. Dieu que je me sens bien ! Comment puis-je me sentir aussi bien après la nuit dernière ?

Elle secoua la tête, puis enlaça Caleb.

— J'imagine que c'est le but, n'est-ce pas ? Même dans un monde voué au chaos, il nous reste encore ça.

Caleb s'assit et repoussa les mèches en désordre du visage de Quinn.

— Quinn.

Il lui prit la main, joua avec ses doigts.

— Caleb, dit-elle, imitant son ton sérieux.

— Tu as bravé le blizzard pour sauver mon chien.

— C'est un bon toutou. N'importe qui en aurait fait autant.

— Tu n'es pas assez naïve pour croire ça. Fox et Gage, oui. Pour Balourd et pour moi.

Elle lui caressa la joue.

— Personne n'aurait abandonné ton chien à son triste sort, Caleb.

— Alors il a une sacrée veine qu'il y ait des gens comme toi dans le coin. Et moi aussi. Tu as crapahuté dans la neige, vers cette créature. Tu as creusé la neige à mains nues.

— Si tu essaies de me faire passer pour une héroïne... Eh bien, continue. Je crois que je vais aimer.

— Tu as sifflé avec tes doigts.

Là, elle fut obligée de sourire.

— Juste un petit truc que j'ai appris en passant. En fait, je peux siffler beaucoup plus fort, quand je ne suis pas essoufflée, pétrifiée de froid et de terreur.

— Je t'aime.

— Je te ferai une démonstration quand... Quoi ?

— Je n'aurais jamais imaginé prononcer ces mots un jour. Je n'étais pas censé m'embarquer dans une telle aventure.

Une décharge électrique n'aurait pas fait davantage bondir le cœur de Quinn.

— Ça t'ennuierait de les répéter, maintenant que je fais plus attention ?

— Je t'aime.

La décharge électrique, de nouveau.

— Parce que je sais siffler avec les doigts ? Je veux que tu m'aimes, Caleb, et j'ai toujours à cœur de parvenir à mes fins, mais si c'est à cause de la nuit dernière, parce que je t'ai aidé pour Balourd, je...

— C'est parce que tu sais toujours où sont tes clés, et que tu peux penser à dix trucs en même temps. Parce que tu ne renonces jamais, et que tes cheveux sont comme un rayon de soleil. Parce que tu dis la vérité, et que tu es fidèle en amitié. Et aussi pour des dizaines d'autres raisons que je n'ai pas encore découvertes. Et dix de plus que je ne découvrirai peut-être jamais. Mais une chose est sûre : je peux te dire ce que je n'avais jamais pensé dire à aucune femme.

Se redressant, Quinn noua les bras autour de son cou et appuya le front contre le sien, savourant l'instant.

— C'est vraiment une belle journée, finit-elle par murmurer, effleurant sa bouche. Une journée magnifique.

Ils demeurèrent enlacés un long moment, tandis que le chien ronflait dans son coin et que la neige continuait de tomber à gros flocons.

Quand Caleb descendit, il suivit les effluves de café jusque dans la cuisine et tomba sur Gage qui posait bruyamment une poêle sur la cuisinière, l'air renfrogné. Ils se grognèrent un vague bonjour, et Caleb sortit une tasse propre du lave-vaisselle.

— On dirait qu'il y a déjà un mètre, et ça tombe toujours.

— J'ai des yeux pour voir, bougonna Gage en ouvrant un paquet de bacon. Ça te rend guilleret, on dirait.

— C'est vraiment une belle journée.

— J'en penserais sans doute autant si, moi aussi, je l'avais commencée par une bonne bourre.

— Dieu que les hommes sont vulgaires, soupira Cybil en entrant d'un pas nonchalant.

— Les boules Quies, ça existe, si on te dérange tant que ça, rétorqua Gage, toujours aussi aimable. Bon, œufs brouillés et bacon frit pour tout le monde. Ceux qui n'aiment pas n'ont qu'à changer de cantine.

Cybil se versa une tasse de café et observa Gage pardessus le bord en sirotant la première gorgée. Il n'était pas rasé et n'avait pas pris la peine de démêler sa tignasse brune. De toute évidence, il était du genre grognon au réveil, et pourtant, il n'en demeurait pas moins incroyablement attirant.

Dommage.

— Tu sais ce que j'ai remarqué chez toi, Gage ?

— Quoi donc ?

— Tu as un beau cul, mais un caractère de cochon. Préviens-moi quand le petit déjeuner sera prêt.

Sur ces mots, elle quitta tranquillement la cuisine.

— Elle a raison. Pour les deux. Je te l'ai souvent dit, insista lourdement Caleb.

— La ligne téléphonique est coupée, annonça Fox qui fonça sur le réfrigérateur pour en sortir un Coca. J'ai joint ma mère sur le portable. Tout va bien chez eux.

— Connaissant tes parents, ils viennent sûrement juste de baiser, commenta Gage.

— Eh ! s'exclama Fox. C'est sans doute vrai, ajouta-t-il après réflexion, mais eh ! quand même.

— Le sexe est une obsession chez lui, fit remarquer Caleb.

— Le contraire serait étonnant, non ? Il n'est pas malade ou ne regarde pas le sport à la télé, les deux seules circonstances où un homme ne pense pas forcément au sexe.

Gage déposa les tranches de bacon dans la poêle grésillante.

— On va avoir besoin de toasts. Et il faut refaire du café.

— Je dois sortir Balourd, dit Caleb. Je ne le laisse plus seul dehors.

— J'y vais, proposa Fox qui se pencha pour caresser la tête du chien. J'ai envie de faire un tour de toute façon.

Il tourna les talons et faillit heurter Layla.

— Pardon, bonjour. Euh... je sors Balourd. Ça te dit de m'accompagner ?

— Oh. Pourquoi pas ? D'accord, je vais juste prendre mes affaires.

— Bien joué, Fox, commenta Gage après le départ de Layla. Tu sais y faire.

— Pardon ?

— Brillant, ton plan drague. Ça te plairait de te geler dehors avec moi dans un mètre de neige à regarder un chien pisser sur les troncs d'arbre ? Avant même d'avoir bu ton café ?

— Ce n'était qu'une suggestion. Elle était libre de refuser.

— Je suis sûr qu'elle l'aurait fait après une dose de caféine qui lui aurait remis le cerveau d'aplomb.

— Voilà sans doute pourquoi tu n'as de chance qu'avec les décérébrées, rétorqua Fox avant de sortir à grands pas furibonds.

— Décidément, tu répands la joie et le bonheur autour de toi, observa Caleb.

— Si c'est tout ce que tu as à dire, refais plutôt du café.

— Je dois rentrer du bois, faire le plein du groupe électrogène et commencer à déblayer un mètre de neige sur la terrasse. Préviens-moi quand le petit déjeuner sera prêt.

De nouveau seul, Gage tourna le bacon en ronchonnant.

Il ronchonnait encore quand Quinn fit son entrée.

— Je pensais trouver tout le monde ici, mais, apparemment, ils sont tous dispersés. On dirait qu'il va falloir refaire du café, remarqua-t-elle en sortant une tasse.

Elle s'empara du paquet de café moulu, si bien que Gage n'eut pas le temps de lui balancer une amabilité de son cru.

— Je m'en occupe, fit-elle. Je peux faire autre chose pour t'aider ?

Il la dévisagea d'un œil méfiant.

— Pourquoi ?

— Je me dis qu'en t'aidant pour le petit déjeuner, j'échapperai avec toi à la corvée de cuisine pour les deux prochains repas.

— Futé, admit-il avec un hochement de tête. À toi les toasts et le café.

— Ça marche.

Tandis qu'il battait une douzaine d'œufs, Quinn se mit au travail.

— Tu le rends heureux, lâcha Gage à brûle-pourpoint.

Quinn s'interrompit et lui lança un coup d'œil par-dessus son épaule.

— Tant mieux, parce que c'est réciproque.

— Une chose quand même, si tu ne t'en es pas encore rendu compte. Ses racines sont ici. Quoi qu'il arrive, Caleb ne quittera jamais Hollow.

Elle prit les toasts qui venaient de sauter et glissa deux nouvelles tartines dans le grille-pain.

— J'avais compris. Tout bien considéré, c'est une jolie ville.

— Tout bien considéré, acquiesça Gage avant de verser les œufs battus dans la deuxième poêle.

Dehors, comme Gage l'avait prédit, Fox regardait Balourd arroser les arbres. Il avait certes trouvé plus amusant de le regarder s'ébattre comme un fou dans la neige. Layla et lui étaient restés sur la terrasse, et il s'activait avec la pelle que Caleb lui avait fourrée dans les mains au moment où ils sortaient.

— Je devrais peut-être descendre secouer la neige des buissons, proposa Layla.

Fox jeta un coup d'œil dans sa direction. Son bonnet de ski et l'écharpe qu'elle avait nouée autour de son cou étaient déjà recouverts d'une pellicule blanche.

— Tu vas t'y enfoncer jusqu'à la taille et on sera obligés de te lancer une corde pour te récupérer. On déblayera d'abord un passage.

— Il n'a pas l'air effrayé, fit remarquer Layla qui ne quittait pas le chien des yeux. Après hier soir, je pensais qu'il aurait peur de sortir.

— Les chiens ont visiblement la mémoire courte. Ça vaut sans doute mieux ainsi.

— Moi, je ne risque pas d'oublier.

— Non.

Il n'aurait pas dû lui demander de l'accompagner, d'autant qu'il ne savait comment aborder la question du poste. Quelle mouche l'avait piqué ?

D'ordinaire, il était plus doué en matière de contacts. Avec les femmes surtout. Tandis qu'il dégageait un passage de la largeur de la pelle jusqu'aux marches de la terrasse, il décida de se jeter à l'eau.

— Alors, Caleb dit que tu cherches un emploi.

— Pas exactement. Je veux dire, je vais devoir trouver du travail, mais je n'ai pas encore commencé à chercher.

— Ma secrétaire… enfin, mon assistante part s'installer à Minneapolis, expliqua-t-il sans cesser de s'activer. Et j'ai besoin de quelqu'un qui reprenne son poste.

Maudite Quinn, songea Layla.

— Son poste, répéta-t-elle.

Il vint à l'esprit de Fox qu'au tribunal, son éloquence était reconnue par tous.

— Classement, facturation, répondre au téléphone, tenir mon agenda, accueillir les clients, taper les documents et ma correspondance. Elle a aussi une formation de clerc, mais ce n'est pas une nécessité absolue.

— Je ne connais rien au secrétariat ou à la gestion d'un cabinet d'avocat. Et rien non plus au droit, fit-elle remarquer, sur la défensive.

— Tu connais l'alphabet ?

— Évidemment, mais je ne vois pas...

— Alors tu sais classer. Et tu sais te servir d'un téléphone, une compétence essentielle pour ce poste. Sais-tu utiliser un clavier ?

— Oui, mais ça dépend de...

— Mme Hawbaker te montrera ce qu'elle fait sur l'ordinateur.

— Tu n'as pas l'air de très bien savoir en quoi consiste son travail.

Percevant sa désapprobation, Fox s'appuya sur la pelle et la regarda droit dans les yeux.

— Elle travaille pour moi depuis l'ouverture de mon cabinet. Elle va me manquer autant qu'un bras qu'on m'aurait amputé. Mais ainsi va la vie et il faut faire avec. J'ai besoin de quelqu'un qui range les papiers à leur place et les retrouve quand je dois les expédier, qui s'occupe des factures afin que je puisse payer les miennes, me prévienne quand je dois plaider, réponde au téléphone qui, espérons-le, sonnera, et d'une manière générale, assure un semblant d'organisation afin que je puisse exercer mon métier. De ton côté, tu as besoin d'un boulot. Je crois qu'on est gagnants tous les deux.

— Caleb t'a demandé de me proposer ce poste à cause de Quinn qui a eu cette brillante idée.

— Exact, mais ça ne change rien au fond du problème.

Il n'avait pas tort. N'empêche, la pilule était dure à avaler.

— De toute façon, ce serait temporaire. Pour assurer la transition avant...

— De repartir vers de nouveaux horizons, termina-t-il avec un hochement de tête. Ça me va. Cette solution nous enlève une épine du pied, à l'un comme à l'autre.

Il dégagea deux pelletées de neige, puis se tourna de nouveau vers Layla, les bras en appui sur le manche.

— Au fait, tu savais que j'allais te proposer ce poste parce que tu sens ce genre de chose.

— Quinn a demandé devant moi à Caleb de t'en parler.

— Tu sens ce genre de chose, insista-t-il. C'est ton truc. Capter les gens, les situations.

— Je ne suis pas médium, si c'est ce que tu veux dire, objecta Layla, de nouveau sur la défensive.

— Tu es venue droit ici, dans une ville où tu n'avais jamais mis les pieds. Tu savais quel itinéraire emprunter.

— Je n'en savais rien du tout, se récria-t-elle, croisant les bras d'un air buté.

— Bien sûr que si, mais ça t'effraie, voilà tout. Tu es partie en voiture avec Quinn le premier soir, une fille que tu ne connaissais ni d'Ève ni d'Adam.

— Elle me paraissait une alternative sensée à une monstrueuse limace maléfique, rétorqua Layla avec flegme.

— Tu n'as pas couru t'enfermer dans ta chambre. Non, tu es venue jusqu'à cette maison dans laquelle se trouvaient deux inconnus.

Elle se détourna pour observer Balourd qui se roulait dans la neige comme dans un champ de pâquerettes.

— J'étais paniquée, je marchais à l'adrénaline. Je me suis fiée à mon instinct.

— L'instinct. On peut aussi appeler ça ainsi. Je parie que quand tu travaillais dans ta boutique de vêtements, tu en avais un très sûr s'agissant de tes clients et de leurs goûts.

Comme elle ne pipait mot, il recommença à déblayer la terrasse.

— Quinn a des flashs du passé, comme Caleb. Cybil, elle, entrevoit plutôt des événements futurs, comme Gage. Quant à toi, tu es coincée avec moi dans le présent.

— Je ne lis pas dans les pensées, et je refuse qu'on lise dans les miennes.

— Ce n'est pas comme ça, pas exactement.

Il allait devoir l'aider à comprendre la nature de son don et comment s'en servir. Mais elle aurait besoin de temps pour se faire à cette idée.

— Enfin peu importe, nous allons sans doute être cloîtrés ici pendant le week-end. J'ai pas mal de boulot la semaine prochaine, mais dès notre retour en ville, tu peux venir quand tu veux. Mme H te montrera les ficelles, et nous verrons ce que tu penses du poste.

— Écoute, je te suis reconnaissante de ta proposition…

— Non, tu ne l'es pas, coupa-t-il avec un sourire, maniant de nouveau la pelle. Pas tant que ça. Moi aussi, j'ai de l'instinct.

Ce n'était pas seulement une pointe d'humour, mais aussi de la compréhension. Layla donna un coup de pied dans la neige.

— La gratitude est là, répondit-elle d'un ton radouci. Elle est juste cachée sous l'agacement.

La tête inclinée, Fox lui tendit la pelle.

— Tu veux déblayer un peu ?

Elle se mit à rire.

— Écoute, voilà ce qu'on va faire. Si je viens et si j'accepte ce job, c'est avec l'assurance que l'un ou l'autre puisse se raviser s'il juge que ça ne marche pas. Sans rancune.

— Marché conclu.

Fox tendit la main et serra celle de Layla. Il la garda dans la sienne tandis que les flocons tourbillonnaient autour d'eux.

Elle devait forcément sentir ce lien immédiat, presque tangible, qui les unissait. Cette reconnaissance.

Cybil entrebâilla la porte.

— Le petit déjeuner est prêt.

Fox lâcha la main de Layla et se détourna. Il laissa échapper un soupir discret et rappela le chien.

La matinée fut consacrée aux tâches pratiques : déblayage de la neige, corvée de bois, vaisselle et préparation du repas. Caleb aurait pu se sentir à l'étroit à six plus un chien dans la maison, qui lui avait pourtant toujours paru spacieuse. Mais il savait qu'ils étaient plus en sécurité ensemble.

— Pas seulement plus en sécurité, fit remarquer Quinn qui, en guise d'exercice matinal, dégageait avec vigueur l'allée menant à la réserve de bois. Je crois que c'est le destin. Cette vie commune forcée nous donne le temps de nous habituer les uns aux autres, d'apprendre à fonctionner en groupe.

— Donne-moi la pelle, je vais prendre la suite.

Caleb posa le jerrican avec lequel il avait rempli le réservoir du groupe électrogène.

— Mauvais exemple. Vous autres, les hommes, vous devez apprendre à laisser les femmes assumer leur fardeau. Le petit déjeuner préparé par Gage ce matin est un bon exemple d'un travail d'équipe basé sur la non-différenciation des sexes.

Travail d'équipe basé sur la non-différenciation des sexes ? Bigre, se dit Caleb. Comment ne pas aimer une femme qui utilisait ce genre d'expressions ?

— Nous pouvons tous cuisiner, poursuivit-elle. Nous pouvons tous déblayer la neige, porter du bois, faire les lits. En exploitant nos points forts, bien sûr. Pour l'instant, on se croirait à une boum de collégiens.

— Comment ça ?

— Les garçons d'un côté, les filles de l'autre, et personne ne sait tout à fait comment s'y prendre pour rapprocher tout ce petit monde. Maintenant, nous sommes au pied du mur.

Elle s'arrêta et fit rouler ses épaules endolories.

— Même nous deux, Caleb, malgré les sentiments que nous éprouvons l'un pour l'autre, nous en sommes encore à nous découvrir. Et à apprendre à nous faire confiance.

— Si c'est au sujet de la pierre, je comprends que tu puisses être agacée que je ne t'en aie pas parlé plus tôt.

— Je ne le suis pas. Sincèrement.

Elle pelleta encore un peu de neige, mais c'était surtout pour la forme désormais. Ses bras lui faisaient un mal de chien.

— Au début, j'ai failli, mais le soufflé est vite retombé. Parce que j'ai compris que vous trois, vous êtes comme une seule et même personne depuis toujours, et encore plus après l'histoire ahurissante qui vous est arrivée. Vous êtes un peu comme... un corps à trois têtes, conclut-elle en passant la pelle à Caleb.

— À t'entendre, on serait un genre de Cerbère effrayant.

— Non, mais tu vois ce que je veux dire. Vous êtes comme une main dont les doigts sont indépendants, mais qui travaillent d'instinct ensemble, expliqua-t-elle en agitant ses doigts gantés. Et maintenant, la deuxième entre dans la partie, ajouta-t-elle en levant son autre main, et il va falloir trouver le moyen de combiner les deux, conclut-elle en entrelaçant les doigts.

— Ta théorie tient debout, reconnut Caleb avec une pointe de culpabilité. En fait, j'ai fait quelques recherches de mon côté.

— Et tu en as parlé à Fox et à Gage.

— Je l'ai sans doute mentionné. Nous ignorons où Ann Hawkins a accouché et résidé avant de revenir à Hollow, chez ses parents, deux ans plus tard. Il est fort probable qu'elle ait trouvé refuge chez un membre de la famille plus éloignée – une cousine ou une tante. Dans son état, elle ne pouvait voyager très loin, pas à l'époque. Au XVIIe siècle, quinze ou trente kilomètres, c'était déjà une sacrée distance ; rien à voir avec aujourd'hui.

— Bonne idée. J'aurais dû y penser.

— J'aurais dû en parler plus tôt.

— Oui. Parles-en donc à Cybil. Je suis forte en recherches, mais elle en est la reine incontestée.

— Et moi un amateur de second ordre.

— Il n'y a rien de second ordre chez toi.

Avec un grand sourire, elle lui sauta dans les bras. La force de son élan fit déraper Caleb qui s'affala sur le sol, l'entraînant dans sa chute. Quinn tomba tête la première dans la neige avec un cri d'orfraie mi-amusé, mi-effrayé.

Le souffle coupé, elle plongea les mains dans la poudreuse et lui écrasa deux poignées de neige sur la figure avant de tenter de rouler sur le côté. Caleb la rattrapa par la taille et la tira en arrière, tandis qu'elle hurlait de rire.

— Je suis champion du monde de lutte sur neige, la prévint-il. Tu joues bien au-dessus de ta catégorie, Blondie.

Elle parvint à glisser la main entre les cuisses de Caleb, puis, tirant avantage de la chute brutale de son Q.I., elle lui plaqua une boule de neige dans la nuque.

— Ces gestes sont contraires aux règles de la Fédération de Lutte sur Neige.

— Vérifie, mon vieux. C'est un match mixte.

Quinn tenta tant bien que mal de se relever, puis eut le souffle coupé quand il la cloua au sol de tout son poids.

— Je conserve mon titre ! brailla-t-il.

Il allait l'embrasser quand la porte s'ouvrit.

— Les enfants, leur dit Cybil, il y a un lit bien chaud à l'étage pour vos petits jeux. Vous savez quoi ? Le courant vient juste de revenir. Et apparemment, le téléphone aussi, ajouta-t-elle après un coup d'œil par-dessus son épaule.

— Téléphone, électricité, ordinateur, dit Quinn qui se dégagea en se tortillant. Il faut que j'aille consulter mes mails.

— On aurait dit un couple de yétis en rut, expliqua Cybil, appuyée contre le sèche-linge, tandis que Layla remplissait la machine à laver de serviettes dans la buanderie. Figure-toi qu'ils se pelotaient.

— L'amour en fleur est immunisé contre les aléas climatiques.

Cybil pouffa.

— Tu n'es pas obligée de t'occuper de la corvée de linge, tu sais.

— Il n'y a plus une seule serviette propre, et le courant ne va peut-être pas tenir longtemps. Et puis, je préfère être ici au chaud à faire la lessive que dehors à déblayer la neige. Surtout s'il n'y a personne pour me peloter, plaisanta-t-elle en rejetant ses cheveux en arrière.

— Bien vu. Mais si je te dis ça, c'est parce que, d'après mes calculs, Fox et toi allez être de corvée de cuisine ce soir.

— Quinn n'a pas encore fait à manger. Et Caleb non plus.

— Elle a aidé pour le petit déjeuner. Et c'est la maison de Caleb.

Vaincue, Layla fixa la machine.

— Tant pis pour le linge. Je prends le dîner.

— Avec l'excuse de la lessive, tu peux te décharger sur Fox.

— Non. On ignore s'il sait cuisiner, et moi je sais.

Cybil fronça les sourcils.

— Tu sais cuisiner ? Première nouvelle.

— Si j'en avais parlé, j'aurais dû m'y coller.

Les lèvres pincées, Cybil hocha la tête avec lenteur.

— Une logique aussi diabolique qu'efficace. Ça me plaît.

— Je vais jeter un coup d'œil aux provisions, voir ce que je peux préparer comme menu. Quelque chose de…

Layla se tut en apercevant Quinn sur le seuil. Elle était blême.

— J'ai à vous parler. À tous.

Cybil s'avança vers elle.

— Qu'y a-t-il ? s'enquit-elle, puis elle se souvint que Quinn s'était précipitée à l'ordinateur pour lire ses mails. Il est arrivé quelque chose ? Tes parents ?

— Je veux l'annoncer à tout le monde en même temps. Allez chercher les autres.

Quinn avait pris place dans un fauteuil du salon, avec Cybil perchée sur l'accoudoir. Elle aurait voulu se pelotonner sur les genoux de Caleb pour y puiser un peu de réconfort, mais le geste lui semblait déplacé.

Tout lui semblait déplacé désormais.

Elle aurait voulu ne jamais avoir incité sa grand-mère à fouiller dans l'histoire familiale. Elle glissa un coup d'œil en direction de Caleb. Elle l'avait alarmé, elle en avait conscience. Et il était injuste de faire traîner les choses en longueur. Mais quel regard porterait-il sur elle après ?

« Arrache le pansement d'un coup sec, s'encouragea-t-elle. Qu'on en finisse. »

— Ma grand-mère m'a envoyé les renseignements que je lui avais demandés. Il y a même des documents rassemblés par un généalogiste à la fin du XIXe siècle. J'ai aussi quelques informations sur la lignée des Clark qui pourraient t'intéresser, Layla. Les recherches ne remontent pas à très loin, mais c'est un bon point de départ.

— D'accord.

— Il semble que ma famille se soit impliquée, disons, avec dévotion, dans l'étude de ses origines. Pas tellement mon grand-père, mais sa sœur et deux cousines. Apparemment, elles s'enorgueillissaient que leurs ancêtres figurent parmi les premiers pèlerins à s'être installés au Nouveau Monde. Notre arbre généalogique remonte au XVe siècle en Angleterre et en Irlande. Mais la lignée qui nous intéresse est celle qui est venue ici, à Hawkins Hollow.

Les yeux rivés sur Caleb, elle prit son courage à deux mains et enchaîna :

— Sebastian Deale est arrivé dans la colonie avec sa femme et ses trois filles en 1651. Sa fille aînée s'appelait Hester.

— Hester Deale, murmura Fox. Elle est de ta famille.

— Oui. Cette même Hester Deale qui, selon l'histoire locale, a dénoncé Giles Dent pour sorcellerie la nuit du 7 juillet 1652. Qui a mis au monde une fille huit mois plus tard et, lorsque celle-ci avait deux semaines, s'est noyée dans l'étang d'Hawkins Wood. Il n'y a pas de père officiel, mais nous savons qui a conçu cet enfant.

— Nous n'avons aucune certitude.

— Si, Caleb, insista Quinn en se tordant les mains. Nous l'avons vu, toi et moi. Et Layla l'a vécu en rêve. Il a violé cette pauvre fille d'à peine seize ans et lui a fait un enfant. Un demi-démon. Elle n'a pas pu le supporter et s'est suicidée.

— Qu'est devenue sa fille ? demanda Layla.

— Elle est morte à vingt ans, après avoir eu deux filles à son tour. L'une est décédée avant son troisième anniversaire, l'autre a épousé un certain Duncan Clark. Ils ont eu trois fils et une fille. Son mari, elle-même et leur plus jeune fils sont morts dans l'incendie de leur maison. Les trois autres en ont réchappé.

— Duncan Clark. C'est sûrement là que j'entre en jeu, fit remarquer Layla.

— Et à un moment ou un autre, l'un d'eux a fricoté avec un ou une tzigane de la Vieille Europe, conclut Cybil. Descendre d'une sorcière blanche héroïque et se retrouver avec du sang de démon. Trop injuste.

— Ça n'a rien d'une plaisanterie, lâcha Quinn sèchement.

— Non, et ce n'est pas non plus une tragédie.

— Mais enfin, Cybil, tu ne comprends pas ce que ça signifie ? Cette... *chose* est mon lointain ancêtre, sans doute aussi le tien. Nous le portons pour partie en nous !

— S'il me pousse des cornes et une queue dans les prochaines semaines, je serai très fâchée.

— Arrête à la fin ! s'emporta Quinn en se levant d'un bond pour lui faire face. Et si nous n'étions pas ici pour aider à mettre un terme à tout ça ? Et s'il nous avait fait venir pour leur faire du mal ?

— Si ton cerveau n'était pas aussi ramolli par l'amour, tu comprendrais que ta théorie ne tient pas debout. Simple réaction de panique assaisonnée d'une bonne dose d'apitoiement sur toi-même, rétorqua Cybil d'une voix glaciale. Nous ne sommes sous la coupe d'aucun démon. Nous n'allons pas changer brusquement de camp et revêtir l'uniforme d'une créature des ténèbres qui a essayé de tuer un chien pour prendre son pied. Nous sommes exactement celles que nous étions il y a cinq minutes, alors cesse tes jérémiades et ressaisis-toi.

— Elle a raison, intervint Layla. Enfin, pas pour les jérémiades. Sur ce que nous sommes, et comment nous pouvons en tirer parti.

— Très bien. Je vais d'ores et déjà m'entraîner à tourner la tête à trois cent soixante degrés, bougonna Quinn.

— Plutôt nulle comme vanne, commenta Cybil. Le sarcasme te réussirait mieux si tu n'étais pas morte de trouille à l'idée que Caleb puisse te larguer à cause du D comme Démon désormais inscrit sur ton front.

— Laisse tomber, lui intima Layla.

Cybil haussa les épaules.

— S'il le fait, insista-t-elle d'un ton posé, c'est qu'il n'est pas digne de toi de toute façon.

Dans le silence pesant qui s'ensuivit, une bûche tomba dans l'âtre avec une nuée d'étincelles.

— As-tu imprimé les pièces jointes ? demanda Caleb.

— Non, je...

Quinn laissa sa phrase en suspens et secoua la tête.

— Allons-y tout de suite qu'on y jette un coup d'œil.

Il se leva et entraîna Quinn par le bras.

— Beau boulot, Cybil, ironisa Gage. Tu lui aurais carrément balancé une baffe dans la figure que ça n'aurait pas été différent.

Elle bondit sur ses pieds.

— S'il la fait souffrir, je lui arrache la queue et je la donne à bouffer à son chien, lança-t-elle avec hargne avant de sortir du salon comme une furie.

— Elle fait un peu peur, commenta Fox.

— Elle n'est pas la seule. Moi, je lui ferai griller le reste pour le dessert, lâcha Layla qui emboîta le pas à Cybil. Je dois aller m'occuper du repas.

— Bizarre, je n'ai plus très faim. Et toi ? demanda Fox à Gage.

À l'étage, Caleb attendit d'être entré avec Quinn dans le bureau qui servait de dortoir aux garçons, puis il la plaqua contre la porte et l'embrassa avec une rage frustrée qui ne tarda pas à se muer en tendresse.

— Quoi que tu aies en tête au sujet de nous deux, oublie-le tout de suite. Compris ?

— Caleb...

— Il m'a fallu toute ma vie pour prononcer les mots que je t'ai dits ce matin. Je t'aime, et ce que tu viens de m'apprendre n'y changera rien.

Submergée par l'émotion, Quinn ferma les yeux.

— Quand j'ai lu le fichier...

— Ça t'a coupé les jambes. Je comprends. Mais tu sais quoi ? Je suis là pour t'aider à te relever.

Il leva le poing et l'ouvrit. Refoulant ses larmes, Quinn posa sa paume contre la sienne et ils entrelacèrent leurs doigts.

— D'accord ?

— J'ai plutôt envie de dire « merci, mon Dieu ».

— Viens, on va imprimer ces pièces jointes.

Un peu rassérénée, elle jeta un regard au lit défait et à la pile de vêtements par terre.

— Tes amis sont des porcs.

— Je peux difficilement dire le contraire.

Ils se frayèrent un chemin à travers le désordre jusqu'à l'ordinateur.

19

Dans la salle à manger, Quinn posa un exemplaire imprimé devant chacun d'eux. Elle remarqua les bols de pop-corn, la bouteille de vin, les verres et les serviettes en papier pliées en triangle. L'œuvre de Cybil.

C'était elle qui avait fait le pop-corn, Quinn le savait. Pas comme cadeau de réconciliation, non. Elles n'en avaient pas besoin. Juste par amitié.

Avant de s'asseoir, elle posa la main sur l'épaule de Cybil.

— Toutes mes excuses pour le drame tout à l'heure.

Fox prit une poignée de pop-corn.

— Ça, un drame ? Tu devrais venir à une réunion de famille chez mes parents, lui dit-il, le sourire aux lèvres. Les Barry-O'Dell n'ont pas besoin de démon pour mettre une ambiance d'enfer.

— Il va nous falloir nous faire à l'idée que, dorénavant, cette histoire de démon va être un gag perpétuel entre nous, soupira Quinn en se versant un verre de vin.

— Es-tu certaine que c'est Twisse qui a violé Hester Deale ? demanda Gage. Et qui l'a mise enceinte ?

Quinn hocha la tête.

— Aucun doute là-dessus.

— J'en ai moi-même fait l'expérience, intervint Layla qui tordait sa serviette entre ses mains. Ce n'était pas comme les visions de Caleb et de Quinn, mais… Peut-être est-ce le lien du sang, je n'en sais rien. Quoi qu'il en soit, je sais ce qu'il lui a fait subir. Et je sais qu'elle était vierge avant qu'il…

Avec douceur, Fox lui prit les lambeaux de papier des mains et lui donna sa propre serviette.

— D'accord, fit Gage. Et sommes-nous sûrs que Twisse est celui que nous appelons le démon à défaut d'un nom plus approprié ?

— Il n'a jamais aimé ce mot, expliqua Caleb. Je crois qu'on peut l'affirmer, oui.

— Donc, Twisse se sert d'Hester pour engendrer un enfant et étendre ainsi sa lignée. S'il sévit depuis aussi longtemps que nous le pensons – comme le laissent à penser les visions de Caleb –, il n'en était sans doute pas à son coup d'essai.

— Si vous observez la lignée, vous remarquerez un nombre important de suicides et de morts violentes, surtout dans les cent à cent vingt années après Hester, expliqua Quinn. Une étude au cas par cas montrerait sans doute un taux de meurtres et de démence supérieur à la moyenne.

— Rien à signaler dans l'histoire récente de ta famille ? l'interrogea Fox. Pas de gros squelettes dans les placards ?

— Pas que je sache. Le lot habituel de parents un peu barjos ou pénibles, mais aucun séjour en prison ou en hôpital psychiatrique.

— Il y a dilution, fit remarquer Fox qui feuilletait la sortie papier, les sourcils froncés. Ce n'était pas prévu dans sa stratégie. Twisse ignore ce que Dent mijote contre lui cette nuit-là. Il contrôle l'esprit d'Hester, a assuré sa descendance, sans se douter qu'il va être contraint d'en rester là.

— Je vois ce que tu veux dire, intervint Layla. Il avait prévu d'en finir avec Dent cette nuit-là ou tout au moins de le mettre hors d'état de nuire.

— Ainsi, il aurait eu la mainmise totale sur le village, essaimé ses héritiers, puis serait parti recommencer son sale boulot ailleurs.

— Mais Dent le capture et le retient prisonnier jusqu'à ce que...

Caleb exposa la fine cicatrice à l'intérieur de son poignet.

— Jusqu'à ce que les héritiers de Dent le libèrent. Pourquoi aurait-il laissé faire une chose pareille ?

— Dent estimait peut-être que trois siècles de captivité suffisaient, suggéra Gage. Ou alors il n'était plus à même de le retenir et a fait appel à des renforts.

— Des gamins de dix ans, fit Caleb, dégoûté.

— Les enfants sont plus susceptibles de croire ce que les adultes ne peuvent, ou ne veulent accepter, fit remarquer Cybil. Et puis, personne n'a dit que tout ceci était juste.

Il vous a donné ce qu'il a pu : votre habileté à guérir vite, votre clairvoyance. Et la pierre, en trois morceaux.

— Et aussi le temps de grandir, ajouta Layla. Vingt et un ans. Peut-être est-ce aussi lui qui a trouvé le moyen de nous faire venir ici, Quinn, Cybil et moi. Parce que je ne vois pas l'intérêt de m'attirer ici pour tenter ensuite de m'effrayer au point que je veuille fuir. Ce n'est pas logique.

— Bien vu, approuva Quinn qui se décrispa d'un cran. Excellent raisonnement.

— Je vais pousser les recherches sur ta famille, Q, proposa Cybil. Je verrai ce que je peux dénicher sur celle de Layla et la mienne.

Cybil dessina deux traits horizontaux au bas du verso d'une des feuilles.

— Giles Dent et Ann Hawkins ici, Lazarus Twisse et l'infortunée Hester Deale de l'autre côté. Chaque racine produit un tronc et chaque tronc ses branches, expliqua-t-elle, continuant à tracer des lignes. À un moment, les branches s'entrecroisent. En chiromancie, le croisement de lignes est un symbole de pouvoir, conclut-elle en terminant son dessin par trois branches qui en rencontraient trois autres. Nous devons donc identifier ce pouvoir et nous en servir.

Ce soir-là, Layla prépara une savoureuse fricassée de poulet à la tomate et aux haricots blancs. D'un commun accord, ils discutèrent d'autres sujets. Tous avaient grand besoin d'une bonne dose de normalité, songea Quinn, tandis qu'ils parlaient voyages après avoir disséqué les derniers films sortis.

— Gage est celui qui a la bougeotte, commenta Caleb. Il joue au cow-boy solitaire depuis ses dix-huit ans.

— Pas toujours solitaire.

— Caleb a dit que tu avais été à Prague, dit Quinn. J'aimerais beaucoup visiter cette ville.

— Je croyais que c'était Budapest ? s'étonna Cybil.

Gage se tourna vers elle.

— J'y suis allé aussi. Prague était ma dernière étape avant le retour.

— Ça doit être fabuleux, non ? intervint Layla. L'art, l'architecture, la gastronomie.

— Il y a beaucoup à voir là-bas. Le palais, le fleuve, l'opéra. J'en ai eu un aperçu, mais la plupart du temps, je bossais. J'étais venu de Budapest pour une partie de poker.

— Tu as passé ton temps à jouer au poker dans le Paris de l'Europe Centrale ? s'exclama Quinn.

— Pas tout le temps, mais le plus souvent, oui. La partie a duré plus de soixante-treize heures.

Cybil haussa les sourcils.

— Trois jours à jouer au poker ? Voilà qui frôle l'obsession, non ?

— Tu n'avais pas faim, sommeil, ou envie d'aller aux toilettes ? demanda Layla.

— Il y avait des pauses. Soixante-treize heures, c'était le temps effectif de jeu. Il s'agissait d'une partie privée, au domicile d'un particulier.

— Perdu ou gagné ? voulut savoir Quinn avec un grand sourire.

— Je me suis plutôt bien débrouillé.

— C'est grâce à ton don de précognition que tu t'es plutôt bien débrouillé ? s'enquit Cybil.

— Ce serait de la tricherie.

— Oui, mais tu ne réponds pas à la question.

Gage prit son verre sans la lâcher des yeux.

— Si j'étais obligé de tricher pour gagner au poker, je ferais aussi bien de vendre des assurances. Je n'ai pas besoin de tricher.

— Nous avons prêté serment, intervint Fox qui leva les mains devant le regard furibond de Gage. On est tous dans le même bateau maintenant. Elles doivent comprendre comment nous fonctionnons. Quand nous avons réalisé que nous avions un don, nous nous sommes juré de ne jamais l'utiliser aux dépens d'autrui. Et nous tenons toujours parole.

— Dans ce cas, dit Cybil à Gage, tu devrais plutôt jouer aux courses qu'aux cartes.

Il lui adressa un sourire suffisant.

— J'ai eu ma période, mais je préfère les cartes. Tu veux jouer ?

— Plus tard peut-être.

Quand Cybil lança à Quinn un regard d'excuse, celle-ci comprit ce qui allait suivre.

— Bon, on ne peut pas y couper, alors revenons à nos moutons, commença Cybil. J'ai une question, une sorte de point de départ.

— D'abord un quart d'heure de pause, décréta Quinn en se levant. Le temps de débarrasser la table, de sortir le chien et de se dégourdir les jambes. Quinze petites minutes.

Caleb l'imita et lui caressa le bras.

— De toute façon, je dois aller vérifier le feu et sans doute rentrer encore du bois. On se retrouve dans le salon.

On aurait dit un groupe d'amis ordinaires passant une soirée d'hiver ensemble, songea Caleb. Gage s'était mis au café, ce qui était habituel. Depuis leurs dix-sept ans, il ne l'avait jamais vu boire plus de deux verres d'alcool à la suite. Fox était repassé au Coca et lui-même avait opté pour l'eau.

Puisque des questions allaient être posées, ils tenaient à garder la tête claire.

Les deux clans s'étaient reformés. Par automatisme ? Ou même par nature intrinsèque ? se demanda Caleb. Les trois filles avaient pris place sur le canapé. Fox était sur le tapis avec Balourd. Lui-même avait choisi un fauteuil et Gage se tenait debout près de la cheminée, comme s'il était prêt à quitter la pièce au cas où le sujet ne conviendrait pas à son humeur.

— Alors voilà, commença Cybil qui replia les jambes en tailleur et les regarda tous tour à tour. Je me demandais quel avait été le premier, disons, incident, qui vous a fait comprendre que quelque chose clochait en ville. Après votre retour de la clairière.

— M. Guthrie et la fourchette, répondit Fox qui s'étira et cala la tête sur le ventre de Balourd. C'était un indice de taille.

— On dirait le titre d'un conte pour enfants, fit remarquer Quinn qui en prit note dans son calepin. Tu nous racontes ?

— Vas-y toi, Caleb, suggéra Fox.

— C'était le soir de notre anniversaire. Nous étions tous les trois passablement effrayés. Séparés, c'était encore pire. J'ai convaincu ma mère de me laisser aller au bowling, histoire de m'occuper. Et de retrouver Gage. Elle ne savait pas si elle devait me punir ou non, ajouta-t-il avec un demi-sourire. C'est la seule fois où je l'ai vue indécise sur ce genre de question. Finalement, elle m'a laissé partir avec mon père. Gage ?

— Je travaillais au bowling. M. Hawkins me donnait un peu d'argent de poche pour passer la serpillière ou servir les commandes au grill. J'avoue que je me suis senti beaucoup mieux quand Caleb est arrivé. Et Fox dans la foulée.

— J'ai tanné mes parents pour me laisser y aller, intervint Fox. Mon père a fini par céder et m'a emmené. Je crois qu'il voulait avoir une petite discussion avec le père de Caleb.

— Donc, Brian – M. O'Dell – et mon père buvaient un café au bout du comptoir. À ce moment-là, ils n'avaient pas encore prévenu Bill, le père de Gage.

— Il ignorait qu'on avait passé la nuit dans les bois, expliqua Gage. Ils ne voulaient pas m'attirer d'ennuis avant d'avoir pris une décision.

— Où se trouvait ton père ? demanda Cybil.

— Derrière les quilles. Comme il était à peu près sobre – ce qui ne durait jamais plus que quelques heures – M. Hawkins le faisait travailler.

— Sur la piste deux, je me souviens, murmura Caleb. Un soir d'été ordinaire, en apparence. Des ados et quelques étudiants aux flippers et sur les jeux vidéo. Le grill en pleine effervescence, le fracas des quilles. Il y avait un gamin de deux ou trois ans avec sa famille sur la piste quatre. Il a piqué une grosse colère. Un bazar du diable. Sa mère l'a traîné dehors juste avant… l'incident.

Il but une gorgée d'eau, revoyant la scène comme si c'était la veille.

— M. Guthrie mangeait un hot dog frites avec une bière au comptoir. Un type plutôt sympa. Il vendait des revêtements de sol. Deux enfants au lycée. Il venait une fois par semaine, quand sa femme sortait au cinéma avec des copines. C'était réglé comme du papier à musique. Il commandait toujours un hot dog frites et se soûlait consciencieusement. Mon père avait coutume de dire qu'il buvait au bowling parce qu'il pouvait se convaincre que, comme il n'était pas dans un bar, ce n'était pas vraiment boire.

— Fauteur de troubles ? demanda Quinn qui prenait des notes.

— Pas du tout. Il était ce que mon père appelle un poivrot affable. Il n'avait pas l'alcool mauvais. Tous les mardis soir, M. Guthrie s'enfilait quatre ou cinq bières, suivait quelques parties, bavardait avec qui se trouvait là. Et vers 23 heures, il laissait un pourboire de cinq dollars et rentrait sagement à la maison.

— Il nous achetait des œufs, se souvint Fox. Une douzaine tous les samedis matin.

— Ce soir-là, il était presque 22 heures et M. Guthrie passait près des tables, sa bière à la main, enchaîna Caleb. À l'une d'elles, plusieurs clients mangeaient des hamburgers. Frank Dibbs, un ancien champion de bowling qui entraînait l'équipe de deuxième division, se trouvait parmi eux. Mon père nous avait dit de faire une pause et nous partagions une pizza à la table voisine. « Eh, Guth, a lancé Dibbs, ma femme veut un nouveau lino dans la cuisine, qu'est-ce que tu peux me proposer ? » Guthrie s'est contenté de sourire jusqu'aux oreilles – un sourire étrange, lèvres pincées, sans montrer les dents. Il a saisi une des fourchettes sur la table et l'a plantée dans la joue de Dibbs avant de partir d'un pas tranquille comme si de rien n'était. Il y a eu une belle pagaille – les gens hurlaient et couraient dans tous les sens. Et cette fourchette qui dépassait de la joue de M. Dibbs, le sang qui coulait, pendant que M. Guthrie sirotait sa bière au bout de la piste deux.

Remué à ce souvenir, Caleb avala une longue gorgée d'eau.

— Mon père voulait qu'on sorte. C'était la folie dans le bowling. C'est le tien qui s'est occupé de Dibbs, dit Caleb à Fox. Il lui tenait la tête. Dibbs avait déjà arraché la fourchette et ton père lui plaquait une pile de serviettes en papier sur la joue pour stopper l'hémorragie. Il avait du sang plein les mains quand il nous a reconduits à la maison.

Caleb secoua la tête.

— Enfin bref, le père de Fox nous a ramenés. Gage nous accompagnait, mon père y avait veillé. On était couchés quand il est rentré. Ma mère l'avait attendu. Il lui a dit qu'ils avaient fait arrêter Guthrie et qu'il riait comme un dément dans sa cellule. Plus tard, quand tout a été fini, il ne s'est souvenu de rien. Personne d'ailleurs n'a gardé beaucoup de souvenirs des événements de cette semaine-là, ou alors ils les ont refoulés. Guthrie n'est plus jamais revenu au bowling. La famille a déménagé l'hiver suivant.

— Était-ce le seul incident de la nuit ? demanda Cybil après un silence.

— Une fille s'est fait violer, lâcha Gage en posant sa tasse vide sur le manteau de la cheminée. Elle fricotait avec son petit copain dans Dog Street. Il ne s'est pas arrêté quand elle a commencé à protester. Malgré ses pleurs et ses cris, il l'a violée sur la banquette arrière de sa Buick d'occasion, puis l'a balancée dans le caniveau et s'est arraché. Quelques heures plus tard, il a percuté un arbre avec sa voiture. Il s'est retrouvé dans le même hôpital que la fille. Sauf que lui ne s'en est pas sorti.

— Au beau milieu de la nuit, un toutou tranquille a attaqué son jeune maître de huit ans, poursuivit Fox. Le chien dormait avec lui toutes les nuits depuis trois ans. Les cris du gamin ont alerté les parents, et quand ils sont entrés dans la chambre, le chien s'en est aussi pris à eux. Le père a dû le repousser avec la batte de base-ball de son fils.

— Après, ç'a été de mal en pis. Cette nuit-là, la suivante, dit Caleb avec un long soupir. Et ensuite, ce n'était plus seulement la nuit.

— On peut distinguer un schéma, observa Quinn.

— Ah oui, lequel ? À part des gens ordinaires qui deviennent soudain violents ou psychotiques ?

Interrompue dans le fil de ses réflexions, elle releva la tête.

— Nous avons vu ce qui s'est passé avec Balourd. Tu viens de nous parler d'un autre animal de compagnie, et ce n'était pas le seul incident de ce genre. Et maintenant, cet homme qui avait bu plusieurs bières. Avec un degré d'alcoolémie qui dépassait sûrement la limite autorisée, son jugement devait être affecté. On n'a pas les idées claires quand on a bu, on est plus influençable.

Fox se redressa en position assise.

— Tu veux dire que Guthrie a été plus facile à manipuler parce qu'il était ivre ou en bonne voie ? Ça tient debout.

— Le type qui a violé la fille avec qui il sortait depuis trois mois et a emplafonné un arbre n'avait pas bu, objecta Gage. Où est le schéma ?

— L'excitation et la frustration sexuelle tendent aussi à obscurcir le jugement, répondit Quinn, tapotant avec son crayon sur son calepin. A fortiori chez un adolescent.

— Remarque pertinente, approuva Caleb.

Pourquoi n'avaient-ils pas fait cette constatation eux-mêmes ?

— Il y a eu aussi les corbeaux, reprit-il. Deux douzaines environ, retrouvés morts dans High Street le matin de notre anniversaire, cette année-là. Ils avaient brisé des vitres à force de s'y fracasser. Nous nous sommes toujours dit que c'était lié. Par chance, personne n'a été blessé.

— Est-ce que ça commence toujours de la même façon ? s'enquit Layla. Pouvez-vous dater le moment avec exactitude ?

— Le premier incident dont j'ai souvenir la fois suivante, c'est le chien des Myers retrouvé noyé dans leur piscine. Puis il y a eu cette femme qui a laissé son bébé dans la voiture pendant qu'elle était au salon de beauté pour une manucure. Il faisait dans les trente degrés ce jour-là, précisa Fox. Un passant a entendu des pleurs et prévenu la police qui a libéré l'enfant. Quand ils sont allés voir la mère, elle a affirmé ne pas avoir de bébé et ne pas comprendre ce qu'on lui voulait. Il s'est avéré qu'elle n'avait pas fermé l'œil deux nuits d'affilée parce que son fils avait des coliques.

— Privation de sommeil, nota Quinn qui écrivit l'information.

— Nous avons compris que le phénomène recommençait, reprit Caleb, et en avons eu la certitude le soir de notre dix-septième anniversaire, quand Lisa Hodges est sortie du bar à l'angle de Main Street et Battlefield, s'est entièrement déshabillée et a commencé à tirer sur les voitures avec le vingt-deux millimètres qu'elle avait dans son sac.

— Nous étions dans une des voitures, ajouta Gage. Heureusement pour toutes les personnes concernées, elle visait comme un pied.

— Elle t'a quand même touché à l'épaule, lui rappela Fox.

— Elle a *tiré* sur toi ?

Gage sourit à Cybil avec un flegme bravache.

— Juste effleuré, et nous cicatrisons vite. Nous avons réussi à la désarmer avant qu'elle ne blesse quelqu'un d'autre ou ne se fasse renverser, vu qu'elle était au milieu de la chaussée. Dans la foulée, elle nous a proposé des pipes. Il paraît qu'elle en a fait pas mal ce soir-là, mais on n'était pas d'humeur à se renseigner.

— Bon, passons du schéma à la théorie, décida Quinn qui se leva pour réfléchir. L'entité que nous appellerons Twisse a besoin d'énergie. Une énergie que renferme tout être vivant. Quand elle se manifeste, durant cette période où Dent est incapable de la contenir, elle cherche d'abord les sources d'énergie les plus simples. Oiseaux, mammifères, humains les plus vulnérables. Au fur et à mesure que Twisse gagne en puissance, il est capable de remonter la chaîne.

— Pour l'empêcher de nuire, je ne crois pas qu'il suffise d'éliminer tous les animaux de compagnie, de prohiber l'alcool, les drogues, le sexe et de s'assurer que tout le monde dorme comme un bébé, objecta Gage.

— Dommage, rétorqua Cybil, voilà qui pourrait nous faire gagner du temps. Continue, Q.

— La question suivante serait : comment génère-t-il l'énergie dont il a besoin ?

— Peur, haine, violence, voilà ce dont il se nourrit, répondit Caleb. Et impossible d'en tarir la source parce que ces émotions font partie intégrante de l'espèce humaine.

— Leurs contreparties aussi. On peut donc émettre l'hypothèse qu'il existe des moyens de riposte contre lui. Vos pouvoirs se sont renforcés avec le temps, les siens aussi. Peut-être est-il capable de stocker une partie de l'énergie qu'il capte en période dormante.

— De ce fait, il peut commencer plus tôt et frapper plus fort d'emblée, conclut Caleb.

— Il puise dans ses réserves dès maintenant, intervint Layla, parce qu'il ne veut pas qu'on tienne bon tous les six. Il espère morceler le groupe avant juillet.

— Il doit être déçu, dit Cybil en s'emparant du verre de vin qu'elle faisait durer depuis le début de la discussion. Le savoir est une force, et il est bon d'avoir des théories logiques et d'élargir notre champ d'investigation. Mais pour aller de l'avant, il nous faut aussi une stratégie. Tu as ça en stock, monsieur l'avocat ?

Fox lui sourit avec assurance.

— Et comment ! Dès que les sentiers seront de nouveau praticables, je propose que nous nous rendions tous ensemble à la Pierre Païenne et lancions à cette créature de malheur un défi commun qu'elle n'est pas près d'oublier.

L'idée était séduisante. En théorie du moins, car il en allait autrement dans l'esprit de Caleb, quand on prenait en compte le facteur humain. Autrement dit, Quinn. Il l'avait déjà emmenée une fois à la clairière et avait déconnecté, la laissant seule et vulnérable.

Et à l'époque, il n'était pas encore amoureux d'elle.

Ils n'avaient pas le choix, il en avait conscience. L'enjeu les dépassait. Mais la perspective de la mettre en danger délibérément l'empêchait de trouver le sommeil.

Incapable de tenir en place, il errait à travers la maison, vérifiant les serrures, guettant par les fenêtres l'apparition du démon qui les harcelait. La clarté lunaire teintait la neige de reflets bleutés. Dès le lendemain, ils pourraient sans doute dégager les voitures et les allées. D'ici un jour ou deux, la vie reprendrait son cours normal. Façon de parler.

Il connaissait déjà la réponse de Quinn s'il lui demandait de rester : elle ne pouvait pas abandonner Layla et Cybil. Il savait déjà qu'il devrait la laisser y aller.

Il ne pouvait la protéger à chaque heure de la journée, et s'il essayait, ils finiraient par s'étouffer l'un l'autre.

Comme il traversait le salon, il aperçut de la lumière dans la cuisine. Entrant pour éteindre et s'assurer que la porte était bien fermée, il découvrit Gage qui faisait une réussite sur le plan de travail, une tasse de café fumant près de la pile de cartes.

— Du café noir à 1 heure du mat ? Tu ne vas pas fermer l'œil de la nuit.

Gage tira une nouvelle carte.

— Le café ne m'empêche jamais de dormir. Je dors quand je veux, tu sais bien. Et toi, quelle est ton excuse ?

— Cette marche dans les bois va être longue et pénible, même si on attend un mois. Ce qui serait sans doute préférable.

— Faux. Six rouge sur sept noir. Tu essaies juste de trouver le moyen d'y aller sans Quinn.

— Je t'ai déjà raconté ce qui s'était passé l'autre fois.

— Et elle en est revenue entière sur ses jambes de rêve. Valet de trèfle sur reine de carreau. Je ne m'en fais pas pour elle. C'est toi qui m'inquiètes.

Caleb se redressa, piqué au vif.

— Est-ce qu'une seule fois je n'ai pas été à la hauteur ?

— Pas jusqu'à présent. Mais tu as cette fille méchamment dans la peau, Hawkins. Et si quelque chose tourne mal, ta première réaction sera de couvrir ses arrières.

— Et alors ? Quel mal y a-t-il à ça ?

Caleb n'avait pas envie d'un café, mais comme il doutait de réussir à dormir de toute façon, il s'en versa un.

— Je suis prêt à parier que ta blonde sait se défendre toute seule comme une grande. Je ne dis pas que tu as tort, Caleb. J'imagine que si je tenais autant que toi à une fille, je ne serais pas chaud pour la mettre à l'épreuve. Le hic, c'est que tu n'auras pas le choix.

— Je n'ai jamais demandé à éprouver ce que je ressens, finit par répondre Caleb après un silence. C'est en grande partie la cause du problème. Mais qu'y puis-je ? Nous sommes bien ensemble, Gage.

— Inutile de le dire, ça se voit. Je ne sais pas ce qu'elle trouve à un loser comme toi, mais c'est tout à son honneur.

— Si seulement on avait le temps, je suis sûr qu'on pourrait bâtir quelque chose de solide.

Gage rassembla les cartes et les battit avec adresse.

— Tu penses qu'on va y rester cette fois, hein ?

Caleb se tourna vers la fenêtre nimbée du halo bleuté et glacial de la lune.

— Oui. Pas toi ?

— Il y a des chances, admit Gage qui distribua à chacun une main de black jack. Mais bon, personne n'est éternel.

— C'est justement là le problème. Maintenant que j'ai trouvé Quinn, j'ai très envie de vivre le plus longtemps possible.

Caleb jeta un coup d'œil à ses deux cartes. Roi et trois, ce qui faisait treize points. Raté pour les vingt et un points en deux cartes.

— Carte, demanda-t-il à Gage.

Avec un sourire narquois, Gage retourna un neuf.

— Pas de bol.

20

Caleb espérait une semaine de répit, deux en se débrouillant bien. Il eut droit à trois jours. Une fois de plus, Mère Nature fit des siennes : les températures grimpèrent d'environ dix degrés, entraînant une fonte des neiges brutale avec à la clé une crue subite des cours d'eau et la formation de verglas la nuit, le thermomètre chutant au-dessous de zéro.

Trois jours plus tard, le chasse-neige avait dégagé la route qui menait à sa propriété et les filles étaient de retour dans la maison de High Street. Le niveau des cours d'eau demeurait élevé, mais le sol avait absorbé la plus grande partie du ruissellement. Et il commençait à être à court d'excuses pour repousser la randonnée jusqu'à la Pierre Païenne.

Assis à son bureau, contemplant Balourd étalé de tout son long sur le pas de la porte, Caleb s'efforça de se concentrer sur son travail. Les championnats hivernaux touchaient à leur fin et les compétitions de printemps débuteraient d'ici peu. Il était sur le point de convaincre son père des avantages du système de comptage électronique et entendait donner le coup de grâce. S'ils se dépêchaient, ils pourraient être prêts pour la prochaine saison. Il leur faudrait faire de la publicité et former le personnel.

Il ouvrit le tableur au mois de février. Les chiffres étaient bons, un peu supérieurs même à ceux de l'année précédente. Cette marge financière lui serait bien utile. Bien sûr, avec des résultats aussi positifs, son père mettrait en doute la nécessité d'un changement de système.

Tandis qu'il imaginait la conversation, le *bip* qui annonçait l'arrivée d'un nouveau mail retentit. Il bascula sur sa messagerie et découvrit l'adresse de Quinn.

Bonjour, Amour de ma vie
Je n'ai pas voulu téléphoner au cas où tu serais occupé. Fais-moi savoir quand tu auras le temps.
Pour l'instant, voici les prévisions du Service local météo de chez Black : aujourd'hui, les températures devraient atteindre une maximale de 9 degrés avec de belles apparitions du soleil. Minimales autour de 5 degrés. Pas de précipitations attendues. Temps prévu pour demain : ensoleillé avec une maximale de 10 degrés.
Observations visuelles : surface de gazon visible de plus en plus grande dans le jardin de devant et de derrière. Il y aura sans doute davantage de neige et de boue dans les bois, mais le moment est venu de sauter en selle, baby.
Mon équipe peut être sur le pied de guerre demain à la première heure avec les provisions nécessaires.
À part ça : Cybil a établi le lien avec la lignée des Clark et étudie en ce moment quelques branches des Kinski pour confirmation. Elle pense aussi tenir une ou deux pistes sur le lieu de résidence d'Ann Hawkins, ou du moins l'endroit où elle aurait accouché. Je t'en parlerai quand on se verra.
Dis-moi dès que possible pour demain.
Plein de bisous, Quinn.
(Je sais, plein de bisous, ça fait un peu nunuche, mais ça m'a semblé plus raffiné que de signer : j'aimerais que tu viennes me sauter. Même si c'est ce que je pense.)

La fin fit sourire Caleb, même si à la lecture du reste, il sentit une sourde migraine se glisser en traître derrière son crâne.

Il pouvait retarder l'échéance d'un jour ou deux. En toute honnêteté. Impossible en effet de demander à Fox de laisser tomber ses clients ou ses plaidoiries d'un claquement de doigts. Quinn comprendrait. Mais il devait le faire dans les règles.

Agacé, il envoya un mail à Fox, lui demandant quand il serait libre pour la randonnée à la clairière. Fox répondit presque aussitôt et son irritation grimpa d'un cran.

Vendredi ok. Matinée dispo, peux me libérer toute la journée si néc.

Alors que Caleb s'apprêtait à fermer pour midi, Bill Turner apparut dans l'encadrement de la porte.

— Euh... j'ai réparé le lavabo dans les toilettes au rez-de-chaussée, et pour la fuite du congélateur, c'était juste un tuyau à remplacer.

— Merci, Bill, répondit Caleb en enfilant sa parka. J'ai une course ou deux à faire en ville. Je ne devrais pas m'absenter plus d'une heure.

— Très bien. Je me demandais, euh...

Bill se passa la main sur le menton, la laissa retomber.

— Vous croyez que Gage va venir ? Ou je pourrais peut-être faire un saut chez vous pour lui parler ?

C'était ce qui s'appelait être pris entre le marteau et l'enclume. Caleb arrangea sa veste, histoire de gagner du temps.

— Je ne sais pas s'il a prévu de venir, Bill. Il n'en a pas parlé. À votre place, j'attendrais un peu avant d'aller le voir. Je sais que vous voulez...

— C'est pas grave. Y a pas de mal.

Caleb jura entre ses dents tandis que Bill s'éloignait. Il était obligé de prendre le parti de Gage. Comment aurait-il pu en être autrement ? Il avait vu de ses yeux le résultat des coups de ceinturon sur son dos quand ils étaient gamins. D'un autre côté, il avait aussi vu de ses yeux Bill reprendre pied ces dernières années. Et il ne pouvait non plus ignorer la peine et la culpabilité qui se lisaient sur son visage à l'instant.

D'une façon ou d'une autre, Caleb se savait condamné à culpabiliser.

Il se rendit droit chez Quinn.

Ce fut elle qui ouvrit et l'attira du même geste à l'intérieur. Sans lui laisser le temps de prononcer un mot, elle noua les bras autour de son cou et captura sa bouche avec fougue.

— J'espérais que ce serait toi.

— Heureusement. Sinon Greg, le livreur d'UPS, se serait fait des idées si tu l'avais accueilli ainsi.

— Il est plutôt mignon. Viens à la cuisine, j'ai fait du café frais. Nous travaillons toutes les trois en haut. Tu as reçu mon mail ?

— Oui.

— Alors, c'est d'accord pour demain ? demanda-t-elle en s'emparant de la cafetière.

— Non, pas demain. Fox ne sera pas libre avant vendredi.

La bouche de Quinn se pinça en une moue vite disparue.

— Ça marche pour vendredi. Entre-temps, nous continuerons nos recherches. Cybil pense tenir une ou deux pistes sérieuses sur… Qu'y a-t-il ? demanda-t-elle devant sa mine sombre.

Caleb arpenta la cuisine sur quelques pas, puis revint vers elle.

— Écoute, il faut que je te le dise. Je ne veux pas que tu retournes là-bas. Attends, laisse-moi parler, d'accord ? s'empressa-t-il d'ajouter, coupant court à toute protestation. Je sais bien que nous devons y aller tous ensemble, mais j'aimerais qu'il existe un moyen de t'empêcher de venir. Mon souhait le plus cher serait que tu puisses rester à l'abri quelque part jusqu'à ce qu'il n'y ait plus de danger. J'ai le droit d'en avoir envie, tout comme je sais que je ne peux avoir gain de cause. Et si tu es fâchée contre moi, eh bien, tant pis.

Quinn garda le silence un moment, puis :

— Tu as déjeuné ?

— Non. Quel rapport ?

— Je vais te préparer un sandwich – une offre que je ne fais jamais à la légère.

— Pourquoi maintenant ?

— Parce que je t'aime. Enlève ta veste. J'adore ce que tu viens de me dire, commença-t-elle en ouvrant le réfrigérateur. Si tu avais tenté de m'interdire de venir ou menti pour me court-circuiter d'une façon ou d'une autre, je t'aimerais encore parce que je ne peux pas lutter contre mes sentiments, mais je serais furieuse et, pire, déçue. Alors que là, Caleb, je suis plutôt fière que mon cœur et ma raison aient collaboré avec tant de brio dans le choix de l'homme parfait. Parfait pour moi.

Elle coupa le sandwich en deux triangles nets qu'elle lui tendit.

— Tu veux un café ou du lait ?

— De l'eau blanchâtre ? Non, merci, je préfère un café.

Il mordit dans le pain complet garni de dinde et de fromage blanc aux herbes.

— Hmm, délicieux.
— Ne t'habitue pas à te faire servir, l'avertit-elle. On devrait partir tôt vendredi, tu ne crois pas ? À l'aube, je dirais.
De sa main libre, il lui caressa la joue.
— Oui, on se mettra en route dès le lever du jour.

Sur la lancée, Caleb décida d'aller parler à Gage. En entrant dans la maison, Balourd sur les talons, il fut accueilli par une bonne odeur de cuisine. Il trouva son ami devant la cuisinière. Une bière à la main, il remuait le contenu d'un faitout.
— Tu as fait à manger.
— Du chili. J'avais un creux. Fox a appelé. Il a dit qu'on emmenait les filles en randonnée vendredi.
— Oui. À l'aube.
— Ça devrait être intéressant.
— On ne peut pas y couper.
Caleb remplit la gamelle de Balourd, se servit une bière, puis se jeta à l'eau :
— Je dois te parler de ton père.
Gage se referma comme une huître.
— Il travaille pour toi ; ce sont tes affaires. Je n'ai aucun commentaire à faire.
— Tu es parfaitement en droit de le bannir de ta vie, je ne dis pas le contraire. Je veux juste que tu saches qu'il a demandé à te voir. Écoute, il est sobre depuis cinq ans maintenant. Je sais que ça ne change rien aux mauvais traitements qu'il t'a infligés. Mais c'est une petite ville, Gage, et tu ne pourras pas l'éviter éternellement. D'après moi, il a des choses à te dire. Le mieux serait peut-être que tu te débarrasses au plus vite de cette conversation, voilà tout.
— D'après moi, tu devrais cesser de t'interposer entre lui et moi, rétorqua Gage, le visage de marbre – un atout de taille au poker. Je ne t'ai rien demandé. Je me fous complètement qu'il essaie de se racheter.
Caleb leva la main en signe d'apaisement.
— Aucun problème. Je n'essaie pas de te convaincre du contraire. Je t'informe, c'est tout.
— Maintenant je sais.

Debout à la fenêtre, le vendredi matin, alors qu'il regardait le faisceau des phares couper la pénombre grisâtre du petit jour, Caleb réalisa que sa première rencontre avec Quinn ici même remontait à presque quatre semaines. Comment autant de bouleversements avaient-ils pu se produire en aussi peu de temps ?

Il la regarda descendre du pick-up de Fox, ses cheveux dorés sortant de sous son bonnet de laine noir. Elle portait une parka rouge vif et des chaussures de marche. Un éclat de rire illumina son visage tandis qu'elle parlait à Cybil, et sa respiration formait de petits nuages de condensation dans l'air glacial.

Elle n'ignorait pas la peur, il le savait, mais refusait qu'elle lui dicte sa loi. Il espérait pouvoir en dire autant, car depuis qu'elle était entrée dans sa vie, l'enjeu n'était plus le même.

Caleb demeura à la fenêtre jusqu'à ce qu'il entende Fox ouvrir la porte d'entrée avec sa propre clé, puis il descendit les rejoindre, et rassembler ses affaires pour la journée.

Le brouillard rampait sur le sol durci par le froid nocturne. D'ici midi, le sentier serait de nouveau boueux, Caleb le savait, mais, pour l'instant, il était tout à fait praticable et le petit groupe progressait vite.

Il y avait encore des plaques de neige çà et là, et pour le plus grand plaisir de Layla, Caleb identifia des empreintes de cerfs, nombreux dans ces bois. Si certains d'entre eux étaient nerveux, ils le cachaient bien.

Tout était si différent de cette funeste journée de juillet qui leur avait ravi leur enfance, à Fox, à Gage et à lui. Il se surprit à porter la main à son nez, comme pour remonter ses lunettes qui glissaient toujours à l'époque.

— Comment ça va, capitaine ? demanda Quinn qui calqua son pas sur le sien et lui donna un petit coup de coude.

— Ça va. Je repensais juste à ce fameux jour de juillet. Il faisait une chaleur étouffante et il y avait du vert partout. Fox traînait ce stupide ghetto-blaster, et le pique-nique de ma mère pesait une tonne.

— On transpirait à grosses gouttes, intervint Fox juste derrière eux.

— Nous arrivons à l'étang, annonça Gage, rompant le fil des souvenirs.

Dans l'esprit de Caleb, l'eau interdite dans laquelle ses amis et lui s'étaient baignés à l'époque évoquait aujourd'hui davantage de dangereux sables mouvants. Il s'imaginait sombrant peu à peu, irrémédiablement aspiré vers le fond jusqu'à ce que la lumière du jour disparaisse à jamais.

Ils firent étape sur la rive comme autrefois, mais aujourd'hui le café avait remplacé la limonade.

— Des cerfs sont venus ici aussi, fit remarquer Layla en désignant le sol. Ce sont des empreintes de cerfs, n'est-ce pas ?

— Certaines, oui, confirma Fox. Il y en a aussi de ratons laveurs.

Il lui prit le bras et la fit pivoter pour lui montrer lesdites empreintes.

— Des ratons laveurs ?

Le sourire aux lèvres, elle se pencha pour y regarder de plus près.

— Quoi d'autre ?

— Renards, dindons sauvages et, de temps en temps – quoi que ce soit surtout plus au nord –, ours.

Elle se redressa brusquement.

— Ours !

— Plus au nord, répéta-t-il, profitant de l'occasion pour lui prendre la main.

Cybil s'accroupit au bord de l'étang et contempla l'eau.

— Un peu froide pour piquer une tête, lui dit Gage.

Cybil leva les yeux vers Caleb.

— C'est ici qu'Hester s'est noyée, et quand tu as plongé ce jour-là, tu l'as vue.

— Oui. Oui, je l'ai vue.

— Elle vous est apparue dans vos visions, à Quinn et à toi. Et Layla a fait un rêve plus vrai que nature. Si ça se trouve, je peux obtenir quelque chose moi aussi.

— Je croyais que ton truc c'était l'avenir, pas le passé, objecta Caleb.

— Exact, mais je capte tout de même les vibrations de personnes ou de lieux assez puissants pour les émettre. Et toi ? demanda-t-elle en se tournant vers Gage. En tandem, on aurait peut-être davantage de résultat ? Tu es partant ?

Sans un mot, il lui tendit la main. Elle la prit et se releva. Ensemble, ils fixèrent l'étang sombre et lisse.

Tout à coup, la surface se mit à bouillonner et un tourbillon se forma en son centre, projetant sur la rive une succession de vagues frangées d'écume.

Une main en jaillit brusquement et agrippa la berge. Hester Deale s'arracha aux eaux furieuses, livide, les cheveux emmêlés et dégoulinants, ses yeux noirs vitreux. L'effort, ou la folie, lui firent retrousser les lèvres en un rictus hideux. Elle ouvrit les bras.

Cybil s'entendit hurler quand ils se refermèrent brusquement sur elle, l'attirant vers les eaux bouillonnantes.

— Cybil ! Cybil ! Cybil !

Elle se débattit de toutes ses forces, et se retrouva non pas dans les bras d'Hester mais de Gage.

— Que s'est-il passé ? hoqueta-t-elle.

— Tu as voulu te jeter à l'eau.

Pétrifiée, Cybil sentait son cœur cogner à tout rompre contre celui de Gage. Elle risqua un regard vers l'eau tranquille de l'étang.

— Voilà qui aurait été franchement déplaisant, commenta-t-elle d'une voix égale en dépit des tremblements sporadiques qui la secouaient. Tu as vu quelque chose ?

— L'eau s'est agitée ; Hester en a émergé. Tu as commencé à basculer.

— Elle a voulu m'attirer dans l'eau. Elle m'a… serrée dans ses bras. Mais je n'ai pas eu le temps de capter ce qu'elle ressentait. Si on recommençait, je réussirais peut-être à…

— Nous devons poursuivre notre chemin, l'interrompit Caleb.

— Ça n'a pris qu'une minute.

— Tu parles. Presque un quart d'heure, oui, corrigea Fox.

— Mais…

Cybil se dégagea des bras de Gage quand elle réalisa qu'il l'étreignait encore.

— Ça t'a paru aussi long ? lui demanda-t-elle.

— Non. C'était instantané.

— Pas du tout, intervint Layla qui lui tendit le couvercle de la Thermos remplie de café. On était en train de débattre s'il ne valait pas mieux te faire revenir et comment. Quinn a conseillé de te laisser encore quelques minutes, car il te fallait parfois un peu de temps pour te chauffer.

— J'ai eu l'impression que ça a duré, quoi, une minute en tout et pour tout. Et jamais ce genre de phénomène ne m'était arrivé auparavant, expliqua Cybil qui regarda de nouveau Gage.

— À ta place, j'oublierais toute idée de plongeon pour un petit moment, lui dit-il.

— Je préfère une belle piscine bleue, avec un bar flottant.

Quinn lui frotta le bras en un geste de réconfort.

— Et des margaritas à profusion.

— Vacances de printemps 2000, se remémora Cybil en serrant la main de son amie. Ça va aller, Q.

— Quand tout sera terminé, la première tournée de margaritas sera pour moi, promit Caleb. Prêts à repartir ?

Il chargea son sac sur ses épaules et se retourna. Puis il secoua la tête.

— Il y a un problème.

— Nous quittons l'étang hanté pour nous enfoncer dans les bois démoniaques. Quel problème pourrait-il y avoir ? ironisa Quinn.

— Ce n'est pas la bonne direction, expliqua-t-il, désignant le sentier.

Clignant des yeux vers le soleil, il sortit de sa poche sa vieille boussole de scout.

— Jamais eu envie de passer au GPS ? hasarda Gage.

— Elle fait parfaitement l'affaire. Regardez, nous devons nous diriger vers l'ouest. Or, ce sentier va vers le nord. Il n'est même pas censé exister.

— Il n'existe pas, dit Fox, les yeux plissés, la mine sombre. Il n'y a que des broussailles et des ronces. Ce sentier n'est pas réel. Le bon se trouve là, ajouta-t-il, indiquant l'ouest. Il est difficile à repérer à cause de la boue mais…

Layla s'approcha et lui prit la main.

— Ah oui, beaucoup mieux.

— Tu désignes un stupide tronc d'arbre, fit remarquer Cybil.

— Il n'est pas réel, répondit Fox qui avança sans lâcher la main de Layla.

Lorsqu'il la traversa, l'image du gros chêne s'évanouit.

Quinn siffla entre ses dents.

— Futé comme truc. À l'évidence, Twisse ne veut pas de nous dans la clairière.

Comme elle s'engageait la première dans la bonne direction, Caleb l'empoigna par le bras et la tira derrière lui.

— J'ouvre la marche. C'est moi qui ai la boussole.

Un regard à ses compagnons suffit pour que le petit groupe s'aligne en file indienne derrière lui, Fox au milieu et Gage en arrière-garde.

Dès que le sentier s'élargit, Quinn remonta à la hauteur de Caleb.

— C'est ainsi que ça doit marcher. Nous sommes liés, Caleb. Deux par deux, en trios ou le groupe entier. Quelle qu'en soit la raison, c'est ainsi que nous devons fonctionner.

Elle jeta un coup d'œil par-dessus son épaule et découvrit que Layla et Cybil avaient suivi son exemple et marchaient de front avec les deux autres garçons.

— Nous nous aventurons en terrain dangereux, répondit Caleb. Je ne sais pas encore ce que nous risquons. Mais je vous y conduis tout droit.

Elle lui sortit une bouteille d'eau de la poche de sa parka et la lui tendit.

— Nous savons tous nous défendre, Caleb. Je ne sais pas si je t'aime pour ton côté protecteur ou malgré lui.

— Tant que tu m'aimes, ça m'est égal. Et puisque tu m'aimes, peut-être devrait-on songer à se marier.

— J'aime cette idée, si tu veux mon avis, répondit-elle après quelques secondes de silence, le temps d'encaisser le choc.

« Quelle demande en mariage stupide, se dit Caleb. Dans un endroit ridicule, qui plus est. » D'un autre côté, comme ils ignoraient ce qui les attendait au tournant, il était logique de vouloir profiter à fond de l'instant présent.

— Entièrement d'accord, approuva-t-il. Et ma mère va adorer. Elle rêve d'une cérémonie en grande pompe, avec tout le tralala.

— Je n'ai rien contre non plus. Est-elle plutôt téléphone ou mail ?

— Les deux.

— Génial. Je vais la brancher avec ma mère et elles pourront s'en donner à cœur joie. Comment est ton emploi du temps de septembre ?

— Septembre ?

Elle contempla les arbres à la ronde et surprit un écureuil qui grimpait le long d'un tronc.

— Je parie que Hollow est superbe en septembre. Encore vert, avec juste une touche de la féerie de couleurs à venir.

— Je pensais plus tôt, avoua-t-il. Genre avril ou mai.

Avant juillet, et ce qui pourrait être la fin de tout ce qu'il connaissait et aimait.

— Il faut du temps pour organiser un mariage en grande pompe.

Quand elle leva les yeux vers lui, il réalisa qu'elle avait compris.

— Après, Caleb, quand nous aurons gagné. Ce sera une chose de plus à célébrer. Et ensuite nous…

Elle se tut comme il posait l'index contre ses lèvres.

Le bruit était parfaitement audible maintenant qu'ils n'avançaient plus et que les conversations s'étaient tues. Un grognement rauque et sourd à flanquer la chair de poule. Balourd s'assit sur son arrière-train en gémissant.

— Il l'entend aussi cette fois, remarqua Caleb en se déplaçant légèrement afin de mettre Quinn à l'abri entre Fox et lui.

— J'imagine qu'il est inutile d'espérer qu'il s'agisse d'un ours, risqua Layla. Je crois que nous ferions mieux de ne pas nous attarder dans le coin. Cette créature quelle qu'elle soit ne nous souhaite pas vraiment la bienvenue.

— Viens, Balourd. Allez, viens.

Le chien trembla à cet ordre, mais accepta de se lever. Le flanc collé contre les jambes de son maître, il repartit à contrecœur sur le chemin qui menait à la Pierre Païenne.

Le loup se dressait à l'orée de la clairière. L'imposante bête au pelage noir et au regard étrangement humain laissa échapper un grondement menaçant. Balourd tenta un grognement sans conviction avant de se réfugier contre Caleb.

— On le traverse aussi comme tout à l'heure ? demanda Gage de l'arrière.

— Ce n'est pas comme le faux sentier, répondit Fox en secouant la tête. Il n'est pas réel, mais il est là.

— D'accord.

Gage commença à enlever son sac à dos de ses épaules.

Sans crier gare, la bête bondit.

On aurait dit qu'elle volait, songea Caleb. Une masse de muscles et de dents acérées. Il serra les poings, prêt à se défendre, mais l'adversaire s'évanouit comme par enchantement.

— J'ai senti...

Lentement, Quinn baissa les bras qu'elle avait levés pour se protéger le visage.

— Oui, pas seulement le froid cette fois, dit Caleb en l'attirant à lui. Une fraction de seconde, il y avait aussi du poids. De la substance.

— Nous n'avons jamais connu ce phénomène jusqu'à présent, même pendant les Sept, observa Fox tout en scrutant les bois de part et d'autre du sentier. Quelle que soit la forme revêtue par Twisse, il n'était pas *vraiment* là.

— S'il parvient à se matérialiser, il peut nous atteindre directement, fit remarquer Layla.

— Et inversement.

Derrière elle, Gage sortit un Glock neuf millimètres de son sac à dos.

— Bon raisonnement, approuva Cybil avec un calme olympien.

— Bon Dieu, Gage, d'où sors-tu cet engin ? s'écria Fox.

Gage haussa les sourcils.

— Un type que je connais à Washington. Bon, on continue de faire causette ou on y va ?

— Ne vise personne avec ton pétard, lui ordonna Fox.

— Le cran de sûreté est mis.

— C'est toujours ce qu'on dit avant de trouer la peau de son meilleur ami par accident.

Ils pénétrèrent dans la clairière.

— Mon Dieu, elle est magnifique, murmura Cybil d'une voix emplie de respect en s'avançant vers la pierre. Il ne peut s'agir d'une formation naturelle. Elle est trop parfaite. Non, elle semble avoir été conçue pour l'adoration. Et elle est chaude. Touchez.

Elle en fit le tour.

— N'importe qui doué d'un minimum de sensibilité doit comprendre qu'il s'agit d'une terre sacrée.

— Sacrée pour qui ? répliqua Gage. Parce que ce qui a jailli d'ici il y a vingt et un ans n'était pas franchement l'incarnation de la bonté divine.

— Ce n'était pas non plus complètement noir. Nous avons ressenti les deux entités, tempéra Caleb qui regarda Fox. Nous les avons vues.

— Oui, sauf que l'énorme masse noire effrayante qui nous a envoyés valdinguer a davantage retenu notre attention, lui rappela celui-ci.

— Mais l'autre nous a donné presque toute sa force, je pense. Je suis sorti d'ici non seulement sans une égratignure, mais avec une vision parfaite et un système immunitaire à toute épreuve.

— Les griffures sur mes bras et les bleus de ma dernière bagarre avec Napper avaient disparu, avoua Fox avec un haussement d'épaules. À compter de ce jour, je n'ai plus jamais été malade.

— Et toi ? demanda Cybil à Gage. Tu as aussi une guérison miraculeuse à ton actif ?

— Aucun de nous trois n'avait le moindre bobo après l'explosion, intervint Caleb.

— C'est sans importance, Caleb, dit Gage. Pas de secrets entre nous. Mon vieux m'avait fait tâter de son ceinturon la veille. Une manie à lui quand il avait un coup dans le nez. À notre arrivée, j'avais des zébrures à vif sur le dos, et plus aucune quand nous sommes repartis.

— Je vois, dit Cybil qui soutint quelques secondes le regard de Gage. Cette protection qui vous a été donnée, et vos capacités respectives vous ont permis d'opposer une résistance. Sinon, vous auriez été trois jeunes garçons sans défense.

— Elle est pure, annonça soudain Layla, debout près de la pierre.

Toutes les têtes se tournèrent vers elle.

— C'est le mot qui m'est venu à l'esprit. Je ne crois pas qu'elle ait servi à un sacrifice. Pas de sang, pas de mort. Pas pour les ténèbres.

— J'ai vu du sang dessus, objecta Gage. Je l'ai vue brûler. J'ai entendu les hurlements.

— Ce n'est pas sa fonction. Mais peut-être est-ce la volonté de Twisse, suggéra Quinn avant de poser la paume sur la pierre. Pour la profaner et pervertir son pouvoir. S'il y parvient, la pierre lui appartiendra. Caleb ?

— D'accord.

Il plaça sa propre main à quelques centimètres au-dessus de la sienne.

— Prête ?

Quinn hocha la tête, et il joignit sa main à la sienne sur la pierre.

D'abord, il n'y eut qu'elle, Quinn. Et ce courage farouche au fond de ses yeux. Puis ils remontèrent le temps. Cinq, vingt ans. Caleb se revit enfant avec ses amis, mêlant leur sang en ce même lieu. Les décennies et les siècles s'enchaînèrent ensuite à un rythme effréné jusqu'à l'incendie. Et enfin le dernier hiver où Giles Dent et Ann Hawkins avaient vécu ici. Ils se tenaient ensemble à l'endroit même où il se trouvait aujourd'hui avec Quinn. Dent parla par sa bouche.

— Il nous reste jusqu'à l'été. Je ne peux rien y changer. Le devoir devance même mon amour pour toi et les vies que nous avons créées, dit-il en posant la main sur le ventre proéminent d'Ann. J'aurais aimé par-dessus tout être là lors de leur venue au monde.

— Laisse-moi rester, mon bien-aimé.

— Je suis le gardien. Tu es l'espoir. Je ne peux anéantir la bête, juste l'enchaîner pour un temps. Mais la mort ne nous séparera pas. Juste cette guerre que je puis seul mener et qui ne prendra fin qu'avec nos héritiers. Je leur donnerai tout ce qu'il m'est possible, je t'en fais le serment. S'ils sortent victorieux, nous nous retrouverons.

— Que leur dirai-je de leur père ?

— Qu'il aimait leur mère, et eux aussi, de tout son cœur.

— Giles, il a forme humaine. Un homme peut saigner, un homme peut mourir.

— Il n'est pas humain, et je ne possède pas le pouvoir de le détruire. Cette mission incombera à ceux qui viendront après nous. Lui aussi laissera une descendance, pas par un acte d'amour. Mais elle ne donnera pas ce qu'il attend. Il ne pourra la faire sienne si elle demeure hors de sa portée, de son entendement même. C'est à moi d'y veiller. Je ne suis pas le premier, Ann. Seulement le dernier.

Elle pressa la main sur son ventre.

— Ils ont bougé, murmura-t-elle. Toutes ces vies que nous avons vécues, toutes ces joies et peines que nous avons connues... Quand aurons-nous enfin droit à la paix ?

Dent lui prit la main et la porta à ses lèvres.

— Sois mon cœur. Je serai ton courage. Et nous nous retrouverons.

Avant même que la vision s'évanouisse, les larmes coulaient sur les joues de Quinn.

— Ils ont mis toute leur foi en nous. Si nous échouons, ils se perdront à jamais. J'ai senti le cœur d'Ann se briser en moi.

— Il croyait en sa mission, répondit Caleb qui jeta un regard à la ronde. Il croyait en nous, même si, je crois, il ne voyait pas les choses clairement. Je ne pense pas qu'il nous voyait tous, mais il avait placé sa confiance en nous.

— Tant mieux pour lui, intervint Gage, mais je préfère me fier à ce Glock.

Ce n'était pas le loup, mais le garçon qui se tenait à l'orée de la clairière. Grimaçant, il leva les mains et exhiba ses ongles aussi acérés que des serres.

Le ciel s'assombrit brusquement et l'air déjà froid devint glacial.

Avec une vivacité si inattendue qu'elle prit Caleb au dépourvu, Balourd bondit dans sa direction. Avec un rire grinçant, le garçon escalada un tronc comme un singe.

L'espace d'une seconde, cependant, Caleb crut percevoir une ombre de saisissement, peut-être même de peur.

— Tire ! cria-t-il à Gage en se précipitant pour retenir son chien par le collier.

— Tu ne crois quand même pas qu'une balle...

Coupant court à l'objection de Fox, Gage fit feu. Sans hésiter, il visa le cœur.

La balle déchira l'air et traversa le garçon avant de percuter l'arbre. Cette fois, le choc sur son visage n'échappa à personne. Son mugissement de douleur et de rage provoqua un effet de souffle qui ébranla le sol.

Avec une détermination farouche, Gage vida son chargeur sur lui.

La créature se métamorphosa en une masse noire et ondoyante qui s'éleva au-dessus de Caleb dans un grondement de tonnerre tel un nuage d'orage menaçant. Celui-ci tint bon, peinant à retenir son chien qui tirait sur son collier et aboyait comme une bête enragée.

Une immonde puanteur soufrée et un froid sibérien s'abattirent sur eux.

— Tu vois, nous sommes encore là ! cria Caleb. Cet endroit nous appartient. Retourne d'où tu viens !

Il tituba sous la violence titanesque du souffle vrombissant qui balaya la clairière.

— Hé, l'as de la gâchette, tu ferais mieux de recharger, lança Cybil à Gage.

— Je savais que j'aurais dû acheter un howitzer, grommela ce dernier en enclenchant du plat de la main un nouveau chargeur dans le magasin.

— Tu n'as rien à faire ici ! hurla Caleb.

Le tourbillon impétueux menaçait de l'emporter et de lacérer ses vêtements comme un millier de lames.

Quinn s'arc-bouta d'un côté et, de l'autre, Fox se cala contre lui. À eux six, ils formèrent un rempart.

— Cet endroit nous appartient ! s'époumona de nouveau Caleb. Tu n'as pas pu avoir mon chien et tu n'auras pas ma ville !

— Alors dégage ! cria Fox qui se pencha pour ramasser une pierre et la lança de toutes ses forces sur la forme mouvante.

— Eh, tu ne fais pas le poids, lui fit remarquer Gage en agitant son arme.

— Lancer des pierres, c'est une insulte qui va saper sa confiance, lui assura Fox avec un sourire mauvais.

Que la mort s'abatte sur vous !

La lame de fond sonore les renversa comme des fétus de paille.

— Saper sa confiance, tu parles, bougonna Gage qui se redressa péniblement sur les genoux et reprit ses tirs.

— C'est toi qui vas mourir ! lança Caleb avec une froide détermination, tandis que les autres imitaient Fox et se mettaient à jeter des pierres.

Un torrent de feu balaya la clairière. Les flammes dansaient telles d'immondes langues, et la terre roussie crachait des bouffées de fumée fétide.

— C'est toi qui vas mourir ! répéta Caleb.

Dégainant son couteau, il se précipita en avant et plongea la lame dans la masse bouillonnante.

Dans le rugissement féroce que l'assaut déchaîna, il crut discerner la douleur par-delà la rage. Une décharge fulgurante lui irradia le bras et le transperça telle une lame à double tranchant, glacée et brûlante à la fois au-delà de tout entendement. Caleb fut projeté à travers la fumée, tel un vulgaire caillou dans une fronde. Le souffle coupé, commotionné par le choc, il se releva tant bien que mal et, empoignant son couteau, chargea de nouveau.

— Meurs !

L'immonde créature polymorphe darda sur lui un regard haineux.

Et se volatilisa.

— Mais pas aujourd'hui, murmura Caleb, interloqué.

Les flammes s'étaient brutalement étouffées et la fumée âcre commençait déjà à se dissiper. Plié en deux, il s'efforça de reprendre son souffle.

— Tout le monde va bien ? Personne n'est blessé ? Eh, Balourd, du calme ! protesta-t-il, manquant de basculer en arrière quand le chien lui posa les pattes sur les épaules pour lui lécher le visage.

— Tu saignes du nez !

Crapahutant vers lui, Quinn s'agrippa à son bras et se releva péniblement pour lui palper le visage et le corps avec angoisse.

— Mon Dieu, Caleb, je n'ai jamais rien vu d'aussi courageux, ou d'aussi stupide.

D'un geste de défi, Caleb s'essuya le nez.

— Il m'a énervé. Si c'était ce qu'il pouvait faire de mieux, il est loin du compte.

Cybil les rejoignit.

— On s'en sort bien, approuva-t-elle. Un verre d'alcool bien tassé, un long bain chaud et il n'y paraîtra plus. Ça va, Layla ?

Le regard farouche et les joues en feu, Layla prit la main que lui tendait Fox et se releva.

— On l'a fait fuir ! On lui a fichu la frousse !

— Mieux encore, on sait qu'on peut l'atteindre.

Quinn sauta au cou de Caleb avec la même fougue que Balourd, riant et pleurant en même temps.

— On est tous sains et saufs. Tu as été incroyable, Caleb ! Embrasse-moi très fort !

Il s'exécuta et la serra contre lui, réalisant que de toutes les réponses qu'il cherchait, Quinn était la première. Il l'écarta de lui et plongea son regard déterminé dans le sien.

— On va y arriver. Je n'y croyais pas vraiment. Maintenant, je sais qu'on en a les moyens, déclara-t-il avant de l'embrasser sur le front. On va s'en sortir et se marier en septembre.

— Exactement.

— Rentrons à la maison. Nous avons un long chemin et des tas de choses à faire.

Quinn l'étreignit encore un instant, tandis qu'il échangeait un regard confiant avec ses frères de sang.

Gage hocha la tête, puis rangea le Glock dans son sac qu'il jeta sur son dos avant d'ouvrir la marche.

Le soleil brillait au-dessus de leurs têtes. Le vent s'était calmé. Le groupe s'engagea sur le sentier et s'enfonça entre les arbres. Trois hommes, trois femmes et un chien.

Le silence retomba sur la clairière où se dressait la Pierre Païenne. Patience, ils reviendraient.

Composition Chesteroc Ltd
Achevé d'imprimer en Italie
par Grafica Veneta
le 18 mars 2009.
Dépôt légal mars 2009
EAN 9782290012840

Éditions J'ai lu
87, quai Panhard-et-Levassor, 75013 Paris
Diffusion France et étranger : Flammarion